에노모토 마사키 지음

민경욱 옮김

신카이 마코토의 세계

시공을 넘어 공명하는
영혼의 행방

대원씨아이

SHINKAI MAKOTO NO SEKAI JIKU WO KOETE
HIBIKIAU TAMASHII NO YUKUE

신카이 마코토의 세계 ― 시공을 넘어 공명하는 영혼의 행방

머리말

'신카이 마코토'라는 고유명사를 처음 만난 것은, 〈초속 5센티미터〉(2007년) 개봉 때였다. 호소력 짙은 제목, 이전 애니메이션에서는 보지 못한 독특한 색채 감각과 영상 미학, 연작 단편으로서의 절묘한 구성, 그리고 작품 전체에 넘치는 문학성에 끌려, 이런 애니메이션 창작자가 같은 시대에 존재한다는 사실에 큰 위안을 얻었다. 미야자키 하야오나 오시이 마모루의 문학성과는 또 다른, 새로운 세대의 영상 미학이 실현된 데도 충격을 받았다.

신카이 마코토라는 존재를 알아차리고도 비평할 기회를 얻지 못한 채 시간이 흘렀는데 사람들의 우연한 만남과 우연 속에 담긴 필연을 고집스럽게 작품 속에서 그리는 신카이 감독과의 직접적인 만남이 이 책을 집필하는 계기가 되었다.

나는 한 월간 소설 잡지에서 매달 간행된 소설 중 최고의 한 권을 골라 저자 인터뷰와 함께 서평을 쓰는 코너를 연재하고 있었고 그 코너에 신카이 마코토 감독 작품이 선정되어 만나게 되었다. 2016년 그달 내가 선정한 작품은 『소설 너의 이름은.』(가도카와문고)이었다. 영화를 소설화한 작품이라 원래는 후보에서 제외될 가능성이

컸는데 '이번 기회에 신카이 감독과 만나 꼭 이야기를 나누고 싶다'라는 마음이 앞서 담당자에게 부탁해 영화 개봉 직전 정신없이 바쁜 와중에 다행히 시간을 얻어낼 수 있었다.

인터뷰를 통해 신카이 마코토는 '언어의 마술사'라는 확신을 품게 되었다. 현대 일본을 대표하는 선구적 애니메이션 감독이자 영상 크리에이터인 신카이는 질문마다 매우 정확하면서도 깊이 있는 내용의 대답을 내놓았다. 오랫동안 인터뷰를 진행하다 보면 인터뷰 내용을 글로 풀어내기만 해도 그대로 깊이 있는 원고가 되는 작가와 만날 때가 있는데 신카이 감독이 바로 그런 사람이었다. 인터뷰를 통해 영상 작품에 담으려는 의도와 장치, 이야기 구조를 정확하고 엄격한 언어로 번역하고 정교하게 자기 해석까지 하는 신카이 마코토라는 존재에 관심이 더 커졌다.

그후 〈너의 이름은.〉의 놀라운 흥행으로 세상의 관심이 신카이 마코토와 그의 작품에 쏠리는 가운데, 신카이 마코토의 작품 세계를 체계적으로 고찰해 보고 싶다는 마음이 싹텄다. 나아가 몇 가지 우연한 기회와 만남을 거쳐 신카이의 작품에 참여할 기회도 얻었다. 책의 구상은 그런 상황이 이어진 결과 탄생한 것이다.

앞서 『그날 본 꽃의 이름을 우리는 아직 모른다. 전체 화(話) 완전 해설』(후타바샤, 14·9)을 집필할 때도 통감한 사실인데 모든 표현의 집합체인 애니메이션을 논하려면 엄청난 노력과 어려움이 따른다. 작가나 작품론은 기본적으로 현장 기술론과 작품 유통론, 업계론, 캐릭터론, 미술론, 영상론, 음악론 등 다양한 관점을 전제로 한다. 애니메이션은 집단 제작의 산물이다. 엔딩 크레디트에 등장하는 스태프는 어마어마하고 애니메이션 제작 업무는 다양하며 그 모든 작업은 분화되어 있고 전문화되어 있는데 그 방대한 일을 책임지는 역할을 맡은 사람이 바로 '감독'이다.

어떤 관점에서 애니메이션을 논할지가 중요하다. 내 전문은 현대 일본 문학 연구이자 미디어 이론이다. 애니메이션 제작 현장에 참여한 적도 없고 영상이나 음악 전문가도 아니다. 따라서 이 책에서는 주로 문예 비평 방법론에 따라 신카이 감독의 작품을 분석하고 고찰해 '언어의 마술사'인 신카이 마코토의 진가를 드러내는 게 목적이다. 그러기 위해 이제까지 그가 등장한 다양한 미디어(신문, 잡지, 서적, 무크지, TV, 인터넷 등) 인터뷰, 대담, 발언 등을 최대한 모아 다 살펴보고 발언 내용에 따라 목록을 만들어 의식적으로 글 속에 인용하며 집필하려고 유의했다. 그때그때 어떻게 생각하고 무엇에 도전했는지를 해설하는 신카이 본인의 이야기는 작품을 더 깊이 이해할 수 있게 할 것이다.

제1장에서는, 신카이 마코토의 초창기 창작에 초점을 맞춘다. 신카이 마코토라는 재능이 탄생한 배경과 독립 제작을 시작한 과정을 다룬다. 제2장에서는 밀레니엄 시대를 대표하는 신카이의 초기 작품 〈별의 목소리〉의 성립 과정과 반응을 출발점으로, 독립 제작한 풀 디지털 애니메이션의 출발인 이 작품의 의의를 고증한다. 제3장에서는 첫 장편 영화 〈구름의 저편, 약속의 장소〉에 대해 고찰한다.

제4장에서는 연작 단편 애니메이션 〈초속 5센티미터〉의 성립 과정을 자세히 검증하면서 열차나 편지라는 미디어의 역할과 속도 이

야기의 해석, 풍경과 내면의 관계성도 함께 검증한다. 제5장에서는 청춘 영화인 〈별을 쫓는 아이〉에 대해, 신화를 바탕으로 한 작품 구조와 이동 이야기로서의 구조를 분석한다. 이어지는 제6장에서는 유일한 중편 작품 〈언어의 정원〉을, 신카이가 자기만의 기상 현상에 착안하는 과정과 함께 고유명사의 의미와 타자와 만나는 장소 이야기로서 풀어보고자 한다.

제7장은 가장 많은 인기를 누린 〈너의 이름은.〉을 다양한 관점에서 검증한다. 작품의 신화적, 설화적 구조를 설명하면서 작품 바탕에 흐르는 '사상'을 분석하고 나아가 재해 애니메이션으로서의 의미와 의의를 드러낸다. 제8장에서는 신카이 감독이 직접 등장해 최신작 〈날씨의 아이〉와 관련해 긴 인터뷰를 가진다. 〈날씨의 아이〉뿐만 아니라 전 작품에 걸친 인터뷰는 신카이 작품의 현주소를 아는 데 많은 정보를 줄 것이다.

신카이의 작품에는 노벨라이즈, 만화, 영상 작품 등 다른 창작자가 참여한 작품이 여럿 존재하는데 이 책에서는 신카이 감독의 이름으로 나온 작품만 다룬다. 또 제목은 원래 일본 제목 뒤에 영문 제목을 붙이는 게 일반적이나 이 책에서는 독자들이 읽기 쉽도록 일본 제목만을 사용하고 등장인물 이름도 한자와 일본어 표기가 있을 때, 일본어 표기를 기본으로 했다.

이 책은 신카이 감독의 모든 작품을 다룬 평론서이다. 신카이 마코토의 세계를 총망라해 논한 교과서임과 동시에 신카이 감독 작품에 관심을 지닌 사람들을 위한 안내서이며, 관련 정보를 망라한 데

이터 북이자 나아가 신카이의 팬이 자기만의 관점으로 작품 세계를 깊이 탐구한 팬 북이기도 하다. 독자들이 저마다 자유로운 관점으로 접근해 '신카이 마코토의 세계'를 음미한다면 필자로서는 그보다 기쁜 일은 없을 것이다.

─────── 제 *1* 장 ───────

초창기 작품들
영상 작가 신카이 마코토의 탄생   015

고우미의 자연에서 자란 소년 시절/컴퓨터와의 만남과 초창기 작품/게임 오프닝 무비 제작으로/〈먼 세계〉와 〈둘러싸인 세계〉/〈그녀와 그녀의 고양이〉가 그려낸 것/절대적인 '거리'가 가져오는 '단절'의 풍경/고양이와 작은 동물을 둘러싼 초단편과 단편/〈고양이 집회〉―고양이와 인간의 디스커뮤니케이션/〈누군가의 시선〉―고양이의 눈으로 본 가족사

─────── 제 *2* 장 ───────

〈별의 목소리〉
'세계'에서 '세카이'로   051

〈별의 목소리〉의 충격과 반향/다양한 평가와 수상 경력/풀 디지털 애니메이션 방법론/철저한 효율성이 낳은 독자적인 영상 표현/세카이계의 대표작으로/메시지와 심리를 둘러싼 미디어론/타르시안이 인류에게 맡긴 것/단절과 디스커뮤니케이션을 넘어

을 둘러싸고/50년대의 명작 〈너의 이름은.〉과 현재의 명작 〈너의 이름은.〉/지진 재해 애니메이션으로서의 〈너의 이름은.〉/티아마트 혜성이란?/우주 의지와 커뮤니케이션/'반쪽'이 '반쪽'과 만나는 이야기/연민하는 연애 주체/창조되는 세계

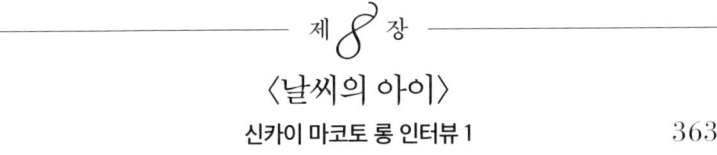

〈날씨의 아이〉
신카이 마코토 롱 인터뷰 1

이야기에 가장 적합한 캐릭터를 찾는다/포기에서 출발/앞으로 돌진하는 소년 소녀/일하는 아이들에 관한 생각/히나가 기도하는 장소/이야기 아키타입에 관한 관심/'올바름'을 둘러싸고/노다 요지로에 이끌려/세계의 비밀에 관한 이야기/애니메이션과 소설의 차이/관객과의 커뮤니케이션을 격려로

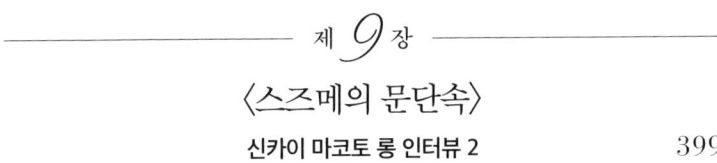

〈스즈메의 문단속〉
신카이 마코토 롱 인터뷰 2

이동과 만남, 선물을 둘러싼 이야기/같은 땅에서 살아가는 관객을 향해/10대 관객에게 재해를 전하는 의미/새로운 타입의 캐릭터가 가져오는 새로운 관계/잃어버린 "다녀오겠습니다"를 되찾기 위해

제 1 장

초창기 작품들

영상 작가 신카이 마코토의 탄생

• 고우미의 자연에서 자란 소년 시절 •

나가노현 동부, 미나미사쿠 지역의 거의 중앙에 해당하는 고우미 마치는, '동쪽에는 기타아이키무라, 서쪽은 야쓰가다케 산맥을 경계로 지노시, 남쪽은 난모쿠무라·미나미아이키무라, 북쪽은 사쿠호 마치(과거의 야치호무라)에 각각 접해' 있고 '마을 중앙을 남북으로 흐르는 강 지쿠마가와를 따라 띠 모양의 평야가 형성'되어 있는데 '지쿠마가와의 좌안(서부 지역)는 야쓰가다케 산맥의 산록이 광대한 경사지로 펼쳐지고, 우안(동부 지역)은 지치부산의 구릉지'가 펼쳐진다[1]. 신슈 지역 특유의 산지와 풍요로운 자연에 둘러싸인 고우미마치에는 마쓰바라코라는 호수와 그 주변에 펼쳐진 마쓰바라코 고원, 온천과 숙박 시설, 각종 스포츠 시설, 고우미마치 고원 미술관과 고우미마치 음악당 등의 문화 시설도 곳곳에 있다.

친가가 있는 고우미마치에서 자란 신카이 마코토는 고등학교를 졸업할 때까지 이곳에서 살았다. 초등학교 때는 스피드스케이트부, 중학교 때는 배구부, 고등학교 때는 궁도부에서 활동했다는 사실은 문화적인 이미지가 큰 신카이의 또 다른 청춘 시절을 느끼게 하는 일면이다. 신카이 본인의 말을 빌리자면 지역적 유대감이 강하고 차분하면서도 친밀한 공동체 안에서 '의외로 모범생'으로 '지극히 평범'한 학교생활을 보냈다[2]. 그림을 그리거나 이야기 짓기를 좋아하는 소년이기도 했다.

> 어머니는 유화를 그리셨는데 책 읽기도 좋아해서 제 독서는 어머니의 책장에서 시작되었죠. 책이나 화집을 넘겨 보거나 물감을 쓰게 해 주셨어요. 반대로 아버지는 책을 전혀 안 읽었어요. 메이지 시대부터 집안 대대로 건설업을 운영했고 아버지는 마을 의원을 맡기도 했죠. 아주 어려서부터 아버지에게 가업을 물려받으라는 이야기를 들었지만, 의외로 제가 진짜 좋아하는 일은 어머니처럼 그림을 그리거나 책을 읽는 시간이었습니다. 십 대부터 아버지가 요구하는 일과 내가 정말 좋아하는 일이 다르다는 사실을 어렴풋이 느끼고 있었어요. [3]

유화를 그리는 어머니의 영향을 받으면서 어머니의 책장에서 책을 골라 읽는다. 바로 여기서 표현하는 사람 신카이 마코토의 원형을 발견할 수 있다. 한편 아버지는 가부장 제도가 깊이 뿌리 내린 지방 가족 공동체에서 권위와 억압의 대상이었던 듯하다. 가업을 잇는 데 대한 기피와 아버지에 대한 반발 역시 표현하는 사람 신카이 마코토를 만드는 하나의 원동력이 되었다. 대대로 건설업을 운영하는 가문의 장남으로 자란 억압과 아버지가 마을 의원을 맡았다는 사실은 나중에 〈너의 이름은.〉(2016년)의 테시가와라(텟시)나 미야미즈 미츠하의 설정에 반영된다.

한 인간이 어떤 땅에서 태어나 어떤 부모 밑에서 자라고 어떤 환경의 영향을 받는지는 우연의 산물이다. 그러나 그 땅의 역사와 지형, 자연과 풍습, 집안의 문화는 그곳에서 태어나고 자란 사람의 개성과 인격 형성에 반드시 영향을 준다. 신카이에게 고향의 아름다운 산과 하늘, 강은 언제나 곁에 있는 너무나 자명한 풍경이었다. 〈너의 이름은.〉이 극장 개봉되기 전 필자와의 인터뷰에서 신카이는 다음과 같이 말했다.

저는 미츠하가 사는 곳과 같은 마을에서 자랐습니다. 지금도 생생하게 기억합니다. 도쿄로 오기 직전 너무 불안하고 외로워서 마지막 봄 방학 몇 주 동안 산의 모양과 강 냄새 등 마을의 모든 걸 기억하려고 마을을 샅샅이 돌아다녔습니다. 일단 풍경을 기억하고 내 안에 새겨 넣으면 도쿄에 가도 그럭저럭 지낼 수 있을 것 같아서요. [4]

대학 진학을 위해 도쿄로 와야 했던 신카이는 자기가 자란 고우미마치의 자연을 마음과 기억에 단단히 새겨 넣는 일을 했다. 지방 출신의 젊은이 대다수가 경험하는 고향을 떠나는 일은 사춘기와의 결별이기도 한데 신카이에게는 한 번도 겪지 못한 도시에서 살아갈 방법으로 고우미의 자연과 그곳에서의 기억, 경험이 중요했다.

신카이의 작품은 때로 웅대하고 때로는 치밀하고 선명한 자연 묘사가 특징이다. 그것은 신카이가 기억해 둔, 혹은 경험한, 더 나아가 내면의 필터로 데포르메(deformer, 대상의 일부를 변형, 과정, 축소, 왜곡해 표현하는 기법―역자 주)한 '원(原)풍경으로서의 자연'이라 할 것이다. 장면을 장식하는 배경 묘사라는 의미를 넘어 자연이 등장인물의 심상과 기억을 반영하는 거울로 기능하는 신카이 작품의 독자성은 유소년 시기부터 고우미의 자연과 대면해 온 신카이의 개인사에서 비롯되었다. 신카이가 얼마나 고우미의 자연을 사랑하고 많은 영향을 받았는지. 일례로 아버지 니쓰 마사카쓰가 주간지 취재에 응해 말한 "신카이의 '카이(海)'도 고우미의 바다(海)에서 따온 게 아닌가 합니다"[5]라는 말에 집약되어 있다.

• 컴퓨터와의 만남과 초창기 작품 •

1973년생인 신카이는 초등학교 때 앞으로 그의 인생을 크게 바꿀 도구와 만난다. 1980년대 초, 개인용으로 판매가 시작된 컴퓨터가 바로 그 주인공이다. 당시를 이야기하는 신카이의 말을 인용한다.

초등학교 때 국산 8bit 기종 SHARP MZ-2000을 만난 게 처음입니다. 그때는 아직 마우스도 없어서 좌표를 정하는 프로그램을 직접 만들어 그림을 그렸습니다. 마우스를 처음 만진 건 고등학교 때죠. X1turboZ라는 컴퓨터에 달려 있었습니다. 마우스로 조작하는 부속 소프트웨어에 완전히 푹 빠졌죠. 요즘으로는 도트 그림의 연장 같은 거였죠. [6]

SHARP MZ-2000은 1982년에 발매되었는데 신카이는 초등학교 5학년 때 처음으로 컴퓨터와 만났다[7]. 참고로 필자 인생의 첫 컴퓨터는 NEC의 PC-8810(1979년 발매)으로 대학에 입학한 1981년에 샀

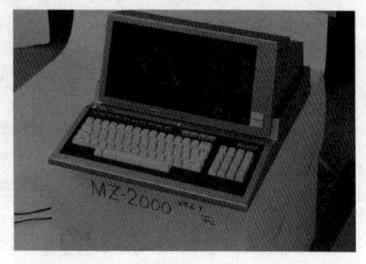

신카이 마코토가 초등학교 때 산 SHARP MZ-2000
(사진 제공/SHARP)

다. 마우스도, GUI 환경도, 컬러 디스플레이도 없었고, 외부 기억 장치로 카세트테이프를 사용했다. 사용자는 컴퓨터 잡지에 실린 프로그램을 하나씩 입력하며 어플리케이션이나 게임에 몰두하고 그 과정에서 초보자용 프로그램 언어 BASIC를 공부했다. 컴퓨터 구매와 사용이 하드웨어와 소프트웨어의 지식을 얻고 프로그래밍 언어를 습득하는 일과 직결되던 시대였다. 신카이 역시 이 길을 따른 사용자 중 하나로 추측된다.

당시 8비트 컴퓨터의 주류였던 PC-8001 계열이 아니라 일체형 MZ-2000 사용자였다는 점이 흥미롭다. MZ 시리즈는 그래픽에 강한 컴퓨터이다. 신카이는 MZ-2000으로 그림책 이식과 어드벤처 게임을 했다고 한다[8]. 신카이가 고등학교 때 산 X1turboZ(1986년 발매)는 4,096색을 동시에 표시할 수 있는 그래픽 기능과 FM 음원을 탑재한 본격적인 AV 컴퓨터였다. "4,096색 중에서 8색을 선택"해서 "거기서 뭘 골라 저녁노을이나 아침의 일출을 그릴 수 있을지 열중"하고, "히사이시 조 씨의 악보를 사서 〈마녀 배달부 키키〉의 메인 테마를 FM 음원으로 어떻게 재현할지를 고민했다"라는 회상도

있다[7]. 컴퓨터를 이용해 하늘 풍경을 그리고 음원으로 곡을 넣는
다. 디지털 크리에이터로서의 자질은 초등학교부터 고등학교까지
컴퓨터와 접하며 이미 준비되고 있었다.

대학교에 들어가서는 상황이 완전히 바뀌어 컴퓨터와 거리를 둔
다. 1992년 주오대학 문학부 문학과 국문학 전공에 입학한 신카이
는 아동문학 연구회에 들어가 그림책 만들기와 수채화에 도전한다.
이 시대 신카이의 활동을 확인할 수 있는 귀중한 정보원으로는 신카
이 본인이 제작하고 활동을 보고한 옛 홈페이지 『Other voices—먼
목소리』가 있다(2018년 3월에 폐쇄). 홈페이지가 있을 때 올린 콘
텐츠를 참고하며 신카이의 초창기 작품을 검토해 보자.

『Other voices—먼 목소리』에서 확인할 수 있는 가장 오래된 콘
텐츠는 대학 연합 하이쿠(일본의 전통 시가—역자 주) 동인지 『후킨(풍
금)』의 표지 그림이다. 1993년부터 96년까지 신카이가 그린 열 장
의 표지 그림에 설명이 붙어 있다. 일러스트 아래에는 그린 연월과
신카이의 본명인 '니쓰 마코토'의 이니셜 'M.N.'이 함께 적혀 있다.
단단한 선으로 정리된 단순한 일러스트의 모티프는 철도나 역 건물,
지방 철도의 차량 내부, 하늘이나 풍차, 일상 풍경 등이다. 초창기 작
품 속에 이미 신카이 마코토의 세계를 구성하는 요소가 갖춰져 있음
을 주목해야 할 것이다. "『후킨』 일러스트를 그리느라 매번 고민했
는데 덕분에 지금 하는 일에 필요한 소양 비슷한 걸 기른 것 같습니
다." 신카이의 발언 역시 이후 작업의 기점이 된 중요한 작품들이었
음을 드러낸다.

신카이가 활동한 아동문학 연구회의 동인지에 투고한 『민달팽이』

(1994년)는 일러스트가 많은 초창기 작품 가운데 하나인데 유일하게 스토리를 갖춘 단편이다.

한 여성이 소녀 시절을 회상하며 독백하는 장면으로 시작된다. '남쪽 작은 마을'에서 자란 '나'는 달 밝은 밤에 산책하러 나가는 습관이 있다. 어느 날 밤, 산책하다가 '몸 한가운데 있는 가늘고 긴 문양이 달빛을 받아 반짝반짝 빛나는' 양동이 크기의 민달팽이를 발견한다. 민달팽이와 관련된 어린 시절의 인상적인 에피소드에서 갑자기 반전해 그녀는 현재 자신에 관해 이야기하기 시작한다.

그로부터 20년의 세월이 흘렀다. 도쿄와 꽤 가까운 S현 T시에 사는 사회인이며 아파트 근처에는 A강(아무리 봐도 모델은 아라카와)이라는 큰 강이 흐르는데 만원 전차를 타고 A강을 건너 도쿄 회사까지 통근한다는 내용이 흐른다. 소녀 시절과 마찬가지로 달빛이 밝은 밤이면 산책하러 나가는 '나'는 A강 둔치에서 건너편 도쿄의 고층 빌딩 불빛을 바라보며 길을 걷는 사람들을 생각하고 철교를 건너는 전차 소리와 차량 불빛을 '내가 아는 세상에서 가장 아름다운 것 가운데 하나'로 기억에 담는다. 그리고 '그 전차의 가늘고 노란 빛줄기'가 '언젠가 고향 마을에서 본 달빛을 받아 반짝이던 커다란 민달팽이의 빛과 빼닮았음'을 떠올린다.

과거와 현재를 왕복하는 시간 구성과 시골과 도시의 대조적인 배치, 나아가 고층 빌딩과 전차에 대한 집착 등 이후 신카이 마코토의 표현에서 핵심이 되는 각종 모티프가 대학 시절부터 이미 작풍으로 확립되어 있다. 커다란 민달팽이와 달리는 전차의 빛줄기를 잇는 상상력에서 보이는 서정성 역시 신카이가 갖춘 자질 중 하나이다. 혼자 사는 젊은 여성의 내면을 드러낸 이야기는 〈그녀와 그녀의 고양이〉(1999년)와 NHK 모두의 노래 〈웃는 얼굴〉(2003년) 등에 앞선 시도이기도 하다.

『민달팽이』는 표지를 포함해 총 17페이지에 달하는 단편이다. 그림책과 만화책을 합친 듯한 '이야기'와 '그림'을 한 페이지씩 전개하는 스토리는 지금 읽어도 전혀 진부하지 않다. 여성의 독백으로만 이루어지는 구성은 독백에 무게를 두는 신카이 작품의 이후 내러티브 방식과 이어진다. 『민달팽이』는 다양한 의미에서 신카이 마코토의 표현을 미리 선보인 초창기 작품이라 할 수 있다.

• 게임 오프닝 무비 제작으로 •

신카이는 1996년에 대학을 졸업하고 게임 소프트웨어 개발 회사인 일본 팔콤에 입사한다. 메이지 시대에 창업한 친가의 건설회사 니쓰구미의 4대 후계자로 장래가 촉망되며 연수를 받을 업체로 도쿄의 주택 회사에 취직까지 결정되었는데 갑자기 진로를 틀어버린 것이다. 지방에 뿌리를 둔 유서 깊은 건설회사의 장남으로 태어나 어린 시절부터 가업을 잇는 게 당연했던 신카이에게는 이미 정해진 레일을 달리는 건 너무나 당연한 일이자 동시에 자신을 속박하는 억압으로 작용했을 것이다. 결과적으로 일본 팔콤 입사가 크리에이터로서의 재능을 개화시키는 방아쇠가 된다. 인생은 선택의 연속이다. 취업할 회사를 바꾸지 않았더라면 〈날씨의 아이〉(2019년)에 도달

, 하는 신카이의 작품은 존재하지 않았을 것이다.

신카이는 일본 팔콤에 입사하고 이제까지 접하지 못한 Macintosh 의 세계에 깊이 빠진다. 중고등학교 때 이후로 멀어졌던 컴퓨터와 재회한 것이다. Photoshop과 필압 감지 기능을 갖춘 태블릿 등 크리에이터를 위한 최첨단 하드웨어와 소프트웨어를 접한 신카이는 당시를 "일종의 황금시대 같았던 시대"라고 회고한다[8]. 회사에서 '사장님 담당' 같은 신세였던 신카이는 "사장이 관심을 두는 부분의 실무"를 담당했는데 그 과정에서 CD-ROM과 웹, DTP, 3D CG 등 다양한 기술을 습득할 기회를 얻는다[2].

1990년대에는 멀티미디어 환경이 정비되어 인터넷이 민간에 보급되기 시작한 시기이다. 개인 컴퓨터가 커뮤니케이션 도구로 발전하던 변혁기에 신카이는 게임 개발 현장에서 멀티미디어와 컴퓨터를 사용한 표현 방법을 배운다. 신카이는 하드웨어와 소프트웨어 기술을 축적해 게임의 오프닝 무비 제작을 담당한다. 일본 팔콤이라고 하면 『드래곤 슬레이어』 시리즈와 『이스』 시리즈 등으로 유명한 게임 제작 회사인데 신카이가 제작에 참여한 작품은 액션 RPG의 명작

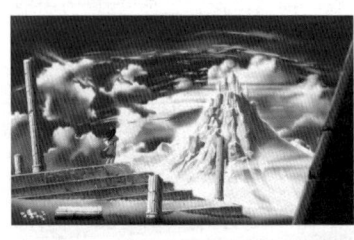

『이스 Ⅱ 이터널』의 오프닝 무비 한 장면. 산꼭대기에 있는 성을 멀리서 바라보는 소녀의 모습과 눈의 대비가 절묘하다. 신카이의 영상 미학이 싹트고 있음을 알 수 있다.

『이스 Ⅱ 이터널』(2000년)의 오프닝 무비이다.

오프닝 무비는 게임이 시작되기 전에 등장인물이나 이야기 내용, 세계관을 응축해 제시하는 짧은 연출 동영상이다. 게임을 시작하려는 사용자의 기

신카이 마코토의 세계

분을 고양하기 위해 인상적인 장면을 제시하는 스타일리시한 연출이 요구되는 게임에서 중요한 부분이다. 『이스 Ⅱ 이터널』의 오프닝 무비는 2분 남짓한 시간. 빠른 곡에 맞춰 이스 왕국의 흥망사가 물 흐르듯 그려진다.

화면 가득 펼쳐지는 하늘 묘사, 명멸하는 빛들, 흩날리는 바람 표현 등 신카이만의 영상 미학을 곳곳에서 볼 수 있다. 구름 사이에서 상승해 공중으로 솟아오른 뒤 지상에 도달하는 비밀스러운 발광 물체를 그린 영상 묘사는 마치 〈너의 이름은.〉에서 티아마트 혜성이 쏟아지는 장면을 미리 보는 듯하다. 신카이의 작품에는 반드시 나오는 무리 지어 하늘을 나는 새들도 보인다. 주목할 점은 치밀한 컷 분할과 다이내믹한 화면 구성이다. 이 무비는 그림 콘티를 미리 그리지 않고 음악에 맞춰 나중에 컷을 결정했다. 속도감 있는 음악에 놓이는 컷이 경쾌한 템포와 효과를 자아내 압도적인 영상 미학으로 『이스』의 세계관을 2분 남짓한 시간에 그려내고 있다. 영상 작가 신카이 마코토는 바로 여기서 탄생한 것이다.

신카이에게는 게임 무비를 제작하기 전에 만든 독립 제작 작품이 한 편 더 있다. 그게 바로 『Other voices―먼 목소리』에 올린, 가장 오래된 무비이며 "일과 사적인 취미를 포함해 처음으로 만든 애니메이션"이기도 하다[9]. 니쓰 마코토의 이름으로 내놓은 〈먼 세계〉(1997년)가 그것이다.

• 〈먼 세계〉와 〈둘러싸인 세계〉 •

〈먼 세계〉는 보는 사람에게 불가사의한 여운을 남기는 전편 흑백 초단편이다. 에릭 사티의 유명한 피아노곡 『Gymnopédie No.3』 제 1장이 흘러나오기 시작하면서 스태프 이름과 제목이 흥겹게 흐른 후 이야기가 시작된다.

"하늘, 날고 싶어?" 라는 자막 다음에 하늘 높이 상승하는 모형 비행기를 잡으면서 틸트 다운(Tilt Down, 카메라 시점을 위에서 아래로 이동하는 영상 효과)해 상공에서 아파트, 전봇대가 있는 지상 풍경으로 시점이 바뀐다. 선풍기가 돌아가는 방에 남녀가 있다. 남자는 여자의 무릎을 베고 있다. 방에는 갈매기 모빌이 달려 있다. 껴안은 남녀의 모습에 "그렇게 힘들어?" 라는 자막이 겹친다. 맞잡은 남녀의 손 클로즈업, 욕실의 샤워기, 컵에 꽂은 꽃 두 송이, 테이블 위에 놓인 샌드위치 접시와 머그컵, 그리고 우편물을 확인하는 여자, 하늘과 전봇대, 버려진 신문 등의 컷이 초 단위로 이어진다.

여성이 지하철에 타려고 계단을 내려간다. 플랫폼에 열차가 미끄러져 들어온다. 열차에 탄 여성은 문 옆에 선다. 바람에 살랑이는 방 커튼에 이어 쓰다 만 편지 컷. 장면이 바뀌어 차창 밖으로 펼쳐지는 경치에 새 한 마리가 더해진다. "같이 갈래?" 라는 자막. 다시 장면이 바뀌고 지역 철도 열차를 타고 여행하는 남녀의 모습이 등장한다. 여자는 오른손에 차표를 들고 있고 남자의 손에는 시간표가 있다. 달리는 열차 상부에 "저기, 세계는 아름답네" 라는 자막. 그녀의 말에 대답하듯 "하지만 받아들여지질 않아" 라는 자막. 여자가 남자

　　　　　　　　　　　　　　신카이 마코토의 세계

에게 뭐라고 속삭인다. 이어서 "당신이 언젠가" "진짜 반쪽을 발견할 때까지" 라는 자막. 목적지 표시에 '고우미'라고 적혀 있는 정차 중인 열차. 열차 문이 열린다. 승객이 없는 차 안

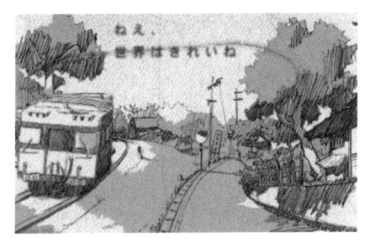

〈먼 세계〉는 사는 걸 힘들어하는 사랑하는 사람과 여행을 떠나는 여성의 사랑과 구원을 담은 이야기다.

에서 둘은 꼭 안는다. "늘 곁에 있을게" 라는 자막. 밤의 정적 속, 열차가 멀어진다. 그리고 마지막으로 차창으로 뻗은 남자의 손에 여자의 손이 살포시 얹힌다.

1분 28초 영상의 내용을 언어로 치환하면 〈먼 세계〉가 정보량이 많은 작품임을 알 수 있다. 〈먼 세계〉에는 구원을 바라고 방황하는 한 커플의 영혼의 편력을 그리고 있다.

사는 게 힘든 한 청년이 있다. 연인을 꼭 안고 있어도 그 고통은 치유되지 않는다. 그녀는 그가 보낸 편지에 답장을 쓰려 하나 제대로 표현할 수가 없다. 그녀는 제안한다. 둘은 열차를 타고 여행한다. "저기, 세계는 아름답네" 라는 그녀의 호소를 그는 "받아들여지질 않아." 라고 답한다. 아름다운 풍경 속에 있어도 그의 우울은 사라지지 않는다. 그와 그녀의 거리도 좁혀지지 않는다. 그녀는 그에게 조용히 속삭인다. "당신이 언젠가" "진짜 반쪽을 발견할 때까지" "늘 곁에 있을게" 라고.

영상과 언어(자막)와 음악, 유일한 환경 소리인 열차 달리는 소리만으로 구성된 〈먼 세계〉는 받아들이는 사람에게 해석의 여지를 많이 남기는 서정적인 작품이나 이 작품을 감상한 대다수는 사는 데

고통을 품고 고뇌하는 연인 곁을 지키려는 한 여성의 이야기를 떠올릴 것이다.

비약하는 모형 비행기와 방에 걸려 있는 갈매기 모빌, 그리고 열차 창밖에 펼쳐지는 하늘을 나는 새는 우울함에 사로잡힌 청년의 정신이 요구하는 '자유'를 상징한다. 그녀는 연인을 구하고 싶으나 아무리 가까이 있어도 그와의 사이에 놓인 정신적 거리를 메울 수 없다. 여행하는 두 사람 앞에 아름다운 풍경이 펼쳐진다. 자신들을 둘러싼 풍경을 그녀는 '세계'라고 표현한다. 자기들 역시 '세계'를 구성하는 일부인데 그에게 '세계'는 자신을 소외한 외부이다. 그는 '타자'를 받아들일 수 없다. '타자'와 '세계'는 그에게 '먼' 곳이다. 거기에는 필시 그녀도 포함될 것이다. 그에게 그녀는 '진짜 반쪽'이 아니다. 그녀는 그 사실을 알면서도 그의 곁을 지킨다. 그의 '괴로움'의 근원이 바로 거기 있다.

열차 안에서 속삭이는 그녀의 "당신이 언젠가" "진짜 반쪽을 발견할 때까지" "늘 곁에 있을게" 라는 말은 결정적이다. 그녀와 그에게 결정적인 말임과 동시에 신카이 마코토의 작품에서도 결정적인 말이다. 신카이 마코토는 데뷔작부터 최근작에 이르기까지 줄곧 '진짜 반쪽을 찾는' 이야기를 만들어 내고 있기 때문이다. '진짜 반쪽'이란 무엇을 뜻할까. 그 의미는 이 책을 읽으면서 서서히 드러날 것이다. 여기서는 일단 〈먼 세계〉를 창작하는 과정에서 신카이가 '진짜 반쪽'이라는 단어와 만났다는 사실만을 지적해 두겠다.

연인의 말에 청년은 구원받았을까. 그건 모른다. 이 여정의 결과는 이야기 밖에 놓여 있다. 그러나 둘의 왼손이 겹치는 마지막 장면에 희미하나마 희망을 맡긴 듯하다. "늘 곁에 있을게"라는 말은 연인이 품은 고통을 끝까지 함께 하겠다는 그녀의 결의 표명이기도 하다. 〈먼 세계〉는 대가 없는 사랑의 이야기이다.

〈먼 세계〉는 1997년 말에 2주 동안 최초 버전이 제작되었고 이후 계속 손을 본 작품이다. 작품 마지막에 '1999. 02. 01'이라는 날짜가 붙어 있으므로 1년 이상에 걸쳐 손을 봐 완성했음을 알 수 있다. 신카이는 이 작품에 대해 "3D와 사진, 손 그림을 사용하는 방법 등 내 스타일의 원형이 이 작품에 있어요"라고 언급한 바 있다[10]. 제작에는 동영상 편집·합성 어플리케이션인 Adobe After Effects가 사용되었다. 필름 노이즈 효과를 활용한 연출 등 한정된 시간과 예산으로 어떻게 하면 인상적인 작품을 만들 수 있을지를 연구한 흔적도 곳곳에 보인다.

데뷔작에는 한 작가의 모든 자질이 포함된다고들 한다. 〈먼 세계〉는 사적인 작품이라고 할 만한데 이후 신카이 마코토의 작품을 특징짓는 영상 표현과 어플리케이션 기법, 이야기 주제와 모티프가 단순한 형태로나마 다 담겨 있다. 이 초단편에서부터 신카이 마코토의 영상 표현이 시작되었다고 해도 과언이 아니다.

〈먼 세계〉에 이어 신카이는 3D CG 애니메이션 〈둘러싸인 세계〉(1998년)의 제작에 들어간다. 무비 공개는 이미 종료되어서 현재 이 작품을 감상할 길은 없다. 『Other voices―먼 목소리』에서 공개한 각 장면의 컷과 신카이의 해설문을 바탕으로[11], 작품을 분석해보자.

〈둘러싸인 세계〉는 30초짜리 컬러 작품이다. 사용한 소프트웨어는 Lightwave 3D. 2D의 〈먼 세계〉와는 다른 접근 방식으로 만들어졌다. 극화 스타일의 터치를 사용한 전작에 대해 캐릭터는 구(球) 모양으로 기호화하고 이야기도 우화성을 담았다. 무라카미 하루키의 『세계의 끝과 하드보일드 원더랜드』에 영향을 받아 제작한 점도 전작과는 큰 차이점이다.

벽으로 둘러싸인 세계. 여기에 모든 게 있다. 아름다움도 따뜻함도……. 한 커플이 버스와 열차를 타고 한 장소에 도착한다. 그곳에는 바깥 세계와 연결된 계단이 있다. 망설이면서도 바깥 세계로 나가겠다고 결단한 그. 한편 그녀는 이 세계에 머문다. 이별의 시간이 찾아오는데…….

『세계의 끝과 하드보일드 원더랜드』는 현실 세계(하드보일드 원더랜드)와 벽으로 둘러싸인 세계(세계의 끝)를 묘사하는 장이 번갈아 전개되는 이중 소설이다. 〈둘러싸인 세계〉는 '세계의 끝'의 내용을 담고 있다. '나'는 자신의 기억을 지닌 '그림자'와 함께 벽 밖으로 나가려고 했으나 결국은 마음을 없앤 연인과 함께 거리에 남기로 결심한다. '나'를 남기고 '그림자'만 바깥 세계로 탈출한다. 〈둘러싸인 세계〉에서는 위와 같이 '세상의 끝'과는 다른 결말을 선택한다. 안쪽에 갇힌 세계에 만족하지 않고 바깥 세계를 동경하고 이끌리는 선택에 중점을 둔다. '지금 있는 세계에서 바깥 세계를 목표로 하는 주인공'은 이후 반복해 그려진다.

'세계'를 받아들일 수 없는 연인의 곁을 지키는 여성을 그린 〈먼 세계〉. 벽에 둘러싸인 세계 밖으로 나가 자유를 얻는 대신 연인과의 이별을 받아들이는 그. '세계'는 그들 앞을 가로막는 단절의 상징이

된다. 〈먼 세계〉와 〈둘러싸인 세계〉에는 모두 '세계'라는 단어가 있다. 신카이의 초창기 작품 두 편을 '세계' 연작이라고 부르면 어떤 풍경이 보인다. '세계'와의 격투와 그 극복이라는 본질적인 주제를 작품의 중심축에 놓은 신카이는 또 다른 이야기로 나아간다. 그 이야기 역시 '세계'를 키워드로 한 작품이다. 그때까지 무명이었던 신카이 마코토라는 이름을 단숨에 세상에 내놓은 〈그녀와 그녀의 고양이〉이다.

• 〈그녀와 그녀의 고양이〉가 그려낸 것 •

〈그녀와 그녀의 고양이〉는 다섯 개의 섹션으로 이루어진 단편 작품이다. "계절은 초봄, 비가 내리는 날이었다" 라는 조용한 독백으로 'Sec.1【인트로덕션】'이 시작된다. 첫 번째 컷은 왼쪽 귀에 걸린 긴 머리카락을 쓸어 올리는 그녀의 모습. 방에서 무릎을 안은 채 앉아 있는 그녀에게 전화가 온다. 그녀는 착신음에 흠칫 반응하지만, 수화기를 들려 하지 않는다. 전화는 '밖'과 '안'의 공간을 연결하는 미디어다. 그녀는 바깥 세계를 완고하게 거부하고 있다. 누가 건 전화였을까. 아마도 그녀는 누가 걸었는지 아는 듯하다. 그러나 그 상대와 커뮤니케이션하기를 거부하고 있다.

전화벨이 계속 울린다. 그동안 시점은 그녀의 방 몇 군데를 잡는다(부엌의 가스레인지, 세면실, 세탁 바구니에 던져 넣은 옷과 속옷, 베란다에 떨어진 빗물의 파문). 철문이 열렸다 닫히는 장면으로 그녀가 빗속에 외출했음을 알게 된다. "그날, 그녀가 나를 주웠다. 그래서 나는 그녀의 고양이가 되었다"라는 독백에 이어 제목이 나타난다.

'봄의 시작'인 비 내리는 날, 전화로부터 도망치듯 방을 나온 그녀는 수컷 고양이 한 마리(나)를 줍는다. 인간에게 내향적인 그녀는 우연히 만난 인간이 아닌 고양이에게 마음을 연다. 그녀에게 간택당한 '나'는 자신을 '그녀의 고양이'라고 표현한다. '그녀의 고양이'의 조사인 '의'는 소속과 소유의 주체를 나타낸다. 그녀는 '나'의 소유주이며 기르는 주인이기에 '나'는 그녀를 따른다. 그런 주종 관계가 '그녀의 고양이'라는 이름에 함유되어 있다. 작품 제목이 〈그녀와 나〉가 아니라 〈그녀와 그녀의 고양이〉로 한번 비튼 이유도 양자의 관계성에 있다.

하늘을 배경으로 솟아 있는 전봇대, 아파트와 맨션 같은 건축물, 그녀의 방 현관에 놓인 젖은 비닐우산, 난로 위에 놓인 주전자 컷 다음에 'Sec.2【그녀의 일상】'으로 넘어간다. 그녀 다리 밑에서 우유를 핥거나 책 읽는 그녀 가슴에 올라탄 '나'를 그린 영상과 함께 "그녀는 엄마처럼 다정하고 연인처럼 아름다웠다. 그래서 나는 금세 그녀를 좋아하게 되었다"라는 독백이 흐른다. '나'에게 그녀는 '엄마'이자 '연인' 같은 존재로 인식된다. '나'는 오로지 순종하고 응석을 부리고 뭔

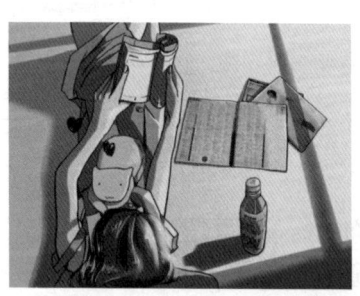

'나'에게 그녀는 엄마처럼 다정하고 연인처럼 아름다운 존재이다.

신카이 마코토의 세계

가를 받는 위치에 있다.

봄에서 여름으로 계절이 바뀐다. 이어지는 'Sec.3 【그의 일상】'에 그려진 내용은 "작고 귀여워 응석을 잘 부리는" 새끼 고양이 미미와 '나'의 미묘한 관계다. 결혼을 요구하는 미미를 대하며 "나는 아무래도 그녀처럼 어른스러운 여자가 더 좋다" 라고 생각한 '나'는 미미의 구애를 계속 무시한다. 미미의 말을 표현하는 자막과 '나'의 독백을 번갈아 컷 분할로 보여주는 효과가 대단하다. "또 놀러 와." "꼭 와야 해." "정말, 정말 꼭 와야 해?" 수없이 확인하는 미미의 마음이 너무 애절해 마음을 울린다. 이 장면에서 '나'의 이름이 '쵸비'라는 것도 처음 알게 된다. 쵸비라고 하면 제일 먼저 사사키 노리코의 만화 『동물 의사 선생님』에서 주인공이 기르는 시베리안 허스키의 이름이 떠오를 텐데 어떤 관계가 있을까.

그녀와 '나'의 일상이 담담하게 그려진다. 특별한 사건이 일어나지 않은 채 '봄의 시작'으로 시작된 이야기는 여름을 지나 가을로 향한다. 그리고 'Sec.4 【그녀의 외로움】'에서 극적인 전개가 이루어진다. "길고 긴 전화를 끝내고 그녀가 운다". 전화가 끊기고 뚜, 소리가 난 다음 그녀가 수화기를 놓는다. 전화기를 두 손으로 누르고 고개를 떨군다. 앉아 있던 의자가 쓰러지고 전화기가 바닥에 떨어지며 그녀가 바닥에서 몸을 웅크린다. 상황으로 연인의 이별 전화임을 추측할 수 있다(Sec 1의 전화도 연인이 건 거라면 파탄의 조짐은 봄부터일지 모른다). 〈그녀와 그녀의 고양이〉에서 전화라는 미디어는 단절의 메타포로 그려진다. '서로 통하지 않음'이 주제로 드러난다.

Sec 1의 세면실 컷에서는 컵에 두 개의 칫솔이 들어 있었다. 그녀의 방을 연인이 찾아왔을 때도 있었을 것이다. 그러나 '봄의 시작'을 경계로 연인 관계에 변화가 생긴다. 이후 연인은 그녀의 방을 찾지 않는다(만약 찾아왔다면 '나'의 독백에 반영되었을 것이다). 연인과의 거리와 단절을 메우지 못한 채 초가을을 맞았고 결국 두 사람은 이별한다. 전화 에피소드를 통해 그런 스토리가 추출된다.

그녀는 외로움을 메우려고 '나'를 주워 길렀을지 모른다. 그런 속사정을 '나'는 알 도리가 없다. '나'는 오로지 그녀를 감싸고 곁을 지킨다. "그녀에게는 잘못이 없어. 내가 늘 보고 있어. 그녀는 언제나 누구보다 따뜻하고 누구보다 아름다우며 누구보다 열심히 살고 있어"라며 전면적으로 긍정한다. '누가 좀 도와줘!'라는 자막으로 발화되는, 이 작품에서 처음으로 등장하는 그녀의 대사는 그 자리에서 소리가 되어 나오지 않는다. 슬픔에 젖어 도움을 요청하는 그녀 마음의 소리를 '나'란 존재가 알아들었다고 생각해야 할 것이다.

암전 뒤 방 전등이 켜지고 마지막 섹션 'Sec.5【그녀와 그녀의 고양이】'로 이어진다. 계절은 겨울. 1999년 12월 달력 컷이 이야기 안의 시간을 드러낸다. 크레인과 신호기의 실루엣에 눈 내리는 풍경이 겹친다. 긴 머리였던 그녀는 머리를 짧게 잘랐다. 아직 어두운 겨울의 이른 아침, 그녀는 '나'를 방에 남기고 일하러 나간다. '두꺼운 코트를 입은 그녀'를 '나'는 '커다란 고양이' 같다고 생각한다. 슬픔을 이겨낸 그녀와 그녀를 생각하는 '나'는 평온한 겨울의 일상에 있다. 그녀와 '나'는 한 사람과 한 마리의 조그만 세계에 충분히 만족하고 있다.

눈 내리는 아침, 열차를 타고 출근하는 그녀가 차창에 왼손을 댄

다. 〈먼 세계〉의 마지막 장면을 떠오르게 하는 장면이다. 그러나 그녀의 손에 얹어지는 '누군가'의 손은 없다. 그녀는 혼자 살아야 한다. "나도, 그리고 아마 그녀도"라는 독백 다음에 "이 세상을 좋아한다"라는 자막과 "이 세상을 좋아한다"라는 그녀와 '나'의 내레이션이 동시에 흐르며 이야기는 마무리된다.

동시 내레이션(동시 독백이라고 표현해야 적절할 듯하다)은 신카이의 이후 작품에서 중요한 내러티브 장치로 기능한다. 신카이의 작품에 등장하는 동시 내레이션의 특징은 내레이션하는 인물들이 같은 장소에 있지 않는 점에 있다. 두 사람 사이에 커뮤니케이션의 회로는 열려 있지 않다기보다 단절 상태에 있고, 다른 장소에 있는 두 사람이 동시에 같은 대사를 하는 연출을 통해 흡사 서로의 마음이 통한 듯한 '착각'이 연출된다. 불통 상태에 놓였는데 그들은 이어지기를 원한다. 그런 그들의 소통에 대한 바람이 동시 내레이션이라는 형식으로 표현된다.

• 절대적인 '거리'가 가져오는 '단절'의 풍경 •

〈그녀와 그녀의 고양이〉는 내레이션, 자막, 음악, 효과음, 그리고 정지화(靜止畵) 중심의 부분적 애니메이션으로 구성되어 있다. "내레이션과 효과음을 활용해 '움직일 필요 없는' 연출을 철저히 행해"[12] 독립 제작에 따르는 수고와 시간 문제를 해결하고 있다. 일반적으로 애니메이션은 1초 24컷 프레임으로 흐른다. 〈그녀와 그녀의 고양이〉는 정지화가 중심인 작품으로, 부분적으로 움직임을 주는 데 그 움직임도 매우 한정적이다. 움직임을 특징으로 하는 애니메 이션에서 움직임을 제한하는 건 단점이다. 〈그녀와 그녀의 고양이〉 에서는 정성껏 선택된 언어와 어쿠스틱한 음악과 계산된 효과음이 이 단점을 보완한다. 이들 요소가 서로 어우러져 작품에 여운과 깊 이를 준다. 예산 관계상 성우에게 맡길 수 없어서, 신카이 마코토가 직접 '나'의 묵직한 내레이션을 담당했는데 이것도 작품 세계와 어 울린다. 억양과 리듬과 유머가 있는 신카이의 목소리는 아주 매력적 이다. 할 수 있는 일, 할 수 없는 일을 미리 충분히 검토한 다음, 한정 된 시간과 예산 안에서 전하고 싶은 메시지를 효율적으로 작품에 넣 는다는 극히 어려운 목표에 도전하는 신카이의 시도는 성공한 듯 보 인다.

그리고 하나 더, 일러스트 소재로 디지털카메라 사진을 최대한 활 용한 점을 이 작품의 기술상 업적으로 꼽고 싶다. 로케이션 헌팅에 서 촬영한 풍경 사진을 가공해 애니메이션의 배경 그림으로 쓰는 일 은 오늘날 애니메이션 제작에서는 일반적이나, 〈그녀와 그녀의 고 양이〉의 방법론은 철저했다. 컷 대부분을 디지털카메라로 촬영하고 사진을 베껴 그려 일러스트로 만드는 방법이 채용되었다.

CD-ROM 『그녀와 그녀의 고양이 Their standing points MOVIES AND SOUNDTRACKS』(망가즈·닷·컴, 01·3)의 부록 대형 책자는 신카이의 작품 해설과 메이킹, 그림 콘티를 수록한 귀중한 자료인 데 이 안에 신카이가 디지털카메라로 촬영하고 컷에 반영한 스냅 사 진이 대거 실려 있다. 신카이는 한 인터뷰에서 이 작품이 90년대 후

신카이 마코토의 세계

반에 유행한 스냅 사진 문화의 영향을 받았음을 고백하고 회사원 때 읽은 만요슈(일본의 가장 오래된 가집—역자 주)의 현대어 번역판을 참고 문헌으로 들고 있다[13]. 신카이가 회사원 때 읽은 만요슈 현대어 번역판은 미쓰무라스이코쇼인에서 간행한『Contemporary Remix '만요슈'』시리즈의 3권『LOVE SONGS Side. A』(96),『LOVE SONGS Side. B』(97),『SONGS OF LIFE』(97)이다.『LOVE SONGS Side. A』에는 '사랑하는 마음'을 주제로 한 100수가,『LOVE SONGS Side. B』에는 '사랑'을 주제로 한 100수가,『SONGS OF LIFE』에는 '인생'과 '죽음'을 주제로 한 85수가 수록되어 있다. 흥미로운 점은 "『만요슈』의 노래를 현대어로 옮긴 '번역'(동시대의 언어)과 스냅 사진을 중심으로 '지금'을 오려낸 사진들로 구성한 사진 시집 시리즈"를 목표로 한 편집 방침이다[14]. 만요슈 원문에 현대 번역을 붙인다. 여기에 다양한 사람들이 인물과 자연을 피사체로 촬영한 스냅 사진을 덧붙인다. 만요슈의 단어와 동시대 언어로의 번역, 시대의 '지금'을 잘라낸 스냅 사진이 페이지 위에서 하나가 되어 불가사의한 교향곡 같은 공간을 만든다. 언어와 영상의 융합과 대립이 '사진 시집'으로 표현된 것이다.

〈그녀와 그녀의 고양이〉의 저변에는 일상에 대한 시선이 흐르고 있는데 이는 곧 신카이 자신이 자기 일상을 다시 돌아보는 계기가 되기도 했다. 이 작품을 제작한 이유에 대해 "일, 사생활 모두 힘들었던 시기(1997년 여름—필자 주)"에 "현실 생활을 긍정하는 이야기를 만들고 어쨌든 결론을 내자는 동기가 있었다"라고 신카이는 말했다[15]. 〈그녀와 그녀의 고양이〉는 개인적인 작품이다. '개인적'

이라는 말에는 두 가지 의미가 담겨 있다. 하나는 본인이 가지고 있는 기자재와 소프트웨어를 사용한 독립 제작 작품이라는 점. 다른 하나는 무엇보다 '자신을 위한' 작품이라는 점이다. "제가 개인적으로 보고 싶은 작품을 만들었습니다" 라는 신카이의 말[7]이 그 점을 뒷받침한다. 그러나 이 작품은 사소설 같은 개인 정보가 담긴 이야기는 아님을 강조해 두고 싶다.

신카이는 작품 속 그녀에 대해 "제가 스물일곱 살 때 만든 작품인데 작품에 나오는 여성도 스물일곱을 상정하고 그렸습니다" 라고 말했다[7]. 신카이는 일이나 인간관계에 고민하는 시기로 이십 대 중반부터 스물일곱 살까지의 나이를 꼽고 있는데 아마도 사회인 대다수가 고민하는 시기이기도 할 것이다. 특히 여성에게 이 시기는 일과 연애, 결혼 등 인생의 선택과 관련된 첨예한 문제를 안는다. 그러므로 작품 속 그녀는 특정 여성이면서도 보편성을 지닌 여성의 이미지가 부여된다. 그녀의 직업은 불명이다. 사는 장소도 나오지 않는다. 나아가 그녀의 얼굴은 장면마다 미묘하게 잘려 있어 확인할 수 없다. 혼자 사는 익명의 스물일곱 살 여성이 1999년 봄부터 12월까지 겪는 일상을 계절마다 그리고 있다. 그것이 〈그녀와 그녀의 고양이〉의 이야기 내용이다.

그녀의 일상을 보고하는 존재가 바로 고양이인 '나'이다. 나쓰메 소세키의 『나는 고양이로소이다』로까지 거슬러 올라갈 수 있는 '고양이 시점의 인간 관찰과 인간 비평'이 이 작품 착상의 토대에 있다. 고양이의 시점은 혼자 사는 젊은 여성의 사생활을 상세히 드러낸다. 옷이나 속옷이 빨래 바구니에 아무렇게나 넣어져 있는 방과 콘플레이크와 우유, 요구르트를 아침으로 먹는 식습관, 방에서 편안하게 널브러져 있거나 슬픔에 빠져 울며 무너지는 무방비한 생활의 디테일을 우리는 '나'의 시점을 통해 관찰한다. '나'는 젊은 여성의 방에서 자유롭게 이동할 수 있는 카메라를 장착한 드론 같은 존재이다.

그러나 그런 '나'의 모습은 상당히 희화화(혹은 기호화)되어 있다. 그녀를 그린 선이 극화 스타일인 반면 쵸비와 미미는 단선으로 만화처럼 그리고 있다. 구상할 때 러프 스케치 단계에서는 다 사실적이었는데 최종적으로는 '과감하게 왜곡하는' 지금의 캐릭터를 채용했다[18]. 사람의 말을 구사하는 고양이라는, 생각하면 이상한 설정을 시청자가 자연스럽게 받아들일 수 있도록 캐릭터의 문턱을 낮춘 방법이다. 초현실적이면서도 투명한 화자로서 '나'의 설정에 신카이가 의식적으로 접근했음을 알려주는 증거이다.

'나'는 그녀를 사랑하지만, 그녀에게 '나'는 함께 사는 반려동물일 뿐 이상의 관계를 의식하지 않는다. '나'는 '그녀가 기르는 고양이'라는 처지를 넘어설 수 없다. 감춰둔 마음이 그녀에게 닿을 리 없다. 이 작품에서는 절대적인 '거리'가 가져오는 '단절'의 풍경을 그리고 있다. 그녀를 향한 일방적인 연애 감정과 인간과 고양이라는 넘을 수 없는 관계성이 그녀로부터 '나'를 잘라낸다. 여기에도 '님을 수 없는 벽'이 존재한다. 커뮤니케이션이 아니라 디스커뮤니케이션이, 연애의 가능성이 아니라 불가능성이 강조된다.

그녀와 '나'의 단조로운 일상을 그린 〈그녀와 그녀의 고양이〉는 "이 세계를 좋아한다" 라는 동시 내레이션으로 끝난다. 그녀와 '나'는 '이 세계를 좋아한다'라는 세계 긍정을 서로 인정하며 공명한다.

미미의 마음은 '나'에게 닿지 않고 '나'의 마음은 그녀에게 닿지 않는다. 그리고 그녀도 연인과의 사랑을 끝낸다. 미미—'나'—그녀, '나'—그녀—(헤어진) 연인이라는 두 가지 삼각관계가 이야기를 움직인다. 그녀를 향한 마음이 강해서 '나'는 내게 호의를 품은 미미의 접근을 완강하게 거절한다. 그리고 결국은 누구도 사랑하지 못하고 누구의 사랑도 받지 못하는 자신을, 자신도 사랑할 수 없다. 쵸비는 그런 자가당착에 빠지는 신카이 작품의 남자 주인공이 갖는 이미지의 원점에 해당하는 캐릭터이다.

〈그녀와 그녀의 고양이〉는 '비련의 이야기'라 할 수 있다. 이루어지고 싶어도 이루어질 수 없는 타자와의 접속 불가능한 상태. 그러나 그 끝에 받아들이는 세계 긍정이라는 비전을 제시한다는 점은 신카이 마코토가 표현하려는 본질인 긍정성의 단편을 볼 수 있다. 신카이 마코토의 이념은 이 '세계를 긍정하는 의사'에 집약되어 있다.

• 고양이와 작은 동물을 둘러싼 초단편과 단편 •

신카이의 작품에서 고양이는 중요한 캐릭터이다. 우리는 쵸비나 미미라는 이름이 붙은 고양이가 등장하는 장면과 여러 번 만난다. 이를테면 〈구름의 저편, 약속의 장소〉(2004년)에는 히로키와 타쿠야가 에미시 제작소에서 키우는 하얀 발의 수컷 고양이 쵸비가 등장한다. 〈초속 5센티미터〉(2007년)의 제1화 '벚꽃 이야기'에서는 토오노 타카키와 함께 하굣길에 시노하라 아카리가 하얀 고양이 쵸비를 발견하는 장면이 나온다. "그런데 오늘은 혼자인 것 같네. 미미는 어딨어?"라고 아카리가 쵸비에게 말을 건다. 이 장면에 미미는 등장하지 않지만 '벚꽃 이야기'에서 쵸비와 미미는 마음을 나누며 같이 다니는 타카키와 아카리의 관계를 치환한 존재라고 생각해도 된다. 그 자리에 쵸비만 있고 미미가 없다는 점에서 이후 타카키와 헤어져야 하는 아카리의 운명을 시사하는 장면이라 생각할 수 있다. 나아가 〈별을 쫓는 아이〉(2011년)에서 주인공 와타세 아스나를 따르는 새끼 고양이 같은 동물(야도리코)의 이름은 미미다. 당연하게도 이 고양이들, 혹은 고양이와 비슷한 작은 동물이 똑같은 이름을 가졌다고 해서 〈그녀와 그녀의 고양이〉의 쵸비와 미미 캐릭터와의 동일성을 담보하지 않는다. 그러나 쵸비와 미미라는 이름(고유명사)의 공통성은 신카이 작품에서 매력적인 아이콘으로 기능하고 작품들을 느슨하게 연결해 이야기의 깊이를 더하는 상호 연관성으로 작동한다. 신카이 작품에는 고양이와 작은 동물 등 인간 생활에 밀착한 생물을 다루는 초단편, 단편이 많다. 여기서 그런 작품들을 살펴보고자 한다.

〈웃는 얼굴〉(2003년)은 〈NHK 모두의 노래〉에 방영된 뮤직비디오이다. 2분 수십 초 정도의 작품에서 읽어낼 수 있는 내용은 다음과 같다. 눈 내리는 겨울날, 도시에 사는 한 여성이 펫숍에서 햄스터를 산다. 쳇바퀴를 돌리는 귀여운 움직임에 절로 웃음이 나오고 저녁을 먹으면서 이런저런 이야기를 햄스터에게 건넨다. 그러나 순간 슬픈 과거의 풍경이 그녀의 뇌리에 플래시백으로 찾아온다. 세면실에 놓인 두 개의 칫솔과 남성용 면도기, 베란다에 놓인 재떨이 대신 쓰인 빈 캔, 그리고 꼭 잡은 손의 이미지. 헤어진 그와의 기억에서 여전히 자유롭지 못한 그녀에게 슬픔이 찾아든다. 밤이 저물고 새로운 아침이 찾아온다. 그녀는 푸른 하늘을 올려다보며 눈발이 흩날리는 가운데 새로운 시작을 예감한다.

〈웃는 얼굴〉은 〈그녀와 그녀의 고양이〉와 비슷한 설정과 내용을 지닌 작품이다. 사랑을 끝낸 젊은 여성이 햄스터를 기르기로 결심한다. 햄스터와의 생활은 홀로 사는 생활에 색깔을 더하지만, 전 연인과의 기억이 플래시백으로 떠오르고 슬픔은 치유되지 않는다. 그러면서도 그녀는 작은 동물의 위로를 받으며 다음 걸음을 내딛기로 한다.

늘 미소로 지켜 주었던 '당신'에 대한 감사의 메시지가 넘치는 나가타 마사쓰구의 가사는 이와사키 히로미의 깊이 있고 폭넓은 목소리를 통해 보편적인 세계로 승화한다. 신카이는 깊이 있는 의미의 가사를 도시에 혼자 사는 여성의 고독과 희망의 이야기로 바꾸어 얘기한다. DVD에 첨부된 책자에는 '영상 배경 스토리'라는 초단편 소설이 실려 있다. 영상에 표현하지 못한 자세한 이야기를 그린 소설로, 주인공 '나'의 시점에서 그려진 코코아라는 이름의 햄스터와의 생활, 그녀의 심경 변화가 정교한 문장으로 표현되어 있다.

생물을 기른다는 행위는 그 생물의 생명을 책임진다는 뜻이다. 햄스터를 기르는 일은 잃어버린 사랑의 '대체'로 기능하나 그것만이 아니다. 거기에는 생명에 대한 '책무'를 스스로 짊어짐으로써 긍정적으로 살겠다는 결심을 스스로 표명하는 무의식의 결단이 포함되어 있다. 〈그녀와 그녀의 고양이〉와 〈웃는 얼굴〉에 등장하는 여성들의 행동에서는 바로 그와 같은 공통적인 행동 원칙을 읽을 수 있다. 필자는 상실을 거쳐 열심히 앞으로 나아가려는 여성의 일상 곁에서 아주 미약한 힘이나마 그녀들의 등을 밀어주고자 한다는 점에서 신카이 마코토의 휴머니티의 원점을 본다.

• 〈고양이 집회〉—고양이와 인간의 디스커뮤니케이션 •

〈고양이 집회〉(2007년)는 2007년 5월부터 2009년 3월까지 NHK에서 부정기적으로 방영된 『애니·크리 15』의 제3시즌에 등장한 신카이 마코토의 초단편 작품이다. 『애니·크리 15』는 오시이 마모루, 곤 사토시 등 상업 애니메이션 세계에서 활약하는 15개 팀의 애니메이션 크리에이터가 1분이라는 짧은 시간 안에서 경쟁한 전설적인 프로그램이다. 설정 자료, 인터뷰, 그림 콘티와 전 작품을 수록한 『애니·크리 15 DVD×머트리얼』(이치진샤, 09·7)이 간행되어 있으므로 관련 자료를 모두 참조할 수 있다.

『애니·크리 15』는 1분이라는 시간에 무엇을 표현할지를 다투는 일이라 뺄셈의 작업이 필요하다. 신카이는 가족과 고양이를 둘러싼 이야기를 구상했다. 조부모와 부모님, 딸로 구성된 4인 가족이 사는 집에 고양이 쵸비가 살고 있다. 쵸비는 날마다 가족 모두에게 꼬리가 밟혀 잔뜩 화가 나 있다. 가족의 무심한 행동에 쵸비의 화는 정점에 달한다. 보름달이 뜬 밤, 쵸비와 마찬가지로 인간에 불만을 품은 고양이들이 모여 인간에게 복수할 계획을 세운다. 고양이들의 계획은 합체해 거대한 고양이로 변신, 인간 세계를 파멸시키는 것이다. 그러나 다음 날, 밥을 먹어 배가 잔뜩 부른 쵸비는 복수 계획을 까맣게 잊는다. 그리고 다음 날, 다시 꼬리를 밟힌 쵸비는 새롭게 고양이들의 복수 계획을 결행하기로 결심하는데…….

매사를 금방 잊고 마는 고양이의 습성을 흥미롭게 풀어낸 초단편이다. 만화에서나 쓰는 말풍선을 사용하는 등 실험적인 시도도 있다. 신카이 마코토는 현실 세계를 치밀하게 그린다는 이미지가 있는데 원래는 코미디 재능도 지닌 창작자다. 코믹하게 진행되는 〈너의 이름은.〉의 전반부 아이디어는 여기서 비롯되었을지 모른다. 〈고양이 집회〉는 신카이의 숨겨진 일면이 이해하기 쉽게 드러난 작품이기도 하다. 이 작품에서는 흥미로운 고양이의 습성과 인간과 고양이의 불가사의한 관계를 그리고 있다. 가족에게 꼬리를 밟혀 기분이 상한 쵸비는 가족들이 식사할 때도 등을 돌리고 앉았는데 딸은 "사춘기야" 라는 말로 정리해 버린다. 인간과 고양이의 디스커뮤니케이션의 정경이다. 『애니·크리 15 DVD×머트리얼』에 수록한 인터뷰에서 신카이는 다음과 같이 말하고 있다.

저는 작품을 통해 커뮤니케이션 문제를 쭉 다루고 있는 듯해요. 커뮤니케이션이라기보다 디스커뮤니케이션이라는 게 더 맞겠네요. 내 의사를 전하려고 하나 전해지지 않는다, 전하려 하지 않았는데 결과적으로 전해지고 만다, 그런 상황이죠. 〈고양이 집회〉에도 그런 부분이 있어요. 사실 고양이와 인간, 전혀 서로를 이해하지 못하잖아요. 그는 잔뜩 화가 나 있는데 딸은 제멋대로 해석해 "내가 온 게 그렇게 좋아?" 라고 하죠. 한편으로 온전히 통하는 순간도 있어요. 이를테면 딸이 "밥 먹자" 라고 하자마자 가슴이 뛴다거나(웃음). 쉽게 말해 디스커뮤니케이션은 없앨 수는 없어요. 세상에는 오해가 가득하겠죠. 하지만 그래도 결과적으로는 평화롭잖아요? 꼭 '이해해야 한다'라거나 '이어져야 한다'라는 게 안 되더라도. 고양이를 통해 그런 느낌을 그리지 않았나 싶어요.

커뮤니케이션과 디스커뮤니케이션, 혹은 교류와 단절. 이야말로 신카이 마토코의 표현 세계에서 초기부터 최신작까지를 관통하는 최대 주제이다. 지금까지 본 작품에 한정해 말하자면 〈먼 세계〉의 연인, 〈둘러싸인 세계〉의 그와 그녀, 〈그녀와 그녀의 고양이〉의 그녀와 '나', 그리고 〈웃는 얼굴〉의 그녀와 햄스터. 그들은 모두 좋은 관계를 유지하는 반면, 관계의 단절에 직면해 있다. 주로 '정신적 단절'이다. 다양한 이유로 그들은 이어지려 해도 이어질 수 없다. 다른 방향을 보는 마음, 사고방식 차이, 인간과 인간이 아닌 존재라는 숙명이 그들을 갈라놓는다. 〈고양이 집회〉는 1분이라는 짧은 시간에 전개되어 이야기 구조가 더 명확하다. "밥 먹자" 라는 한마디에 쵸비는 모든 걸 잊고, 꼬리를 밟으면 인산의 무심함을 상기한다. 쵸비는 앞으로도 '망각'과 '상기'를 되풀이하는 마음의 운동을 계속할 것이다. 쵸비의 마음속에서 발생하는 '분노'와 '용서'는 커뮤니케이션과 디스커뮤니케이션과 관련된 근본적인 감정 표현이기도 하다. 〈고양이 집회〉는 이렇게 깊은 수준을 그리고 있다. 수많은 신카이의 작품 가운데 절대 놓쳐서는 안 되는 수작이다.

• 〈누군가의 시선〉—고양이의 눈으로 본 가족사 •

한 작품 더, 고양이와 관련된 작품을 소개하고 싶다. 노무라 부동산 그룹의 이벤트로 상영된 PROUD FUTURE THEATER 〈누군가의 시선〉(2013년)이다. 신카이는 기업 광고로도 표현 영역을 넓혀 몇 작품을 담당했는데 6분 40초 길이의 〈누군가의 시선〉은 기업 이미지 무비로 보는 게 정확할 것이다.

빌딩이 빼곡하게 솟은 도심에서 간토 평야를 조망하는 풍경과 횡단하는 선로를 달리는 열차에서 흐르는 빛이 인상적인 첫 장면에 여성의 내레이션이 흐른다. 목소리는 회사에서 돌아오는 주인공 오카무라 아야(아짱)가 피로에 지쳐 교외의 자택까지 통근 열차를 타고 오는 모습을 쫓는다. 자취하는 방으로 돌아온 아짱에게 아버지가 저녁이나 같이 먹자고 전화한다. 아짱은 아직 회사에 있다고 거짓말을 한다.

아짱의 유소년 시절을 그리는 장면에서는 아버지와 어머니, 아짱 3인 가족이 행복한 시간을 보내는 순간이 그려진다. 어머니의 해외 부임이 결정되어 아짱은 아버지와 둘이 생활한다. 아버지는 외로워할 아짱을 위해 새끼 고양이 미상을 데려와 키운다. 성장하는 딸의 관심은 바깥 세계로 향하고 아버지와도 점차 멀어진다. 아짱은 취직하며 염원하던 자취를 시작한다. 아짱에게 '당신'이라고 다정하게 부르는 내레이션의 목소리는 오카무라 집안 사람에게 풍부한 감정을 품고 있다. 그녀는 과연 누구일까. 그 수수께끼는 다음 장면에서 풀린다. "나는 이제 할머니가 다 되었지만, 그런 당신들의 시간을 모두 기억하고 있어. 마지막으로 빌고 싶은 소원이 있다면, 당신과 만나는 것이었는데." 살날이 얼마 남지 않은 노묘 미상이야말로 이 야기의 화자이자 '시선'의 주체임이 밝혀진다. 〈그녀와 그녀의 고양이〉와 마찬가지로 인간의 언어를 쓰는 고양이의 내레이션이 이야기의 중요한 구성 요소이다.

아버지의 갑작스러운 전화로 미상이 죽었음을 안 아짱은 본가로 달려온다. 아짱은 해외에 주재 중인 어머니에게 보고하고 미상과의 추억을 아버지와 나눈다. 그날 밤, 아버지와 딸은 미상의 꿈을 꾼다. 그리고 잊고 있던 많은 추억을 떠올린다. 미상의 죽음을 통해 가족의 기억을 되살리고 오래전 가족이 나눴던 커뮤니케이션을 회복한다. 새로 어린 고양이를 키우기 시작한 아버지와 딸에게 어머니가 돌아온다. "그래도 행복은 쭉 이어진다는 걸 알고 있지"라는 미상의 말로 이야기는 끝난다.

개인 인증 장치를 완비한 방, 투명한 디스플레이가 있는 편의점 안, 1인승 승용차 등 현재보다는 더 기술이 발달한 근미래 일본이 무대다. 이 작품에서는 고양이의 시선으로 본 한 가족의 역사를 그리고 있다. 가족의 역사란 가족 구성원 각자 개인사의 합일 텐데 때로는 저마다 흩어져 버린 가족의 관계를 묶는 허브(상호 접속 장치)로 기능한 미상은 가족사를 기록하는 아카이브(기록보관소)이기도 하다. 다가올 죽음을 직감한 미상이 마지막 기력을 짜내 아짱과 가족에게 말을 건다. 그 마음은 오카모토 집안 사람에게 확실히 전해졌다.

디스커뮤니케이션을 통해 커뮤니케이션을 그려 온 신카이가 이 작품에서는 아주 평온한 지평에 도달한 듯 보인다. 〈누군가의 시선〉은 근미래가 무대인데 필연적으로 선택된 시대 설정인 듯하다. 인간의 생각과 생활, 커뮤니케이션은 시대가 변해도 달라지지 않는다는 메시지를 읽을 수 있다. 인간만이 아니라 생명이 붙은 모든 존재를 긍정하는 위치에서 이 작품을 만들었다. 『PROUD』는 노무라 부동산이 분양하는 맨션 브랜드인데 상품을 내세우는 광고처럼 보이지 않는다. 가족을 지키는, 온전한 '시선' 같은 장소라는 의미 부여를 이 맨션에 조용히 담고 있다. 신카이의 치밀한 건물 묘사와 풍경 묘사는 건축을 통해 거리를 만드는 노무라 부동산의 기업 이미지와 잘 어울린다. 광고의 틀을 넘어 단편 작품으로 자립성이 인정된다. 〈그녀와 그녀의 고양이〉에서 시작한 고양이를 화자로 하는 이야기, 혹은 고양이나 작은 동물이 등장하는 이야기는 〈누군가의 시선〉에 이르러 화자도 이야기도 완전히 성숙했다. 이제까지 봐 온 '고양이와 작은 동물을 둘러싼 필모그래피'는 흑백 독립 제작 시기부터 최신 기술을 이용한 최근작까지 신카이 마코토의 표현 역사 대부분을 포함하고 있다.

다시 출발점이 된 〈그녀와 그녀의 고양이〉로 이야기를 돌려보자. 1999년에 동인 이벤트에서 배포한 〈그녀와 그녀의 고양이〉는 2000년 7월에 단편 영화 전문 소극장 시모기타자와 트리우드에서 옴니버스 상영 'CG 애니메이션 걸작선 EPOC in CG'의 한 작품으로 상영된다. 이 작품은 SKIP 크리에이티브 휴먼 대상과 제12회 DoGA CG애니메이션 콘테스트에서 그랑프리를 수상하며 CG애니메이션 세계에서 신카이의 이름이 서서히 알려진다. 신카이는 회사에 다니며 독립 제작 애니메이션을 만들기 시작하는데 그 작품은 밀레니엄 시대 초기를 대표하는 걸작으로 평가되며 다양한 '전설'을 낳는다. 더는 설명할 필요가 없을 것이다. 〈별의 목소리〉(2002년)의 탄생이다.

제 2 장

〈별의 목소리〉

'세계'에서 '세카이'로

• 〈별의 목소리〉의 충격과 반향 •

2002년 2월 2일은 신카이 마코토와 해당 작품은 물론, 일본 애니메이션 역사에 있어서도 기억해야 할 날이다. 〈그녀와 그녀의 고양이〉(1999년)에 이어 시모기타자와 트리우드에서 신카이 마코토 감독의 신작 〈별의 목소리〉가 한 달 상영 예정으로 단관 개봉된다. 50석도 안 되는 객석은 매번 가득 찼고 극장 밖에서 다음 상영을 기다리는 줄이 생겨 극장은 예정 상영 횟수를 늘려야 했다. 3월 1일 상영 종료까지 관객 동원은 총 3천5백 명. 예상을 훨씬 뛰어넘은 기록적인 작품이 되었다. 관객 동원 1천9백만 명을 넘긴 〈너의 이름은.〉(2016년)과는 비교할 바 못 되겠으나 단편 영화 전문 소극장에서의 상업 데뷔작으로 관객에게 준 충격은 〈너의 이름은.〉에 필적한다.

왜 이런 일이 벌어졌을까. 몇 가지 이유를 꼽을 수 있다. 25분 남짓한 단편 작품을 거의 단독으로 만들어 낸 점. 독립 제작 애니메이션임에도 불구하고 작품 수준이 빼어난 점. 2D와 3D CG를 조합한, 당시로서는 획기적인 기법으로 제작된 작품이라는 점이다. 신카이 작품의 높은 수준에서 비롯된 화제성에 더해 〈별의 목소리〉를 둘러싼 외부적 상황이 작품을 도왔다. 인상적인 점은 관객의 변화다. 원래는 남성 애니메이션 팬 중심이었던 관객층이 서서히 일반 관객과 여성, 젊은 층으로 넓어졌다. 그런 흐름을 만든 요인은 이 작품의 감상을 주위에 전한 관객들의 입소문과 팬 사이트에서 작품의 매력을 열띠게 말하는 사람들의 평, 작품에 감동해 여러 번 극장을 온 재관람객들의 존재에 있다.

극장 개봉 전부터 시모기타자와 트리우드에서는 예고편이 상영되었다. 신카이는 직접 운영하는 홈페이지에도 예고편 무비 데이터를 올려 홍보했다. 총 4편이 제작된 예고편이 모두 사람들의 흥미를 끌었다. 신카이는 상영관에 직접 가 여러 번 무대 인사를 하며 관객과 대화에 나섰다. 감상 메일에도 최대한 답장했다. 신카이는 작품에 관심을 가진 사람과 적극적으로 대화하려고 노력했다. 작품의 핵심을 관통하는 '우리는 아마도, 우주와 지구에 버려진, 최초의 세대일 거야' 라는 신카이가 직접 쓴 감성적인 광고 문구는 많은 사람의 마음에 닿았다. 신카이의 성실하고 꼼꼼한 대응이 결과적으로 큰 성과를 이뤄냈다.

초고속 인터넷 시대의 원년이라는 2001년의 다음 해인 2002년은 인터넷 회선이 고속화되기 시작한 시기이다. 블로그는 아직 일반적이지 않았고 유튜브는 존재하지도 않았다. 개인 홈페이지와 게시판, FLASH 사이트가 콘텐츠의 중심이었던 시대에 팬들은 인터넷에서 〈별의 목소리〉에 관해 열띤 토론을 벌이고 신카이가 직접 HTML을 코딩해 제작한 홈페이지에 적극적으로 신작을 홍보했다. 초고속으로 빨라진 인터넷 환경이 〈별의 목소리〉를 더 높은 곳으로 이끈 원동력이다. 〈별의 목소리〉의 성공은 기대감과 상황, 콘텐츠와 미디어가 맞아떨어진 '필연'의 산물이다.

〈그녀와 그녀의 고양이〉는 아마추어의 독립 제작 작품이었는데 〈별의 목소리〉에서는 든든한 프로듀서와 후원자가 신카이를 지원한다. 〈별의 목소리〉의 제작 프로듀서 오기와라 요시히로가 당시를 회고한 대담에서 몇 가지 사실을 찾아보고자 한다[17].

오기와라 저는 당시 코믹스·웨이브(코믹스·웨이브·필름의 전신)에서 일하며 『망가즈』라는 만화와 애니메이션의 종합 정보 사이트를 운영하고 있었습니다. 신카이 감독의 〈그녀와 그녀의 고양이〉(이하 〈그녀와〉)가 DoGA가 주최한 'CG애니메이션 콘테스트'에서 2000년 그랑프리를 수상하며 업계에서 화제가 되었죠. 하지만 판매하는 CD-ROM을 사지 않으면 볼 수가 없었습니다. 게다가 신카이 감독이 직접 CD-ROM을 굽고 M3(동인지 판매 모임)에서 팔았습니다. "영업이나 판매는 망가즈가 맡을 테니 새로운 애니메이션을 만드세요!" 라고 제안한 게 시작이었습니다. 이후 만화가와 편집자 같은 관계가 되었죠(중략).

오기와라 신카이 감독에게 운영을 맡겨 달라고 요청하러 갔더니 "이번에는 컬러 작품이고 장편을 만들려고 합니다" 라며 〈별의 목소리〉 예고편을 보여줬습니다. 그 예고편을 들고 돌아와 현 코믹스·웨이브·필름의 대표이사 가와구치 노리타카 등 직원들과 작전 회의를 했죠. 제가 신카이 감독을 만나고 절감한 점은 마음껏 제작할 수 없다는 안타까움이었습니다. 이렇게 만들고 싶은 게 있는데 회사 일이 바빠 모든 시간과 노력을 쏟을 수 없었습니다.

오기와라 (중략) 하지만 저로서는 〈별의 목소리〉가 하루라도 빨리 완성되길 바랐죠. 좋은 작품이니까 반드시 세상에 내보내야 한다는 의무감도 있었고 소재라는 면에서도 조금 절박했습니다. '우주와 지구라는 공간에 떨어져 이별한 연인과의 거리감을 휴대전화 메시지로 표현한다' 라는 아이디어는 지금은 신카이 마코토 혼자 생각일 수 있지만, 누군가 문득 떠올리고 먼저 만들어 버리면 게임은 끝나니까요. 회사가 의견을 모아 제작 기간의 생활비는 부담할 테니까 신카이 감독에게 회사를 그만두고 제작에 전념해 달라고 제안했습니다. 그랬더니 8개월 만에 단숨에 완성되었어요. 정말 신나서 제작하던 감독 모습이 인상적이었습니다. 만들고 싶어서 어쩔 줄 모르는 모습이었다고 할까요.

오기와라의 이야기는 신카이와 결합하는 과정과 당시 프로듀서 측의 상황이 설명된 귀중한 증언이다. 오기와라와 신카이의 만남은 〈그녀와 그녀의 고양이〉로 거슬러 올라간다. 오기와라가 속한 망가즈가 영업과 판매를 맡아 신카이가 제작에 집중할 수 있는 환경을 정비했다. 당시 아마추어 작가였던 신카이의 잠재적 자질과 가능성을 〈그녀와 그녀의 고양이〉 한 편으로 간파한 오기와라의 선구안에 경탄할 수밖에 없다.

운영 업무를 요청하러 간 오기와라를 〈별의 목소리〉 예고편이 기다리고 있었다. 〈별의 목소리〉의 제작 초기, 신카이는 일본 팔콤 직원으로, 겸업 작가로 활동했다. 표현하고 싶은 세계의 콘셉트는 있는데 회사원이라 자유로운 시간을 내지 못해 작업은 더디기만 했다. 일과 영상 제작의 양립이 극심한 스트레스 상황을 만들었을 것이다. 신카이는 작품 제작에 집중할 환경을 제공하겠다는 망가즈 측의 제안을 받아들여 계약 작가가 된다. 신카이의 옛 홈페이지 『Other voices—먼 목소리』에 올린 일기 형식의 신변잡기 '근황 보고' 2001년 8월 31일 자에 "샐러리맨을 그만뒀다" 라는 기록이 있다. 2001년 초여름에 5년간 다닌 회사를 그만둔 신카이는 망가즈의 전면 지원을 받아 〈별의 목소리〉 제작에 주력한다. "정말 집에 처박혀 하루 평균 12시간쯤" "많을 때는 20시간이나 온종일 그리기만 하는" 상태로 하루에 한 컷을 그려도 1년 가까이 걸리는 총 320컷을 7개월 만에 완성했다[18]. 그리고 2002년 2월 2일의 극장 개봉일이 찾아왔다.

• 다양한 평가와 수상 경력 •

트리우드에서 상영을 시작하고 두 달 뒤인 2002년 4월, 코믹스·웨이브에서 DVD를 발매한다. 가격은 세금 미포함 5천8백 엔. 작품 길이에 비하면 싸다 할 수 없는 가격이다. 그러나 당시 애니메이션 DVD로서는 파격적으로 2만 장 이상 팔려나간다. 2000년 3월에

DVD 재생 기능을 탑재한 게임기 PlayStation2가 발매되어 DVD 재생 환경은 일거에 보급기로 접어들어 패키지 미디어로서 DVD가 주목을 얻은 상황에서 발매된 것이다. 〈별의 목소리〉의 DVD에는 두꺼운 책자가 첨부되어 있다. 신카이가 직접 쓴 라이너 노트, 작품 소개, 상세한 용어 설명, 그림 콘티의 일부, 메이킹 필름과 배경 미술 갤러리, 주제가 가사 등을 담은 내용은 이전까지는 결코 볼 수 없었던 것들이다. 책자에 수록한 정보는 자료로 가치가 있다. 팬에 대한 신카이의 정성스러운 대응은 이처럼 정보를 공개하는 자세에도 잘 드러난다. 가진 정보를 아낌없이 공개하는 정정당당한 자세는 초기부터 지금까지 변함이 없다.

2002년 9월에는 도쿠마쇼텐을 통해 ANIMAGE LIBRARY의 한 권으로 그림 콘티가 들어간 DVD BOOK 『별의 목소리』가 발매된다. 나아가 2005년에는 UMD(Universal Media Disc) 버전이, 2006년에는 서비스 라이즈 버전 DVD가 발매된다. 버전을 바꿔가며 여러 번 다시 발매되었다는 사실이 이 작품이 얼마나 많은 관객에게 받아들여졌는지를 알려주는 증거다.

애니메이션 전문지 『아니메주』 2002년 6월호에서는 '당신도 봤나? 〈별의 목소리〉의 모든 것. 일본 애니메이션에 일어난 '단 한 명의 혁명"이라는 제목으로 권두 특집을 냈다. 도미노 요시유키(일본 애니메이션의 선구자—역자 주) 등 각계를 대표하는 7명의 추천사를 비롯해 자세한 작품 소개와 비주얼 구성에 신카이 마코토의 인터뷰까지 포함한 컬러 7페이지 구성은 파격적이다. 나아가 이 해 〈별의 목소리〉의 매력을 다양한 장르의 관계자 인터뷰와 좌담회로 구성한 단행본 『〈별의 목소리〉를 들어라』(도쿠마쇼텐, 02·9)가 간행된다. 무라카미 하루키의 데뷔작 제목을 모방한 제목은 신카이 마코토 작품과 무라카미 하루키 작품과의 연관성을 시사하고 있다. 이 책의 제목을 누가 붙였는지는 모르나 초기 단계에서 무라카미 하루키 작품과의 유사성을 제목을 통해 지적한 예리함이 놀랍다. 신인 감독이 독립 제작한 단편 애니메이션에 단독 비평서가 출간되었다는 점은 전대미문의 사태이다. 당시 애니메이션계에 끼친 영향과 충격이 얼마나 컸는지를 이 책이 증명하고 있다. 『〈별의 목소리〉를 들어라』는 간행에서 19년이 지난 지금까지도 초기 신카이 마코토와 〈별의 목소리〉에 관한 최대이자 최고의 자료로서 그 비평의 선구적 성격은 사라지지 않고 있다. 〈별의 목소리〉는 '발견'된 작품이다. 관객들에게, 선구안이 있는 프로듀서에게, 그리고 다양한 장르의 업계 사람들에게……. 그런 의미에서도 이 작품은 성공이 약속되어 있었다.

이처럼 〈별의 목소리〉는 수많은 평가를 받으며 그 결과로 여러 상을 받았다. 수상 경력은 다음과 같다. 제1회 신세기 도쿄 국제미디어페어21 공모부문 우수상. 제7회 애니메이션고베 작품상과 패키지 부문. 제2회 일본오타쿠대상 '최고를 노려라!' 상. 제6회 문화청 미디어예술제 특별상. 제8회 AMD AWARD Best Director상. 디지털 콘텐츠 그랑프리 2002 엔터테인먼트 부문·영상 미디어상. 제34회 세이운상 미디어/아트 부분상.

신카이 마코토는 전업 작가로 데뷔해 화려하게 출발한다. 신카이라는 신인이 세상에 그 재능을 선언하는 매니페스토 같은 의미를 담은 데뷔작 〈별의 목소리〉로 등장한 것이다. 이 작품의 특징은 공동 작업의 산물인 애니메이션 제작의 모든 과정을 개인이 제작할 수 있는 수준의 시스템으로 축소한 방법이며 그 실천에 있다. 여기서 디지털 기술을 최대한 활용한 신카이의 방법을 살펴보고자 한다.

• 풀 디지털 애니메이션 방법론 •

〈별의 목소리〉는 신카이 마코토 감독이 혼자 제작한 풀 디지털 애니메이션 작품이다. 더 정확하게 말하자면 '제작 과정의 거의 모든 부분에 참여한 작품'이다. 25분 남짓한 작품을 혼자 만들려면 컴퓨터의 힘을 빌릴 수밖에 없다. 그러나 컴퓨터는 어디까지나 창작의 도구에 불과하다. 신카이를 창작으로 이끈 이유가 더 중요하다. 이점에 대해 신카이는 "기술적인 관심으로 3D CG로 로봇을 표현하는 걸 해본 적 있습니다. 지금은 당연한 기술인데 윤곽선이 있는 셀 셰딩으로 본격적인 메카 표현에 도전하는 예가 당시에는 아주 적었습니다."라고 말했다[19]. '3D CG로 로봇을 표현한다'라는 시도는 목표의 하나였을 텐데 우연하게도 그런 접근이 2D 애니메이션에 3D CG를 가미하고 나아가 융합하는 표현 세계를 조형한, 〈별의 목소리〉의 최대 특징을 낳는다.

〈별의 목소리〉 제작 당시 컴퓨터 하드웨어와 소프트웨어 환경은 코믹스·웨이브 버전 DVD 『별의 목소리』에 첨부된 책자 메이킹 파트에 자세한 설명이 있다. 제작에 사용된 컴퓨터는 Apple PowerMac G4(400Mhz)였다. 사용 소프트웨어는 2D 작화에 Adobe Photoshop 5.0

이, 3D CG 작성에 LightWave 6.5가, 이펙트 작화에 Commotion DV 3.1이, 소재의 합성과 완성, 편집에는 Adobe AfterEffects 4.0이 사용되었다. PowerMac G4는 메모리와 비디오 카드, 하드디스크 드라이브 등 확장성을 겸비한 프로 사양인데 일반 사용자도 살 수 있는 기종이다. 사용한 소프트웨어도 고액이기는 하나 사진이나 동영상 처리에 쓰는 일반적인 소프트웨어이다. 컴퓨터 판매점에서 누구나 살 수 있는 하드웨어와 소프트웨어를 이용해 작품을 제작했다는 점도 중요하다.

어느 정도 기술과 경험과 동기를 지닌 사용자라면 시판되는 하드웨어와 소프트웨어를 이용해 〈별의 목소리〉 같은 작품을 혼자 제작할 수 있음을 증명했다는 점에서 신카이의 시도는 충격적이었다. 그러나 신카이 이후, 기존 기자재와 소프트웨어를 활용해 제작한 작품이 높은 평가를 받고 데뷔한 아마추어 출신 영상 작가의 예는 유감스럽게도 듣지 못했다. 기술이 아무리 뛰어나도, 최신 기자재와 소프트웨어를 사용할 수 있는 환경에 있더라도, 창작에 대한 아이디어가 없다면 작품은 탄생하지 못한다. 신카이의 초기 작품에서는 '표현하고 싶다', '전하고 싶다' 라는 솔직한 충동이 전해진다. 가지고 있는 기자재로 일단 작품을 만들어 하루라도 빨리 세상에 묻고 싶다. 그런 절박한 심정이 느껴진다.

〈별의 목소리〉는 시판용 컴퓨터를 최대한 적절하게 활용한 풀 디지털 애니메이션이다. 이미 서술한 바처럼 신카이가 컴퓨터 사용에 집착한 가장 큰 이유는 효율성과 경제성 확보에 있다. 애니메이션 업계와 인연이 없었던 신카이에게 애니메이션 제작은 장벽이 높은 분야였던 터라 그 장벽을 어떻게 낮출지가 과제였다. 신카이의 다음 이야기 속에 그의 격투 과정을 엿볼 수 있다.

이제까지 각본을 써 본 적 없고 대단한 3D CG 기술도 없었습니다. 물론 스튜디오에 있어 본 적도 없어서 동영상도 그릴 수 없었죠. 모든 면에서 부족하다는 자각이 있었습니다. 그래도 작품을 만들고 싶다, 휴대전화 메시지를 주제로 한 이야기를 그리고 싶었습니다. 그렇다면 어떻게 해야 지루하지 않게 30분을 볼 수 있게 할지를 고민한 끝에 시도한 연출이었습니다. 즉 할 수 있는 걸 최대한 보여주자.

동영상을 못 그리니까 최대한 움직임은 요란하지 않게 하고 그만큼 3D CG의 움직임을 화려하게 한다. 하지만 3D CG라고 해서 대단한 기술이 있는 것도 아니니까 기존 애니메이션 포맷에 얹어 모두에게 익숙한 움직임으로 효율화한다. 그렇게 하면 하나부터 열까지 설명할 필요도 없고 다양한 메카가 뒤섞여 싸우는 장면을 만들 필요도 없으니까요. 그런 부분에서 생략할 건 생략하자고 생각했습니다[18].

'각본도 쓴 적 없다', '대단한 3D CG 기술도 없다', '스튜디오에 있어 본 적도 없다', '동영상도 못 그린다'라는, **못 하는 것투성이**인 상황에서 신카이의 선택은 '할 수 있는 걸 최대한 보여주자'라는 방법이었다. 여기에는 궁극적인 '뺄셈의 사상'이 있다. '할 수 있는 일'과 '할 수 없는 일'을 검증하고 할 수 없는 일은 포기하고 할 수 있는 일의 가능성에 주력한다. 이런 발상을 거쳐 신카이 특유의 경제 원리에 입각한 독자적인 영상 표현이 탄생했다. 표현의 가능성이란 '이것도 저것도' 다 망라하는 게 아니라 일종의 '자유롭지 못한 상태'에서 샘솟는다. 그런 의미에서 신카이가 택한 방향성은 결과적으로 옳았다.

인물을 2D로 해서 움직이는 장면을 줄이고 대신 3D CG 장면에서 로봇에 화려한 움직임을 연출한다. 캐릭터와 오브젝트의 움직임도 기존 애니메이션이 오랫동안 쌓아 온 표현 방법을 재활용해 설명적인 묘사를 최대한 생략한다. 철저한 효율성으로 작품 전체를 절묘하게 통제하고 있다. 2D와 3D CG는 전혀 다른 표현 방법이다. 보통 두 가지 표현을 하나의 작품에서 전개하려면 어딘가 어긋나 보이거나 위화감이 생기는데 〈별의 목소리〉에서는 2D와 3D CG가 잘 녹아들어 절묘하게 융합되어 있다. 언뜻 보면 어디가 2D이고 어디가 3D CG 장면인지 구별할 수 없다. 엄격하게 따지면 구별할 수는 있는데 두 가지가 혼연일체가 되어 위화감이 없다. 다른 기술들의 융합이 오히려 작품 전체에 불가사의한 통일감을 준다.

• 철저한 효율성이 낳은 독자적인 영상 표현 •

애니메이션 감독인 도미노 요시유키는 신카이 마코토와의 대담에서 신카이 표현의 본질은 "도구와 사회 상황, 음악, 주제, 풍경 등의 조합 효율성을 생각하는 재능"이라고 간파했다[20]. 통찰과 지식, 견문으로 가득한 도미노의 비평에 고개가 절로 숙여진다. 도미노가 말한 '조합 효율성을 생각하는 재능'은 다양한 방면에 걸쳐 있다. 그리고 그 재능은 데뷔 전부터 신카이 안에서 양성된 자질이다. 이 대담에서 신카이는 "제가 애니메이션을 영상 표현 수단으로 선택한 이유는 만들 때 효율이 가장 높기 때문입니다. 실사는 아무래도 배우가 필요하니까요. 애니메이션에는 그림을 겹겹이 쌓아 이야기를 연출하는 방법론 모델이 정말 많아서 혼자 작업하기에는 역시 최고라고 생각합니다"라는 심정을 토로한 바 있다[20].

흥미로운 점은 무슨 일이 있더라도 애니메이션을 만들고 싶다는 강한 욕구에 따라 작품이 제작된 게 아니라는 것이다. 애니메이션은 작품을 출력하는 수단으로 전략적으로 선택된 표현 방법이었다. 혹은 이야기라는 그릇에 전달하고픈 정보를 담아 사람들에게 보낼 때 가장 효율적이고 유효한 패키지가 애니메이션이었다. 기존 애니메이션 작가와는 다른 위치에 있는 신카이의 입지를 지적할 수 있다. 데뷔 당시 신카이는 자신을 영상 작가라고 칭했다가 한참 뒤에야 애니메이션 작가라고 말하기 시작했다.

효율의 논리는 설정에도 드러난다. 트레이서(전투 로봇)에 타는 미카코는 조종석 안에서 항상 교복을 입고 있다. 〈별의 목소리〉를 보고 〈톱을 노려라!〉나 〈신세기 에반게리온〉을 연상한 사람이 많았을 것이다. 로봇 애니메이션이라는 장르의 역사 자체가 기존 작품의 영향과 인용으로 성립되는 이상 신카이의 방식이 특별히 새로울 건 없으나 "예킨대 안노 히데아키. 물론 그의 작품에 감명받았습니다. 한편으로는 소재로 사용할 수 있는 건 사용하자는 마음도 있었습니다"라고 신카이는 말한다[21]. 먼저 발표된 작품과의 영향 관계는 거의 사라진다. 작품 전체에 감도는 '에바 같은' 분위기는 분위기 그 이상도, 이하도 아니다. 신카이에게 앞선 작품의 설정과 소재의 사용은 효율성 추구 이상도, 이하도 아니다. 그야말로 가성비를 추구하는 자세가 철저하다.

효율성이라는 점에서 또 하나, 게임이나 애니메이션에 관한 저서를 여럿 쓴 프리랜서 작가 다네 기요시가 인터넷에 연재한 수필『게임 언어의 기초 교양』에서 했던 중요한 지적을 소개하고자 한다. 다네는 신카이 작품에서 특히 '배경'의 비중이 큰 이유를 다음과 같이 설명했다.

신카이 애니메이션에서는 집 안, 구름이 피어오르는 푸른 하늘, 전봇대가 있는 풍경, 전차와 플랫폼, 도시와 지방……등 인물보다 '배경'이 더 많은 말을 한다. 장대한 세계 속에 놓인 티끌 같은 인간, 선로 너머로 엇갈리는 마음, 과거의 추억이나 같은 하늘 아래 살고 있을 사람을 그리는 마음을 담은 하늘—이라는 식이다. 배경은 감정을 고양하는 효과에 그치지 않고 '동영상을 줄여도 되는', 노력을 절약하는 효과도 있다. 현재 신카이 애니메이션의 특징으로 꼽히는 이 특징은 사실상 독립 제작 애니메이션을 '홀로 만드는' 데 가장 중요한 작업에서 비롯된 것이다[22].

신카이 작품의 특징으로 아름다운 하늘과 구름 같은 자연, 전봇대와 전깃줄, 건물 등의 생생한 인공물 묘사가 자주 손꼽힌다. 신카이 작품을 상징하는 배경 미술이 효율성 때문에 생겼다는 다네의 지적은 정확하다. 물론 구름과 하늘, 하늘을 나는 새의 표현은 신카이의 고향인 고우미마치의 하늘에 대한 기억과 떼어놓을 수 없고, 생생한

신카이 마코토의 세계

도시 묘사 역시 등장인물의 심상을 투영한 것이다. 신카이의 미술 배경에 대한 집착은 효율성에서 시작해 독자적인 영상 표현으로 서서히 발전한다. 배경이란 궁극의 '멈춘 그림'이다. 정지된 그림인 비주얼로서의 미술 배경에 관객의 시선을 끌어들여 그곳에 스스로 완결한 고유한 미적 세계를 구축해 보여준다. 신카이 감독의 미술 배경은 점점 첨예해진다. 일테면『신카이 마코토 미술 작품집 하늘의 기억~The sky of the longing for memories~』(고단샤, 08·4), 『신카이 마코토 아트웍스 별을 쫓는 아이 미술 화집 Art of Children who Chase Lost Voices from Deep Below』(KADOKAWA, 12·6),『언어의 정원 Memories of Cinema』(이치진샤, 13·7),『신카이 마코토 작품 너의 이름은. 미술 화집』(동, 17·8),『신카이 마코토 감독 작품 날씨의 아이 미술 화집』(KADOKAWA, 20·5),『신카이 마코토 감독 작품 언어의 정원 미술 화집』(이치진샤, 21·6) 등 '미술 화집'이라는 이름으로 기획된 저서가 다수 간행된 사실은 미술 배경을 표현의 중심에 둔 신카이의 이력을 증명한다.

평론가 아즈마 히로키는 신카이와 니시지마 다이스케와의 3자 대담에서 "〈별의 목소리〉는 하나의 완결된 작품이 아니라 오히려 거대한 걸(Girl) 게임의 오프닝이나 예고편 같은 인상이다" 라고 말했다 [21]. 아즈마의 지적에 신카이는 "아즈마 씨 말씀대로 〈별의 목소리〉는 애니메이션을 만든다기보다 무비를 만든다는 느낌이었습니다. 애니메이션이 아니라 20분짜리 무비 파일을 만들었죠" 라고 대답했다. 또 다른 인터뷰에서 "〈별의 목소리〉는 게임 회사에서 게임 오프닝을 만들었을 때부터 해 온 작품의 성과 같은 느낌이다" 라고 말하고 "1998년부터 1999년까지 내가 한 일의 집대성 같은 형태로 '직업상의 노하우를 이용하면 이런 게 되지 않을까' 라고 생각하며 만든 게 〈별의 목소리〉이었습니다" 라고 밝혔다[10].

여기서 다시 상기해야 하는 점은 앞 장에서 언급한 일본 팔콤 시절에 신카이가 담당한 『이스 Ⅱ 이터널』(2000년)의 오프닝 무비(OP)이다. 다이내믹한 하늘 묘사는 이 게임의 OP에서 시작되었다. 인물을 최대한 움직이지 않고 아름다운 배경으로 말하고, 곡의 느낌과 리듬에 비주얼을 맞추는 타임 시프트 편집으로 MV 같은 효과를 노린다. 이런 오프닝 무비의 논리는 〈별의 목소리〉에도 그대로 계승된다. 〈별의 목소리〉의 그림 콘티에는 일반적 그림 콘티에 필수적인 컷 몇 초, 프레임 수가 표기되어 있지 않다. 혼자 제작해 다른 스태프와 정보를 공유할 필요가 없어 생략했다고 볼 수 있으나, 그때그때의 타이밍에 따라 임기응변으로 시간을 조절해 제작되었을 것이다. 이런 유연성을 담은 작업은 협동과 분업을 핵심으로 하는 스튜디오 형식 애니메이션 제작 현장에서는 생각할 수 없다. 역시 신카이 마코토는 게임과 무비 출신이라는 생각이 든다. 애니메이션 업계의 방식이나 절차에 물들지 않고 대뜸 혼자 힘으로 애니메이션을 만든 게 신카이의 작가성을 결정했다. 그리고 바로 거기에 신카이가 지닌 독창성의 원천을 찾아낼 수 있다.

신카이 마코토의 세계

• 세카이계의 대표작으로 •

열차 문 창가에서 교복 차림의 소녀 하나가 누군가에게 휴대전화 메시지를 보내고 있다. 그러나 '서비스 지역 밖입니다' 라는 메시지가 뜨고 전파는 닿지 않는다. 이 작품의 여주인공 나가미네 미카코의 다음과 같은 인상적인 내레이션으로 이야기는 시작된다. "'세계'라는 말이 있다. 나는 중학교 때까지 '세계'란 핸드폰 전파가 닿는 장소를 말한다고 막연히 생각하고 있었다. 하지만 어째서일까, 내 핸드폰은 누구에게도 닿지 않는다."

열차 안, 맨션의 비상계단, 자기 집, 그리고 교실. 그곳에는 미카코 외에는 아무도 없다. 테라오 노보루에게 필사적으로 말을 걸려는 외톨이 소녀는 문득 깨닫는다. "나는 이미 그 세계에는 없는 거였어." 그리고 갑자기 장면은 우주 공간으로 바뀌고 교복을 입은 미카코는 로봇 조종석에 있다. 미카코의 독백과 함께 지구에서 우주로 단번에 시점이 바뀐다. 오프닝에 어울리는 다이내믹한 장면이다.

때는 서기 2046년. 중학교 3학년인 노보루와 미카코는 사이가 좋은 한 반 친구다. 하굣길에 둘은 하늘을 나는 UN 우주군의 전함 리시테아호를 본다. 노보루는 미카코에게 말을 거는데 미카코의 대답은 어딘가 어색하다. 편의점에서 물건을 산 두 사람은 갑작스러운 장대비를 만나 '계단 위'라는 이름의 버스정류장 대기소에서 비를 피한다.

비가 개고 돌아오는 길, 노보루가 운전하는 자전거 뒷자리에 서 있던 미카코는 유인 전투 병기 트레이서가 대열을 이뤄 비행하는,

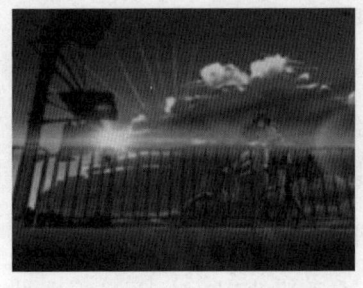
하굣길, 상공을 비행하는 트레이서 대열을 확인한 미카코는 충격적인 고백을 한다. 이 작품에서 유일하게 아름다운 장면이다.

석양에 물든 하늘을 올려다본다. 미카코는 노보루의 귓가에 입을 대고 "나 말이야, 트레이서를 타게 됐어" 라고 충격적인 고백을 한다. 미카코가 UN 우주군으로 발탁되어 지구를 떠나며 둘이 같은 고등학교에 가는 미래는 이루어지지 않는다.

신카이는 이제까지 일상을 그려왔는데 〈별의 목소리〉에서는 갑자기 우주를 무대로 한다. 기말시험 결과를 걱정하거나 함께 하교하거나 편의점에서 물건을 사는 평범한 중학교 3학년생의 일상이 단숨에 우주로 확대된다. 미카코가 초반에 내뱉는 독백의 한 문장 "'세계'라는 말이 있다" 라는 말은 〈별의 목소리〉를 상징하는 대사이다. 신카이의 초기 작품에서 '세계'라는 단어는 특별한 의미를 지닌다. 〈먼 세계〉(1997년)와 〈둘러싸인 세계〉(1998년)의 이른바 '세계' 연작은 자기들의 작은 '세계'에서 조용히 사는 연인들의 이야기이자, 연인과 헤어져 '세계' 밖으로 나가려는 자의 이야기였다. 〈그녀와 그녀의 고양이〉의 마지막에서 '나'와 그녀의 동시 내레이션, "이 세상을 좋아한다" 라는 말에서도 자신들이 사는 이 '세계'를 긍정하려는 의지를 읽을 수 있다. 신카이는 작은 '세계'의 안쪽에서 무엇과도 바꿀 수 없는 소중한 인연을 키우는 커플에 공감하는 작품을 만들어왔다. 미카코에게 '세계'란 '헤드폰 전파가 닿는 범위'를 의미한다. 매우 현실적인 세계 인식이 아닐까. 우주로 여행을 떠나는 그녀는 '휴대전화 전파가 닿는 범위'에서 '휴대전화 전파가 닿지 않는 권역 밖'으로 이동한다. 그곳에 노보루는 없다. 미카코와 노보루는 물리적, 공간적으로 격리된다.

밀레니엄 시대 초기, 일본의 하위문화에서 중요했던 '세카이계'라는 단어가 있다.(セカイ系, 世界系. 주인공이나 등장인물의 개인적인 관계와 감정이 세계 전체의 운명과 직결되는 서사 구조를 가리킨다—역자 주) 이미 많이 지적되었는데 〈별의 목소리〉는 이 '세카이계'의 대표작으로 평가되고 있다. 아즈마 히로키의 『게임적 리얼리즘의 탄생, 동물화하는 포스트모던 2』(고단샤 현대신서, 07·3)는 라이트 노벨과 만화, 애니메이션, 게임 등 '오타쿠'라 불리는 하위문화 집단의 '문학'을 대상으로 거대한 이야기를 잃어버린 포스트모던 시대에 기능하는 차세대 '이야기'를 또렷하게 포착하고 이후 문화 비평에 큰 영향을 준 명저인데 〈별의 목소리〉를 세카이계로 정의한 이하와 같은 언급이 있다.

예컨대, 최근 몇 년 블로그를 중심으로 라이트 노벨이나 그 주변 작품에 나타나는 상상력을 형용하는 단어로 종종 '세카이계'라는 단어가 사용되고 있다. 한마디로 말해 이는 주인공과 연애 상대의 조그맣고 감정적인 인간관계(『너와 나』)를 사회나 국가 같은 중간 항목의 묘사를 개입시키지 않고 '세계의 위기' '이 세상의 끝'이라는 거대한 존재론적 문제와 직결하는 상상력을 의미한다. 전형적인 작품으로는 다카하시 신이 2000년부터 2001년에 걸쳐 연재한 만화 『최종 병기 그녀』, 신카이 마코토의 2002년 애니메이션 〈별의 목소리〉, 아키야마

미즈히토가 2001년부터 2003년에 걸쳐 발표한 소설 『일리야의 하늘 UFO의 여름』이 거론될 때가 많다. '세카이계'라는 단어 자체는 2003년 무렵부터 유행하기 시작해 이 책을 집필하는 시점에는 일찌감치 낡은 단어가 되기 시작했는데 세카이계로 분류할 수 있는 작품이 줄어든 건 아니다. 오히려 세카이계의 상상력은 현재 오타쿠 시장 전체로 퍼져서 더는 거론되지 않고 있다.

다카하시 신의 만화 『최종 병기 그녀』를 계기로 밀레니엄 시대의 시작과 함께 동시다발적으로 발표된, 지극히 사소한 『너와 나』의 세계를 극대의 사건과 직접 연결하는 일련의 작품군을 나중에 정의하며 세카이계라는 단어가 탄생했다. 이후 세카이계는 시장 전체로 확산해 하나의 하위 장르로 정착한다. 세카이계가 소비된 후에 그 현상을 정리한 마에지마 마사루의 『세카이계란 무엇인가』(세이카이샤문고, 14·4)는 방대한 작품과 자료를 섭렵하며 상세히 설명한 유일한 세카이계 논설인데 이 책에서 마에지마는 세카이계를 〈신세계 에반게리온〉 이후의 오타쿠 문화 문맥 속에서 읽어내며, 세카이계는 개념으로 포괄할 수 있는 공통점보다 작품 각각의 개별성이 더 중요하다고 강조했다.

일상과 비일상, 현실과 비현실, 미니멀리즘과 맥시멀리즘 등 극한의 근경(일상생활)과 원경(우주)이 동시에 그려진다는 점이 세카이계 작품의 특징이다. 여기에는 중경(가족, 사회, 국가)이 의도적으로 배제된다. 여기서 〈별의 목소리〉의 이야기 배경을, 작품을 통해 알 수 있는 범위 안에서 정리해 보겠다.

2039년, 제1차 화성 조사대는 화성 타르시스 대지에서 유적을 발견하나 다른 생명체 타르시안에 전멸당한다. 타르시스 유적에 남은 기술을 습득한 인류는 타르시안을 추적한다. 2047년 겨울, 미카코는 천 명 이상으로 구성된 대규모 선단 리시테아 전함에 올라 타르시안을 조사하는 여행을 떠난다. 노보루와 미카코의 가족은 작품에 한 번도 등장하지 않는다. 일본의 시민 생활이나 정치, 경제 상황, 국가 관계도 설명되지 않는다. UN의 자세한 구조도 불명확하다. 타르시안의 정체와 그들이 왜 인류를 적대하는지도 밝혀지지 않는다.

이야기를 지탱해야 할 중요한 배경은 극 중에 아예 그려지지 않는다. 그보다는 **그리지 않음으로써 그려진다**. 관객의 상상에 모든 걸 위탁한다. 애니메이션은 시간에 구속되는 미디어다. 한정된 시간 안에 이야기를 끝내려면 '생략'과 '편집'이 필요하다. '무엇을 그릴지'가 아니라 '무엇을 그리지 않을지'가 중요해진다. 시간제한이 큰 단편 작품은 더욱 그러할 것이다. 덧셈이 아니라 뺄셈의 발상을 택했을 때 '중경의 배제'는 필연이 된다. 이는 신카이가 추진한 표현의 효율성과 경제성 문제와도 관련이 있다. 이와 같은 신카이의 제작 태도는 결과적으로 근경과 원경을 대담하게 하나로 꿰뚫어, 이후 세카이계의 대표작으로 불리게 될 〈별의 목소리〉를 탄생시키는 요인이 되었다.

• 메시지와 심리를 둘러싼 미디어론 •

멀리 떨어진 미카코와 노보루는 연결하는 매체는 메시지다. 두 사람이 사용하는 휴대전화는 '초장거리 메시지 서비스'에 대응하는 기종이다. 미카코는 화성에서의 연습 과정이나 목성에서 본 플랙스 튜브의 인상을 노보루에게 적어 보낸다. 미카코의 메일은 시차를 두고 고교생이 된 노보루에게 도착한다. 노보루는 메시지를 읽고 미카코에 대해 "나가미네 미카코는 중학교 때 친했던 같은 반 친구다"라고 독백한다. 그는 미카코를 '친했던 같은 반 친구'라고 한다. 이 단계에서 미카코에 품은 연정은 드러나지 않는다. 거리가 멀어져 오가는 메시지의 간격이 길어질수록 미카코의 부재를 실감하며 상대를 향한 마음도 커진다. 미카코도 마찬가지다. 지상과 우주로 떨어져 있는 그들은 언제 도착할지 모를 메시지를 매일 기다리며 상대에게 메시지를 보낸다.

신카이는 여러 인터뷰에서 메시지를 둘러싼 개인적인 에피소드가 이 작품을 구상하는 출발점이었다고 설명했다. 그중 하나를 소개하고자 한다.

맞아요. 당시로서는 좀 늦게 휴대전화를 샀습니다. 〈고양이〉를 만들 때죠. 그 무렵 사귀던 여성과 메시지를 주고받았는데 메시지가 안 와 안절부절못했던 일이 있어서(웃음). 왜 메시지가 이렇게 안 오지? 왜 이렇게 시간이 오래 걸리지? 이런 마음을 여기에 담아보고자 했습니다. 상대성 이론까지 얽히고 말았는데 이야기로서는 아주 단순합니다. 뭐랄까요, 딱히 대놓고 생각한 건 아닙니다. 하지만 휴대전화 메시지로는 바로바로 연락할 수 있는데 우주에 있는 상대처럼 느껴지는 상황을 이야기로 담고 싶었습니다. [2]

　초조하게 상대의 메시지를 기다리며 애태운 경험은 누구에게나 있을 것이다. 상대가 호감을 품은 사람이나 연인이라면 말할 것도 없다. 전자 메일은 크게 나눠 클라이언트가 메일함에 가서 읽는 폴링형 메일과 메일 서버에서 클라이언트에게 자동으로 메일을 보내는 푸시형 메일의 두 종류가 있다. 폴링형을 우편 타입의 비동기 스타일이라고 바꿔 부를 수 있다면 푸시형은 전화 타입의 메일 서비스인 셈이다. 휴대전화 메시지는 푸시형 메일 서비스다. 상대가 송신한 메시지는 거의 실시간으로 받을 수 있다. 따라서 보낸 메시지가 수신되지 않는 상황은 상대가 자신과의 커뮤니케이션을 보류 또는 거부한다는 환상을 가지기 쉽고 송신 상대에 느끼는 시간적, 물리적 거리감이 정신적 거리감으로 파고든다. 신카이는 메시지라는 미디어가 심성에 미치는 영향을 개인적 경험을 바탕으로 하나의 작품으로 승화시켰다. 〈별의 목소리〉에서는 메시지와 심리를 둘러싼 미디어 이론이 전개된다.

　타르시안을 추격하려고 목성을 출발한 함대는 명왕성에 이르러서야 비로소 정체불명의 외계인 타르시안과 만난다. 트레이서에 탄 미카코 일행은 타르시안과 처절한 전투를 벌인다. 타르시안 군체(群體, colony)의 추격을 피하려고 함대는 1광년 하이프·드라이브(워프)를 실행해 전선을 이탈한다. 나아가 헬리오스페어 쇼트커트

앵커를 거쳐 시리우스 알파·베타 성계로의 장거리 워프를 시도하기 직전, 미카코는 〔미카코야♥〕라는 제목으로 노보루에게 메시지를 보낸다. 메시지 본문에는 〔미안해. 있잖아, 우리는 우주와 지상으로 헤어진 연인 같아. 이 메시지가 무사히 노보루에게 도착하면 좋겠다. 나가미네 미카코〕라고 적혀 있다. 여기서 미카코는 '우주와 지상으로 헤어진 연인 같아'라고 쓴다. 미카코는 두 사람을 '연인 같은' 관계로 정립할 뿐 '연인'이라고 단언하지 않는다. 그럴 수 없다. 미카코는 진심을 말하지 못한다. 그것은 '미안해'라고 사과의 마음을 표현한, 한 걸음 물러난 말에도 드러난다. 미카코는 '미안하다'라는 말을 자주 쓰는 소녀다. 다카하시 신의 만화 『최종 병기 그녀』의 여주인공 치세 역시 "미안해요"라는 말을 입버릇처럼 하는 소녀였다. 그녀들이 내뱉은 "미안해"와 "미안해요"에는 '관계성에 대한 위협'이 포함되어 있다. 미카코는 "있잖아?"라는 말도 자주 쓴다. 미카코만이 아니다. 신카이 작품에 등장하는 소녀들은 "있잖아?"라는 말을 의식적으로 사용한다. 직접적인 커뮤니케이션을 일단 보류하는 쿠션 같은 역할로 이 단어가 선택되었다.

• 타르시안이 인류에게 맡긴 것 •

우주에는 우주의, 지구에는 지구의 사정이 있고 자기가 있는 곳에서 최선을 다해 하루하루를 살아갈 수밖에 없다. 노보루가 신발장에서 어떤 여학생이 넣어놓은 러브레터를 발견하는 장면과 빗속에서 우산 하나를 나눠 쓰고 여자와 대화하는 노보루가 그녀에게 우산을 건네고 계단을 오르는 장면은 노보루의 주위에 변화가 생겼음을 나타낸다. 미카코는 그런 사정을 알 도리가 없다. 노보루는 이제 미카코의 메시지를 기다리지 않는다.

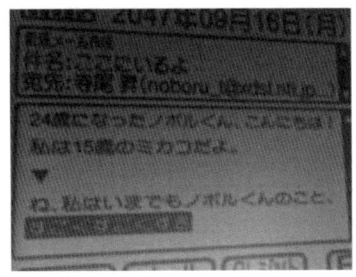

미카코는 8년 7개월 후의 노보루에게 메일을 보낸다. 그러나 '좋아해' 라는 한마디는 노보루에게 도달하지 못한다.

"나와 미카코의 시간은 점점 더 어긋난다. 그래서 목표를 정했다. 마음을 더욱 더 굳고 차갑고 강하게 먹기로. 비록 혼자이더라도 어른이 되기로" 라고 마음을 다잡는다. 지구에 남겨진 노보루는 항상 미카코의 연락을 기다리는 신세다. 〈별의 목소리〉에서는 미카코가 노보루에게 메시지를 쓰는 장면만 나오지 노보루가 미카코에게 쓰는 장면은 하나도 없다. 물론 노보루도 미카코에게 메시지를 보내는데 (미카코의 휴대전화 화면 수신 메시지함에서 확인할 수 있다), 장면으로 드러나지는 않는다. 즉 '미카코의 메시지를 기다리는 노보루' 라는 상황이 강조된다.

UN 우주군 함대는 마침내 지구에서 8.7광년 떨어진 시리우스에 도착한다. 서로의 메시지가 도착할 때까지 8년 7개월이 걸리는 거리다. 2047년 9월 16일, 미카코는 시리우스 알파·베타 성계 제4 행성 아가르타를 탐색하던 중 노보루에게 메시지를 쓴다. 〔스물네 살이 된 노보루, 안녕! 나는 열다섯 살의 미카코야. 있잖아, 나는 지금도 노보루를 아주, 아주 많이 좋아해.〕 미카코는 비로소 노보루에게

'좋아한다'라고 쓴다. 지구에서 8.7광년 떨어진 곳에서, 미카코는 마침내 노보루에게 고백한다. '송신 소요 시간 8년 224일 18시간'이라는 알림이 두 사람 사이에 놓인 시간적, 물리적 '거리'를 수치로 표시한다. 그러나 미카코가 전하고 싶었던 메시지의 마지막 문장은 장시간 전송 사이에 발생한 노이즈로 사라지고 만다. '좋아해'라는 한마디가 도달하지 못한다. 시간이라는 이름의 우체부는 '우주와 지상으로 헤어진 연인 같은' 노보루와 미카코에게 잔혹한 짓을 한다.

아가르타를 조사하던 미카코의 앞에 타르시안 하나가 나타난다. 어린 미카코의 모습으로 나타난 타르시안은 천진난만한 목소리로 미카코의 마음에 직접 호소한다. "안녕. 드디어 여기까지 왔구나. 어른이 되려면 아픔도 필요하겠지만, 분명 너희는 훨씬 먼 곳까지 갈 수 있을 거야. 다른 은하나 다른 우주까지라도." 그리고 다음 한순간, 어른 미카코의 모습으로 변한 타르시안은 이어 말한다. "알았어? 그러니까 따라와. 너희들에게 맡기고 싶어." 어른이 된 미카코의 왼손 약지에는 반지가 끼워져 있다. 미래의 미카코를 암시하는 걸

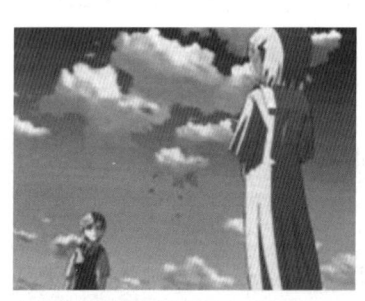

아가르타 조사 중에 미카코의 모습으로 변모한 타르시안과 대면한다. 〈별의 목소리〉는 미카코와 노보루의 커뮤니케이션을 다룬 이야기이자 미카코와 타르시안의 커뮤니케이션 이야기이기도 하다.

까. "난 단지 노보루를 만나고 싶은 것뿐인데. '좋아한다'는 말을 하고 싶을 뿐인데!" 이렇게 소리치는 미카코의 대답에 미카코 또래 모습으로 돌아온 타르시안은 "걱정 마. 꼭 다시 만날 수 있어"라며 앞으로 노보루와 재회함을 예언하는 메

시지를 전한다.

　미카코가 대면한 자기 분신의 정체는 타르시안이다. 이 장면에서 타르시안에게는 인간 마음속에 들어가 대화하고 미래를 예언하는 능력이 있음이 드러난다. '너희들에게 맡기고 싶어' 라는 말에 주목하자. 타르시안과 전쟁 중인 인류는 그들의 명백한 적이다. 전쟁이란 궁극적인 커뮤니케이션이라고도 하는데 전투를 통해 타르시안이 인류에게 '무언가'를 맡기고자 함이 밝혀진다. 고도의 지성과 기술을 갖춘 우주인 오버로드가 지구를 침략해 지구인을 다음 단계로 인도하는 아서 클라크의 『유년기의 끝』을 연상시키는 전개이다. 타르시안이 지구인에게 무엇을 맡기려는지는 알 수 없다. 그러나 그들은 전투라는 형태의 커뮤니케이션을 거쳐야만 하는 '무언가'를 인류에게 맡기려고 한다. 그 메시지 전달 방법으로 타르시안은 미카코를 선택한다. 그녀가 선택된 이유 역시 모른다. 인류가 다음 단계로 진화하는 데 필요한 '고통'을 미카코가 짊어진다. 노보루와의 거리와 시간, 마음의 단절 역시 고통의 일부이다. 고통이라는 감정 너머에는 희망도 있다. 미카코와 타르시안의 대화에서 이와 같은 깊은 의미를 읽을 수 있다.

• 단절과 디스커뮤니케이션을 넘어 •

　〈별의 목소리〉의 마지막은 아가르타 각지에 출현한 타르시안 군체와 교전을 시작하는 미카코 일행과 타르시안과 대면하기 직전에 열다섯 살의 미카코가 보낸 메시지를 2056년 3월 25일에 수신한 노보루의 모습을 번갈아 그리는 형태로 진행된다. 과거에 세운 목표대로 자기만의 시간을 사는 노보루는 함대에 근무한다. 미카코를 따라 지구를 떠나기로 결심한 걸까. 우주와 지구에서 각각 발화되는 미카코와 노보루의 독백이 릴레이로 번갈아 등장하면서 시공을 초월해 공명하는 두 사람의 유대감이 연출된다. "여름날의 구름이나 차가운 비, 가을 바람 내음"과 같은 '그리운 것'을 나열하는 노보루에 답하기라도 하듯 미카코 역시 "우산에 떨어지는 빗소리나 봄 흙의 부드러운 감촉, 깊은 밤 편의점이 주는 안도감"을 든다. 두 사람은 기억의 서랍에서 일상의 '그리운 것'을 꺼내 그것을 단서로 다시 이어지려 한다. 이 장면에 흘러넘치는 '서정성'은 신카이가 갖춘 원천적인 자질이다.

타르시안의 맹공으로 차례차례 함대를 잃은 UN 우주군. 마지막으로 남은 리시테아호를 지키려고 리시테아호 앞에 서서 미카코는 단독으로 타르시안 군대와 맞선다. 한편 노보루는 눈이 내리는 가운데 계단을 끝까지 올라가 추억의 버스정류장에 도착한다. 버스정류장 대기소 의자에는 빈 캔 두 개가 버려져 있다. 이 빈 캔이 무엇을 의미하는지 더는 설명할 필요가 없을 것이다. "있잖아? 노보루. 우린 멀리 멀리 아주 아주 멀리 떨어져 있지만"이라는 미카코의 독백에 호응하는 노보루의 말은 "감정이 시간이나 거리를 뛰어넘을 수 있을지도 몰라"라는 것이다. 그리고 '우리가 생각한' 단 '하나'로 "나는 여기에 있어"라는 동시 내레이션으로 이야기는 끝난다. 그들의 목소리는 현실적으로 동시에 겹치지 않는다. 다른 장소, 다른 시간에

　　　　　　　　　　　　　　신카이 마코토의 세계

발화된 목소리를 시간 편성의 연출로 동시에 발화된 듯 보이게 한 것에 불과하다. 그러나 노보루와 미카코는 각자 "여기에 있어"라고 선언하고 '여기에 있지 않은' 상대를 상상함으로써 인증하려는 의식을 공유하고 있다. 시공을 초월해 공명함으로써 지구와 우주 각자의 장소에서 사는 '지금'을 긍정하는 상상력이 단절과 디스커뮤니케이션에 대한 그들의 최대 저항이다.

〈별의 목소리〉의 개봉으로부터 10년이 흐른 2012년,『별에서 별로, 별의 목소리 10주년 기념 책』(별의 목소리 10주년 기념 책 출판, 12·8)이라는 제목의 동인지가 간행되었다. 신카이 마코토를 포함한 스태프와 출연진의 인터뷰, 제작 자료집, 작업장 방문 등의 기사 외에 주목할 내용으로『미공개 작품 콘티 〈토요일 밤과 일요일 아침 식사〉』가 수록되어 있다. 영국 소설가 앨런 실리토의 데뷔작『토요일 밤과 일요일 아침』에서 제목을 따온 이 작품은 〈그녀와 그녀의 고양이〉 다음 작품으로 2000년 1월에 구상했는데 만들다 만 문자 콘티만을 남기고 제작되지 못했다. 신카이는 "애니메이션으로나 이야기로나 볼거리가 없는 지루한 작품"이라고 평가하는데 실제 콘티를 보면 여러모로 흥미로운 사실을 지적할 수 있었다.

〈토요일 밤과 일요일 아침 식사〉는 헤어진 남녀가 각자의 시점에서 만남부터 헤어질 때까지의 과정을 돌아보는 이야기다. 왜 연인이 되었나, 왜 헤어졌는지를 '그의 경우', '그녀의 경우'라는 장면 설정으로 번갈아 보여주며 독백한다. 독백을 번갈아 연결함으로써 대화처럼 보이게 하는 구성은 〈별의 목소리〉의 마지막 장면과 같다. 자기 행동과 태도를 반성하는 두 사람이 도달한 말 역시 〈별의 목소리〉의 마지막 장면과 같이 "나는 여기에 있어", "나는 여기에 있어" 이다. 〈토요일 밤과 일요일 아침 식사〉는 파기되었으나 릴레이 형식의 독백 연출과 마지막 대사는 〈별의 목소리〉에 그대로 활용된다. 〈토요일 밤과 일요일 아침 식사〉를 극복하는 과정에서 〈별의 목소리〉가 탄생했다고 할 수 있다.

『별에서 별로, 별의 목소리 10주년 기념 책』에는 신카이 설정 자료로 제작한 'Chronological table'이라는 제목의 연표가 수록되어 있다. 여기에는 미카코와 노보루가 태어난 날부터 시작된 상세 사항이 정리되어 있다. 연표 마지막에는 '돌아온 미카코와의 재회'라는 문장이 있다. 작품에서는 그리지 않았으나 신카이의 구상에는 작품을 본 사람이라면 누구나 기대한 노보루와 미카코의 재회가 있었다. 둘의 재회가 직접적으로 그려지지 않아도 우리는 "여기에 있어"라는 한마디에 미래의 재회가 확실하게 그려진다. 〈별의 목소리〉는 멀리 떨어져 있는 노보루와 미카코의 거리가 오히려 가까워지는 이야기로 끝난다. 우리는 그것에서 희망의 단서를 본다.

〈구름의 저편, 약속의 장소〉

회고되는 청춘의 기억

• 『탑 저편』에서 〈구름의 저편, 약속의 장소〉로 •

독립 제작으로 구상한 〈별의 목소리〉(2002년)는 이후 다양한 사람과 행운을 만나며 극장에서 단관 개봉되었고, 인터넷 댓글과 입소문으로 관객 동원을 늘린 작품이다. 이후 프로덕션과 계약한 신카이는 극장 개봉을 염두에 둔 장편 작품 제작에 도전한다. 마침 그때 신카이에게 의뢰 하나가 들어온다. 일찌감치 〈별의 목소리〉의 선구적인 성격을 평가한 평론가 오쓰카 에이지와 아즈마 히로키가 책임 편집자로 창간한 서브컬처 비평지 『신현실』(Vol 01, 가도카와쇼텐, 02·9)에 실을 만화를 의뢰한 것이다. 신카이는 원고 의뢰를 승낙하고 2002년 초여름에 사이쿄선(도쿄에서 사이타마 사이를 운행하는 JR 동일본선—역자 주)을 따라 로케이션 헌팅을 하고 『탑 저편』이라는 단편 만화를 기고한다.

『탑 저편』은 총 16페이지, 풀 컬러로 구성된 신카이의 유일한 스토리 만화이다. 이야기의 주인공은 여고생 '나'이다. 고등학교 3학년인 그녀는 '6월의 화창한 날 아침' 늘 타던 통학 전차를 타지 않고 학교를 빼먹는다. 그리고 '오늘 하루의 목표'로 '전깃줄 끝에 언제나 또렷하게 보이는' '고층빌딩보다 더 높은 그 탑'까지 걸어가기로 한다. 비일상에 몸을 맡기고 죄책감과는 다른 해방감을 느끼며 오로지 탑을 향해 나아간다. 혼자 걸으면서 서서히 마음은 내면으로 향한다. 그녀는 장래에 불안을 안고 있는데 막연하게나마 '틀림없이 곧 뭔가가 분명해지지 않을까?' 라고 생각한다.

그녀는 좀처럼 목적지에 도착하지 못해 결국은 전차를 탄다. 같은 차량에서 평소 좋아하는 다른 학교 남학생을 발견하고 잠시 행복을 느끼나 다음 역에서 그의 여자 친구가 탄다. 전차를 내린 그녀는 다시 걷기 시작한다. 아름다운 풍경에 몸을 맡기면서 '나 홀로 세계의 온갖 행복과 편안함으로부터 멀어진다' 라고 생각한다. 드디어 탑에 도착했으나 안으로 들어갈 수 없다. 이후 패밀리레스토랑에 처음으로 혼자 들어간 그녀에게 '느닷없이 가슴속에서부터 영문 모를 감정이 솟구쳐' 온다. 밤 10시가 지나 돌아오는 전차에 오른 그녀는 필사적으로 눈물을 참으려 하나 끝내 참지 못하고 울며 독백한다. 마지막 '나'의 독백은 다음과 같다(줄 사이의 빈 줄은 빼고 인용).

이런 거 너무해.

왜 내가 힘든지 나도 모르겠어

하지만 정말 너무해

세계는 나를 받아 주지 않아

나는 오늘도

지금까지도

열심히 걸어왔는데.

나는 그저 알고 싶을 뿐인데,

그저 좋아지고 싶어,

좋아지고 싶을 뿐인데,

그저 행복해지고 싶은데,

나는, 나는······.

있잖아? 누군가, 내 목소리를 들어줘.

나는, 더, 강한 사람이 될 테니까.

그러니까 부탁해,

언젠가, 누군가 제대로, 나를 봐줘.

여기에는 한 소녀의 절절한 마음의 외침이 표현되어 있다. '세계'와 '나'를 대치하고 소외감을 호소하는 태도에는 세카이계의 사상이 보인다. '열심히 걸어왔는데' 다음에 계속해서 접속조사 '인데'가 반복되는 부분은 "난 단지 노보루를 만나고 싶은 것뿐인데. '좋아한다'는 말을 하고 싶을 뿐인데!" 라는 미카코의 독백을 다시 인용한 듯도 보인다. 마지막 줄 "언젠가, 누군가 제대로, 나를 봐줘." 역시 〈신세계 에반게리온〉의 22화 '적어도, 인간답게'에서 사도의 정신 공격을 받은 아스카가 봉인했던 유소년 시절의 기억을 떠올리는 장면에서 "그러니까, 나를 봐" 라고 절실하게 호소하는 일련의 장면을 연상시킨다. 마음속을 적나라하게 드러내는 '나'의 마음에는 강력한 인정 욕구가 있다. 그녀의 절절한 외침은 누군가 내 목소리를 들어줘, 나를 봐달라고 호소한다. 그녀 역시 타자나 세계와의 관계에서 고독한 상황에 놓인 소녀이다.

『탑 저편』은 제목의 유사성까지 포함해 〈구름의 저편, 약속의 장소〉(2004년)와 직결되는 프롤로그 같은 이야기로 읽을 수 있다. 〈구름의 저편, 약속의 장소〉와의 연결점은 두 가지를 지적할 수 있다. 하나는 '탑'이라는 랜드마크의 설정이다. 작품 속 거대한 탑에는 모델이 존재한다. 도쿄도 도시마구 가미이케부쿠로에 있는 도시마 청소공장 굴뚝이다. 이케부쿠로역에서 꽤 가까운 도시마 청소공장의 굴뚝은 선샤인시티의 고층빌딩과 함께 이케부쿠로의 랜드마크이다. 210미터의 고층 굴뚝은 청소공장 굴뚝으로는 일본 최고를 자랑한다.

신카이가 사이타마현 우라와시(현재 사이타마시)에 살았을 때 날씨가 좋은 날에는 우라와에서 이케부쿠로의 굴뚝이 보였다. "너무나 하얗고 깔끔한 모양이었어요. 물론 이케부쿠로에 가기도 했었으니까, 당시에도 그게 뭔지는 알았는데 그래도 어딘가 불가사의하게 보였습니다. 그런 생각의 연장으로 더 크고 뭔지 모르는 존재라면 가보고 싶지 않을까. 거기서부터 이미지를 부풀려 형태로 만들었어요"라고 신카이는 말한다[2]. 이 밖에도 랜드마크로 탑을 배치한 예는 〈언어의 정원〉(2013년)과 〈너의 이름은.〉(2016년) 등에 등장하는 NTT 도코모 요요기 빌딩(통칭 도코모 타워)을 들 수 있다. 탑은 주변 경관을 한데 모으는 이미지의 집합체임과 동시에 지리적 표식이기도 하다.

'나'는 목표로 한 탑까지 하염없이 걷는다. 도중에 다 마신 커피 캔을 내던지거나 혼자 처음으로 패밀리레스토랑에 들어가기도 한다.

탑으로 향하는 작은 모험은 일시적인 '자유'를 준다. 그러나 목적지 탑에 도착하자마자, 설렜던 감정은 금방 시들고 '영문 모를 감정'에 사로잡힌다. 여기에 〈구름의 저편, 약속의 장소〉와 이어지는 두 번째 연결점이 생긴다.

목표한 곳에 도착한 순간, 목표는 소멸한다. '탑까지 걷는다'라는 목적을 달성한 직후 '나'의 안에 봉인했던 감정이 단숨에 솟구친다. 목적을 달성한 다음에 내리는 처방이야말로 중요한 과제다. 멀리 보이는 탑을 목표로 계속 걸어 그 장소에 도착한 '나'의 감정이 보인 행적을 〈구름의 저편, 약속의 장소〉의 세 등장인물 후지사와 히로키, 시라카와 타쿠야, 사와타리 사유리도 경험한다. '나'의 개인적인 '목표 설정'이 아니라 중학교 3학년 여름방학 때 나눈 어떤 약속의 실현이 세 사람의 행동을 규정한다. 단편 만화『탑 저편』은『탑 저편, **목표**의 장소』라고 바꿔 얘기해도 될 만한 내용을 포함하고 있다.『탑 저편, 목표의 장소』를 넘으려고 구상한 작품이 바로 〈구름의 저편, 약속의 장소〉이다.

• 독립 제작에서 집단 제작으로 •

〈별의 목소리〉는 독립 제작이라는 틀 안에서 만들어졌는데 더 높은 질을 추구하고 장편 작품을 도전해 보자는 목표를 이루려면 개인으로는 한계가 생긴다. 다음 단계에 이르려면 전문 스태프들의 작업 분담과 협동에 근거한 집단 제작으로 옮겨 갈 필요가 있었다. 철저한 디지털화로 작업 효율을 높여 혼자 작품을 제작해 높은 평가를 받은 신카이가 독립 제작이라는 간판을 떼는 일은 위험부담이 큰 선택이기도 하다. 〈구름의 저편, 약속의 장소〉에서 채용한 집단 제작으로의 이행을 신카이는 어떻게 생각했을까.

> 일단 〈별의 목소리〉를 완성하며 혼자 만드는 건 다했다는 느낌이 들었습니다. CG애니메이션 콘테스트에서 알게 된 타자와 우시오 씨에게 캐릭터 디자인과 작화 감독을 맡기고, 제가 콘티와 미술을 맡았습니다. 타자와 씨가 캐릭터를 그리고 음악은 〈별의 목소리〉의 텐몬 씨에게 계속 맡겼습니다. 셋이 3분짜리 파일럿 필름을 완성할 때까지는 잔뜩 꿈에 부풀어 있었는데 막상 본격적으로 장편 영화를 만들자고 하니 막히고 말았습니다. 장편 이야기를 제대로 정리하지 못해 각본이 좀처럼 완성되지 않았죠. 배경도 저 혼자 그리면 절대 개봉을 맞출 수 없음을 바로 깨닫고 코믹·웨이브(코믹·웨이브·필름의 전신)의 제작 프로듀서를 통해 실사 영화에서 미술을 담당하는 탄지 타쿠미 씨를 소개받아 미술 스태프를 모았습니다[19].

'혼자 만드는 건 다했다'라는 발언이 의외다. 개인 컴퓨터 환경에서 혼자 작품을 만들겠다는 고집이 신카이에게는 없다. 독립 제작은 목적이 아니라 어디까지나 수단으로, 작품 규모와 조건, 형태, 내용에 따라 제작 방법은 바뀐다는 게 신카이의 생각이다. 임기응변에 강한 적응력이야말로 신카이의 강점이다. 이미 지적한 바대로 기존 애니메이션 제작 시스템의 외부에서 온 신카이에게는 업계 내부의 알력이나 제약이 없다. 직면한 상황에 따라 시행착오를 거치며 최종적으로 그 작품에 가장 적합한 제작 환경을 정비할 수 있다. 신카이의 제작 환경은 〈날씨의 아이〉(2019년)에 이르기까지 작품마다 매번 변경된다. 신카이 작품의 제작 비밀은 가장 적합한 제작 환경을 작품마다 유동적으로 결정하는 유연한 자세에 있는 게 아닐까.

신카이는 2002년 12월에 작화 감독 타자와 우시오와 음악 담당 텐몬 등과 함께 3분짜리 파일럿 필름을 제작한 다음 막다른 골목에 부딪힌다. 타개책으로 탄지 타쿠미를 중심으로 한 미술 배경을 담당할 추가 스태프를 영입한다. 캐릭터 디자인과 작화 감독, 그리고 미술 배경의 일부를 담당자에게 맡기고, 원작과 각본, 그림 콘티와 감독 일에 집중하는 시스템은 이 작품에서 처음으로 시도된 것이다. 기본적으로 각자 집에서 작업하고 신카이의 자택 겸 아틀리에 모여 중요한 부분을 함께 작업하는 소수 정예 스타일은 효율적이고 효과적이었다. 탄지 타쿠미는 이 작품으로 애니메이션 작업에 처음 참여했는데 미술 스태프로 소집된 와타나베 타스쿠, 마지마 료코, 히로사와 아키라도 그때까지 컴퓨터로 그림을 그린 경험이 없었다. 신카이 자신도 Photoshop을 사용한 디지털 그림 그리기의 초보였다는 에피소드는 흥미롭다. 여기에도 기존 시스템에 좌우되지 않는 유연한 사고에 따른 최적화 방법이 적용된 것이다. 나중에 탄지와 와타나베, 마지마 세 사람은 〈너의 이름은.〉에서 미술 감독을 맡게 된다. 신카이 마코토의 작품 세계를 뒷받침하는 재능과의 만남이라는 측면에서도 이 작품에서 시작된 스태프와의 공동 작업은 중요한 의미를 지닌다.

〈구름의 저편, 약속의 장소〉가 극장 개봉된 2004년은 애니메이션의 해라고 일컬어질 만큼 좋은 작품이 쏟아진 해이다. 특히 오시이 마모루 감독의 〈이노센스〉(3월 개봉), 오토모 카츠히로 감독의 〈스팀보이〉(7월 개봉), 미야자키 하야오 감독의 〈하울의 움직이는 성〉(11월 개봉)까지 세 작품 모두 애니메이션 역사에 남을 명작이다. 〈하울의 움직이는 성〉과 같은 달에 개봉된 〈구름의 저편, 약속의 장소〉는 감독과 스태프, 작품의 인지도에서 크게 밀렸으나 소극장 문화의 일익을 담당한 시부야의 시네마라이즈(2016년 폐관)에서 개봉해 최종적으로는 15개 관까지 상영관을 늘렸다[23]. 작품 개봉 후 13년이 지난 2017년, 일본을 포함한 세계 흥행 수입에서 일본 영화 1위를 차지하고 있던 미야자키 하야오 감독의 〈센과 치히로의 행방불명〉을 〈너의 이름은.〉이 넘어섰다는 뉴스는 애니메이션 감독으로서 신카이의 발자취와 성장을 증명할 것이다[24]. 2004년 시점에서 13년 후 신카이의 약진을 누가 상상할 수 있었을까.

〈구름의 저편, 약속의 장소〉 역시 많은 상을 받았다. 국내에서는 도쿄 국제애니메이션페어 2003 표현기술상(파일럿 판으로 수상)을 비롯해 제36회 세이운상 아트 부문, 제59회 마이니치영화콩쿠르 애니메이션 영화상을, 해외에서는 캐나다 판타지이영화제 애니메이션 영화 부문 은상, 한국 SICAF 2005 "Feature Film(장편 영화)" 부문 우수상을 받았다.

신카이는 이 작품을 통해 영상 작가에서 애니메이션 감독으로 비약한다. 지금까지는 작품 주변과 관련된 일들을 얘기했는데 이제부터 〈날씨의 아이〉에 이르게 되는 직접적인 '기점'으로 여겨지는 작품 내용으로 들어가 보자.

• 회고(回顧)=회고(懷古)되는 이야기 •

한 청년이 아침 JR 신주쿠역 서쪽 출입구 개찰구를 통과해 열차에 탄다. 장면이 바뀌어 그는 지역 노선 한 량짜리 열차를 타고 있다. 다른 승객은 중학생 커플뿐이다. 두 젊은이를 보는 청년의 눈빛은 따뜻하다. 청년은 열차를 내려 터널을 빠져나와 지금은 사용하지 않는 창고 앞을 지나쳐 초원 같은 장소에 도착한다. 갑자기 하늘을 나는 하얀 비행기와 세일러복의 소녀가 그 앞에 나타난다. 그러나 다음 순간, 비행기도 소녀도 사라진다. 청년의 표정은 왠지 쓸쓸해 보이고 낙담한 듯도 보인다. 그는 곧장 안쪽에 있는 구름다리가 있는 폐역으로 천천히 걸어간다.

이상은 〈구름의 저편, 약속의 장소〉의 첫 장면, 제작 용어로는 아방 타이틀(avant-title, 타이틀이 나오기 전에 나오는 프롤로그 영상)이다. 신주쿠에서 출발해 폐역에 도착하는 청년의 이동에 독백이 실린다. 그는 어떤 '상실'을 안고 있다. 그리고 그 상실은 "아직 중학생이었던 나"에게 "늘 뭔가를 잃게 될 듯한 예감이 들어"라고 말한 그녀의 이야기에서 시작되었다. 그는

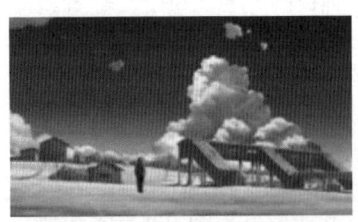

〈구름 너머, 약속의 장소〉의 아방 타이틀 장면. 한 청년이 추억의 장소에 도착하는 장면에서 이야기는 시작된다.

신카이 마코토의 세계

"전쟁이 일어나기 전, 에조라 불리던 거대한 섬이 다른 나라 영토였던 때"를 회상하며 "이제는 먼 과거가 된 그날 저 구름 저편에는 그 소녀와 약속한 장소가 **있었다**"라고 말을 이어 나간다. '그 소녀와 약속한 장소가 있었다'라고 과거형을 씀으로써 더 애절한 분위기를 자아내는 '그 소녀와 약속한 장소'는 지나가 버린 과거임이 분명하다.

그는 예전에 존재했던, 그러나 지금은 존재하지 않는 '무언가'를 회고하려고 이 장소를 찾았다. 비행기와 소녀의 환영은 '나'와 그녀 사이에서 이루어진 '약속'과 밀접한 관계가 있을 것이다. 이와 같은 전제 상황을 관객에게 미리 제시하며, 이야기는 제1부 즉 '나'=히로키의 회고=회고되어야 하는 '그 소녀와 약속한 장소가 있었던' 과거로 나아간다.

제1부에서는 중학교 3학년 반 친구 히로키, 타쿠야, 사유리의 친밀한 관계가 그려진다. 신카이는 이제까지 남녀 둘의 커플 관계를 주로 그려왔는데 이 작품에서는 남자 둘, 여자 하나라는 세 사람의 관계 묘사에 도전했다. "〈별의 목소리〉는 두 사람이었으니 이번에는 세 사람으로 해 보자는 생각이 들어 히로키, 타쿠야, 사유리라는 세 사람을 주인공으로 했습니다"라는 신카이의 발언이 증명하듯[25], 세 주인공은 의식적으로 설정되었다. 중심인물이 둘에서 셋으로 늘어남으로써 관계는 얽히고 복잡해진다. 특히 사춘기 소년, 소녀의 관계에 밀착한 작품이라며 더욱 그럴 것이다. 〈구름의 저편, 약속의 장소〉는 치밀하게 짜인 관계극의 양상을 보이고 관계의 중심에는 연애 감정이 있다. 남자 두 명과 여자 한 명의 삼각관계는 일대일의 개인 관계와는 다른, 불안정한 상황을 만든다.

궁도부에 속한 히로키는 내성적인 소년이다. 과묵해서 의사소통에 서툰 인상의 그는 하굣길에 호감을 품은 사유리와 우연히 같은 전차를 탔다는 사실만으로도 얼굴을 붉힌다. 반면 타쿠야는 활동적인 소년이다. 아이스 스케이트 부에서 활동하는 그는 활동적이고 눈에 띄는 타입이라 여러 여학생에게 고백받기도 한다. 그러나 그 또한 사유리에게 어렴풋한 연정을 품고 있어서 다른 여학생의 고백은 다 거절한다. 타쿠야는 사유리를 향한 히로키의 마음을 알아차린다. 두 소년은 양극단의 성격을 지녔으나 그래서 통하는 부분이 있었을 것이다. 항상 함께 행동하는 히로키와 타쿠야는 자작 비행기 베라실러(Velaciela)의 조립이라는 큰 꿈을 공유하고 있다.

히로키와 타쿠야의 성격과 행동의 대칭성은 하나의 인격을 둘로 나눠 캐릭터에 할당한 결과처럼 보인다. 히로키와 타쿠야는 초등학교 때 스피드 스케이트부에, 고등학교 때는 궁도부에서 활동한 신카이 본인의 프로필을 짊어진 존재이기도 하다. 신카이는 인터뷰에서 "캐릭터를 생각할 때 머릿속으로만 치밀하게 생각하고 조합하면 될 것 같지만, 저는 늘 제 개인적인 성격과 이어져 있고, 제가 느꼈던 감정 등을 편집해 넣는 형태로 생각하고는 합니다"라고 말했다[26]. 신카이는 히로키와 타쿠야의 직접적인 모델은 아니지만, 신카이의 개성을 담고 있는 분신 같은 캐릭터라고 할 수 있다.

히로키와 타쿠야가 좋아하는 사유리는 독서와 바이올린을 사랑하는 문학소녀이다. 제1부의 첫 장면은 국어 수업 중에 미야자와 겐지의 『영결의 아침』을 낭독하는 사유리의 컷에서 시작되는데 겐지의 시를 막힘없이 낭독하는 사유리의 단아한 모습에 둘은 넋을 놓고 만다. 사유리는 신비한 매력을 지닌 소녀이다. 신카이에 따르면 원고 작성 과정에서 사유리를 무당 가계의 딸로 설정한 적도 있다고 한다[2]. 신카이 작품에는 〈별의 목소리〉의 미카코, 〈별을 쫓는 아이〉(2011년)의 아스나, 〈너의 이름은.〉의 미츠하, 〈날씨의 아이〉의 히나 같은, 샤먼적 속성을 지닌 소녀가 다수 등장한다. 설정에서는 빠졌어도 세계와 교감하는 타고난 능력이 그녀의 운명을 크게 바꾸는 이야기 전개를 보면 사유리가 샤먼적 자질을 지녔음은 명백하다. 사유리는 신카이 작품에 종종 등장하는 샤먼 계열 소녀를 대표하는 캐릭터이다.

• 열차와 청춘의 기록 •

제1부는 '3월, 아오모리현 쓰가루군'이라는 자막이 나타나며 시작된다. 아오모리현 쓰가루군은 실재하지 않는 지명이다. 아오모리현 쓰가루군이라는 지명 표시는 이 작품이 현실 일본을 참조하지 않은 (허구의 이야기라는 전제와는 또 다른 차원에서) 평행 세계를 그리고 있음을 고유명사를 통해 주장하고 있다. 대전 후, 일본은 남북으로 분단되어 오래전 홋카이도라고 불렀던 에조를 점령한 유니온과 혼슈를 통치하는 미국으로 대치한 상태이다. 에조 중앙부에 건설된 비밀스러운 유니온 탑을 바라볼 수 있는 쓰가루 땅에서 중학교에 다니는 히로키와 타쿠야는 미군 군수 공장 에미시 제작소에서 아르바이트한 돈을 베라실러 재료비로 쓴다. 아르바이트하는 그들에게 관

심을 가진 사유리가 비행기 제작 목적을 알게 되면서 그들 사이에 신뢰 관계가 형성된다. 제1부는 그들 세 사람의 순조로운 청춘을 그린다.

그들의 관계가 단단해지는 포인트의 하나로 그려지는 중요한 장소가 학교 등하교 등에 사용하는 쓰가루선 열차다. 열차나 역 건물, 선로, 건널목 등 철도에 관한 묘사는 신카이 작품을 특징짓는 중요한 요소인데 〈구름의 저편, 약속의 장소〉 제1부는 다른 작품보다 훨씬 열차가 자주 등장한다. 열차는 반짝이는 청춘의 메타포이다. 예를 들어 좌석에 앉아 시간을 보내는 히로키와 타쿠야를 그린 장면이 있다. 히로키는 발을 건너편 좌석에 올려놓고 있다. 타쿠야도 다리를 꼰 편안한 자세이다. 각자 책을 펼치고 취미 생활에 몰두한 듯 보이는데 마주 앉은 두 사람의 마음이 통하고 있음이 전해진다.

다른 승객이 없는 열차를 타고 히로키와 사유리가 하교하는 장면도 있다. 두 사람만 있는 차량에서 사유리는 어제 히로키와 같이 집에 가는 꿈을 꿨다고 말한다. 히로키는 동경하는 여학생의 한마디에 두근대는 가슴을 주체하지 못하는데 이후 사유리의 이 고백에 아주 중요한 의미가 있음을 알게 된다. 이동하는 열차 창문을 통해 빛이 쏟아져 들어오고 풍경이 흘러 간다. 열차의 이동에 풍경이 흐르고 시시각각 변하는 감정도 실린다. 꿈을 고백하고 열차를 내린 사유리는 히로키를 태우고 떠나는 열차를 배웅하듯 균

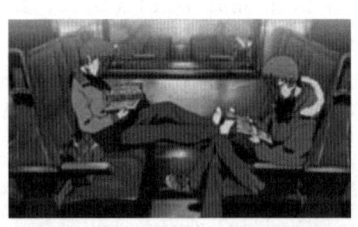

좌석에 마주 앉은 히로키와 타쿠야는 각자의 취미 생활에 몰두하고 있으나 두 사람의 마음은 통하고 있다. 열차는 농밀한 커뮤니케이션의 장이다.

형을 잡고 레일 위를 걷는다. 매우 아름다운 장면이다. 레일 위를 걷는 사유리를 화면 앞에, 히로키를 싣고 사라지는 열차를 중경에, 그 너머로 유니온 탑이 솟아 있는 구도의 장면이 이어지는데 여기에는 앞으로 사유리가 짊어질 운명이 암시되어 있다.

열차 풍경은 이 작품을 보는 우리에게도, 우정과 풋풋한 사랑을 비롯해 다양한 청춘의 정경을 불러오는 장치로 작용한다. 신카이는 청춘 시절과 철도의 관계를 다음과 같이 말했다.

고등학교를 졸업하고 도쿄로 오고 난 다음부터는 작품에 등장하는 지역 노선 열차에 탈 수 없게 되었는데 고등학교 때는 한 시간에 한 대만 다니는 시골 지역 노선을 타는 게 일과였습니다. 타는 사람이 늘 똑같아 앉는 자리도 암묵적으로 정해져 있었죠. 지정석 같은 느낌이랄까, 학교 자리 같은 느낌이었어요. 웬만해서는 다른 사람이 타는 일은 없으니까요. 저도 매일 아침, 몇 시 전차 그 자리에 앉는 게 자연스러운 일이었어요.

그렇게 정해진 공간에서 누군가를 만나기도 하고 책도 읽고 경치도 보죠. 편도 40분 정도의 여정에 다양한 추억이 있어요. 그 시간은 제 고교 시절의 기억과 떼어놓을 수 없습니다. 〈구름의 저편, 약속의 장소〉에서는 그 추억을 히로키의 중학교 시절 설정으로 그렸습니다.

전차 안의 기억을 한 번 작품이라는 형태로 남겨두고 싶었습니다. 다음 작품을 위해서라도 중학교나 고등학교 때 느낀 풍경을 제대로 그려보자는 목표는 이번 작품으로 달성한 듯합니다. [27]

신카이에게 열차는 고등학교 시절 등하굣길 기억이 응축된 특별한 공간이다. 이 작품에서는 신카이의 고향을 달리는 고우미선이 북쪽을 달리는 쓰가루선으로 바뀐 형태로 신카이 자신의 청춘 기억을 투영하고 있다. 시골에서 산 적 없고 지역 노선으로 통학한 적 없는 관객이라도 소중한 청춘의 시간과 공간, 기억의 단편이 손에 잡힐 듯 떠올랐을 것이다. 여기에는 보편적인 청춘의 원형이 표현되어 있다. '중학교나 고등학교 때 느낀 풍경을 제대로 그려보자는 목표는 이번 작품으로 달성'했다는 신카이의 말에는 청춘에 대한 동경이 담겨 있다. 다음 작품 〈초속 5센티미터〉(2007년)에서 신카이는 '청춘의 끝'을 그리게 되는데 신카이의 모든 작품을 인생에 비유한다면 〈구름의 저편, 약속의 장소〉는 아마도 사춘기나 청춘기에 해당하는 작품일 것이다.

• 책을 읽는 여성의 계보 •

히로키와 타쿠야와 사유리의 청춘이 기억으로 남은 중요한 장소는 초원에 있는 폐역 건물이자, 베라실러 조립 작업이 이루어지는 창고이다. 에미시 제작소 근처의 비합법 안테나 시설을 지나 산 중턱의 묘지도 통과해 숲을 빠져나오면 그 앞산 정상에 폐역 건물이 있다. 혼슈와 홋카이도를 잇는 터널 계획이 남북 분단으로 중단되어 방치된 공사 현장 중 하나가 바로 폐역이다. 이 장소는 히로키와 타쿠야, 사유리 세 명만 찾아올 수 있는 비밀 장소다. 저 멀리 유니온 탑을 바라볼 수 있는 이 장소에서 그들은 중3 여름을 보낸다.

히로키와 타쿠야는 에미시 제작소를 구경하러 온 사유리를 폐역 건물로 데려간다. 그리고 베라실러를 완성해 탑까지 나는 자기들의 꿈을 말한다. "너도 같이 갈래?" 히로키의 질문에 "진짜? 갈래! 가고 싶어"라고 사유리는 기꺼이 응한다. 하나의 '약속'이 이루어진다. 여름에 맺은 이 약속이 이후 세 사람의 내면에 각각 영향을 미치는 결정타로 작용한다.

어느 날, 그 장소에서 작은 사고가 일어난다. 탑까지의 비행 계획을 짜는 히로키와 타쿠야를 놔두고 사유리 혼자 창고를 떠나 수몰된 역 건물을 탐색하다가 도달한 구름다리 통로 끝에 앉는다. 시간이 한참 흐른 뒤 풍경의 색조가 갑자기 세피아 색으로 바뀌고 폭음과 함께 출현한 여러 대의 전투기가 탑을 향해 돌진한다. 탑은 폭파되고 무시무시한 섬광과 폭풍이 덮쳐온다. 원래 색깔의 세계로 돌아오자마자 널빤지가 부러지며 사유리는 물로 떨어진다. 사유리를 위기에서 구하러 달려간 히로키는 아슬아슬하게 사유리의 손을 잡는데 결국은 널빤지가 무게를 견디지 못해 둘 다 물에 빠진다. 이후 타쿠야까지 휘말려 파란만장한 청춘의 기억이 만들어진다. "나 말야, 아까 짧은 순간 동안 꿈을 꿨어" 사유리가 회고한 악몽 같은 전쟁 장면은 나중에 사유리의 예지몽으로 판명되는 중요한 장면이다.

그다음 맨발의 사유리가 무당벌레 한 마리를 가지고 노는 장면은 제1부를 마무리하는 데 어울리는 인상적인 장면이다. 소녀의 건강한 발을 잡은 컷에는 신카이의 페티시즘이 짙게 투영되어 있다. 〈별의 목소리〉에서 비를 피해 들어간 버스정류장에서 미카코의 맨발을 잡는 컷부터 〈언어의 정원〉에서 유키노의 맨발을 재는 장면에 이르는 맨발 페티시즘의 계보는 직접적으로 성을 그리지 않는 틀 안에서 에로스를 추구하는 신카이의 창작 태도가 낳은 간접적인 성 표현이라 할 수 있다.

에미시 제작소와 폐역 건물을 방문하기 전에 사유리는 아무도 없고 본 적도 없는 곳을 혼자 걷는 꿈을 꾼다. 터널을 나와 가게 앞을 지나 창고를 거쳐 폐역에 도착한 사유리는 플랫폼 위에서 불안하게 멈춘다. 흐린 한여름의 하늘에 탑을 향해 비행하는 베라실러의 기체가 보인다. 사유리는 베라실러를 쫓아 달린다. 이 꿈 역시 나중에 예지몽으로 판명된다. 눈을 뜬 사유리의 머리맡에는 유모토 가즈미의 『포플러의 가을』로 보이는 문고판이 펼쳐진 채 놓여 있다.

이미 서술한 바와 같이 사유리는 문학을 사랑하는 소녀다. 에미시 제작소와 폐역을 찾아 베라실러의 비밀을 알게 된 것도, 굳이 말하자면 아오모리의 서점에서 타쿠야와 우연히 만났기 때문이다. 아오모리의 서점에서 사유리가 문고판 책장에서 뽑으려 했던 책은 고다 미쓰요의 『조는 밤의 작은 새』(가나자와문고)이다. 가쿠타 미쓰요의 초기 대표작 『조는 밤의 UFO』와 비슷한데 이 장면에 나오는 가나자와문고와 분슌문고 같은

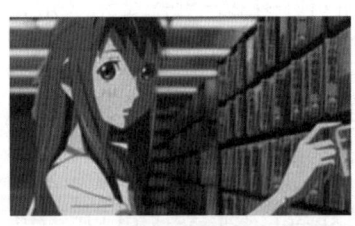

아오모리의 서점에서 사유리가 손을 뻗는 문고판 책장에는 우리가 아는 것과는 미묘하게 다른 소설 이름이 적힌 푯말이 달려 있다.

문고판 책장에는 우리가 아는 것과는 미묘하게 다른 소설가의 이름이 적힌 푯말이 나열되어 있다. 소설가와 작품 제목을 바꾼 이유는 출판사의 허락 작

업을 생략하려고 채택한 조치일 듯한데 그러한 제작상의 사정을 차치하더라도 작품 해석이라는 부분에 의미를 둔다면 〈구름의 저편, 약속의 장소〉가 우리가 사는 현실 세계와는 다른 차원에 존재하는 평행 세계를 무대로 한 까닭에 그 세계에서는 미묘하게 이름이 다른 소설가가 다른 제목의 작품을 간행했다고 해석할 수 있다. 다른 소설가 이름과 작품 제목은 이 작품이 평행 세계를 그리고 있다는 증거이기도 하다.

　폐역 건물의 구름다리에서 떨어지기 직전, 창고 옆에서 사유리가 읽던 핑크색 표지의 문고판 책에도 주목하고 싶다. 그녀는 모리시타 사나에의 『꿈의 그물 夢網 The net involved in a dream』을 읽고 있다. 어떤 내용인지는 표지 뒷면의 작품 소개를 클로즈업하고 있어 알 수 있다. 소개 글 일부가 화면을 벗어나 전체 내용은 확인할 수는 없으나 화면에 있는 문자로 추측해 전문을 재구성하면 다음과 같다. '남자는 도넛 가게에서 여자를 만난다. 성관계부터 시작된 기이한 만남. 39세, 원래 야구선수였던 남자와 정신병을 앓는 엄마를 버리고 집을 나온 17세 소녀는 서로 자기 사정을 말하지 않고 함께 살기 시작하는데……. 겁 많고 순진한 남녀. 서로 생활하며 상처받고 치유되는 남녀의 고독과 자립을 그린 연애 소설'.

　사유리는 소설을 읽다 말고 책을 닫은 후 한숨을 쉬더니 역 건물로 걸어갔는데 『꿈의 그물』의 소개 글로 해석해 보면 성인용 연애소설을 읽는 성숙한 문학소녀 사유리라는 인물상이 떠오른다. 『꿈의 그물』은 나이 차가 나는 남녀의 만남과 갈등, 단절과 화해의 이야기로 추측된다. 단절을 통해 소통을 그린다는 점에서 신카이 작품과 공통점이 있다. 모리시타 사나에의 『꿈의 그물』은 사유리와 친구들이 사는 평행 세계에서 잘 나가는 소설이나 우리 세계에는 존재하지 않는다. 그러나 이 소설에는 참고할 만한 작품이 존재한다. 기노시타 사나에의 시집 『오모우』(시초샤, 00·10)이다. 작품 속 소설과 같은 한자를 쓰면서 '오모우'라고 읽는 이 시집은 이후 사유리가 대면할 상황과 관련이 있다. 시집 『오모우』에 대한 이야기는 나중에 자세히 얘기하기로 하자.

책을 읽는 여성의 계보는 사유리부터 〈초속 5센티미터〉의 아카리, 그리고 〈언어의 정원〉의 유키노로 이어진다. 그녀들이 어떤 상황에서 어떤 책을 읽는지는 이 책에서 해명해야 할 주제 중 하나로 다시금 짚어두고 싶다.

• 사유리의 잠과 탑의 관계 •

제2부에서는 히로키, 타쿠야, 사유리가 보낸 특별한 여름철로부터 3년이 흐른 때를 그린다. 3년이라는 시간은 그들의 환경을 격변시킨다. 그 여름의 폐역 건물에서 교류하던 날들을 경계로 사유리는 두 사람 앞에서 돌연 모습을 감춘다. 충격을 받은 히로키와 타쿠야는 베라실러의 제작을 중단한다. 히로키와 타쿠야의 사이는 메워지지 않고 히로키는 고향을 떠나 도쿄 고등학교로 진학한다. 한편 아오모리의 고등학교에 다니는 타쿠야는 그 능력이 평가되어 미국 NSA부속 아오모리 군사대학 전시특수정보 연구실에서 유니온 탑

을 연구하는 토미사와 교수의 인턴으로 들어간다.

유니온과의 대립이 해소되지 않은 채 탑의 위협에 계속 노출된 미국과 일본은 탑의 해석에 돌입한다. 처음으로 평행 세계의 실재를 증명한 유니온 연구자 엑슨 쓰키노에 의해 설계되었다는 탑은 평행 세계를 관측하는 안테나 역할과 분기 우주의 위상 변환 기능을 갖춘 장치로 건설되었다는 설이 유력하다.

〈구름의 저편, 약속의 장소〉는 필립 K. 딕의 『높은 성의 사나이』 같은, 어딘가에 또 있을지 모르는 전후 세계를 대담하고 기발한 상상력으로 그린 역사 변형 SF이다. 패전한 일본을 미국이 아니라 소련과 중국, 영국을 포함한 연합국이 분할통치하는 계획이 실제로 존재했음은 다 아는 사실이다. 사료에 따르면 소련의 통치 예정 지역은 홋카이도였다. 이 작품에 나오는 유니온이란 소련의 공산권 확장 계획에 따른 세력권을 통칭하는 용어다. 유니온과 미일의 대립 구도는 현실에서 이행되었을지 모르는 일본 분할 통치 계획에 영감을 받아 나온 세계관이다.

유니온의 탑은 분기 우주를 위상 변환해 평행 세계를 출현하게 하는 기능을 갖춘 장치인데 〈구름의 저편, 약속의 장소〉라는 작품 세계 역시 우리에게는 하나의 평행 세계이다. 다원 우주, 가능 세계 등으로도 불리는 평행 세계란 무수한 선택지 가운데 뽑힌 하나의 현실이다. 평행 세계와 꿈의 관계 연구에 종사하며 타쿠야에게 호의를 품은 토미사와 연구실의 연상 연구원 카사하라 마키가 "일어날 수 있는 다양한 가능성을 이 세계는 꿈 속에 감추고 있는데 우리는 그걸 '평행 세계' 혹은 '분기 우주'라고 불러요" 라고 설명하는 평행 세계는, 이 작품에서 특히 '꿈'과의 관련성이 강조되고 있다.

이유는 모르지만, 탑 주위 2킬로미터부터 근접하는 분기 우주의 위상 변환이 정지한다. 토미사와는 "탑의 기능을 억제하는 어떤 요인"이 있다고 추측하는데 그 요인이 바로 사유리였다. 중학교 3학년 여름에 발병해 서서히 수면 시간이 길어진 사유리는 원인 불명의 잠자는 병에 걸려 3년 동안 잠들어 있다. 사유리는 꿈속의 다른 세계에 유폐되어 있다. 그곳은 사유리 외에는 아무도 없는 기묘한 탑이 빼곡하게 솟아 있는 회색 세계로, 사유리의 의식은 그 밖으로 나올 수 없다. 사유리의 의식 활동 수준에 따라 탑의 위상 변환 범위가 확대되거나 축소된다. 사유리는 계속 꿈꾸며 평행 세계의 변화를 억제한다. 그녀야말로 세계의 미래를 결정하는 존재이다.

왜 사유리에게 인류의 미래를 좌우하는 중요한 역할이 부여되었나. 탑의 설계자 엑슨 쓰키노에가 사유리의 할아버지였다는 사실과 관련이 있을 것이다. 쓰키노에는 어떤 방법으로 탑 가동과 연동하는 핵심적 기능을 손녀에게 맡긴 듯하다. 추정형으로 얘기하는 이유는 쓰키노에와 사유리를 잇는 구체적인 묘사가 작품 속에 나오지 않아 가설로 채울 수밖에 없기 때문이다. 혼슈 출신인 쓰키노에는 현재 유니온 측에 있고, 사유리는 미일 연합 측에서 생활한다. 할아버지와 손녀는 남북 분단의 희생자라고 할 수 있다. 탑 자체는 유니온 통치 아래에 있으나 탑 가동과 관련된 중요한 열쇠는 미일 연합 측에 있다. 각 진영이 폭주할 수 없는 시스템이 미리 마련되어 있는 것이다. 여기에 쓰키노에의 사상이 담겼을 가능성이 있다. 그러나 그 사상의 구체적인 내용도 어디까지나 추측의 영역에 있다. 무엇보다 왜 유니온과 미일 연합이 대립하게 되었는지도 자세한 설명이 없다. 전쟁의 진실은 전혀 그려지지 않는다. 영토 문제나 탑의 존재가 대립 내용임은 알 수 있으나 각 국가 시스템의 현황과 군사 정보는 지극히 부족하다. 그보다 정보가 아예 제시되지 않는다. 〈별의 목소리〉와 마찬가지로 〈구름의 저편, 약속의 장소〉에도 세 주인공의 가족, 사회나 국가 시스템에 대한 묘사가 의식적으로 생략되어 있었다. 중경을 배제함으로써 근경과 원경을 바로 접속하는 세카이계의 표현 세계가 도드라지는 구조이다.

엑슨 쓰키노에와 사유리의 관계에서 상기되는 점이 미야자키 하야오의 초기 대표작 〈미래 소년 코난〉(1978년)에 등장하는 여주인공 라나와 할아버지 라오 박사이다. 초자력 병기로 인류가 파멸된 대변동이라 불릴 사건 전, 태양 에너지 개발 그룹의 리더였던 라오 박사는 에너지를 군사력에 이용하려는 파벌과 싸우다가 다친다. 라오는 이름을 바꾸고 재기를 준비한다. 인더스트리아의 땅에서 태양 에너지를 모으는 삼각탑(태양탑) 건설에 참여한 것이다. 나중에 탑이 지닌 힘이 지구를 파멸하는 계기임이 밝혀진다. 라나는 타고난 텔레파시 능력을 이용해 실종된 할아버지를 찾는다. 전쟁으로 헤어진 할아버지와 손녀. 할아버지가 개발한 병기로서의 탑. 불가사의한 능력을 지닌 손녀. 이 세 가지의 동일성에 있어서 〈미래 소년 코난〉과 〈구름의 저편, 약속의 장소〉는 비슷한 형태를 유지하고 있다.

• 히로키와 사유리의 재회 •

　토미사와 교수 연구실에서 객원 연구원으로 일하는 타쿠야는 높은 평가를 받는다. 한편 중학교 때 신세를 진 오카베에게 그를 중심으로 조직된 윌터해방전선에 참여하겠다고 제의한다. 에미시 제작소는 탑을 파괴하려는 윌터해방전선의 은신처였다. 원래 행동파였던 타쿠야는 주위 어른들과 교류하며 정신적으로 성장한다.

　한편 히로키는 고향과는 먼 도쿄에서 기숙사 생활하며 내성적인 시간을 보내고 있다. 고등학교 친구나 여자 친구와는 일정한 거리를 유지하며 방에서 사일런트 바이올린을 연주하며 사유리의 추억에 잠기는 히로키의 가슴에 오가는 감정은 상실감이자 고독감이다. "3천만 명 이상이 살고 있는 도시에서 보고 싶은 사람도, 이야기 나누고 싶은 사람도 나에겐 아무도 없었다" 라는 히로키의 독백은 도시 안에서 고독하게 사는 지방 출신 고교생을 떠오르게 한다. 그런 그는 때때로 "차가운 어떤 장소에 홀로 있는 사유리를 애타게 찾는 꿈"을 꾼다. 그는 도움을 요청하는 사유리의 기운을 느끼면서도 아무것도 할 수 없는 무력감에 시달린다.

　고독한 생활을 계속하는 동안 받았으나 열어보지 않았던 오카베의 편지를 발견한 히로키는 드디어 개봉한다. 그 안에는 3년 전에 사유리가 히로키와 타쿠야에게 보낸 편지가 들어 있었다. 편지에는 "아무도 없는 텅 빈 우주에 나 혼자만 있는 꿈"을 계속 꾸는 사유리의 고통이 적혀 있다. 히로키는 사유리가 자신들을 버리고 모습을 감춘 게 아니라는 사실을 알고 그녀가 입원한 국철 종합병원으로 간다. 그러나 탑의 비밀을 푸는 중요한 열쇠인 사유리는 이미 이송된 뒤였다. 사유리는 자기 몸에서 나와 토미사와 교수의 요청으로 들것에 실려 옮겨지는 잠든 자신을 바라본다. 사유리의 마음과 몸은 현실과 꿈의

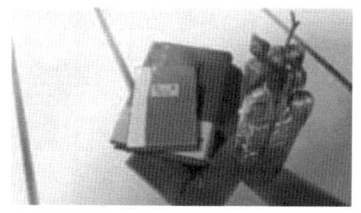

사유리가 보낸 편지를 히로키가 읽는 장면에 사유리의 애독서가 삽입된 컷은 놓치기 십상이나 중요하다. 특히 무라카미 하루키의 『애프터 다크』와의 연관성은 고려할 가치가 있다.

세계로 분리되고 마음은 현실 세계에서 방황한다. 병실을 찾은 히로키는 사유리의 남아 있는 마음의 기척을 느낀다.

병실에서 마주 보고 서로 오른손을 뻗는데 둘의 손가락이 닿는다. 그 순간 병실에서 폐역 건물로 장면이 전환되며 둘은 대면한다. 히로키와 사유리의 목소리가 겹친다. "계속, 계속 찾고 있었어!" 병실에서 폐역 건물까지의 장면 흐름은 나중에 미야미즈 신사의 사당인 산 위에서 타키와 미츠하가 대면하는 〈너의 이름은.〉의 해 질 무렵 장면에 인용된다. 히로키와 사유리가 폐역 건물에서 대면하는 시간도 저녁 일몰 전 시간대이다. 기적은 해가 질 때 일어난다. 〈구름의 저편, 약속의 장소〉에서 히로키와 사유리의 꿈속 교류를 몽환적인 세계의 출현으로 연결하는 게 '해리'이다.

사유리의 편지를 히로키가 읽는데 사유리의 낭독 목소리가 얹어지는 장면에 흥미로운 컷이 있다. 꽃병 대신 페트병에 가지째 꽂힌 꽈리 옆에 책 세 권이 쌓여 있다. 가장 밑에 야마모토 후미오의 장편 단행본 『내 나이 서른하나』, 그 위에 무라카미 하루키의 단행본 『애프터 다크』, 그리고 가장 위에 이미 소개한 모리시타 사나에의 『꿈

의 그물』이 있다. 〈구름의 저편, 약속의 장소〉는 우리가 사는 세계와
는 다른 평행 세계를 그린 작품이므로 이 책들이 우리가 살 수 있는
책과 같은 내용인지는 확인할 바 없다. 『꿈의 그물』은 기노시타 사
나에라는 저자 이름과 동명 시집의 제목을 바꾼 완전히 다른 작품임
은 이미 지적한 바 있다. 여기서는 『꿈의 그물』과 『애프터 다크』 두
작품을 주목하고자 한다. 우리 세계에서 이들 작품이 지닌 의미를
찾아보자.

• 신카이 작품에서의 '해리' 문제 •

기노시타 사나에의 『오모우(꿈의 그물)』는 17편의 시를 담은 시
집이다. 현재 절판이고 발행 부수 자체가 적었던 시집이라 구하기도
힘들다. '오모우'는 기노시타가 만든 조어다. 그물처럼 한없이 펼쳐
지는 꿈, 꿈의 네트워크라는 의미를 추출할 수 있는 제목인데 '꿈의
그물 구멍' 같은 공간에 유폐된 사유리의 운명을 표현한 단어로 어
울리는 듯하다. 어떤 기회로 이 시집을 손에 넣은 신카이가 〈구름의
저편, 약속의 장소〉의 주제와 일맥상통한다고 판단해 『꿈의 그물』이
라는 제목으로 쓴 걸까. 자세한 사정은 알 수 없으나 꼭 맞아떨어지
는 제목인 것만은 분명하다.

『오모우』는 이미지 연쇄가 일으키는 언어 운동에 중점을 둔 시집
이라, 내용을 추출하는 건 거의 불가능하다. '그물 틈마다 밀려오는
꿈' 같은 장소를 옮겨 다니고, 얽히고, 떨어지고, 풀어내고 흔들리는

오감을 만개한 '나'의 신체 감각이 잡아낸 세계를 표현한 작품이라고 필자는 이해했다. 수록된 시 전체를 관통하는 '세계의 내부에 갇힌 감각'은 사유리의 꿈속 세계와 통한다. 사유리가 읽은 책은 이 시집이 아니라 유사한 저자와 제목을 가진 연애 소설인데 기노시타 사나에의 『오모우』가 그린 세계와 사유리가 갇힌 꿈속 세계에는 공통된 이미지가 있다. 어른스러운 문학소녀는 자신의 운명을 예상하는 듯한 제목의 책을 무의식적으로 선택했다. 이는 무라카미 하루키의 『애프터 다크』를 애독서로 하는 사유리의 취향을 통해서도 알 수있다.

『애프터 다크』는 일단 기묘한 화자의 설정이라는 면에서 다른 무라카미 작품과는 다른 취향을 가지고 있다. 화자는 '우리'라는 일인칭 복수형 대명사를 이용해 독자에게 말을 건다. 화자의 시점은 상공에서 방 안에 이르는 모든 장소를 '눈에 보이지 않은 무수한 침입자'로서 수시로 고도를 바꾸고 작은 공간에 파고드는 특수촬영용 드론처럼 자유롭게 이동해 상황을 포착한다. 밤 23시 56분부터 아침 6시 52분까지 일곱 시간 남짓한 이야기 시간 속에서는 트롬본을 부는 청년 다카하시와 어떤 사정으로 패밀리 레스토랑에서 하룻밤을 보낸 대학 1학년생 아사이 마리의 2년 만의 재회와 한밤중 도쿄 거리에서 벌어지는 부조리한 폭력을 그린다.

심야의 도쿄를 이동하는 다카하시와 마리 일행의 표면적인 이야기에 더해 이 작품에서는 다른 이야기가 동시 진행으로 그려진다. 마리의 언니이며 그리스도교 계열 대학에 다니면서 패션 잡지 모델로 활약하는 스물한 살의 에리 이야기이다. 에리는 자기 방 침대에서 계속 잠들어 있는데 이유는 모른다. 병도 아니다. 그저 끊임없이 잠들어 있을 뿐이다. 그러나 밤이 깊어지면서 그녀의 몸에 변화가 찾아온다. 전원 플러그가 뽑힌 방 브라운관 TV가 켜지고, 인상을 확인할 수 없는 '얼굴 없는 남자'가 출현한다. 그리고 어느새 에리는 이쪽 세계에서 소멸하고 건너편 TV 속 세계로 이동하고 만다. 건너편 세계에서 깬 에리는 창밖으로 공백이 펼쳐져 있을 뿐인 아무것도 없는 방에 유폐되었음을 깨닫는다. 의미 없는 폭력에 노출된 에리는 도움을 요청하며 비명을 지른다. 그러나 그 목소리는 누구에게도 닿지 못한다.

사유리가 계속 잠들어 있듯 에리도 계속 잠들어 있고, 사유리가 꿈속 세계에 유폐되어 있듯이 에리 역시 TV 속 세계에 갇혀 있다. 사유리와 에리는 계속 잠들어 있고 아무도 없는 세계에 갇혀 고독하며 이유 없는 폭력에 노출되어 있다는 공통점이 있다. 계속 잠드는 병에 걸리기 전, 불가사의한 꿈을 계속 꾼 사유리는 『애프터 다크』를 읽고 무엇을 느꼈을까. 아마도 마리가 아니라 에리에게 공감했을 것이다. 자기가 마침내 맞이할 운명 같은 걸 에리에게 느끼지 않았을까. 무라카미 하루키의 『애프터 다크』를 읽는 사유리의 상황 설정에서 이러한 스토리를 추출할 수 있다.

꿈과 환상의 경로를 따라 이쪽 세계에서 건너편 세계로 이동하는 주인공을 무라카미 하루키는 계속 그려왔다. 다른 세계로 가는 주인공의 이동은 환상 소설의 수단이 아니라 어디까지나 현실적이고 구체적인 묘사를 쌓아 제시한다. 여기서 주목할 점은 무라카미 작품에서 다루는 해리이다. 무라카미의 작품에 나오는 해리의 기법을 일찌감치 풀어낸 사람이 서브컬처와 문학을 대상으로 폭넓은 평론 활동을 해 온 정신과 의사 사이토 다마키이다. 사이토가『태엽 감는 새 연대기』에 대해 평론한 문장에서 해리와 무라카미 작품의 연관성을 지적한 부분을 조금 길게 인용하고자 한다.

'해리 dissociation'은 방어기제 중 하나이다. 트라우마나 스트레스로부터 마음을 보호하는 메커니즘의 하나인데 현재 '해리'는 '억제'보다 더 중요하게 평가되고 있다. 쉽게 풀면 인간의 정신이 시간적, 공간적 연속성을 잃은 상태다. 억압이 스트레스를 무의식이라는 곳에 수직 방향으로 눌러 넣는 행동이라면, 해리는 스트레스를 느끼는 마음 부분을 통째로 드러내 옆에 놔두는 행동이라 할 수 있다.

억압과 마찬가지로 해리 역시 건강한 정신의 작동 방식 중 하나이다. 일테면 실연이나 부모의 죽음 등 갑작스러운 상실 경험은 어떤 감각을 일시적으로 마비시킨다. 감각적인 격벽이 순식간에 고통을 완화하고 마음이 사태를 조금씩 단계적으로 받아들일 태세를 갖춘다. (중략)

그러나 해리가 조절할 수 없을 정도로 진행하면 병리 현상이 된다. 억압은 필연적으로 회귀를 수반하므로 신경증을 일으킨다면 해리는 그야말로 해리라는 존재가 문제가 된다. 대표적 증상을 순서대로 꼽겠는데 일단 무라카미 작품에 드러나는 부분에 특히 주의하고 싶다.

'이인증'은 마치 유체 이탈이라도 한 듯 자기 모습을 또 다른 자신이 밖에서 바라보는 듯한 감각('체외 이탈 체험')을 말한다. 이것이 외부 세계에 대해 일어나면 '현실감 상실'이 된다. 생생한 실감의 결여

와 지각의 흔들림 등이 일어나는 증상이다. (중략)

'해리성 건망'으로 유명한 기억상실, 즉 '전생활사 건망'이다. 이로써 기억의 해리가 발생해 자기 이름과 생년월일은 물론 이제까지의 인생 기억을 깨끗이 잊고 만다. 다만 이때 손상되는 기억은 어디까지나 개인적인 기억인데 이를 에피소드 기억이라고 부른다. 의미 기억, 즉 일반적인 지식과 상식은 유지되므로 일상은 그대로 평범하게 보낼 수 있다. (중략)

'해리성 둔주'는 이른바 증발이다. 둔주 뒤에 자신으로 돌아왔을 때 둔주 기간 중의 기억이 애매하기도 하고 그 기간에 다른 이름을 대며 다른 사람처럼 살고 혹은 둔주 이전의 생활을 전혀 기억하지 못하게 되는 수도 있다. (중략)

예전에 다중인격이라 불리던 증상은 새로운 진단 기준에 의해 '해리성 동일성 장애(DID)'라는, 복잡한 진단명으로 바뀌었다. 이는 더 중요한 해리 증상으로, 해리가 철저하게 일어난 결과, 한 사람이 여러 인격을 지니게 된 것이다. 수십 개의 인격을 지닐 경우도 있는데 저마다 다른 성격과 기억을 지니는 건 물론 나이도 성별도 제각각이다. [28]

이처럼 전문가라는 위치에서 해리를 설명한 후 해리를 주제로 한 문학으로 『태엽 감는 새 연대기』를 논하는데 여기서 사이토가 지적하는 해리의 대표적 증상이 신카이의 작품에도 맞아떨어진다는 점에 주의하기를 바란다.

사유리가 아무도 보지 못하는 존재로 들것에 실려 나가는 자신을 내려다보는 장면과 병실에 찾아온 히로키와 교감한 사유리가 저녁 노을 질 무렵의 폐역 건물에서 히로키와 재회하는 장면은 명확히 이 인증의 증상에 가깝다. 〈구름의 저편, 약속의 땅〉에서 '망각'은 중요한 구성 요소인데 '기억을 잃는다'라는 상황 설정은 이 작품뿐만 아니라 〈너의 이름은.〉의 중요 모티프이기도 하다. 해리성 건망 역시 신카이 작품에 등장하는 모티프의 한 예이다(〈너의 이름은.〉의 몸이 뒤바뀌는 상황을 해리성 둔주로 볼 수도 있다). 신카이는 무라카미 하루키의 영향을 받은 사람이라고 자타가 공인하고 있는데 무라카미 작품에서 추출되는 해리라는 주제는 신카이 작품에 구체적인 영향을 미쳤다.

　문학소녀 사유리의 계보는 이후 다른 여성 등장인물에 계승된다. 책을 읽는 행위는 그녀들의 행동과 사고에 영향을 주고, 때로는 그 책들이 어떤 운명으로 나아가는 그녀들의 미래를 예지하는 지침서가 된다. 우리는 작품 속에 등장하는 책과 책을 읽는 그녀들의 모습을 주의 깊게 살펴야 한다. 바로 거기에 작품의 핵심에 도달하는 중요한 열쇠가 숨어 있기 때문이다.

• 자산으로서의 상실 •

　잠들어 있는 사유리와 기억 속의 폐역 건물에서 재회한 히로키는 "사유리, 나 이번엔 꼭 약속을 지키고 싶어. 사유리를 베라실러에 태우고 탑까지 날아갈 거야. 그러면 우리가 다시 만나게 될 것 같은 기분이 들어" 라는 생각을 전하면서 다시 '약속'한다. 히로키는 이루지 못한 약속을 실현하려고 새로운 결의를 품고 3년 만에 쓰가루 땅으로 돌아온다. 한편 월터해방전선 임무에 참여한 타쿠야는 유니온으로부터 총격을 받아 왼팔을 다친다. 제3부는 실의와 고독의 시간을 거쳐 3년 만에 재회한 히로키와 타쿠야가 약속을 실현하기 위해 협력하며 난관에 맞서는 이야기의 마지막 부분이다.

재회한 히로키와 타쿠야 사이에는 예전과 같은 우호적인 분위기가 흐르지 않는다. 꿈속에서 사유리와 다시 약속했다는 사실을 알리고 약속을 지키려고 사유리를 태운 베라실러를 탑까지 운행하자는 계획을 제안하는 히로키와 사유리의 각성은 탑의 위상 변환을 촉진해 세계를 파멸로 이끌 위험을 가져온다며 히로키의 제안을 반대하는 타쿠야는 정면 대립한다. 여기에 '사유리를 구할 것인가, 세계를 구할 것인가' 라는 거대한 문제가 등장한다. 각자의 처지를 이해하지 못하고 두 사람은 결국 결렬한다.

그러나 타쿠야는 히로키에게 다가가기로 한다. 3년 전 초여름, 사유리가 타쿠야에게 건넸던 말이 계기가 된다. 제1부, 아오모리역 플랫폼에서 "있잖아, 타쿠야. 좀 이상한 이야기라도 안 웃을 수 있어?" 라며 타쿠야에게 이야기를 건넨 다음 장면이 제3부 첫 장면과 이어진다. 사유리가 말한 '이상한 이야기'는 혼자만의 세계에 갇혀 외로움의 한계점에 달했을 때 하얀 비행기를 본다는 꿈 이야기였다. 사유리는 타쿠야에게 자신이 꾸는 불가사의한 꿈의 내용을 말한 것이다. 자신이 사유리에게 들은 이야기와 히로키가 꿈속에서 사유리와 나눈 대화가 일치함을 깨달은 타쿠야는 사유리가 꿈속에서 고독한 상태에 있고 자기들에게 도움을 요청하며 약속의 장소를 간절히 바라고 있다고 판단한 것이다.

타쿠야는 마키의 ID카드를 이용해 군사시설 내부 특수 병동에서 잠들어 있는 사유리를 자신들의 작업장인 창고로 데려온다. 대립을 거쳐 협력으로 나아간 히로키와 타쿠야는 베라실러 조정 작업에 몰두한다. 유니온 정부와 미·일군의 개전 직전 상황에서 병기로 변한 탑을 파괴하는 사명을 오카베에게 받은 타쿠야와 히로키는 탑에 다가가 사유리를 각성시키고 탑을 파괴하는, 즉 '사유리를 구하고 세계도 구하는' 임무에 과감하게 도전한다. 오카베의 보고를 받은 토미사와의 연구실 선반에는 젊은 날의 오카베와 토미사와, 또 다른 세일러복을 입은 소녀가 직접 만든 비행기 앞에서 찍은 사진이 놓여 있다. 오카베와 토미사와 역시 예전에 하늘을 꿈꾼 비행 소년이었다. 세일러복의 소녀는 현재는 에조에서 생활하고 있는, 이산가족이 된 오카베의 아내로 추정된다. 오카베와 토미사와에게 히로키와 타쿠야, 사유리는 자신들의 청춘 시절을 반영하는 거울 같은 존재이다. 오카베와 토미사와는 세계를 구하는 중대한 임무를 자신들의 관계를 계승한 젊은 세대에 맡긴 것이다.

타쿠야는 팔을 다쳐 베라실러를 조종할 수 없다. 베라실러는 2인승이다. 잠든 사유리를 뒷자리에 태우고 히로키가 조종하는 베라실러는 선전포고 직후의 탑을 향해 날아간다. 비행기가 이륙하기 직전, 타쿠야는 "늘 뭔가를 잃게 될 듯한 예감이 들어"라고 말한 사유리와 '같은 예감'을 느낀다. 그리고 그 예감은 현실이 된다. 유니온군과 미일 연합군의 전투기 독파이트 사이를 교묘하게 빠져나와 상승해 구름 위로 올라와 프로펠러 비행으로 이행한 베라실러는 조용히 탑에 접근한다. 탑에 가까워질수록 사유리의 의식이 돌아오더니 드디어 각성한다. 약속은 이루어졌다.

사유리는 의식을 되찾으며 꿈의 세계를 상실한다. 꿈의 세계 속에서는 확실했던 히로키에 대한 특별한 감정도 망각한다(해리성 건망). 두 사람이 동시에 내뱉는 독백 "신이시여 부디!" 뒤에 이어지는 기도는 "사유리를 잠에서 깨어나게 해주세요!"(히로키)이고, "제발 눈을 뜨고 한순간만이라도 좋으니 지금 이 마음이 사라지지 않게 해주세요!"(사유리)이다. "히로키에게 꼭 전해야 해요. 꿈속에서 우리 마음이 연결된 게 얼마나 특별한 일이었는지. 아무도 없는 세계에서 내가 얼마나 간절히 히로키를 찾았고 히로키가 얼마나 절실히 나를 찾고 있었는지" "내가 지금까지 얼마나 히로키를 좋아했는지. 그 마음만 전할 수 있다면 그 외엔 아무것도 필요 없어요. 제발 한순간만이라도 이 마음을!"

상실의 예감 속에서 한순간만이라도 이어지고 싶다는 사유리의 바람은 이루어지지 않고 각성과 동시에 그때까지 히로키에게 품은 특별한 감정은 사라지고 만다. 꿈속의 고독한 세계에서 이 세계로 돌아오기 위해 사유리는 너무나도 특별한 기억을 버려야 한다. 사유리가 히로키를 상실했듯 히로키 역시 사유리를 잃는다.

설화적인 구조에 맞춰보면,

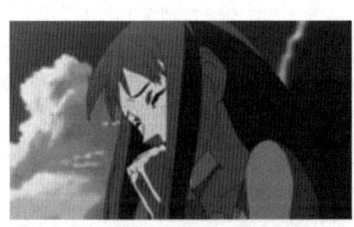

상실의 예감 속에서 한순간만이라도 이어지고 싶다고 바라는 사유리. 그 행동은 〈날씨의 아이〉의 히나의 '기도'를 떠올린다.

잠자는 공주 사유리를 깨운 사람은 왕자인 히로키의 키스이다. 왕자의 키스로 눈을 뜨고 행복하게 사는 로맨틱 러브 이데올로기를 거절하는 전개에, 이 작품의 독창성이 있다. 이리하여 히로키와 사유리의 사랑은 이루어지지 않고 두 사람 사이에 거리와 단절이 생긴다. 사유리가 눈을 뜸으로써 탑의 위상 변환이 재개되는데 탑에서 멀어지는 베라실러에 시커 미사일이 발사되어 탑은 파괴된다. 이렇게 사유리의 예지몽은 현실이 된다.

약속을 지킴으로써 약속의 장소를 잃는다. 뭔가를 얻기 위해서는 다른 뭔가를 잃어야 한다는 이율배반의 딜레마가 있다. 이야기의 최후를 장식하는 "약속의 장소를 잃어버린 세계에서" "그럼에도 이제부터 우리는 다시 살아갈 것이다" 라는 히로키의 말에는 상실을 견디고 살려는 히로키의 미래를 향한 결의가 드러나 있다. 상실이란 히로키가 주체적으로 선택한 행동의 결과이기도 하다. 따라서 그의 '자산'이다. 이 작품에서는 상실만을 그리지 않는다. '자산으로서의 상실'을 품고 앞으로의 인생을 어떻게 살 것인지, 라는 질문을 던진다. 〈구름의 저편, 약속의 장소〉가 돌아보며 옛것을 추억하는 스타일을 채택한 가장 큰 이유이기도 하다.

• 이중 회고 구조가 의미하는 것 •

다시금 아방 타이틀의 회상 장면으로 돌아가자. 상실을 안은 청년 후지사와 히로키가 신주쿠역 서쪽 입구 개찰구로 들어와 그리운 기억을 환기하는 폐역 건물을 찾는다. 왠지 쓸쓸해 보이는 히로키의 표정은 타쿠야와 사유리와의 이후 관계를 시사한다. 아무래도 그들은 거리감을 유지하며 다른 길을 걷고 있으리라. 히로키는 추억의 장소에 도착해 "저 구름 저편"에 "그 소녀와 약속한 장소가 있었다" "이제는 먼 과거가 된 그날"이라고 회상한다. 이후 이야기는 과거를 회고하는 히로키의 회상으로 구성된다. 신카이는 인터뷰에서 무라카미 하루키의 『노르웨이의 숲』에서 나오는 회상 장면에서 영감을 받았다고 말했다[2]. 여기에서 무라카미 하루키와의 연관성을 하나 더 지적할 수 있다.

『노르웨이의 숲』의 첫 장면은 보잉 747기를 타고 함부르크 공항에 도착한 서른일곱의 주인공 와타나베가 비행기 천장 스피커에서 흘러나오는 비틀스의 『노르웨이의 숲』을 듣는 순간 공황 발작을 일으키면서 18년 전인 1967년의 일들을 기억하는 짧은 에피소드로 구성되어 있다. 이처럼 과거로 역행하는 이야기는 와타나베의 현재로 회수되지 않고 끝난다. 〈구름의 저편, 약속의 장소〉 역시 아방 타이틀에 등장하는 히로키가 회고하는 과거가 그의 현재와 이어지지 않는다.

그런 의미에서 이 작품은 『노르웨이의 숲』과 같은 이야기 구조와 전개를 지닌 작품으로 볼 수 있는데 제1부의 마지막, 저녁 무렵의 폐역 건물에 셋이 서 있는 장면에서 히로키가 하는 독백을 주목하고 싶다. "정말로 특별한 여름이었다. 하지만 나를 둘러싼 세계는 그 후 몇 번이고 나를 배신했다" "그로부터 3년이 흘렀고, 그날을 끝으로, 나는 사유리를 만나지 못했다." '그로부터 3년'이라는 히로키의 말이 중요하다. 제1부를 이끌어가는 주체는 아방 타이틀에 등장하는 청년 히로키가 아니라 제2부에서 사유리와 재회하기 전 고교 3학년인 히로키다. 3년 전 일을 돌아보는 히로키. 그리고 3년 전 일을 돌아보는 히로키를 포함해 모든 과거를 회고하는 청년 히로키. 이중의 회고=추억의 구조가 이 작품을 관통하고 있다. 『노르웨이의 숲』과 비슷한 이야기 구조를 내포하면서도 『노르웨이의 숲』에는 없는 이중의 회고 구조가 〈구름의 저편, 약속의 장소〉라는 작품의 독창성을 주장한다. 과거 이야기를 다중화함으로써 과거와 현재를 단절하고 상실 자체가 주체로 떠오르게 하는 이야기 구조가 강조된다.

갑자기 모습을 감춘 사유리에게 느끼는 히로키의 상실과 계속 잠든 사유리를 각성시킴으로써 히로키가 얻은 상실, 과거의 일을 회고하는 청년 히로키의 상실은 저마다 다르다. 이중 회고 구조가 각 상실의 내실을 명확히 한다. 상실에는 고통이 따르나 상실을 포함한 과거의 기억은 현재의 자신을 지탱하는 힘이 된다. 우리는 인생에서 다양한 상실을 체험한다. 상실은 인생의 불량채권이 아니다. 내 안에 층층이 쌓인 '자산으로서의 상실'을 안고 살아간다는 의미를 〈구름의 저편, 약속의 장소〉는 조용하지만 강력하게 주장하고 있다.

제 4 장

〈초속 5센티미터〉

'풍경'과 '내면'과 '속도'를 둘러싼 이야기

• '언어'로부터 출발 •

〈초속 5센티미터〉(2007년)는 과거 작품과는 다른 방법론으로 제작되었다. 전작 〈구름의 저편, 약속의 장소〉(2004년)는 작품 내용과 세계관의 확장에 따라 많은 스태프가 동원되었고 그 결과 제작 환경은 일반 애니메이션 제작사와 비슷한 형태로 확충되었다. 〈초속 5센티미터〉의 제작에서 신카이 마코토는 다시 〈별의 목소리〉(2002년)와 같은 단순한 제작 환경으로 돌아가 보기로 시도한다. 하지만 애니메이션 작가로 세상에 이름을 알린 신카이가 독립 제작으로 돌아가는 건 쉬운 일이 아니다. 신카이의 해답은 스태프의 정예화로 제작 환경을 최소한으로 축소하고 질 높은 작품을 만들어 보자는 것이었다. '최소한'은 〈초속 5센티미터〉가 내포하는 일상성과 단순함, 솔직함을 그대로 표현한 키워드이기도 하다.

신카이는 자택을 아틀리에로 개방하고 일단 작화 감독과 캐릭터 디자인을 맡은 니시무라 타카요와 유기적으로 제작을 시작한다. 작품마다 제작 환경 규모와 작업 과정을 대담하게 바꾸는 게 신카이의

신카이 마코토의 세계

특징인데 기존 애니메이션 제작 방법론에 얽매이지 않는 유연성이 신카이 작품에 새로운 표현과 치밀함, 깊이를 가져온다는 점은 이미 설명했다. 신카이는 새 작품을 제작할 때마다 실제로 과거 작품의 제작 방법을 처음부터 다시 점검하고 작업을 시작하는데 작업을 진행하면서도 사고와 시행착오를 되풀이하며 그 작품에 가장 적합한 제작 방법을 찾아낸다. 그런 신카이만의 방법은 최신작에 이르기까지 일관되어 있다.

니시무라 타카요와의 공동 작업을 끝낸 다음에는 4인 체제가 되었고 이어서 제작 속도를 올리려고 동원된 새로운 스태프가 신카이의 자택 겸 아틀리에를 드나들게 되는데 그 수 역시 최소한이었다. 극장 팸플릿 끝에 표기된 스태프 명단을 보면 일목요연하다. 소수 정예 스태프로 이 정도로 질 높은 작품을 만들다니 놀라지 않을 수 없다. 스태프 명단에서 신카이 본인이 맡은 역할만 정리하면 그림 콘티, 연출, 캐릭터 원안, 미술 감독, 미술 배경, 색채 설계, 촬영과 편집, 음향 감독, 제작, 원작과 각본, 감독까지 모든 영역에 걸쳐 있다. "영상에 관해서도 이야기에 관해서도 완벽하게 컨트롤할 수 있는 작품을 만들고 싶다" 라는 신카이의 생각이 전해진다[19]. 모든 제작 영역에 신카이가 관여한 작품은 이 작품이 마지막이다. 이후 세 작 스태프 책임자로서 그의 역할 분담은 작품을 발표할 때마다 줄어든다. "모든 미술 배경을 스스로 그렸고 모든 컷의 색채 설계와 촬영(편집)도 전부 한 마지막 작품입니다. 저는 지금도 '내 그림이 어땠더라?' 라는 생각이 들면 〈초속 5센티미터〉의 그림이라고 생각합니다. 이런 느낌이죠. '이 세계를 이렇게 보고 싶다'라는 이상 같은 게

이 작품에 짙게 들어가 있습니다." 라는 말에서는[19] 모든 콘텐츠를 제어하는 독립 제작에서 출발한 신카이가 일정한 경지에 도달했음을 알 수 있다.

소수 정예의 개인 아틀리에 형식 제작뿐만 아니라 〈초속 5센티미터〉에서는 과거 작품과는 또 다른 접근 방식이 채용되었다. 구상 단계에서 채용된 새로운 시도인데 신카이는 그 시도에 관해 작품 해설에서 다음과 같이 썼다.

> 이 작품의 원형은 짧은 소설 같은 스케치 문장의 형태였다. 등장인물도 주제도 제각각인 짧은 이야기를 여러 편 써 놓았는데 그중에서 영상에 적합한 몇 편을 골라 몇 개월 동안 가볍게 만들어 보자는 게 원래 생각이었다. 결과적으로는 제작 기간이 1년 반이나 걸렸고 내용이나 작업 면에서나 '가볍게'라고 할 수 없어졌는데 원래 계획은 연작 단편집 같은 스타일이었다. [29]

신카이는 〈초속 5센티미터〉를 구상하는 단계에서 일단 '소설 같은 스케치 문장'을 집필했다. 그중 한 편 『창밖 하늘』이 DVD-BOX 『초속 5센티미터 특별 한정 생산판』(코믹·웨이브·필름, 07·7)의 부록 책자에 실려 있다.

도내 고층 맨션에 사는 중학교 3학년생 오가와 미유키가 6월 어느 날, 부모님의 출근을 배웅한 후 학교를 빼먹는다. 그녀는 태풍이 다가와 비바람이 강해지는 거리를 바라본다. 미유키는 소설을 쓰고 있는데 아직 완성하지는 못했다. "미유키는 하얀 시트를 바라보며 자기 앞에 망막하게 펼쳐진 장래를 생각"하는데 미래의 구체적인 모습을 그리지 못한다. 그녀는 "일단 나는 내 자신이 되고 싶어 소설을 쓴"다는 사실을 깨닫는다. 어느새 바람 소리가 멈춰 베란다로 나간 미유키는 밝은 햇살이 내리쬐는 정적에 휩싸인 경치를 보고 바로 지금 태풍의 눈에 들어와 있음을 깨닫는다. 고층 맨션에서 바라보는 "압도적인 시공간에 놀라 몸을 움츠린" 미유키는 그 자리에 무너져 내려 울음을 터뜨린다.

『창밖 하늘』은 사춘기 소녀의 내면을 그린 삼인칭 형식의 초단편 소설인데 이 안에 이미 신카이 마코토 문학 세계의 정수가 담겨 있다. 다시 읽어 보면 어둡고 흐린 구름 사이로 빛줄기가 핀포인트처럼 쏟아지는 미유키가 보는 거리 풍경은 〈날씨의 아이〉(2019년)에서 히나가 '기도'로 체현하는 맑은 하늘의 정경을 예언하는 듯한 비주얼이 담긴 초단편이다.

〈구름의 저편, 약속의 장소〉에 앞서 그린 단편 만화 『탑 저편』에 등장하는 장래에 막연한 불안을 품고 아무것도 되지 못하는 자신의 무력함에 낙담한 고교 3학생의 '나'와 미유키의 정신 상태는 일맥상통한다. 미래가 보이지 않아 고민하는 미유키의 모습은 제2화 '코스모너트'의 여주인공 스미다 카나에의 인물 조형과도 이어진다. 초단편 속에 있는 '망막'이라는 단어도 제1화 '벚꽃 이야기'에서 시노하라 아카리와 재회한 토오노 타카키가 품은 "망막한 시간이 어찌해 볼 도리 없이 내 앞에 놓여 있다" 라는 독백 장면으로 수렴된다. 그리고 무엇보다 태풍이 가져오는 압도적인 풍경이 주인공의 심상에 작용하는 상황 자체와 어우러져 이야기가 진행되는 부분은 풍경과 심상의 상호작용을 예민한 감수성으로 잡아내는 신카이 연출 능력의 핵심이다. 『창밖 하늘』의 이야기 내용은 〈초속 5센티미터〉의 플롯에 직접 반영되지는 않았으나 중요한 이미지로 세부적인 이야기에 녹아 있다.

애니메이션은 영상과 음성, 언어 등 다양한 요소를 구사하는 멀티미디어 표현인데 이야기의 구조를 '언어'에서 출발시키는 점이 너무나도 신카이답다. 신카이는 이 작품에서 "소설적인 애니메이션"을 목표로 했다고 밝혔다. 소설적인 애니메이션이란 신카이 본인의 설명에 따르면 "수다스러운 언어로 이끌어가는 작품"이며 "독백과 대화라는 언어의 교체로 컷이 바뀌는 작품"이다[30]. 종종 '문학적'으로 평가되는 〈초속 5센티미터〉의 문학성은 소설적 애니메이션에 도전해 창작의 출발점으로 언어를 선택한 신카이의 창작 태도에서 비롯되었다.

• 스케치 소설에서 시작된 이야기 제작 •

〈초속 5센티미터〉는 3화로 구성된 연작 단편집(a chain of short stories)이다. 연작 단편 형식의 애니메이션은 드물다. 각 단편은 독립되어 있으면서도 단편들은 긴밀하게 연동되어 장편 같은 하나의 세계를 제시한다. 〈초속 5센티미터〉의 새로움은 이미 지적했듯 스케치 소설의 집필에서 시작되었다는 특수한 사정에 기인한다. 『창밖 하늘』 이외에 공개된 스케치 소설로 〈초속 5센티미터〉의 극작 팸플릿에 수록된 각 화의 장면 일부를 구성한 단문과 신카이가 창작 전공 대학에서 강의했을 때 자료로 제시한 제1화 '벚꽃 이야기'의 초입부 원고 등이 있다[30].

스케치 소설을 열 편 정도 완성한 신카이는 그중에서 영상 면에서 연결고리가 있는 몇 편을 골라 다음과 같은 절차를 거쳐 세 개의 단편 작품으로 완성한다.

이 문장 가운데 캐릭터가 말해야 하는 대화의 문장만을 골라 대화문으로 만들고 나머지는 지문으로 만듭니다. 이래야 영상으로 보여줄 정보 묘사라는 부분이 생깁니다. 그런 식으로 일단 그림 콘티를 그리는데 바로 비디오 콘티로 넘기지 않고 음성 트랙을 먼저 만들어 봅니다. 기본적으로는 남녀 이야기이므로 남성의 대사를 내가 읽고, 여성의 대사는 여성 스태프가 전부 읽게 하고 효과음도, 물론 상업 작품이라 결국은 프로가 다 손을 봐야 하겠으나, 전차 소리나 구두 소리 같은 걸 처음에는 전부 제가 만듭니다. 라디오 드라마를 만드는 마음으로 처음에는 음성 트랙만 완성해 봅니다[30].

그림 콘티는 애니메이션의 설계도이고 제작 스태프와 출연자들이 공유하는 작품의 데이터베이스이다. 신카이의 제작 과정에서는 일반적으로 글 콘티 → 그림 콘티 → 비디오(동영상) 콘티의 흐름을 밟는데 음성 트랙만 있는 라디오 드라마 같은 '음성 콘티'가 만들어진 사실에 주목해야 할 것이다.

신카이는 한 인터뷰에서 제1화 '벚꽃 이야기'에서는 음성 트랙을 만든 다음 그림 콘티 컷을 넣었고, 제2화 '코스모너트'에서는 그림보다 먼저 동영상 콘티를 만들었으며 제3화 '초속 5센티미터'에서는 제1화와 마찬가지로 음성 콘티를 먼저 진행하는 등 저마다 접근 방식이 달랐다. 이 차이는 독백(제1화와 제3화)과 대화(제2화) 중 어디에 중점을 둘지, 라는 각 화의 조립 방식에서 왔다고 한다[31]. 신카이 작품은 독백이 차지하는 비중이 높다. 소설 표현으로 치환하면 일인칭 내러티브에 의한 독백, 즉 자기 성찰적 언어가 다수를 차지하고 겹따옴표를 쓰는 다른 인물과의 대화 장면은 억제된다. 타인과의 거리감과 관계의 단절을 그려 온 신카이 작품에서 독백과 대화의 비율 자체에 디스커뮤니케이션이라는 주제가 드러나 있다. 이야기의 구성 단계에서 스케치 소설을 집필함으로써 감독의 구상에 이미 독백 장면과 대화 장면이 나눠지고 각 화가 요청하는 이야기의 분위기가 정리된 게 아닐까. 스케치 소설에서의 출발과 〈초속 5센티미터〉라는 작품은 아주 긴밀한 관계에 있다.

개인 아틀리에 시스템을 재도입하고 스케치 소설로 출발한 제작 방식이 기존 형식이나 내용과는 크게 다른 새로운 작품을 만드는 원동력이 되었다. 과거 작품이 SF와 판타지 등 비일상적인 설정을 전제로 한 데 대해 이번 작품에는 시종일관 '평범한 일상'을 바라보고 있다. 2007년 봄에 〈구름의 저편, 약속의 장소〉와 마찬가지로 시부야 시네마라이즈에서 개봉한 〈초속 5센티미터〉는 이후 상영관을 늘려 많은 관객의 지지를 받으며 신카이의 밀레니엄 시대 대표작이 된다. 1990년대 중반부터 밀레니엄 시대 후반까지를 이야기 시간대로 잡은 이 작품은 근과거의 일본을 무대로 한 청춘 애니메이션이다. 3

화 모두 타카키가 주인공으로 등장하나, 제1화와 제3화에서는 아카리가, 제2화에서는 카나에가 각각 타카키의 인생에 관여하는 중요한 여성으로 등장한다. 타카키, 아카리, 카나에 셋이 주인공이라 할 수 있는 〈초속 5센티미터〉는 소년 시절부터 청년기에 이르는 타카키의 자전적 성장 이야기다.

일단은 타카키의 유소년기를 그린 제1화 '벚꽃 이야기'부터 살펴보자.

• 속도에 관한 이야기 •

제1화 '벚꽃 이야기'는 초등학생 아카리와 타카키가 하굣길에 대화하는 장면부터 시작된다. 이미 지적한 대로 신카이 작품에 등장하는 여성들은 "있잖아?"라는 말로 이야기를 시작하는데 이 이야기 역시 아카리의 "있잖아?"로 시작된다. 나아가 아카리의 "초속 5센티미터래"라는 말은 이어지는 대사로 아카리가 인식하는 "벚꽃이 떨어지는 속도"임이 밝혀진다. 이 작품의 제목이 어디서 유래되었는지가 이야기의 첫 장면에서 일찌감치 제시된다. 〈초속 5센티미터〉라는 제목은 이 작품이 '속도에 관한 이야기'임을 소리 높여 선언한다. 신카이는 사람과 사람의 물리적, 정신적, 시간적 '거리'를 '단절'이라는 상황 설정으로 그려왔는데 이 작품에서는 '거리'를 가져오는 최대 요소로 '속도'에 조명을 맞춘다.

흩날리는 벚꽃을 눈에 빗대는 아카리에게 "그런가?"라며 시큰둥하게 대답하는 타카키의 태도에 아카리는 기분이 상해 갑자기 언덕 길을 달려 내려가 차단기가 내려진 건널목을 혼자 건너가 버린다. 타카키는 이쪽에 남겨진다. 건널목 너머에서 "내년에도 같이 벚꽃을 볼 수 있으면 좋겠다"라는 예언 같은 말을 건네는 아카리의 모습을 통과하는 열차가 차단한다. 건널목과 열차 통과로 이쪽과 저쪽이 분단되는 건널목 장면은 이후 부모님 사정으로 헤어지는 타카키와 아카리의 운명을 암시함과 동시에 십여 년 뒤에 다시 반복된다. 초속 5센티미터로 천천히 떨어지는 벚꽃잎(세로축의 완만한 운동)과 시속 100킬로미터 가까운 속도로 건널목을 통과하는 열차(가로축의 고속 운동)라는 속도의 완급 대비가 선명한 인상을 남기는 도입 장면이다.

타카키는 초등학교 3학년 봄에 전학했는데 그다음 해에 아카리가 같은 반으로 전학을 온다. 전학생이라는 같은 처지에다가 몸집이 작고 병에 잘 걸려 실내에 있기와 책 읽기를 좋아한다는 공통 취미가 두 사람을 강하게 이어준다. 같은 가치관을 공유하고 정신적으로도 유사한 그들은 초등학교 고학년이 되자 서로를 이성으로 의식하기 시작한다. 타카키와 아카리는 같은 중학교에 올라가고 늘 함께 있으리라고 막연히 생각했는데 갑작스러운 이별이 찾아온다. 초등학교 졸업과 함께 아카리가 도쿄에서 도치기로 전학을 간다. 중학교에 들어간 타카키도 3학기를 끝내자마자 가고시마로 전학 가게 되며 도치기와 가고시마라는 절대적인 거리가 두 사람을 갈라놓는다.

초등학교 졸업식이 있고 반년이 흐른 여름, 타카키에게 아카리의 편지가 도착한다. 그 후로도 몇 통 더 도착한 아카리의 편지를 읽

신카이 마코토의 세계

는 타카키의 모습이 그려진다.
〈별의 목소리〉에서 미카코가
보내는 메시지와 마찬가지로
작품 속에서는 아카리가 쓴 편
지가 등장하며 낭독된다. 타카
키가 편지를 쓰는 장면은 확인
되나 내용은 보여주지 않는다.

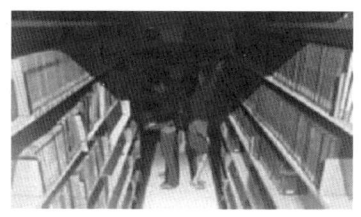

같은 취미와 취향을 지닌 타카키와 아카리는 마음을
나누며 강하게 이끌린다. 공명하는 두 영혼의 관계는
신카이 작품 전체를 관통한다.

'벚꽃 이야기'에서 타카키와 아카리 사이에는 '편지라는 미디어'
가 대화의 중심에 놓여 있다. '벚꽃 이야기'에서 그리는 시간대는
1999년으로, 90년대 중반은 휴대전화 보급 이전의 과도기였다. 당
시 개인적인 연락과 통신 수단은 의외로 집에 놓인 전화나 편지였
다. 지금의 중학생이라면 문자나 SNS, 메신저 등 전자 미디어를 이
용해 소통할 것이다. 전자 미디어의 실시간 전달 속도를 도저히 따
라가지 못하는 비동기적 언어인 편지를 교환하며 타카키와 아카리
는 서로의 거리를 메우려 한다.

보내는 사람의 메시지가 받는 사람에게 도착할 때까지 물리적인
절차와 시간이 필요한 게 편지의 특징이다. 물리적인 절차와 시간은
시차=지연을 일으킨다. 그리고 그 시차=지연이야말로 속도 이야기
인 '벚꽃 이야기'의 극적 구조를 담보하는 요소이다. 소설이나 영화,
드라마 등 현대 이야기에서 휴대전화와 스마트폰이 지니는 역할은
매우 크다. 휴대전화나 문자, SNS는 떨어진 장소에 있는 사람들을
순식간에 연결한다. '벚꽃 이야기'는 휴대전화 보급 이전의, 구시대
의 이야기다. 타카키와 아카리의 커뮤니케이션 밀도가 농밀하게 느

껴지는 이유는 둘의 관계가 원래 농밀했던 데 더해 편지라는 물질적 미디어의 교환이라는 수단 자체에 숨은 커뮤니케이션의 농밀함이 강조되기 때문이다.

　가고시마로 이사하기 전에 꼭 한번 만나고 싶다는 서로의 바람을 이루려고 1995년 3월 4일 금요일, 중학교 수업을 끝낸 타카키는 아카리가 사는 도치기현의 가장 가까운 역까지 기차를 갈아타며 만나러 갈 계획을 세운다. 현실의 1995년 3월 4일은 토요일이었는데 작품 속 요일은 왠지 하루가 다르다. 의도적인 설정일 것이다. 픽션임을 강조하는 연출, 혹은 '벚꽃 이야기'의 이야기 세계가 또 다른 평행 세계라는 인식에 기반한 설정이라고 생각한다. 이 같은 상황 설정을 거쳐 '벚꽃 이야기'의 중심에 놓인 타카키의 고난에 찬 열차 이동 이야기가 준비되었다.

• 감정(emotion)을 일으키는 열차의 고속 운동(motion) •

　3월 4일은 비가 눈으로 바뀐 변덕스러운 날씨였다. 타카키는 수업을 끝내고, 다니는 중학교에서 가장 가까운 역인 오다큐선 고도쿠지역을 15시 54분에 출발하는 신주쿠행 열차에 탄다. 타카키가 시간표를 찾아 작성한 메모에는 신주쿠역에서 사이쿄선으로 갈아타 오미야역으로, 오미야역에서 우쓰노미야선을 타고 오야먀역으로, 그리고 료모선으로 갈아타 목적지인 이와후네역에 18시 45분에 도착할 예정이었다. 아카리와는 19시에 만나기로 했다. 아카리와 몇 시간을 보낸 다음 바로 도쿄로 온다는 계획이다. 신주쿠역조차 혼자 가본 적 없는 타카키에게 신주쿠역 다음의, 미지의 열차를 수없이 갈아타고 아카리에게 가는 장소에서 장소로의 이동은 기대와 불안이 뒤섞인 작은 여행이었을 것이다. 열차 한 대의 지연으로 여정이 틀어져 일정은 지켜지지 못한다. 작품 속에 나온 편도 1,770엔, 왕복 3,540엔의 운임은 중학교 1학년생 신분으로는 큰 부담이 되는 금액이다.

고도쿠지역에서는 정시에 출발했으나 눈의 영향으로 열차 운행이 늦어지기 시작한다. 갑작스러운 기상 변화가 타카키의 계획에 암운을 드리운다. 한시라도 빨리 아카리에게 달려가고 싶은 타카키의 마음을 오색 딱따구리 한 마리가 대변한다. 타카키의 감정을 드러내는 오색 딱따구리는 찬 바람이 부는 밤하늘을 힘차게 비약해 새벽의 역 플랫폼 벤치에 앉아 책을 읽는 아카리가 올려다보는 하늘에 도착한다. 오색 딱따구리가 날갯짓하며 활공하는 속도는 타카키가 품고 있는 감정의 속도이다.

계획대로 아카리에게 가고 싶다는 타카키의 기대는 강설의 영향으로 계속된 열차 지연으로 좌절된다. 열차를 타고 이동하는 타카키의 회상 장면이 이어진다. 둘의 만남을 비롯해 아카리의 전학으로 헤어질 때까지의 다양한 에피소드가 회상된다. 열차의 이동과 지연이 타카키에게 과거의 다양한 상황을 플래시백 시킨다. 영화비평가이자 영화학자인 가토 미키로는 영화사에서 최대 운동 매체로 평가되는 열차에 주목해 다양한 작품을 해설하며 열차의 고속 운동(motion)과 인간 감정(emotion)의 상관성을 뚜렷하게 설명했다

[32]. 신카이 역시 탁월한 영상 효과로 열차 운동과 인간 감정이 연동되는 과정을 의식적으로 그려낸 애니메이션 작가이다.

영화 여명기를 대표하는 작품으로 뤼미에르 형제가 감독하고 제작한 〈열차의 도착〉이라는 단편 영화가 있다. 1896년 12월 파리 그랑카페에서 개최된 '시네마토그라프 뤼미에르'에서 〈공장 출구〉와 〈아기의 식사〉, 〈물 뿌리는 사람〉 등 일상 풍경을 포착한 작품과 함께 상영된 게 〈열차의 도착〉이다.

프랑스 영화사학자 조르주 사둘은 자신의 저서에서 〈열차의 도착〉이 지니는 영화사적 의의를 다음과 같이 말했다.

〈열차의 도착〉에서는 기관차가 화면 저 멀리에서 달려 나와 관객 앞으로 밀려들어 그들을 놀라게 했다. 혹시 기관차에 치이는 게 아닐지 걱정하게 만든 것이다. 그들은 자기들이 보고 있는 것과 카메라가 포착한 게 같다고 생각했다. 즉 카메라가 드라마 최초 등장인물이었다.

뤼미에르는 이 필름에서 초점 심도가 깊은 렌즈의 모든 수단을 활용했다. 우선 빨간 모자를 쓴 사람이 수압차를 밀며 플랫폼 위를 걷는 텅 비어 있는 역(전경)을 보여준다. 이어서 지평선에 검은 점이 출현하고 갑자기 커진다. 기관차가 순식간에 스크린을 가득 채우며 관객들 앞으로 밀려든다. 객차가 플랫폼에 정차한다. 수많은 여행객이 객차에 다가오는데 그 가운데 두 손자를 데리고 스코틀랜드식 케이프를 두른 뤼미에르 형제의 어머니가 보인다. 객차 문을 열고 여행객들이 오르내린다. (중략)

오늘날 영화에서 이용하는 연속 화면을 〈열차의 도착〉도 다 이용하고 있다. 즉 지평선에 나타나는 열차 전경부터 근접 촬영까지 말이다. 그러나 이들 화면은 잘라서 편집된 게 아니라 일종의 이동 촬영을 뒤집은 형태로 이은 것이다. 카메라가 이동한 게 아니라 대상 사물과 인물이 끊임없이 카메라에 다가오거나 멀어진다. 시점의 끊임없는 변화로 오늘날의 몽타주 쇼트 연속과 같은 일련의 변화가 일어나는 영상이 생긴 것이다. [33]

열차가 서서히 다가와 역에 도착하고 승객이 오르내리기까지의 시간을 기록한 첫 영화 〈열차의 도착〉을 본 관객이 어떻게 반응했는지, 현재 우리는 당시 증언을 바탕으로 상상할 수밖에 없다. 대화면 스크린 안에서 코앞까지 육박하는 열차의 움직임을 본 관객은 사둘이 쓴 대로 경악했을 것이다. 실물 열차가 스크린을 뚫고 나와 날아들 거라고 상상한 관객이 공황 상태에 빠졌다는 이야기가 전설처럼 전해지고 있다. 관객을 향해 '밀려들 듯' 달려드는 열차의 움직임은 당시 관객에게 실물보다 더 환상적이고 스펙터클하게 보였을 것이다.

〈열차의 도착〉은 역에 도착할 때까지의 열차의 역동적인 움직임과 열차를 오르내리는 여행객의 인간관계를 그린 기록 영화이자 드라마이다. 열차의 움직임이 승객들의 관계를 부각해 배후에 있는 이야기를 우리 스스로 상상하게 만든다. 신카이 역시 작품 속에 반복적으로 열차를 등장시킨다. '열차 마니아'로 표현해도 좋을 만큼 신카이의 열차에 대한 집착은 철저하다.

초기 작품 〈먼 세계〉(1997년)에서는 마음에 병이 든 연인 곁을 지키는 주인공 여성이 그와 함께 열차를 타고 여행을 떠난다. 이어진 〈둘러싸인 세계〉(1998년)에서도 열차를 탄 커플이 벽으로 둘러싸인 세계 밖으로 나가려고 계단이 있는 장소에 도착한다. 〈그녀와 그녀의 고양이〉(1999년)의 마지막 장면에서는 눈 내리는 겨울날, 열차를 타고 출근하는 그녀의 모습이 그려진다. 〈별의 목소리〉는 열차 문 옆에서 메일을 쓰는 미카코의 모습에서 시작하고 〈구름의 저편, 약속의 장소〉에서는 청춘의 원형질 같은 풍경으로 열차 안 정경과 폐역 건물이 중요한 장소로 선택되었다. 이처럼 신카이의 작품에서는 이야기를 성립시키는 중요한 구성 요소로 열차나 열차 안 공간, 나아가 철도와 관련된 역 건물과 건널목 등의 장소가 의식적으로 사용된다.

〈초속 5센티미터〉에서 열차는 이러한 신카이 작품의 '열차 마니아' 계보를 이으면서도 주인공의 내면에 펼쳐지는 드라마를 낳는 연출 장치로 이용된다.

• 전해지지 못한 편지 •

타카키는 오다큐선에 올라타, 초등학교 시절의 자신과 아카리의 다양한 에피소드를 회상한다. 전학 첫날의 풍경을 시작으로 도서관에서 같은 책을 빌렸다는 사실을 알고 서서히 가까워진 상황과 하굣길에 고양이 쵸비를 만나고 패스트푸드 가게에서 읽은 책의 감상을

나누던 과거가 열차를 타고 아
카리에게 달려가려는 지금, 타
카키의 뇌리에 차례차례 떠오
른다. 일테면 교실 칠판에 두
사람 사이를 놀리는 낙서가 적
혀 있는 걸 보고 고개를 숙이
는 아카리를 본 타카키가 낙서
를 지운 다음 그녀의 손을 잡
고 교실을 나와 복도의 화면
앞쪽에서 안쪽으로 달려가는
다음 장면에, 마찬가지로 화면

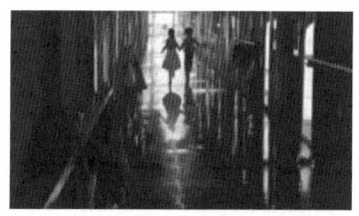

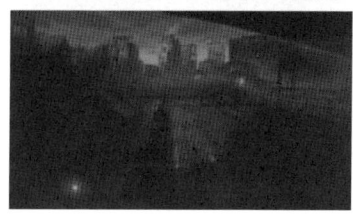

아카리의 손을 잡고 복도를 달려가는 초등학교 시절
의 기억에 이어서 아카리에게 가려고 서두르는 타카
키를 실은 열차의 움직임이 이어진다. 움직임과 감정
과 연동하는 장면 중 하나이다.

앞에서 안쪽으로 사라지는 타카키가 탄 오다큐선 열차의 주행 장면
이 이어지는 교묘한 편집에 열차의 움직임과 타카키의 감정을 연동
하려는 의도가 보인다. 열차의 움직임이 과거를 회상하는 타카키의
감정과 동기화한다.

　신주쿠에서 사이쿄선으로 갈아탄 타카키는 달리는 차 안에서 아
카리에게 전화로 전학 사실을 들었던 밤을 회상한다. 사이쿄선에서
우쓰노미야선으로 갈아탄 타카키는 지연이 이어져 약속 시간을 놓
쳐버린 차 안에서 전학을 알리는 전화를 걸어 온 아카리를 다정하게
대하지 못한 자신을 부끄럽게 생각한다. 열차는 자기 대화와 성찰을
일으키는 감정의 공간이기도 하다. '벚꽃 이야기'는 기억과 대화하
는 이야기이다. 이 작품은 타카키의 경험을 실시간으로 그리지 않고
중학교 1학년 때 경험한 인생의 잊을 수 없는 사건을 사후적으로 돌

아보는 회상 이야기로 진행된다. 아카리와의 초등학교 시절 에피소드를 회상하는 중학교 1학년생 타카키를 더 어른이 된 타카키가 회고하는, 〈구름의 저편, 약속의 장소〉와 마찬가지로 '이중의 회고 스타일'이 이 작품에서도 답습되고 있다.

〈초속 5센티미터〉는 일상을 다루는 작품이므로 대단한 사건은 일어나지 않는다. 일상 속 작은, 그러나 극적인 일이 독특한 시점으로 그려진다. 우쓰노미야선에서 료모선으로 갈아타려고 차가운 바람이 몰아치는 오야마역 플랫폼에 선 타카키의 몸에 **작은 사건**이 일어난다. 몸을 데우려고 자판기에서 캔 커피를 사려 한 타카키가 지갑을 꺼내려고 오른손을 주머니에서 꺼낸 순간 아카리에게 전해주려고 소중하게 간직했던 편지가 돌풍에 날아가 버린다.

'벚꽃 이야기'에서는 '편지에 의한 메시지 전달'이 중요한 모티프이다. 작품 속에 자주 등장하는 아카리가 직접 쓴 편지 내용과 아카리의 편지 낭독 장면은 서간 소설이 아닌 서간 애니메이션으로서의 형식을 드러내고 있다. 호의를 품었으면서도 '고백'까지 이르지 못하는 사춘기 소년과 소녀는 거리로 단절된 상황을 편지 교환으로 해소하려 한다. 둘은 언어의 힘으로 '관계'를 얻으려 하는데 언어는 거리를 이길 수 없다. 언어는 그들 저마다의 일상에 매몰되어 갈 길을 잃는다.

단정하게 적어 내려간 아카리에게 보내는 편지는 순간의 방심으로 무위로 돌아간다. 타카키가 어떤 내용의 편지를 썼는지는 드러나지 않으나 그의 중대한 '결의'를 담았을 편지는 문자 그대로 '날아가 버린' 것이다. 오야마역의 플랫폼에서 넋을 놓고 서 있던 타카키는 슬픔에 사로잡힌다. 타카키는 편지로 '언어'를 전달할 기회를 잃는다. 이 작품에서 강조하려는 점 역시, 이제까지 봐 온 신카이 작품과 마찬가지로, 언어로는 전달할 수 없는 상황에 직면한 주인공의 내면 이야기이다.

눈보라 속에서 정차한 료모선 차 안 장면에서 타카키는 잔뜩 몸을 웅크리고 동아리 활동하러 아침 통학길에 오른 차 안에서 자기에게 보낼 편지를 쓰는 아카리를 떠올린다. 타카키가 상상하는 아카리는 혼자 열차 좌석에 앉아 있다. 이와후네역으로 향하는 타카키는 오른쪽 창가 자리에 앉아 있는데 타카키가 상상하는 아카리는 왼쪽 창가 자리에 앉아 있다. 료모선 차량의 마주 보는 좌석에 시차를 두고 대면하는 구도를 의도한 컷은 두 사람의 엇갈림을 함유하고 있다.

료모선은 두 시간 동안 눈 내리는 벌판에 계속 서 있다. 이 '초속 **제로** 센티미터'의 정지 상태를 타카키는 "1분이 너무나도 길게 느껴졌고 시간은 명백한 악의를 품고 내 위를 천천히 흘러갔다" 라고 말한다. 정차한 열차에서 흘러가는 시간의 중압에 견디지 못한 타카키는 손목시계를 풀어 초속 제로 센티미터의 시간에 저항하려 한다. 가만히 이를 악물고 울지 않으려 견디며 안에서 솟구치는 무력감과 싸운다. 타카키는 열차로 거리를 극복하러 했으니 강설에 따른 우발적 열차 지연이 오히려 타카키와 아카리 사이의 절대적인 거리를 증명하고 만다.

한없이 늦어진 열차는 예정보다 네 시간 반이나 늦은 23시 15분에 이와후네역에 도착한다. 아카리는 도착하리라 믿고 역 대합실에서 타카키를 기다리고 있다. 아카리 역시 이 장소에서 시간과 격투하며 기도하는 심정으로 열차의 도착을 기다린 것이다. 감동적인 재회 후 대합실에서 아카리가 싸 온 도시락을 먹는 둘은(아카리의 도시락을 "여태 먹어 본 음식 중에 가장 맛있어"라고 칭찬하는 타카키에게 "과장이 심한데!"라며 아카리가 오른발로 타카키로 왼 다리를 툭 치는 듯 보이는 다리 부분의 컷을 삽입한 연출을 통해, 미묘한 몸동작 하나로 감정의 미세한 변화를 그려내는 신카이의 재능을 잠시 엿볼 수 있다.) 대합실을 나와 눈 내리는 이와후네 마을을 걷는다. 둘은 아카리가 편지에 쓴, 집 근처 벚나무까지 간다. 벚나무 아래에서 아카리는 초등학교 때 한 말 "왠지 눈 같지 않니?"라는 말을 "있잖아, 꼭 눈 같지 않니?"라는 말로 바꿔 반복한다. 다음 순간, 계절은 겨울에서 봄으로 바뀌고 꽃잎이 흩날리는 나무 아래 선 타카키와 아카리가 나타난다. 둘은 커다란 벚나무 아래에서 서로를 응시하고 키스하고 포옹한다. '벚꽃 이야기'의 절정에 해당하는 장면이다.

이 장면에 실어 이야기되는 타카키의 독백은 다음과 같다. "그 순간, 영원이나 마음이나 영혼 같은 게 어디 있는지 알게 된 듯한 기분이 들었다." "13년간 살아 온 전부를 서로 나눠 가진 듯했고 그다음 순간 견딜 수 없이 슬퍼졌다." "아카리의 그 온기를, 그 영혼을 어떻게 다루면 될지, 어디로 가져가면 될지 나는 전혀 알 수 없었기 때문이다." "우리는 앞으로도 함께 할 일은 없을 거란 걸 분명하게 깨달았다. 우리 앞에는 아직 너무나 거대한 인생이, 망막하게(자막에서는 아득하게, 로 번역했는데 평론에 망막의 의미를 다루고 있어서 망막하게, 라고 표현했습니다-역자 주) 긴 시간이, 속수무책으로 가로놓여 있었다." "하지만 나를 붙들었던 불안은 이윽고 스르르 녹고 다음엔 아카리의 부드러운 입술만이 남아 있었다."

  다섯 문장으로 구성된 타카키의 독백 곳곳에서 신카이 마코토의 문학성을 느낄 수 있다. 초속 5센티미터로 흩날리는 벚꽃잎과 거의 같은 속도로 떨어지는 눈을 온몸으로 맞으며 아카리와 키스하는 타카키는 지상의 기쁨과 나락의 슬픔이라는 양극단을 오가는 체험을 한다. 타카키는 이 기쁨이 한순간임을 알고 있다. 이 기쁨 다음에는 확실한 이별이 기다리고 있음을. 그러나 그런 불안은 아카리와 하나가 되는 신체 접촉(중요한 첫 신체 접촉은 반 친구들에게 놀림을 당해 칠판 앞에서 고개를 숙이고 있던 아카리의 손을 잡고 교실을 뛰쳐나와 복도를 달리는 앞 장면)으로 천천히 녹아내린다. 이별해야 했던 둘이 더 가까워져 '세계의 비밀'을 건드리는 순간의 정경이 눈 내리는 한밤의 고요한 풍경과 겹쳐 극적으로 그려진다.

  이후 두 사람은 밭 옆의 조그만 헛간에서 낡은 담요를 두르고 하룻밤을 보낸다. 〈별의 목소리〉에서 노보루와 미카코가 비를 피하려고 들어간 버스정류장 장면은 강설과 추위를 피하려고 타카키와 아카리가 아침까지 시간을 보내는 '벚꽃 이야기'의 헛간 장면으로 계승된다. 이어진 지연을 견딘 끝에 드디어 아카리와 재회하고 아무도 없는 한밤중의 설원을 걸어 도착한 벚나무 아래에서 키스하고 포옹하고, 헛간에서 속삭이며 아침까지 잠든 일련의 일들은 열세 살 소년에게는 상상을 초월한 결정적 체험이자 이후 타카키의 인생을 옭아매게 된다.

  다음 날 아침, 이와후네역 플랫폼에서 타카키를 배웅하는 아카리는 열차가 출발하기 직전에 "타카키는 분명 앞으로 잘 지낼 거야,

꼭!"이라고 말한다. 열차가 움직이기 시작한 순간, 울음소리를 울리며 오색 딱따구리 두 마리가 하늘로 날아오른다. 헤어질 때 타카키는 편지를 잃어버렸다고 아카리에게 말하지 못한다. 편지에 적었을 이야기는 타카키의 마음속에 담겨 있다. 열차가 사라진 후 아카리는 플랫폼 위에서 타카키에게 주려던 편지를 꺼내 가만히 들여다본다. 아카리 역시 타카키와 재회하고도 편지를 전하지 않고 끝낸다. 둘 사이에 편지 교환은 이루어지지 않았다.

이렇게 서로의 내면을 고백하지 못하고 그들은 먼 장소로 헤어진다. 이와후네역을 떠난 열차 안에서 타카키는 "아카리를 지킬 힘이 있으면 좋겠다"라고 말한다. 어린이는 무력하다. 어른의 사정으로 찢어진 영혼의 쌍둥이 타카키와 아카리의 재회는 실현될까. 관객의 기대와 예감을 보류한 채 두 사람의 운명은 다음 이야기 이후로 미뤄진다.

• '초속 5센티미터'와 '시속 5킬로미터' 사이에서 •

제2화 '코스모너트'는 제1화 '벚꽃 이야기'와의 연결성을 시사하려는 듯 '하늘을 나는 새 두 마리'를 잡으면서 수직으로 하강하는 화면에 펼쳐지는 크레이터와 거대한 달을 바라보는 지구가 아닌 우주 어떤 행성을 멀리 바라보는 첫 번째 컷으로 시작된다. 이윽고 초원에 앉은 소녀와 그 옆에 선 소년이 떠오르는 태양을 바라본다. 소년에게는 성장한 타카키의 얼굴이 있는데 소녀는 누구인지 알 수 없다. 환상적인 행성 장면에 시선을 빼앗겼던 관객은 이어진 궁도장에서 활을 쏘는 타카키 컷과 다네가시마 거리를 배경으로 등장하는 제목을 보며 단숨에 현실 세계로 돌아온다.

'벚꽃 이야기'가 초속 5센티미터로 느리게 흩날리는 벚꽃잎의 이미지로 시작한 데 반해 '코스모너트'는 단숨에 과녁을 뚫는 활의 속도가 강조된다. 활의 속도에 관해서는 첫 속도가 초속 60미터에 달한다는 계산 보고가 있다[34]. 초속 5센티미터와 초속 60미터의 '완급'이 두 단편의 대조적인 면모를 부각함과 동시에 '속도 이야기'로서의 〈초속 5센티미터〉의 작품성을 다시금 환기한다. 이어지는 장면에서는 아침 서핑 연습을 끝내고 등교하는 여주인공 카나에가 탄혼다 슈퍼커브를 고등학교 교사인 언니의 밴이 쫓아와 함께 달리다가 추월한다. 카나에에게 언니는 믿음직한 가족이자 인생의 나침반 같은 인물이다. 밴과 슈퍼커브의 속도 차이는 스미다 자매의 각자 위치를 드러낸다. 언니는 뒤에서 달리는 여동생을 백미러로 지켜보고 동생은 앞서 사라지는 언니의 차를 지켜본다.

'코스모너트'에서는 제1화 에피소드 후, 중학교 2학년 새 학기에 다네가시마로 전학을 온 타카키의 고교 3학년 현재(1999년)가, 중학교 때부터 그를 좋아한 동급생 카나에의 시점으로 그려진다. 궁도부에서 '활쏘기 규칙'에 따라 활을 쏘는 타카키가 '정(靜)'의 상징이라면 파도와 격투하는 서핑 소녀 카나에는 그야말로 '동(動)'의 상징이다. 동아리 활동이 끝나기를 기다렸다가 슈퍼커브를 타고 하교하는 시간은 "중2 그날부터 좋아하게 되어 같은 고등학교에 가려고 정말 열심히 공부해서 겨우 합격했는데, 지금도 타카키를 볼 때마다 점점 더 좋아하게 되고 그게 두렵고 날마다 괴로우면서도 만날 때마다 행복"한 카나에에게는 가장 행복한 순간이다.

하굣길 도중, 편의점에 들러 음료수를 사서 잠시 쉬는 시간 역시 카나에에게는 너무나 소중한 시간이다. 편의점에서 타카키가 고르는 음료수는 항상 '다네가시마 커피'이고, 카나에는 늘 '요구르페(요구르트 상품)'를 고른다. 카나에가 편의점을 나오면 늘 먼저 나와 있는 타카키는 휴대전화로 누군가에게 문자를 보내고 있다. 누구에게 보내는 건지는 모르지만, 그 문자가 자기에게 쓰는 게 아닌 것만은 안다. 카나에의 그런 독백과 함께, 바이크 시트 위에 놓인 다네가시마 커피와 요구르페 팩이 잠깐 등장하는 컷을 놓치지 않기를 바란다. 다네가시마 커피의 커다란 팩과 요구르페의 조그만 팩은 빨대를 꽂는 입구가 가깝게 서로 '대면'하고 있다. 타카키와 정면으로 마주하고 싶은 카나에의 마음이 투영된 컷이라 할 수 있다. 음료수 팩 컷을 삽입한 이유는 카나에가 그렇게 되기를 바라는 타카키와의 관계를 상징하는 심상 표현으로 탁월하다.

카나에는 막막한 상태다. 반 친구 모두 '진로 희망 조사서'를 제출했는데 유일하게 졸업 후 진로를 결정하지 못하고 있다. 타카키를 향한 마음도 출구를 찾지 못한 채 보류되어 있다. 그리고 서핑마저 마음대로 되지 않는다. 갑자기 찾아온 슬럼프에 카나에는 제대로 파도를 탈 수

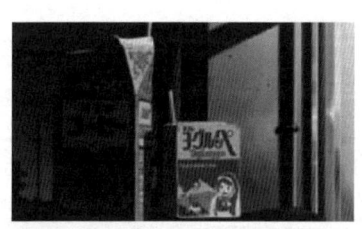

음료수 입구가 서로 마주 보고 있는 다네가시마 커피와 요구르페 컷. 컷 삽입 방법으로 걸출하다. 신카이 작품에서는 하나의 컷에 담긴 의미를 정밀하게 해독할 필요가 있다.

신카이 마코토의 세계

없다.

　모든 일이 제대로 되지 않아 초조함과 불안에 시달리는 그녀를 타카키의 말이 구한다. 하굣길에 카나에는 타카키의 바이크를 발견하고 시가지가 훤히 보이는 초원에서 휴대전화 문자를 쓰는 타카키를 찾아간다. "난 내일 일도 잘 모르겠어"라고 한탄하는 카나에의 말에 동조한 타카키는 "누구나 다 그럴걸." "난 늘 헤매고 있어"라고 대답한다. 카나에는 타카키의 이야기에 위로받고 진로 희망 조사서로 종이비행기를 만들어 노을 진 하늘에 날린다. 종이비행기는 밤하늘을 날아 기류를 타고 상승해 마치 우주 끝으로 사라지는 듯한 여운을 남긴 채 하늘 저편으로 날아간다. 카나에의 마음을 실은 종이비행기는 〈먼 세계〉에 등장하는 모형 비행기나 〈구름의 저편, 약속의 장소〉의 베라실러에서 이어진 '자유로운 세계에 대한 동경'을 품고 비약하는 아이템이다.

　이어지는 장면에서, 타카키와 카나에는 집으로 돌아가는 길을 서두르는데 NASDA(우주개발사업단)가 발사할 로켓 운송으로 인한 교통 규제가 그들을 가로막는다. 트레일러에 견인된 로켓이 천천히 그들 앞을 통과한다. 트레일러가 통과하기를 기다리는 장면은 〈별의 목소리〉에서 노부루와 미카코 앞을 UN 우주군의 화물을 실은 열차가 통과하는 건널목 장면과 〈구름의 저편, 약속의 장소〉에서 전차를 실은 아오모리행 화물 열차가 통과하기를 고교 여자 친구와 함께 건널목에서 기다리는 장면을 떠올리게 한다. 자기 작품의 장면을 반복 인용하는 것은 신카이 작품의 특징이다. '눈앞을 지나가는 것'을 지켜보는 이들 장면의 공통점은 모두 이후 그들이 맞이하는 운명의 조짐이라는 점이다. 타카키와 카나에는 바로 앞을 통과하는 로켓의 발사를 놀람과 충격의 마음으로 지켜보게 되리라는 사실을 이때는 모른다.

카나에는 이동하는 트레일러를 보고 "시속 5킬로미터로 간대"라는 말을 툭 내뱉는다. 카나에는 그저 미나미다네가마치에 있는 발사장까지 로켓을 운송하는 트레일러의 이동 속도를 전했을 뿐이지만, 그 말을 들은 타카키의 뇌리에는 오래전 아카리가 내뱉었던 "초속 5센티미터래"라는 말이 되살아난다. 시속 5킬로미터는 초속 약 1.39미터로 환산할 수 있다. 초속 5센티미터와 시속 5킬로미터 사이에는 결정적인 격차가 있다. 그러나 양자를 잇는 숫자 '5'가 타카키의 마음을 무겁게 울린다. 속도를 나타내는 공통의 숫자 '5'를 제시함으로써 타카키에게 카나에는 예전에 아카리가 했던 말을 반복하는 존재로 이중화된다. 아카리와의 소중한 기억이 카나에에 의해 환기된다. 그 직후 비가 내리기 시작한다. 갑작스러운 기상 변화는 아카리의 기억을 떠올린 타카키의 감정 변화와 동기화된다.

저녁을 먹은 후 집에서 쉬고 있던 카나에는 장래에 대한 막연한 망설임을 품고 있는 타카키가 자신과 '같다'라는 생각에 안심한다. 한편 타카키는 조금 전 운송된 로켓에 의해 발사되는 태양계 심부(深部) 관측 위성 ELISH를 다룬 과학잡지 특집을 읽으면서 관측 위성의 '상상을 초월할 정도의 고독한 여행'을 생각한다. 이 장면의 그림 콘티에 적힌 신카이의 "카나에가 타카키를 생각하고 있을 때 타카키는 전혀 다른, 먼 세상을 생각한다. 둘은 처음부터 단절되어 있습니다"라는 주석이 흥미롭다. 카나에는 자신과 타카키가 같은 감정을 공유하고 있다는 사실에 기쁨의 여운을 느끼나 관측 위성에 흥미를 느낀 타카키의 눈에는 카나에가 전혀 보이지 않는다. 타카키의 눈은 카나에 저 너머에 사는 아카리에게 향해 있다.

자기 방에서 '오늘 아침 꿈'이라는 제목으로 문자를 쓰는 타카키는 본문에 "다른 별의 초원을 그 소녀와 걷는다. 언제나 얼굴은 보이지 않는다"라고 적는다. 작품 속에 삽입된 다른 별의 환상적인 모습은 타카키가 꾸는 꿈의 내용이었음이 처음으로 밝혀진다. 문자를 다 쓰고도 보내지 않고 삭제한다. 그는 보내지 않을 문자를 쓰고 삭제하는 행위를 되풀이하고 있다. 얼굴이 보이지 않는 초원의 소녀가 누구인지, 그리고 문자를 보내고 싶은 상대가 누구인지, 설명할 필요는 없을 것이다. 눈 오는 밤, 아카리와의 결정적인 그 체험은 타카키 안에서 한껏 부풀어 선명한 이미지를 만들어 내기에 이르렀고 4년이란 시간이 흐른 지금도 그의 마음을 계속 괴롭히고 있다. 캄캄한 우주를 돌진하는 관측 위성에 자신을 빗대어 생각하는 타카키는 내면의 고독과 상실을 마주하고 있다.

• 아름다운 풍경에 싸인다는 것 •

그로부터 몇 주가 흐른 이른 아침, 카나에는 고지대에 올라 눈앞에 펼쳐진 마을을 바라보는데 그녀의 눈에 초가을의 아름다운 풍경이 날아든다. 카나에는 바람에 나부끼는 푸르른 초원과 하늘에 떠 천천히 흘러가는 구름을 정신없이 바라본다. 그녀는 각오를 다지고 언니가 지켜보는 가운데 서프보드를 들고 바다로 나간다. 풍경의 보호를 받듯 슬럼프에서 벗어난 그녀는 반년 만에 파도를 탄다. 서프보드에 서서 가볍게 파도를 타는 카나에의 유연한 움직임과 속도도 '속도 이야기'로서의 〈초속 5센티미터〉를 구성하는 요소이다.

초원과 구름에 더해 '코스모너트'에서 특징적인 부분은 '바다'와 '파도'의 표현이다. 애니메이션에서 바다와 파도는 표현하기 까다롭다. 흔들리고 너울대고 깨지고 퍼지는 바다와 파도의 움직임을 정확하게 옮기기는 매우 어려운 작업이다. 그래서 많은 애니메이션 작품은 간략하게 묘사한다. 신카이는 카나에의 서핑 장면을 그리면서 파도의 움직임을 최대한 아름답고 역동적으로 표현해, 파도 틈새로 빛이 반짝이는 순간과 카나에라는 소녀의 현재를 동기화함으로써 일체감 있는 장면으로 정리했다. 신카이는 〈초속 5센티미터〉의 극장 팸플릿에 수록한 인터뷰에서 다음과 같이 말했다.

현실보다 더 아름다운 풍경을 보여줄 수 있는 점이 애니메이션의 장점이라고 생각합니다. 언어로 표현할 수 없는 부분을 그런 데 맡길 수 있어서 전편에 걸쳐 온 힘을 다했습니다. 게다가 풍경은 괴로울 때 가장 친근한 '구원'이 됩니다. 이러지도 저러지도 못하는 상황에서 도무지 마음을 전하지 못할 때도 부감으로 빠져서 보면 사람은 아름다운 풍경에 둘러싸여 있고 큰 세계와 연결되어 있습니다. 제2화도 마음이 이루어지지 않는 슬픈 이야기라 그만큼 풍경을 아름답게 그렸습니다. [35]

신카이 마코토의 세계

풍경이란 '가장 친근한 구원'이자 '부감으로 빠져서 보면 사람은 아름다운 풍경에 둘러싸여 있고 큰 세계와 연결되어 있다'라는 신카이의 생각에 많은 사람이 공감할 것이다. 카나에는 자신을 둘러싼 아름다운 풍경을 느끼고 그 풍경에 둘러싸인 사춘기를 보내는 자신의 아름다움을 깨닫지 못한다. 자신을 포함한 풍경 전체가 더 큰 세계와 연결되어 있다는 사실을 자각하지 못한다. 그런 탓에 그녀의 아름다움이 서핑 장면에서 도드라지는 것이다. 풍경은 그저 그곳에 있다. 인간 역시 일상 풍경을 구성하는 요소의 하나다. 그저 그곳에 있기에 사람은 자신이 풍경의 한 부분임을 잊곤 한다.

가토 미키로의 『표상과 비평—영화·애니메이션·만화』(이와나미쇼텐, 10·4)에 수록된 『풍경의 실재. 신카이 마코토 애니메이션 영화의 그라운드스케이프』는 신카이 작품에 등장하는 '전대미문의 새로운 풍경 표상'을 분석한 뛰어난 논고이다. 가토는 페데리코 펠리니 감독 영화 〈달콤한 인생〉에서 풍경의 구성 요소인 경관(랜드스케이프), 도시 경관(시티스케이프), 바다 경관(시스케이프)을 추출한후 "풍경이란 인간이 던져진 시공간의 혼돈을 정리하는 방법 가운데 하나다. 풍경은 공간 기호의 문제가 아니라 그 안에 끼워진 인간이(혹은 그것을 관찰하는 인간이) 의식함으로써 비로소 무습을 드러내는 것"이라고 결론지었다.

뛰어난 영상 표현에서 풍경은 인간의 감정을 밖으로 드러내고 가시화하는 표상 장치의 역할을 맡는다. 이어서 가토는 같은 저서에서 신카이의 참신한 풍경 묘사를 다음과 같이 지적한다.

애니메이션 영상 작가 신카이 마코토는 일반적인 영화(실사, 애니메이션을 통틀어)에서 종종 관찰되는, 분리되는 전경 주체로서의 캐릭터(등장인물)와 후경 객체로서의 풍경이라는 이원론을 채용하지 않는다. 인간과 풍경을 결코 분리할 수 없는 일원론으로 창조하는 게 신카이 마코토 애니메이션의 최대 특징이다. 그의 영상에서 풍경은 인간의, 인간은 풍경의, 서로의 요소가 서로 뒤섞여 생기 가득한 요소가 된다. 그런 까닭에 주요 등장인물의 성격, 열정, 의식이 입체적으로 조형된다. 그리고 등장인물은 종종 롱 쇼트에 담겨 풍경과 함께 화면의 탈중심적 구도를 구성한다. 아침과 저녁의 길게 드리워진 그림자와 함께 인간은 풍경의 한 부분으로 시간과 함께 흐른다. 신카이 마코토는 풍부한 감정이 담긴 청초한 풍경 표현 스타일로 세계에서 가장 걸출한 애니메이션 영화 작가 중 하나가 된다.

애니메이션 제작에서 중요한 묘화 작업은 전경이 되는 움직이는 그림(동화)과 후경을 담당하는 미술 배경으로 구성된다. 1초 동안 보통 24컷인 동화에 대해 미술 배경은 움직임이 없는 정지화다. 움직임의 연쇄로 성립되는 애니메이션이라는 미디어의 특징으로 보건대 작품의 중심은 동화가 맡고 미술 배경은 동화를 뒷받침하는 보조적인 역할에 그친다. 그러나 신카이의 작품에서 미술 배경은 반드시 보조적인 역할에 그치는 후경이 아니다. 때로 핵심적인 위치에 놓이는 중요한 요소가 된다. 동화를 캐릭터, 미술 배경을 배경으로 바꾸면 이해가 쉬울 것이다. 신카이 작품에서는 캐릭터와 풍경은 호환적이고 캐릭터의 풍경화, 혹은 풍경의 캐릭터화라는 역전된 상황이 종종 일어난다. 〈초속 5센티미터〉에서는 특히 그 경향이 두드러진다.

신카이는 한 인터뷰에서 "도화지에 그려진 그림 위에 셀화 인물이 올라가는 게 아니라 셀화도 포함한 그림을 만듭니다. 그게 애니메이션에서 좋은지 나쁜지는 상황에 따라 다르겠죠. 색채 설계도 포함해 최대한 두드러져 보이게 하고 싶은 부분이 있는데, 그래도 너무 캐릭터만 앞서지 않도록 합니다"라고 말했다[36]. 여기서 '도화지'란 미술 배경의 비유이다. 〈초속 5센티미터〉에서는 미술 배경인 '도화지'와 동화 부분의 '셀화 인물'이 다 함께 하나의 그림에 융합됨으로써 기존 애니메이션 표현을 새롭게 하려 했다. 캐릭터를 앞세우지 않으려는 태도는 이 작품을 제작하면서 신카이가 실천한, 인물을 풍경에 녹이는 방법론적 접근이다. 앞서 얘기한 "인간은 아름다운 풍경에 둘러싸여 큰 세계와 연결되어 있다"라는 신카이의 이야기는 바로 이런 문맥 속에서 해석되어야 할 것이다.

• 캐릭터와 풍경이 매칭된 세계 •

〈초속 5센티미터〉의 제작에서 인물을 풍경에 녹이려고 신카이가 생각해 낸 구체적인 방법이 동화의 색채와 미술 배경의 묘화를 Adobe Photoshop으로 한 것이다. Photoshop을 한 번이라도 다뤄본 사람이라면 동화를 한 장씩 채색하는 작업에 얼마나 많은 끈기와 집중력이 필요한지 이해할 것이다. Photoshop을 이용해 동화

채색과 미술 배경의 제작 환경을 통합함으로써 이제까지의 애니메이션에서는 표현하기 어려웠던 캐릭터(전경)와 풍경(후경)을 매칭한 독자적인 세계를 만들어 낼 수 있었다.

2017년에 도쿄 국립 신미술관에서 개최된 신카이 마코토 전시회 『초속 5센티미터』의 '벚꽃 이야기' 코너에 전시된, 벚나무가 있는 첫 장면 미술 배경을 Photoshop으로 제작한 과정을 해설한 '미술 배경의 제작 공정'에 경악한 입장객이 많지 않았을까. 완성된 미술 배경 그림을 구성하는 약 50개의 레이어 가운데 선택된 35개의 레이어가 한 장씩 패널로 전시되었고 그것들이 중첩되어 완성 그림으로 마무리되는 과정이 시각적으로 해설되었다. 서핑하는 카나에의 얼굴을 클로즈업한 '코스모너트' 장면도 캐릭터 동화를 Photoshop으로 완성할 때까지의 40개 레이어가 패널 전시되어 그 착색을 가시화했다. 〈초속 5센티미터〉의 정교하고 깊이 있는 색채와 동영상과 미술 배경의 위화감 없는 통일성은 한 층, 한 층의 레이어를 고집한 끈질긴 작업 끝에 완성된 것이다.

〈초속 5센티미터〉의 영화 표현에서는 '주관적 풍경 표현'이 두드러진다. 실사 영화와 마찬가지로 애니메이션에서도 각 컷 화면을 구성하는 기준점으로 카메라 시점을 도입했다. 카메라 시점은 일인칭 시점과 삼인칭 시점으로 크게 나눌 수 있다. 삼인칭 시점은 장면을 외부에서 객관적으로 바라보는 시점이고 일인칭 시점은 작품 속 특정 인물의 시점을 빌려 그와 그녀가 움직이는 시점을 그대로 따라가며 화면 레이아웃을 구성하는 카메라워크이다. 예를 들어 '벚꽃 이야기'에서 우쓰노미야선의 노기역에 정차한 차 안에서 타카키가 문

위에 있는 노선도를 올려다보며 노기역에서 오아먀역을 경유해 료모선 이와후네역까지의 여정을 눈으로 좇는 장면이 나오는데, 노선도를 눈으로 좇는 타카키의 시선 움직임은 영상 효과를 통해 관객자신이 타카키와 하나가 되어 마치 그 자리에 있는 듯한 현장감을 느끼게 된다.

일인칭 시점의 도입은 인물 내면에 개입하는 주관적 묘사를 낳는다. 〈언어의 정원〉(2013년)에도 일인칭 시점이 많이 채택되었다. 〈초속 5센티미터〉와 〈언어의 정원〉은 개인 내면을 다룬 이야기라는 공통점이 있다. 이야기 내용이 일인칭 시점을 원했다고 표현할 수도 있겠다.

신카이는 인터뷰 영상에서 〈초속 5센티미터〉의 주관적 표현에 대해 "실제 풍경을 실사처럼 그리는 게 아니라 기억 속 풍경을 그리고 싶다는 마음이 내내 있었기" 때문이라며 다음과 같이 말을 이었다 (이하 동영상 인터뷰를 필자의 책임 아래 문자화).

영화를 보고 있으면 정말 사실적이라는 생각이 듭니다. 정말 저곳에 가면 저렇게 보이지 않을까. 그런 생각이 들지만, 실제로 그곳에 가서 영상과 비교하면 색이 전혀 다르거나 디테일이 다릅니다. 그렇게 묘사해 보자는 느낌이었지, 실사를 의식하지는 않았습니다. 그런 점을 이전 작품보다 더 철저히 하려고, 쉽게 말해 디테일을 생략했습니다. 실재처럼 정교하게 그리지 않도록 조정했죠. [37]

신카이 마코토의 영상은 생생하고 실사 같다는 말을 자주 듣는다.

그 '생생함'은 풍경의 치밀한 묘사로 실현된 게 아니다. 신카이는 이 작품에서 '디테일 생략'과 '실재처럼 정교하게 그리지 않도록' 영상을 조정하면서 동시에 그 영상이 생생하게 보이도록 하는 고도의 시도를 한 것이다. 신카이는 눈앞의 풍경을 그저 실사처럼 그리는 게 아니라 '기억 속 풍경'을 묘사하는 게 목적이었다. 작품 속 인물의 주관에서 가져온 풍경을 본 관객은 각자 기억 속의 풍경을 환기해 신카이의 영상 세계를 생생하게 느낀 것이다.

신카이 작품에서 '생생함'과 함께 강조되는 점이 '아름다움'이다. 확실히 신카이의 영상 세계는 아름답다. 우리는 신카이가 그려낸 압도적인 미적 시계에 사로잡힌다. 그렇다면 신카이 작품의 아름다움을 담보하는 요소는 무엇일까.

• '풍경'과 '내면'의 발견 •

문예 평론가 고바야시 히데오가 쓴 짧은 수필 『도마』 속에 "아름다운 '꽃'이 있다, '꽃'의 아름다움은 다양한 게 아니다" 라는 유명한 문장이 있다[38]. 여기서 '꽃'은 제아미(무로마치 시대의 승려이자 예술 이론가—역자 주)의 노가쿠 이론에 등장하는 '꽃'의 의미를 담고 있으므로 주의해야 하는데, 아름다움을 느끼고 받아들이는 주체가 있어야 비로소 아름다운 꽃이 존재한다는 고바야시의 주장을 빗대어 생각하면, 신카이가 그리는 아름다운 풍경 역시 그것을 느끼고 받아들이는 전경의 주체인 캐릭터의 내면이나 심상의 움직임과 깊은 관련이 있다.

〈너의 이름은.〉의 극장 개봉에 앞서 『다빈치』에서 기획한 신카이 마코토 특집에서 '신카이를 만든 14권의 책'이라는 코너가 마련되었는데 신카이는 직접 영향을 받은 책 14권을 고르고 해설했다[39]. 그 가운데 흥미로운 책이 있다. 대학 수업 때 읽었다는 가라타니 고진의 『일본 근대문학의 기원』(고단샤문예문고, 88·6)으로, 신카이의 발언을 일부분 인용한다.

가라타니 씨는 이 책에서 인간이 풍경을 발견한 건 근대부터라고 했어요. '내면이 있는 인간'이 탄생함으로써 아무것도 아닌 장소인 '풍경'에서 의미를 발견했다고 했습니다. 바로 일본 근대문학의 '언문일치'가 그 '내면'을 가져왔다고요. 1887년 전후에 언문일치 운동이 일어나 인간의 추상적인 생각이 글로 나온 결과 '내면'이 탄생했다고요. 그렇게 '내면'을 지니게 된 인간이 아무것도 없는 무사시노 들판을 보고 그곳에 자기 '내면'을 투영해 '풍경'을 발견했다고.

당연하다고 생각해 온 게 사실은 불과 백 년쯤 전에 생긴 것이었어요. 매우 지적인 고찰이었고 완전히 세상이 뒤집히는 경험이었습니다. 지금 생각하면 세 작품에서 풍경에 깅하게 집착하는 이유도 이책의 영향이 아니었을까요. 인간의 내면과 풍경을 중첩하는 방식은 아마 이 책에서 왔을 겁니다.

필자는 '신카이 마코토를 만든 14권의 책'에서 가라타니 고진의 『일본 근대문학의 기원』을 발견했을 때 '역시!' 라고 생각했다. 치밀하고 초현실적인 풍경 묘사를 통해 신카이가 뭘 표현하려고 하는지 이해한 순간이었다.

『일본 근대문학의 기원』은 근대문학의 '기원'을 '폭로'한 충격적인 비평서이다. 특히 '풍경'과 '내면'의 상관성을 분석한 제1장 '풍경의 발견'과 제2장 '내면의 발견'이 중요하다. 장의 제목을 보면 알 수 있듯 근대문학에서 '풍경'과 '내면'은 미지의 영역이었고 새로 '발견'되었다. 근대 이전, 현재 우리가 일상적으로 인식하는 '풍경'과 '내면'이라는 개념은 존재하지 않았다. 가라타니는 『풍경의 발견』에서 "주위의 외적인 요소에 무관심한 '내적 인간' inner man이 드디어 풍경을 찾아냈다" 라고 지적한다. 바깥 세계보다 자기 내면을 의식하는 '내적 인간'이 외계에 자기 내면을 투영하는 행위를 통해 풍경을 찾아낸 것이다. 풍경을 발견한 내면과 내면이 투영된 풍경이 마주 보는 거울처럼 서로를 비춘다.

가라타니 고진의 『일본 근대문학의 기원』을 읽고 '세상이 뒤집히는 경험'을 한 신카이는 가라타니의 지도를 받아 '풍경'과 '내면'의 관계를 '발견'한다. 신카이 작품에서 '내적 인간'의 독백이 많이 사용되고 풍경 표상에 특별한 주의가 기울여지는 이유가 밝혀진다. 등장인물의 '내면'을 투영하는 요소인 '풍경'. '풍경' 속에서 발견할 수 있는 등장인물의 '내면'. 가라타니는 '풍경'과 '내면' 같은 여러 개념을 근대가 낳은 도착적인 제도임을 갈파하고 근대문학 비판을 전개했는데 신카이는 가라타니의 비판을 긍정적으로 받아들인다. 가라타니의 주장을 바탕으로 '풍경'과 '내면'을 둘러싼 묘사를 이론화해 더 정밀한 표현으로 발전시킨 과정이야말로 신카이의 애니메이션 제작 방법이다.

애니메이션 제작의 프리프로덕션(전단계 작업)은 각본, 그림 콘티, 비디오 콘티, 캐릭터 디자인 제작과 스태프와 출연진 결정 등이 포함된다. 이 단계를 전후로 이루어지는 게 로케이션 헌팅이다. '장소'가 중요한 의미를 지니는 신카이 작품에서 각 장면의 바탕이 되는 로케이션 설정은 매우 중요하다. 제1화 '벚꽃 이야기'에서는 산구바시 주변, 타카키가 열차를 타고 이동하는 각 역과 노선, 그리고 이와후네역과 그 주변 지역의 로케이션 헌팅이 이루어졌다. 제2화 '코스모너트'의 로케이션 헌팅 장소는 다네가시마였는데 "총 네 번 다녀왔다"라는 보고가 있다[40]. 신카이 마코토의 애니메이션은 구체적인 장소에서 출발한다. 그 장소 자체에 이야기가 묻혀 있는 듯한 인상적인 풍경을, 무수한 빌딩이 솟아 있는 도시 경관 속에서, 혹은 풍부한 자연의 혜택을 받은 지방의 풍토 속에서 신카이는 '발견'하는 것이다.

• 애니메이션에서의 '촬영'이라는 의미 •

국립 신미술관에서 개최된 신카이 마코토 전시회 『초속 5센티미터』의 한 코너에 '벚꽃 이야기'에서 10장, '코스모너트'에서 5장의 로케이션 헌팅 사진과 미술 배경, 완성 컷이 전시되었다. 모든 컷은 각 화의 유명 장면인데 로케이션 헌팅 사진 아래에는 사진을 바탕으로 제작된 미술 배경, 나아가 다양한 영상 효과를 더한 완성 컷이 걸려 있다. 로케이션 헌팅 사진이 어떤 작업을 거쳐 완성 컷에 도달하는지를 시각적으로 설명한 흥미진진한 전시였다.

최근의 애니메이션 작품은 실제로 존재하는 풍경이나 그곳의 랜드마크에 해당하는 건조물을 미술 배경의 참고 자료로 쓰는 예가 늘고 있다. 이야기 무대가 될 장소를 결정하고 로케이션 헌팅을 하고 사진을 찍어 미술 배경을 제작할 때 자료로 쓴다. 왜 그런 일이 일반화되었냐 하면 사진 소재를 다듬어 미술 배경으로 제작하는 게 여러모로 효율적이고 효과적이기 때문이다. 애니메이션 제작에서 미술 배경에 어느 정도의 예산이 할당되는지까지는 충분한 정보가 없어 알 수 없으나 사진 소재 활용이 작업 효율화와 경비 절감과 이어지리라는 점은 쉽게 추측할 수 있다. 이 외에도 이른바 '애니메이션 성지 순례'로 활용된다는 점도 지적할 수 있다. 어떤 지역에 실재하는 풍경이나 건축물을 미술 배경에 반영하면 작품 세계를 더 깊이 경험하려는 팬들이 모델이 된 현지를 방문하는 성지 순례를 기대할 수 있다. 기획 단계부터 '관광'까지 고려한 애니메이션 성지 순례 시스템은 현재 애니메이션 제작에서 무시할 수 없는 요소이다.

신카이 작품의 팬도 각 작품의 무대가 된 장소를 방문해 컷과 같은 앵글로 사진을 찍고 관광을 즐기는 성지 순례를 한다. 최근에는 해외에서도 많은 팬이 찾는다. 신카이 작품에서 현실 풍경과 물건 등을 참조할 때는 영업 전략이라는 면보다 신카이 자신의 풍경에 대한 시선과 심미안이라는 요소가 더 크게 작용한다. 어떤 풍경을 고르고 어떤 풍경을 어떤 각도와 레이아웃으로 잡아내 어떤 색채와 효과를 넣어 최종 장면으로 완성할 것인가. 신카이는 풍경을 발견하는 로케이션 헌팅 단계부터 최종 영상을 본 듯한 선택을 한다.

신카이 마코토 전시회의 전시 코너로 돌아가 보자. 배열된 로케이션 헌팅 사진은 사진만 보면 다 평범한 사진이다. 그러나 실사 사진이 애니메이션 스타일의 배경 화면으로 바뀌고 다양한 효과가 더해진 장면 컷으로 완성되면, 화풍은 급변해 갑자기 마술 같은 영상 미학이 가득한 세계가 출현한다. 신카이는 독자적인 시점으로 풍경을 잘라내는 재능을 지닌 애니메이션 감독이다. 평범한 거리 풍경과 사물 배치, 어디에나 있는 시골 풍경을 자기만의 눈을 통해 중요한 이야기 배경으로, 때로는 이야기의 전경을 담당하는 주인공으로도 만든다. 풍경에 대한 신카이의 착안 능력은 대단하다.

데뷔 때부터 풀 디지털 애니메이션을 제작한 신카이의 '붓'은 컴퓨터이자 수많은 화상 제작 어플리케이션이었다. 애니메이션 제작의 디지털화로 혁신적인 발전을 거듭한 부문이 '촬영'이라는 작업 공정이다.

'촬영'은 명칭대로 완성한 셀화를 촬영해 최종 작품으로 마무리하는 공정을 가리키는 업계 용어이다. 과거 셀 애니메이션 융성기, 셀 동화를 한 장, 한 장씩 촬영대에 놓고 필름 촬영했다. 구시대의 촬영 용어가 디지털 애니메이션으로 이행한 지금도 여전히 계승되이 사용되고 있는 것이다. 디지털 애니메이션 세계에서는 '촬영'을 컴포지트(composite)라고 한다. 컴포지트란 '다른 것들을 합성한다'라는 뜻이다.

애니메이션 제작에서는 장면의 핵심인 원화가 그려진 뒤 원화와 원화를 세분화하는 과정을 거쳐 동화가 제작되고 동화에 색채가 칠해지고 미술 배경과 합쳐진다. 그리고 '촬영' 공정을 거쳐 최종 영상으로 완성된다. 셀화 시대의 애니메이션에서는 최종 공정의 '촬영'에서 처리할 수 있는 효과는 한정적이었으나 디지털 애니메이션 세계에서는 Adobe After Effect 같은 전용 소프트웨어를 사용해 복잡한 영상 효과를 넣을 수 있다. 렌즈 플레어(빛 번짐), 파티클(티끌), 피사체 심도 설정(또렷하게 혹은 흐리게), 투과광, 광각 렌즈, 다중 노출 등 렌즈를 통한 빛의 효과는 작품에 깊이와 현장감을 준다.

신카이 마코토는 아주 초기부터 작품 요소의 '핵심'이라 할 '촬영'에 주력했다. 셀 애니메이션을 거치지 않고 디지털 애니메이션으로 출발한 신카이에게 디지털의 정수가 집약된 '촬영'은 중시해야 할 작업 과정이었다. 데뷔부터 신카이는 "연출 효과로서의 촬영"을 고집해 그 표현을 연구하며 진화했다. 음영 효과가 가져다주는 신카이 작품의 독특한 질감과 시각을 통해 전해지는 투명함과 공기의 느낌, 그리고 실사만의 하이퍼리얼(실재와 구분되지 않을 정도의 생생함)한 영상미는 '촬영' 효과에 기인한 부분이 크다. '촬영'은 풍경을 볼 사람의 '인상'을 조절하는 합성 처리 기술이다. 풍경에 담긴 내면과 내면에 투영된 풍경을 고도의 영상 표현으로 완성하는 신카이 애니메이션에서 가라타니의 풍경론은 이론으로, '촬영'은 이론을 실천하는 기술로 사용된다. 신카이 마코토 영상의 힘은 이론을 뒷받침하는 기술의 실천이 있기에 설득력을 얻었다.

• 일상을 가르는 로켓 •

　남쪽 섬에는 여전히 여름 기운이 남아 있는 10월 중순의 어느 날 아침, 카나에는 다시 바다로 향한다. 진로를 정하지 못한 카나에는 그 마음을 떨치려고 결심한 일을 하기로 한다. 그 결심이란 '하나씩 가능한 일부터 하는 것'이다. 이 결심은 언니에게 말하는 그녀의 말로 설명된다. "하나씩 가능한 일부터 할 거야" 라는 카나에의 솔직한 심정이 통한 듯 그녀는 반년 만에 파도를 탔다. 파도를 탄 김에 오랫동안 품은 타카키에 대한 마음을 고백하기로 한다.

　평소처럼 슈퍼커브를 타고 하교하는 두 사람은 편의점에 들러 잠시 쉰다. 여기서 카나에는 평소와 다른 선택을 한다. 그녀는 늘 편의점에서 요구르페를 사는데 이날 그녀는 타카키와 같은 커피를 고른다. 소녀의 작은 '결심'이 전해진다. 편의점을 나온 카나에는 뒤에서 타카키의 셔츠 옷자락을 잡는다. "왜 그래?" 라고 묻는 타카키에게 "아!" 라고 답한 후 "잘해주지 마" 라고 조그만 목소리로 중얼거리는데 그 말은 타카키에게 닿지 않는다. 편의점에 들어간 직후부터 카나에는 타카키를 쳐다봤다가 시선을 돌리는 행위를 되풀이한다. 아마도 이 단계에서 타카키는 카나에의 행동을 알아차렸을 것이다. 타카키는 미묘한 타이밍으로 그녀의 고백을 막는다.

　이때 작은 사건이 일어난다. 카나에가 탄 슈퍼커브의 시동이 걸리지 않아 둘은 걸어서 돌아올 수밖에 없다. 하늘을 올려다보며 걷는 타카키와 고개를 숙이고 그의 뒤를 따르는 카나에는 쓰르라미 소리가 울리는 가운데 말없이 걸어 돌아온다. 둘의 시선은 교차하지 않는다. 걸으며 벅차오른 감정을 참지 못한 카나에는 눈물을 흘린다. 타카키는 심상치 않은 사태가 벌어졌음을 깨닫고 걸음을 멈추고 돌아본다. 계속 우는 카나에를 보고도 타카키는 어떻게 해 볼 도리가 없다. "타카키, 제발." "제발 부탁이야. 더 이상, 나한테 잘해주지 마"라는 독백이 이어지고 제2화의 정점을 구성하는 장면이 찾아온다.

쓰르라미 소리가 갑자기 멈추고 정적에 감싸인 황혼의 시간, 폭음과 함께 로켓이 발사된다. 감정의 고조와 로켓 발사가 연동한다. 둘은 갑자기 발사된 로켓을 올려다본다. 애니메이션 표현에서 수평 운동에는 '일상적인 이동'이, 수직 운동에는 '비일상적인 이동'이라는 의미가 부여될 때가 많다. 제1화에서 타카키의 열차 이동이 일상적인 수평축 운동이었다면 제2화에서 로켓 발사는 비일상적인 수직축 비약 운동이다. 귀갓길을 천천히 걷는 타카키와 카나에의 수평축 이동과 우주로 발사되는 로켓의 수직축 비약은 내면과 풍경이 교차하며 울리는 최고의 장면을 탄생시켰다.

소음과 압도적인 양의 연기 기둥을 남기고 순식간에 날아간 로켓을 바라보는 타카키와 카나에는 그 여운 속에서 잠시 조금 전까지 내면을 지배했던 외로움과 슬픔의 감정을 잊는다. 지상의 인간적인 삶을 우주로 발사된 거대한 인공물이 능가한다. JAXX가 공개한 자료에 따르면 H-Ⅱ 로켓이 올려지고 고체 로켓 부스터가 다 연소하

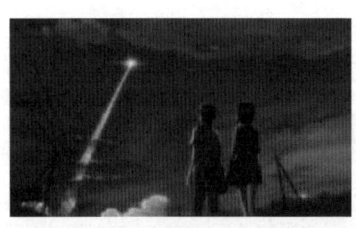

일상과 비일상이, 수평축과 수직축이, 운동과 감정이 교차하는 로켓 발사 장면은 '코스모너트'만이 아니라 〈초속 5센티미터〉 전체적으로도 이야기의 정점을 형성한다.

는 1분 55초 후의 관성 속도는 초속 1.5킬로미터에 달한다[41]. 로켓은 이야기 속에서 가장 고속으로 비약하는 물체이다. 〈초속 5센티미터〉는 '초속 0센티미터'와 '초속 1.5킬로미터'라는 범위 사이에서 다양한 속도를 지닌 운동이 교차하는 이야기다.

이 로켓에 실려 발사된 것은, 타카키가 방에서 읽은 과학잡지 특집으로 실렸던 탐사 위성 ELISH이다. 카나에가 담임 이토 선생에게 불려 가는 장면 직전, 게시판에 붙여진 ELISH 발사를 알리는 NASD의 포스터가 잠시 나오는 컷이 있다. 그 포스터에는 '1999년 9월 16일(금) 18시 55분~19시 05분'이라는 발사 예정 일시가 적혀 있다. 발사 예비 기간으로 '1999년 9월 12일~12월 22일'이라는 표기도 있다. 카나에의 이른 아침 서핑 장면을 통해 실제로 로켓이 발사된 이날이 '10월 중순'임은 확실하므로 어떤 사정으로 연기되어 예비 기간인 이날에 발사된 것으로 보인다.

카나에는 로켓 발사를 경험하고, 우주로 비약하는 로켓과 늘 먼 곳만 바라보는 타카키를 하나로 생각하며 자신과 타카키의 거리를 깨닫는다. "그와 동시에 타카키가 나를 바라보지 않는다는 사실을 나는 분명하게 깨달았다"라고 말한다. 그 후 그녀가 올려다본 하늘에 뜬 보름달은 전깃줄로 비스듬히 반으로 분단되어 있다. '전깃줄로 반으로 분단된 달'의 비주얼은 〈너의 이름은.〉에서 다시 등장하는데 여기서는 지적만 해두겠다.

이야기는 다음과 같은 카나에의 애절하고 슬픈 독백으로 끝난다. "타카키는 다정하지만, 매우 상냥하지만" "그럼에도 타카키는 항상 나보다 훨씬 먼 곳, 아주 먼 무언가를 보고 있다" "내가 바라는 일은 절대 이루어지지 않는다. 그럼에도 나는 타카키를, 분명 내일도 모레도 그 다음날도, 역시 어쩔 수 없이 좋아하고 있겠지." 카나에의 독백과 함께 타카키의 꿈속에 나오는 소녀의 정체가 밝혀진다. 그것은 어른이 된 아카리다. 카나에가 말하는 "나보다 훨씬 먼 곳, 아주 먼 무언가"는 아카리고, '먼 무언가'에 다가갈 수 없는 타카키의 내면에서는 아카리의 이미지만이 스스로 팽창하고 있다. 〈그녀와 그녀의 고양이〉에서 시작해 〈구름의 저편, 약속의 장소〉에서 변주한 '아무와도 이어지지 않는 삼각관계' 모티프가 여기서도 반복된다. '연애(관계)의 불가능성'은 신카이가 제시하는 디스커뮤니케이션 이야기 설정에서 중심 요소인데 타카키, 아카리, 카나에 사이의 단절은 해소되지 않고 제3화 표제작으로 이어진다.

  카나에의 말처럼 타카키는 다정하다. 그러나 다정함은 때로 누군가에게 깊은 상처가 된다. 타카키는 다정함이 잔혹함을 품고 있음을 깨닫지 못한다. 타카키는 카나에의 마음을 알면서도 보류하고 외면한다. 마지막 장면에 나오는 카나에의 독백은 자기 마음을 알고도 여전히 결정을 내리지 않는 타카키에 대한 조용한 항의처럼 느껴진다. 생각하면 카나에의 운명은 제2화 초반 카나에의 슈퍼커브와 나란히 달리다가 추월하는 언니의 밴에서 흘러나오던 LINDBERG의 노래 『너의 첫 번째가……』의 가사로 예고하고 있다. "찾아올 미래의 만남"을 믿는 일. "조금 더 조금만 더 내일이야말로 다음에야말로 꼭 강해지고 싶어"라고 바라는 것. 그리고 "너의 첫 번째가 되고 싶었어"라는 것. 카나에의 마음을 대변하는 듯한 가사에 다시금 관심을 기울이자. '너의 첫 번째'가 되지 못한 카나에는 타카키를 생각하며 울다 잠든다. 짝사랑을 끝낸 이 소녀의 앞으로의 인생에 축복이 찾아오기를 바란다.

• '마음'을 읽는 아카리 •

하늘에서 수직으로 떨어지는 화면이 신주쿠의 고층 빌딩 숲과 그 주변을 비춘다. 빌딩 숲 풍경을 배경으로 흩날리는 벚꽃잎이 다시 찾아온 봄을 알린다. 자기 방 컴퓨터 앞에 앉아 키보드를 두드리는 남자의 마우스패드에 열어놓은 창문으로 들어온 바람과 함께 벚꽃잎 하나가 날아든다. 꽃잎은 하트 모양으로 보인다. 벚꽃잎을 발견하고 감개에 젖어 창밖을 보는 사람은 성인이 된 타카키이다. 화이트보드에 적힌 정보를 통해 이야기의 시점이 2008년 3월임을 알 수 있다. 제1화 '벚꽃 이야기'에서 마지막으로 드러난 시간은 1995년 3월(중학교 3학년), 제2화 '코스모너트'는 1999년 10월(고등학교 3학년)이다. 제3화 '초속 5센티미터'는 제2화에서 약 8년이 흐른 시간을 그린다. 타카키의 나이는 스물다섯 혹은 스물여섯일 것이다.

벚꽃의 기억에 이끌리듯 밖으로 나와 오래전 아카리와 걸었던 길을 걷는다. 추억의 벚나무 가로수길은 크게 변해 지금은 커다란 벚나무 하나만 남아 있을 뿐이다. 타카키는 경보기가 울리는 건널목을 건너다가 건널목 중앙에서 한 여성과 스친다. 스친 순간, 타카키는 퍼뜩 뭔가를 깨닫는다. 건널목을 다 건넌 타카키와 여성은 고개를 돌려 상대의 모습을 확인하려 하나, 통과하는 오다큐선 열차가 두 사람의 시선을 가로막는다. 화이트아웃 다음, 시간은 약 석 달 전인 2007년 12월 크리스마스 시즌으로 거슬러 올라간다.

막차에서 내려 JR 신주쿠역 서쪽 출입구 지하 개찰구를 거쳐 지하통로를 나와 고층빌딩 사이를 걷는 타카키의 휴대전화에 전화가 오는데 그는 전화 상대를 확인할 뿐 받지 않는다. 타카키에게 전화한 상대는 다음 컷에서 밝혀진다. 계속 울리는 호출음을 듣는 안경 쓴 여성이 있는 방의 창밖에는 눈이 내리기 시작한다. 타카키가 올려다보는 빌딩 상공에서도 눈이 떨어지기 시작한다.

이어진 이와후네역 장면도 눈 내리는 흐린 날이다. 결혼식을 앞둔 아카리가 부모님의 배웅을 받으며 도쿄로 향한다. 료모선 대면 좌석에 앉은 아카리의 위치는 제1화에서 타카키가 자기에게 편지를 쓰는 아카리를 상상했을 때와 같은 왼쪽 창가 자리다. 차 안에서 아카리는 문고판 소설을 읽는다. 작품 제목은 펼쳐진 페이지가 클로즈업되는 컷으로 밝혀진다. 아카리는 나쓰메 소세키의 『마음』(신초문고)을 읽고 있다. 마침 다 읽은 참이다. 책을 덮은 아카리의 왼손 약지에 끼워진 반지가 반짝인다.

아카리가 읽은 신초문고 소설 『마음』의 마지막 페이지는 189페이지이다. 『마음』은 문고판 189페이지에 담길 만큼 짧은 소설이 아니다. 실제 문고판 『마음』은 총 327페이지다. 우리가 읽을 수 있는 『마음』과 아카리가 읽은 『마음』은 같은 분량이 아니다. 〈구름의 저편, 약속의 장소〉에서 사유리가 읽는 책의 저자와 제목이 조금씩 다른 게 평행 세계라는 증거였듯 〈초속 5센티미터〉도 우리가 사는 세계와는 미묘하게 다른, 다른 차원의 세계일지 모른다.

잘 알려진 대로 소세키의 『마음』은 전체 3부로 구성되어 있다. 선생님과 만난 주인공 '나'는 선생님에게 비밀이 있음을 알고 알려달라고 조르는 내용의 '상. 선생님과 나'. 고향에 돌아온 '나'는 아버지가 위독한 상황에 있다. 하지만 선생님이 보낸 두꺼운 편지를 품고 열차에 올라타는 '중. 부모님과 나'. 그리고 선생님의 인생 비밀이 적힌 편지 본문이 나오는 '하. 선생님과 유서'. 『마음』 역시 열차 애니메이션에 버금가는 열차 소설이자 편지(서간) 소설이다. 『마음』의 3부 구성에 〈초속 5센티미터〉의 3화 구성이 조응한다. '중. 부모님과 나'의 마지막에서 편지가 선생님의 유서임을 확신한 '나'는 위독한 아버지를 남겨두고 "도쿄행 기차에 뛰어올라" "덜컹덜컹 소리를 내는 삼등열차에서 가져온 선생님의 편지를 꺼내 처음부터 끝까지 읽는"다. 이어서 '하. 선생님과 유서'를 읽는 독자는 도쿄로 향하는 삼등열차 안에서 오로지 선생님의 편지(유서)를 묵묵히 읽는 '나'의 모습을 머릿속 한편에 떠올리며 선생님과 K와 아가씨의 삼각관계가 일으킨 비극적인 이야기의 행방을 지켜본다.

열차로 이동하는 '나'의 운동이 독자가 읽는 행위라는 또 다른 운동과 연동해 선생님이 자살하기까지의 극적이고 감성적인 상황을 전경으로 만든다. 그런 독서 행위본을 포함한 소세키의 『마음』을 아카리는 결혼 상대가 기다리는 도쿄로 가는 료모선 열차 안에서 읽는다. 선생님이 '나'에게 보낸 긴 편지를 읽는 아카리의 마음은 어땠을까. 이미 확인했듯 제1화 '벚꽃 이야기'는 편지 교환의 이야기이자 전해지지 못한 편지의 이야기이다. 타카키는 아카리에게 주려고 쓴 편지를 오야마역 플랫폼에서 강풍에 놓쳐 잃어버리고, 아카리는 재회할 날을 위해 쓴 편지를 타카키에게 전하지 않고 그를 플랫폼에서 배웅한다.

『마음』을 다 읽은 아카리의 뇌리에는 편지로 타카키와 이어지지 못했던 그날의 기억이 떠올랐을 게 분명하다. 책을 내려놓고 창밖을 우울한 표정으로 바라보는 아카리의 독백으로 어제 타카키의 꿈을 꿨음이 밝혀진다. 계기는 아카리가 이사를 준비하다가 발견한 오래전 타카키에게 주려고 쓴 편지였다. '『마음』을 읽는 행위'와 '열차로 이동하는 것'과 '편지와 관련된 기억'이 아카리 안에서 하나로 이어져 인상적인 장면이 완성되었다. 책을 읽는 아카리의 행위와 이야기 내용과의 연결성은 나중에 설명하겠다.

• 사소설 스타일의 애니메이션이라는 방식 •

제3화 '초속 5센티미터'는 타카키의 시점에 비중을 두면서 다른 곳에서 각자 생활하는 타카키와 아카리의 현재를 번갈아 그리며 진행된다. 타카키의 현재 상황은 최악이다. 사귀는 여성(앞 장면에서 타카키에게 전화를 건 미즈노라는 여성)에게 한 통의 휴대전화 문자가 도착한다. 〈별의 목소리〉에서 노보루와 미카코가 나누던 메시지 커뮤니케이션을 연상시키는 장면이다. 3년간 교제한 미즈노가 타카키에게 보낸 문자에는 "그런데 우리는 천 번이나 문자를 주고받았지만, 마음은 1센티미터밖에 가까워지지 않았습니다"라고 적혀 있다. '천 번'과 '1센티미터'의 숫자 대비가 두 사람 사이에 놓인

정신적 '거리'와 '단절'을 말한
다. 타카키는 여전히 아카리의
기억에 지배되고 있다. 왜 자기
마음을 받아 주지 않는지, 왜
마음을 열어주지 않는지조차
모른 채 미즈노는 이별을 고한

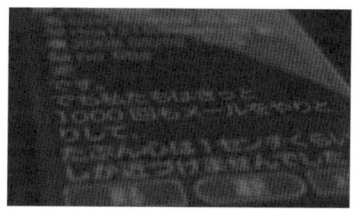

미즈노가 보낸 문자에 적힌 '천 번'과 '1센티미터'라는
숫자의 대비가 타카키와의 사이에 놓인 '거리'와 '단
절'을 증명한다.

다. 회사의 자기 책상 아래에서 '송신 완료' 메시지를 바라보는 미즈
노의 표정은 슬퍼 보인다. 언제나 결의하는 사람은 여성들이다. 카
나에와 미즈노는 결의하고 앞으로 나아가려 한다. 타카키는 결의하
는 여성들의 갑작스러운 행동 옆에서 늘 멀거니 서 있을 뿐이다.

타카키의 일상에 '슬픔'이 조용히 내려와 쌓인다. 닿을 수 없는 뭔
가를 만지고픈 생각은 공회전을 되풀이하고 일에 대한 의욕도 잃는
다. 결국 타카키는 회사를 그만둔다. 신카이 마코토가 게임 제작회
사를 나와 애니메이션 제작에 몰두한 게 스물여덟 살 때였다. 제3화
의 타카키는 신카이와 거의 같은 나이라는 설정이다. 타카키의 직업
은 시스템 개발 회사의 소프트웨어 엔지니어로 추정된다. 신카이가
일했던 게임 제작회사와 업종은 다르나 IT 계열이라는 점에서 미묘
한 연결성이 있다. 타카키를 지배하는 낯빛 감정은 회사원 시절 신
카이를 옭아맸던 것이었을지 모른다. 〈초속 5센티미터〉는 사소설적
인 분위기를 내는 개인적인 작품이다. 그러나 어디까지나 '사소설
스타일의 애니메이션'이지 '사소설 애니메이션'은 아니다. 신카이의
인생 이력과 타카키의 인생은 중첩되지 않으며 신카이가 자기 경험
을 바탕으로 제작한 작품도 아니다. 일본에서는 사소설 취향의 작품

이 인기가 많고 독자들은 주인공과 작자를 동일시하며 작품을 즐기는 경향이 있다. 한 인터뷰에서 신카이는 "제 작품을 놓고 전부터 자주 '사소설 같다'라는 이야기를 많이 하는데 그런 방향성을 의식적으로 택한 측면도 있습니다"라고 말했다[42]. 사소설의 방법론을 일부러 선택함으로써 표층에 짜놓은 사소설의 세계로 독자를 유인하는 한편 사실은 신카이 자신의 이력과는 다른 픽션을 심층에 넣어보여준다. 그것이 신카이 작품의 이야기 특징이며 전략이다.

타카키는 미즈노의 이별 문자를 받고 방을 나와 거리를 홀로 걷는다. 문득 걸음을 멈추고 편의점에 들른다. 가게 안에 흐르는 음악(야마자키 마사요시의 『One more time, One more chance』)을 듣고 잡지 코너에서 잡지를 든다. 눈이 내리기 시작한다. 오야마역에서 열차를 기다리는 아카리에게로 장면이 바뀐다. 여기서 남녀의 목소리 내레이션이 번갈아 등장한다. 신카이 작품에서 늘 등장하는 연출이다. 『타카키 "어제 꿈을 꾸었다." 아카리 "아주 오래된 날의 꿈" 타카키 "그 꿈속에서 우리는 열세 살이었고" 아카리 "그곳은 온통 눈으로 덮인 넓은 벌판이었는데" 타카키 "멀리 인가의 불빛만이 드문드문 보일 뿐" 아카리 "새로 쌓인 눈 위에는 우리가 걸어온 발자국만 있었다. 그런 식으로" 타카키 "언젠가 다시 함께 벚꽃을 볼 수 있을 거라고" 아카리 "나도 그도 조금의 흔들림도 없이" 타카키 "그렇게 믿고 있었다."』

타카키와 아카리는 눈 오는 그날의 가장 행복했던 순간을 꿈으로 꾼다. 〈구름의 저편, 약속의 장소〉와 〈너의 이름은.〉과 마찬가지로 이 작품에서도 서로 좋아하는 남녀는 꿈으로 이어져 있다. 타카키와 아카리의 독백은 상대의 말을 이어 번갈아 진행되는데 두 사람의 마음이 통해 있는 것도 아니다. 대면한 둘이 소통하며 독백을 주고받는 듯 보이는 이유는 어디까지나 이야기 상의 연출이며 실제로는 보이지 않는 상대에게 건네는 말을 독백하고 있을 따름이다. 독백이 우리에게 보여주는 사실은 커뮤니케이션이 아니라 오히려 디스커뮤니케이션이다.

편의점을 나온 타카키의 발밑과 아카리의 발밑을 클로즈업한 다음 순간, 『One more time, One more chance』)의 간주가 시작되며 그때까지는 배경 음악으로 조용히 흐르던 음량이 커지면서 제목이 등장한다. 작품 후반부에 제목이 나오는 형식을 파괴한 제3화의 스타일에 놀란 관객이 많았을 것이다. 여기서는 노래 자체가 주인공이다. 노래의 템포와 리듬, 소절 단위를 의식한 절묘한 컷 분할로 뮤직비디오 같은 영상 표현을 실현했다.

• 팝송이 환기하는 '과거'와 '현재' •

이 뮤직비디오 장면에서는 타카키와 아카리의 현재와 과거, 즉 그들의 반생이 명시된다. 도쿄행 열차를 타는 아카리와 신주쿠 거리를 걷는 타카키의 장면을 시작으로 시간은 과거로 거슬러 올라간다. 이와후네역에서 헤어진 타카키와 아카리가 각자의 자리에서 중학교와 고등학교에 다니는 모습과 빈번했던 편지 왕래가 서서히 줄어든 상황, 가사 내용처럼 일상에서 상대의 모습을 찾는 에피소드 등 둘의 과거와 현재를 오가는 컷과 이미지의 연쇄(인지의 한계를 넘어설 만큼, 쉴 새 없이 컷을 바꾸며 보여주는 이미지는 경탄할 만하다)는 마치 영상의 시처럼 이야기를 엮어낸다.

『One more time, One more chance』는 이 작품보다 앞서 1997년에 발매된 노래인데도 〈초속 5센티미터〉의 주제가로 작곡한 듯 이야기 내용과 딱 맞아떨어진다. 과거 좋아했으나 지금은 만나지 못하는 '당신'의 기억으로부터 자유로워지지 못한 '나'는 일상의 다양한 장소에서 '당신'의 모습을 찾고 다시 만나기를 간절히 바란다. 비애로 가득한 '나'의 마음속 절규는 타카키의 심경을 그대로 대변하는 듯하다.

신카이는 DVD-BOX『초속 5센티미터 특별 한정 생산판』의 부록 책자에 실린 해설문에 『One more time, One more chance』를 채용한 이유를 다음과 같이 적고 있다.

그 시기(작품을 제작하기로 마음먹은 2005년 후반 시기—인용자 주석)의 깊은 밤, 배가 고프거나 작업에 지쳐 잠시 기분 전환하러 들른 편의점에서 이 작품의 주제가인 야마자키 마사요시 씨의 『One more time, One more chance』가 몇 번 흘러나왔는데 늘 격려받는 느낌이었다. 정확히 표현하기는 힘든데, 뭔가를 잃었거나 처음부터 **없었던** 것 같더라도 그 감정을 그냥 **그대로** 그리자고 생각한 게 이 작품이다. 우연히 거리에서 들은 이 노래가 내 결심을 밀어줬다. 우리 삶은 이런—팝송에 내 경험을 빗대어 삶을 강화하는 소비 사회적인—것이다. 나는 그런 생활을 분명 소중히 여기고 있음을 확인시켜 주는 사건이었다. [29]

신카이 마코토의 세계

편의점에 들른 타카키가 우연히 『One more time, One more chance』를 듣는 장면 그대로, 야마자키 마사요시와 관련된 신카이의 경험이 제3부를 성립시키는 중요한 모티프라는 사실은 흥미롭다. "뭔가를 잃었거나 처음부터 없었던 것처럼 느끼더라도 그것을 아예 **그대로** 그리자고 생각한 게 이 작품이었다"라는 신카이의 이야기는 소비 사회를 사는 우리 삶의 문제를 정확하게 잡아내고 있다. 소비 사회의 상징인 편의점 안에서 우연히 들은 곡. 그 곡의 가사에서 자기 마음과 같은 정서를 찾아내고 이야기의 주인공과 같은 심정으로 잠시 감상에 젖는다. 일상생활에서 우리는 많든 적든 이와 비슷한 이야기를 소비한다. 신카이는 소비 사회의 '개인' 정체성의 존재 방식을 그저 비판만 하는 게 아니라 우리 인생과 생활에 필수적인, 아름답고 소중한 정경으로 잡아내 점묘하며 조용히 긍정한다.

단숨에 엔딩으로 달려가는, 인상적인 뮤직비디오 장면에서 주목하고 싶은 부분은 몇몇 컷에서 아카리가 들고 있는 문고판이다. 아카리는 사유리와 마찬가지로 책을 사랑하는 문학소녀인데 앞서 서술한 나쓰메 소세키의 『마음』 문고판을 읽는 장면에 더해 뮤직비디오 장면에서는 문고판 두 권을 확인할 수 있다. 첫 번째 책은 고교 시절의 아카리가 이외후네역 플랫폼에서 읽고 있던 트루먼 커포티의 『풀잎 하프』이다. 커포티의 자전적 성격이 강한 이 작품은 주인공 콜린이 미국 남부에서 자유분방하게 살았던 소년 시절을 회고하는 이야기다. 부모와 사별한 주인공이 안식처로서 친구들과 조그만 공동체를 만든다. 앞을 가로막는 엄혹한 현실과 사회와의 갈등을 통해 콜린은 조금씩 어른이 된다. 소년의 눈을 통해 본 '세계'가 매혹적으로 반짝이며 독자에게 다가온다. 『풀잎 하프』를 읽은 고교 시절의 아카리는 무엇을 느꼈을까. 어른들의 사정으로 잃어버린 타카키와의 관계였을까, 아니면 타카키와 지낸 초등학교 시절의 아름다운 추억이었을까.

아카리가 들고 있는 두 번째 책은 어른이 된 그녀가 정류장에서 버스를 기다리며 읽는 책으로, 무라카미 하루키의 단편집 『반딧불이』이다. 무라카미 하루키 작품은 〈구름의 저편, 약속의 장소〉의 『애프터 다크』에 이어 두 번째 등장이다. 『반딧불이』는 『중국행 슬로보트』와 함께 무라카미 하루키의 80년대 전반기를 대표하는 단편집

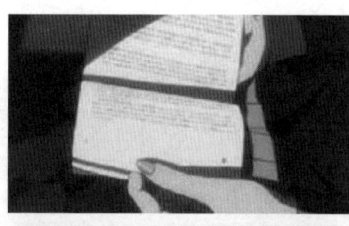
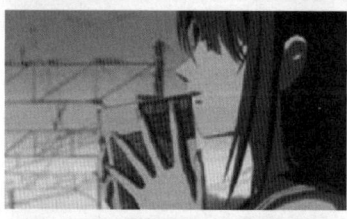
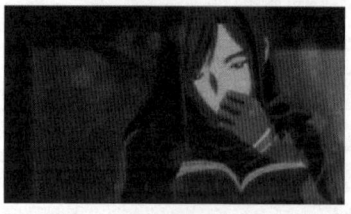

이다. 수록 작품은 『반딧불이』, 『헛간을 태우다』, 『장님버드나무와 잠자는 여자』, 『춤추는 난쟁이』, 『세 가지의 독일 환상』으로, 이중에서도 특히 〈초속 5센티미터〉와의 연관성을 지적할 수 있는 작품이 『헛간을 태우다』이다. 신카이 작품에서는 오두막과 헛간이라는 폐쇄적인 공간이 중요한 장소로 등장하는데 이와후네역에서 재회한 타카키와 아카리가 벚나무 앞에서 키스하고 하룻밤을 보낸 장소는 '밭 옆 조그만 헛간'

아카리가 읽는 세 권의 문고판은 그때그때 아카리의 감정과 상황을 비추는 아이템으로 기능한다.

신카이 마코토의 세계

이었다. 두 사람에게 헛간은 이후 평생 잊을 수 없는 추억의 장소로 남아 있을 것이다. 『헛간을 태우다』를 읽은 아카리는 타카키와 헛간에서 지낸 은밀하고 농밀한 시간을 떠올렸을지 모른다(『헛간을 태우다』에는 글자 그대로 무시무시하고 끔찍한 또 다른 의미가 포함되어 있는데 그것은 다른 이야기에서).

『헛간을 태우다』는 아카리에게 기억을 환기하는 텍스트로 작용한다. 『반딧불이』의 수록 단편에는 관계의 단절과 메시지의 전달 불가능성, 환기되는 기억 등 〈초속 5센티미터〉와 이어질 주제가 포함되어 있다. 〈구름의 저편, 약속의 장소〉의 『애프터 다크』가 그러했듯 〈초속 5센티미터〉와 『반딧불이』 역시 서로 공명하는 텍스트이다.

• 엔딩의 해석을 둘러싸고 •

뮤직비디오 장면은 과거와 현재를 오가며 최종적으로 제3화 초반으로 돌아간다. 과거 벚나무 가로수가 있던 길을 지나 건널목까지 간 타카키는 벚꽃잎이 흩날리는 건널목 중앙에서 아카리로 여겨지는 여성과 스친다. 스친 순간, 서로의 존재를 퍼뜩 깨달은 두 사람은 그대로 건널목을 건너 차단기가 내려진 순간 돌아서서 상대의 모습을 확인하려 한다. 다음 순간, 통과하는 열차가 서로의 시선을 차단한다. 멈춰 선 상태의 두 사람과 그들 앞을 고속으로 통과하는 열차 속도의 대비가 두드러진 장면이다. 상하선 열차가 통과하는 사이 타카키는 아카리 쪽을 보며 기다린다. 아카리 역시 건널목 너머에서 기다리기를 기대하며. 그러나 열차가 지나간 후 아카리의 모습은 없다. 타카키는 아카리의 뒤를 쫓지 않고 몸을 돌려 원래 가려던 방향으로 한 걸음 옮긴다.

이 마지막 장면의 의미는 무엇일까. 영화가 개봉되었을 때 이 마지막 장면에 대다수 관객이 충격을 받았다고 들었다. 즉 관객은 오랫동안 단절 상태에 있던 타카키와 아카리가 마지막에 재회하는 해피엔딩을 기대했을 것이다. 그런데 신카이는 두 사람을 스치게 하고는 대면시키지 않았다. 극적인 대면을 기대한 관객에게 이 이야기는 배드엔딩이었을까. 그러나 제3화의 끝은 정말 배드엔딩일까.

결혼한 아카리에게 타카키와의 추억은 소중하지만, 어디까지나 과거의 아름다운 에피소드로 다 끝난 일이다. 한편 자의식 과잉이 낳은 아카리의 환영에 시달리는 타카키에게 아카리와의 관계는 진행 중이다. 타카키는 아카리와의 과거에 너무 집착한 나머지 호의를 보내는 여성들을 소외시켰다. 상실을 품은 자신에 취해 카타르시스를 얻어왔다. 타카키는 아카리가 사는 집 주소를 알고 있다. 대학 진학으로 상경한 타카키는 아카리와 연락하고 만나러 갈 수도 있었으나 만나러 가지 않았다. 자기 안에서 배양한 허상에 가까운 아카리의 이미지에 사로잡혀 있다.

건널목에서 벌어진 순간의 교차는 타카키의 저주를 푸는 계기가 된다. 아카리는 열차 통과를 기다리지 않고 자리를 떠나는데 그 행위 자체가 그녀의 메시지였다. 타카키는 아카리에게는 아카리의 인생이 있고 자신에게는 자기 인생이 있음을 깨닫는다. 몸을 돌려 건널목을 등지고 걷기 시작한 타카키의 표정은 밝고 미소까지 머금고

신카이 마코토의 세계

있다. 마지막 장면의 타카키는 미래를 바라보고 있다. 그러므로 배드엔딩이 아니다. 오히려 해피엔딩이다. 마지막 건널목 장면은 제1화 '벚꽃 이야기'의 첫 장면을 답습한다. 건널목을 먼저 건넌 초등학생 아카리는 건너편에서 타카키에게 "내년에도 같이 벚꽃을 볼 수 있으면 좋겠다"라고 말한다. 그 직후 열차가 통과한다.

여기서 중요한 점을 지적하고 싶다. 실은 제1화 첫 부분과 제3화의 마지막 건널목은 같은 장소가 아니다. 제1화의 건널목은 오다큐선의 '니시산도 건널목'임을 표시판을 통해 알 수 있는데 실제로 니시산도 건널목은 존재하지 않는다. 제3화의 건널목 이름은 정확히 나오지 않으나 벚나무가 있다는 점과 건널목의 도로 폭 차이 등으로 니시산도 건널목과는 다른 건널목임을 알 수 있다. 성인이 된 타카키와 아카리는 초등학교 시절에 수없이 다녔던 길을 걸으면서도 추억의 건널목을 건너지 않았다. 바꿔 말하자면 **니시산도 건널목을 선택하지 않았다는 점에서 두 사람의 마음은 공명하고 있다.** 타카키와 아카리의 이 사소한 공명이야말로 〈초속 5센티미터〉가 그리는 '희망'이라고 생각한다. 〈초속 5센티미터〉는 작은 희망의 이야기이다.

신카이는 『Other voices—먼 목소리』의 작품 소개 페이지에서 이 작품에 대해 "우리 일상에는 파란만장한 드라마도 극적인 변화도 갑작스러운 계시도 거의 없지만, 그래도 세상은 계속 살아갈 만한 충분한 풍부함과 아름다움을 담고 있다"라고 적고 있다[43]. 이 문장 속에 신카이가 생각하는 '희망'의 근거가 있다. 타카키는 이야기 결말에서 '살아갈 만한 충분한 풍부함과 아름다움'을 실감할 장소에 도달한다. 저주에서 풀린 타카키의 인생은 앞으로 새롭게 시작될 것이다.

• 신카이 마코토가 직접 한 노벨라이즈 •

스케치 소설에서 시작된 〈초속 5센티미터〉는 영화로 완성된 뒤 새로운 전개를 보인다. 그게 바로 신카이 본인의 노벨라이즈이다. 『소설 초속 5센티미터』는 영화 개봉과 거의 같은 시기인 2007년 3월부터 『다·빈치』에서 연재를 시작해(07·5~10), 같은 해 11월에 미디어팩토리를 통해 단행본으로 발간되었다. 그 후 MF문고 다·빈치 버전(12·10)과 가도카와문고 버전(16·2)이 간행되었다. 『소설 초속 5센티미터』는 소설가 신카이 마코토의 데뷔작이다. 일반적으로 영상 작품의 노벨라이즈는 2차 창작의 범위에 그쳤는데 『소설 초속 5센티미터』는 소설 작품으로 자립한, 나아가 애니메이션을 능가하는 내용과 구성을 목표로 한다.

소설에서는 애니메이션의 이야기 내용을 따르면서도 더 자세한 심리 묘사가 이루어져 애니메이션에서 생략되었던 세부적인 내용에 지면을 할애하고 있다. 이미 서술한 바대로 애니메이션 〈초속 5센티미터〉에서는 장면에 따라 일인칭과 삼인칭 시점이 바뀌며 극적 효과를 가져온다. 소설에서는 제1화 '벚꽃 이야기'가 타카키의 일인칭 '나'의 이야기, 제2화 '코스모너트'는 카나에의 일인칭 '나'의 이야기, 그리고 제3화 '초속 5센티미터'에서는 타카키와 아카리의 '그'와 '그녀'라고 불리는 삼인칭 시점이 채용되어 있다. 제1화와 제2화에서는 타카키와 카나에의 생생한 목소리가 직접 독자에게 전달되고 제3화에서는 다른 장소에서 생활하는 타카키와 아카리의 거리를 더 부각해 각자의 생활을 강조한다. 애니메이션에서는 그리지 못했던 에피소드를 추가하고 정밀한 심리 묘사까지 압도적인 정보량을 갖춘 소설은 애니메이션의 보완적인 의미가 강하다. 소설을 읽으면 애니메이션 각 장면의 의미를 더 깊이 이해할 수 있다.

애니메이션은 제1화, 제2화, 제3화로 이야기가 진행됨에 따라 각 화의 시간은 서서히 짧아진다. 여러 인터뷰에서 신카이가 말했듯 소년 시절, 사춘기, 청년기의 시간 감각이 그대로 반영된 것이다. 소설은 반대로 이야기가 진행될수록 페이지 수가 많아진다. 특히 제3화 구성을 이야기하고 싶다. 제3화에서는 대학 시절 이후 여성과 사귀었다가 계속 차이는 연애와 관련된 타카키의 개인사와 일에 대한 열정을 서서히 잃고 일을 그만두는 과정에 페이지가 할애되어 있다.

미즈노 리사(소설에서 이름이 다 밝혀진다)에게 이별 문자를 받은 타카키의 마음에 그동안 만난 여성들이 자기에게 했던 말들이 차례로 흐른다. 타카키는 오열을 참으며 '단 하나라도 좋아. 왜 나는 누군가를 조금도 행복하게 해 주지 못했을까' 라고 생각한다. 타카키는 미즈노의 문자를 보고서야 비로소 여성들을 소외시킨 '어리석고 제멋대로인' 자신을 깨닫는다. 미즈노의 문자는 애니메이션보다 길게 인용된다. 조용하지만 절절한 문장을 통해 미즈노의 슬픔이 전해진다. 그 밖에 애니메이션에는 나오지 않은 아카리의 편지 전문과 오야마역 플랫폼에서 잃어버린 타카키의 편지 일부도 싣고 있다. 아카리와 타카키의 편지에는 그때까지 제대로 전하지 못한 '좋아한다'

라는 마음이 솔직히 적혀 있다. '나는 타카키가 좋아' '아카리를 늘 좋아했어.' 각 편지에 적힌 '좋아'하는 마음은 상대에게 전해지지 못하고 끝난다. 독자는 타카키와 아카리의 마음을 마음속에 감춰놓고 전하지 못한 메시지를 읽으며 깨닫는다.

　많은 관객에게 충격을 준 마지막 장면인데 소설에서는 앞으로 나아가려는 타카키의 감정을 더 강조해 표현한다. "이건 책임감 비슷한 마음으로 썼습니다. 역시 〈초속 5센티미터〉가 충격이라는 사람이 정말 많아서 좀 더 정성껏 이야기를 엮어내야겠다고 생각했고 해야만 한다는 마음으로 썼습니다" 라는 신카이의 이야기를 통해서도 알 수 있다[13]. 소설의 마지막은 애니메이션의 충격을 완화한다기보다 타카키와 아카리가 건널목에서 교차한 의미와 새로운 결의를 품고 나아가는 타카키의 상황을 더 자세하고 정확하게 표현하는 데 중점을 둔 듯하다. 서로 이름을 밝히는 재회는 이루어지지 않았으나 그들은 지나치며 성인이 된 상대를 순식간에 알아본다. 그것을 희망이 아니면 뭐라고 부를 수 있을까. 스치는 마지막 장면은 이후 작품에 반복된다. 제3화의 마지막 장면은 일상에서 잠시 스쳐 가는 것들로부터 정신의 드라마를 찾아내는 신카이가 발견한 것이다. 궁극적인 '내면'과 '풍경'을 둘러싼 정경이라 할 수 있다.

제 5 장

〈별을 쫓는 아이〉

시원적(始原的) 세계로의 역행

• 〈초속 5센티미터〉에서 〈별을 쫓는 아이〉로 •

독자적인 영상 미학과 양식미(樣式美)로 사소설적인 세계(그러나 신카이 마코토의 반생 에피소드를 반드시 반영한 건 아니다)를 궁극까지 파헤친 연작 단편 작품 〈초속 5센티미터〉(2007년)를 발표한 신카이 마코토는 인생의 전환기가 될 경험에 나선다.

〈초속 5센티미터〉 제작 때부터 작품 완성 후 해외로 나가기로 한 듯한데 신카이는 때마침 요르단, 카타르, 시리아를 방문해 애니메이션 제작 워크숍을 해 보라는 국제교류기금의 의뢰를 받고 2008년 1월부터 약 한 달 동안 중동으로 건너간다. 이 중동 경험이 〈별을 쫓는 아이〉(2011년)의 구상에 큰 영감을 주었다. 신카이는 거리 곳곳에 흩어져 있는 4천 년 전 유적을 보고 "최고의 번영기를 누린 뒤 쇠퇴하는 아가르타의 이미지와 비슷한 부분이 있어서 중동을 방문한 영향은 컸습니다" 라고 말했으니[44] 그 영향은 확실하다.

신카이는 중동 워크숍을 끝내고 뭔가 결심하고 그대로 해외에 머문다. 신카이가 다음에 찾은 나라는 영국이다. 2008년 2월에 런던

어학원 기숙사로 거처를 옮긴 후 두 번의 이사를 거치며 13개월 동안 유학 생활을 한다. 신카이의 옛 개인 홈페이지 『Other voices— 먼 목소리』에 올린 '근황 보고'에서는(2018년 3월에 폐쇄되어 현재는 볼 수 없음) 학생으로 충실한 생활을 보내며 책과 음악을 즐기고 근처에서 쇼핑하고 슈퍼마켓에서 장을 보고 때로는 제안받은 특별 강연에 나서는 런던 생활을 소개한 바 있다.

〈초속 5센티미터〉부터 〈별을 쫓는 아이〉 사이에 신카이는 몇 가지 일을 했다. 신카이는 중요 작품 외에도 이른바 아더 · 웍스(Other Works, 주요 작품들과는 구별되는 광고와 초단편 작품)로 분류되는 소품을 많이 제작했다. 아더 · 웍스에는 습작의 의미를 담은 작품이나 실험적인 작품, 혹은 도전적인 작품이 종종 보인다. 광고주의 의향이나 짧은 시간 같은 일정한 제한 속에서 창의성이 요구되는 일이다.

2007년 9월부터 '소중함을, 전한다'라는 주제로 나가노현에만 방송된 신노마이니치 신문 광고는 신카이가 도전한 첫 TV 광고이다. 한 량 편성의 열차가 달리는 노선 옆 도로를 교복 차림의 소녀가 자전거를 타고 열차와 나란히 달린다. 차 안에서 신문을 읽고 있던 남성이 창밖을 달리는 소녀를 발견한다. "아버지!"라고 부르는 소녀는 눈물을 흘린다. 자전거는 속도를 높이는 열차를 따라가지 못해 열차는 멀어진다. 터널로 들어간 열차 창문에 아버지의 쓸쓸해 보이는 얼굴이 비친다. 자전거를 멈춘 소녀는 멀어지는 열차를 바라보며 "고마워"라고 중얼거린다.

단신 부임하는 아버지를 배웅하는 딸일까, 아버지와 헤어지는 게 슬픈 딸은 자전거로 아버지를 열심히 쫓아간다. 열차 속도를 따라가지 못해 아버지는 사라진다. 저녁 산간의 아름다운 풍경 속에서 "고마워"라고 중얼거리며 우두커니 서 있는 소녀가 인상에 남는다. 아버지와 딸의 이별과 감사의 마음을 전하는 15초짜리 광고이다. 자전거와 열차의 '속도'가 대조되는 부분에 〈초속 5센티미터〉의 여운을 느낄 수 있다. 산과 하늘과 구름과 열차라는 구성 요소가 신카이마코토의 세계를 연출한다. 작품의 로케지는 신카이의 고향인 나가노현 미나미사쿠군 고우미마치다. 고향을 직접적으로 그린 첫 작품으로도 주목을 모았다.

신카이는 게임 무비 제작으로 경력을 시작했는데 어덜트 게임 브랜드 minori가 발매한 게임 오프닝 무비와 극중 무비도 담당했다. 『BITTERSWEET FOOLS』(2001년)를 시작으로 『Wind -a breath of heart-』(2002년), 『봄의 발소리』(2004년), 『ef -the first tale.』(2006년)을 거쳐 런던에 체류 중에 오프닝 애니메이션(무비 속 신카이의 크레딧에는 오프닝 무비가 아니라 오프닝 애니메이션이라고 되어 있다)을 담당한 작품이 『ef -the latter tale.』(2008년)이다.

『ef』는 바다와 산으로 둘러싸인 마을에서 전개하는 청춘 군상극이다. "감독으로 처음 그림 콘티를 그리고 마지막으로 촬영을 마무리했을 뿐 그림 제작은 사실 우수한 제작진이 모두 담당했습니다"라고 신카이는 말했다[45]. 하늘, 초목, 물방울, 빛의 효과와 색조 등 캐릭터의 그림 스타일은 다르지만, 표현된 내용은 바로 신카이 마코토의 영상 세계이다. 도쿄의 제작 환경을 떠나 런던에 살며 수행한

신카이 마코토의 세계

오프닝 애니메이션 제작은 그에게 다시금 창작의 원점을 돌아보는 기회를 주었을 것이다.

〈초속 5센티미터〉에서 〈별을 쫓는 아이〉 사이에 제작된, 좀 더 중요한 아더·윅스는 15개 팀의 크리에이터가 1분 동안이라는 시간 안에서 경쟁하는 『애니·크리 15』의 하나로 방영된 〈고양이 집회〉 (2007년)이다. 〈고양이 집회〉는 제1장에서 자세히 설명했으므로 그것을 참조하기를 바라며 여기서는 〈별을 쫓는 아이〉의 선행 작품 이라는 의미에 집중하고자 한다.

〈고양이 집회〉에는 이전 신카이 작품과 크게 다른 특징이 있다. 바로 캐릭터의 모습(캐릭터 그림 스타일)이다. 그러나 〈초속 5센티미터〉와 〈고양이 집회〉의 캐릭터 디자인과 미술 감독은 둘 다 니시무라 타카요인데 두 작품의 캐릭터 디자인은 미묘하게 다르다. 〈초속 5센티미터〉는 굳이 말하자면 극화 스타일의 캐릭터인 데 비해 〈고양이 집회〉에서는 더 부드러운 아날로그 느낌의 캐릭터가 채용되었다. 캐릭터의 색 설정과 미술 배경에는 난색 계열의 색채 설계가 이루어져 작품 전체에 안정감을 준다. 『애니·크리 15』 총 15개 작품을 정리한 책에 수록된 인터뷰에서 "애니메이션에 익숙지 않은 사람이 우연히 봐도 즐길 수 있는 작품"을 의식했다는 발언 뒤에 신카이는 다음과 같이 이야기한다.

그때는 어떤 그림 스타일이라면 저항감 없이 즐길지를 생각했습니다. 특히 애니메이션 팬이 아닌 일반인에게는 과거 닛폰 애니메이션의 '명작 극장'부터 스튜디오 지브리 작품으로 이어지는 노선이 솔직히 친숙하지 않을까요. 또 니시무라 씨는 이전 니폰 애니메이션사에서도 일한 분이라 그런 전통적인 그림 스타일이 장기에요. 그러므로 이번에는 이런 그림 스타일로 해 보자고 제안했죠. 신카이 마코토라는 이름이 나올 때까지는 누가 만들었는지 모르는, 오히려 제작자의 이름을 의식할 필요 없는, 그런 점을 목표로 해 보자고 생각했습니다. [46]

닛폰 애니메이션과 스튜디오 지브리의 그림 스타일은 일본 전후 애니메이션 현장에서 길러진 캐릭터 조형의 도달점이다. 친근하고 안정감 있는 '전통적인 그림 스타일'의 채용은 고집하는 캐릭터 디자인이 없는 신카이에게는 하나의 선택지이기도 했다. 신카이는 상업 데뷔작 〈별의 목소리〉(2002년)에서 캐릭터 디자인을 포함해 거의 모든 작업을 했는데 이후에는 외부 인재에 캐릭터 디자인을 맡긴다. 다시금 확인하자면, 〈구름의 저편, 약속의 장소〉(2004년)에서는 타자와 우시오, 〈초속 5센티미터〉〈별을 쫓는 아이〉에서는 니시무라 타카요, 〈언어의 정원〉에서는 츠치야 켄이치, 〈너의 이름은.〉(2016년)에서는 타나카 마사요시, 〈날씨의 아이〉(2019년)에서는 타나카 마사요시와 타무라 아츠시가 각각 캐릭터 디자인을 담당했다. 캐릭터는 '작풍(作風)'을 결정하는 가장 중요한 요소이다. 캐릭터의 그림 스타일은 이야기의 내용과 작품의 세계관에도 영향을 준다. 신카이의 작품들은 예를 든 미야자키 하야오 작품 같은 그림 스타일의 통일성은 담보되지 않는다. 작품마다 그림 스타일이 변한다. 신카이에게 캐릭터 디자인은 교환할 수 있는 요소이다. 작품에 가장 적합한 매력적인 캐릭터들이 재능 있는 애니메이터에 의해 태어났다.

신카이는 〈고양이 집회〉에서 그림 스타일을 잡는 단계부터 캐릭터의 독창성을 의도적으로 중립화함으로써 캐릭터에 보편성을 주어 대다수 관객이 쉽게 받아들일 수 있는 작품을 시도했다. 이러한 설계론은 〈별을 쫓는 아이〉에 계승된다. 그리고 또 하나, 작품 속에서 고양이들이 모이는 산 중턱의 바위 터 묘사도 다음 작품의 가교가 된다. 경사면에서 튀어나온 특징적인 바위와 주변 풍경은 〈별을 쫓는 아이〉의 주인공 와타세 아스나가 혼자 시간을 보내는 참호 터의 바위와 흡사하다. 〈고양이 집회〉와 〈별을 쫓는 아이〉에는 이야기 내용적인 연결성은 없으나 〈고양이 집회〉가 캐릭터와 배경 미술의 조형에 큰 영감을 준 것으로 보인다. 신카이 작품을 분석하는 과정에서 작품 사이의 이미지 연관이나 영향 관계에 유의할 필요가 있다. 다양한 시행착오와 끈기 있는 실험을 거쳐 새로운 작품을 만들어 낸 것이다.

• '이야기를 말한다'라는 새로운 과제 •

이밖에 신카이가 런던에 체류 중에 한 작업으로는 첫 미술 작품집인 『신카이 마코토 미술 작품집 하늘의 기억~The sky of the longing memories~』(고단샤, 08·4)이 간행된다. 『하늘의 기억』은 〈별의 목소리〉에서 〈초속 5센티미터〉까지의 미술 배경에 기술 해설을 붙인 완전 컬러판 미술 작품집이다. 미술 배경 그림의 기본 기술과 미술 작화의 기본 레이어 구조, 건축물 같은 사물의 묘화 기법, 나아가 신카이와 스태프의 인터뷰 내용이 충실해 신카이의 작품을 깊이 이해하는 데 중요한 일급 자료이다.

제25회 쓰보타 조지 문학상을 받은 하마노 교코의 『도쿄 크로스로드』(포플라문고 퓨어풀, 10·3)에 수록된 해설 "손이 닿지 않는 누군가를 보는 당신에게"(『asta*』, 09·1)도 런던에 체류 중에 쓴 글이다. 쉬는 날이면 원래 자신이 아닌 또 다른 자신이 되어 야마노테선 어딘가의 역에서 내려 그 마을을 정처 없이 걷는 주인공 여고생의 고독과 상실을 그린 『도쿄 크로스로드』에는 신카이 작품과 비슷한 느낌이 있다.

해설에서 "나는 그냥 슬퍼"라는 첫 문장 때문에 이 작품에 빠졌다고 고백한 신카이는 런던에서 살기 시작하고 9개월이 된 상황을 말하고 이국땅에서 떠올리게 되는 도쿄의 거리를 상상하며 고독을 품은 채 다른 사람과의 커뮤니케이션을 강하게 원하는 주인공에게 공감한다. 1년 이상에 걸친 해외 유학은 체류자로서만이 아니라 생활인으로서의 시점을 그에게 주었을 것이다. 일본에서 멀리 떨어진 런던 생활이 오랫동안 살며 작품 무대로 선택해 온 도쿄라는 거리를 상대화하는 계기가 되었을 것이다. 나중에 신카이는 『크로스로드』(2014년)라는 기업 광고를 발표한다. 인생에서의 극적인 만남을 '크로스로드(십자로)'라는 키워드에서 잡아낸 타이틀링은 『도쿄 크로스로드』의 기억에서 비롯되었을지 모른다.

런던 체류 중인 신카이가 벌인 가장 큰 일은 신작 애니메이션의 집필이다. 메이킹 다큐멘터리에서 신카이는 당시를 다음과 같이 회고한다(이하, 동영상 인터뷰를 필자의 책임 아래 풀어 정리함).

각본을 썼을 때는 마침 런던에 1년 반쯤 살았을 시기였습니다. 학교에 다니며 십 대나 이십 대 초반의 젊은이들 사이에서 수업을 들었죠. 그 시간은 모든 게 잘되지 않았던 내 십 대를 생생하게 떠올리는 순간이기도 했습니다. 학교나 일상에서 흘러넘치는 것들을 이야기 형태로 적어두는 일을 하고 있어요. 런던에 살았을 때의 제 기분이 제 발밑 저 깊은 곳에 내내 잠겨 있었고, 그 바닥에서 뭔가를 깨닫거나 조금이나마 발견하고 원래 있던 세계로 돌아가면 좋겠다고 생각했습니다. 그래선지 지하 세계로 가라앉는 이야기가 된 것 같네요.
[47]

여기서는 유학 중인 신카이가 품었던 생각이 솔직하게 이야기되고 있다. 애니메이션 감독이라는 직책을 내려놓고 이국땅에서 혼자 살면서 어학원을 다니며 다른 문화를 접하는 날들은 해방감을 주는 동시에 자기 성찰의 감정을 환기한다. 다양한 나라에서 온 어린 학생들에 섞여 배우는 날들은 십 대의 기억을 환기한다. 생활하며 흘러나온 '무언가'를 이야기로 적어두는 작업의 연장이 〈별을 쫓는 아이〉의 초기 시나리오 집필이다. 다음 작품으로 그는 불가사의한 소년과 만난 초등학교 고학년 소녀가 운명에 이끌려 아가르타라 불리는 지하 세계로 여행하는 모험 이야기에 도달한다.

아스나는 하염없이 지상에서 지하로 내려간다. 아스나의 행동은 이국땅에서 깊이 숙고하며 내면으로 깊이 뛰어든 신카이의 정신 운동과 깊은 관련이 있다. 현실 세계에서 땅 밑 세계에 도달한 아스나는 고난을 거쳐 다시 원래의 지상 세계로 돌아온다. '어디론가 떠났다가 돌아오는 이야기'는 판타지 모험의 정형을 그대로 따른다. '귀환 이야기'는 J.R.R 톨킨의 『호빗의 모험』의 원제 『The Hobbit, or There and Back Again』을 그대로 답습하고 있다. 영국은 아동문학 작가와 판타지 작가를 여럿 배출한 나라이다. 톨킨부터 해리포터 시리즈의 J.K 롤링까지 쟁쟁한 판타지 작가가 태어난 영국 문화권을 접한 신카이가 기존 작품과 분위기가 크게 다른 판타지 스타일의 신작을 구상한 건 어쩌면 당연한 일처럼 보인다.

기술과 내용, 구성면에서 극치에 달한 느낌인 〈초속 5센티미터〉를 거쳐 신카이는 '이야기를 말한다'라는 새로운 과제에 도전해 "새로 스토리텔링 책을 읽거나 각본 구조를 명쾌하게 의식해 죽은 사람을 살리려고 지하로 간다는 신화 형태를 채용해 아무도 오해하지 않을 이야기를 만들자. 그리고 애니메이션 영화의 주요 시청자층인 아이들이 즐기게 하자"라고 생각한다[19]. 중동을 돌아보고 영국에서 장기 체류한 해외 체험을 통해 다양한 문화를 접한 신카이가 일본을 무대로 한 지역적인 이야기로부터 더 열려 있고 보편적인 신화와 설화 세계에 다가간 것은 필연적인 흐름이다. '아무도 오해하지 않을 이야기'를 구상하는 신카이의 머리에 초등학교 시절 학교 도서관에서 만나 열심히 읽었던 책 한 권이 떠오른다. 그게 바로 오쓰코쓰 요시코의 『피라미드 모자여, 안녕』(『교육평론』 78·7~80·9, 리론샤 81·1)이라는 아동문학 작품이다.

• 『피라미드 모자여, 안녕』의 세계 •

이야기의 주인공은 중학교 2학년의 모리카와 요헤이. 간호사 어머니와 집을 비울 때가 많은 선원 아버지 셋이 단지에서 살고 있다. 요헤이는 도서관에서 빌린 피라미드 파워 책의 영향을 받아 두꺼운 종이로 피라미드 모형의 모자를 만드는데 피라미드 모자를 쓰면 그때까지 캄캄했던 건너편 단지 404호의 불이 켜지는 불가사의한 현상이 일어난다. 그때 영상연구회에서 독립 영화를 찍고 있던 선배 구마타니가 404호에서 요헤이와 같은 반 학생인 아사카와 유리가 나오는 모습을 봤다고 한다. 요헤이는 병약하고 그늘이 있고 뭔가 허무한 듯 행동하는 유리에게 끌리고 있었다.

요헤이와 구마타니는 404호실을 찾아간다. 그들을 맞이한 사람은 유리를 쏙 빼닮은 소녀였는데 자신은 아가르타라는 데서 왔다고 한다. 요헤이와 구마타니, 그리고 아가르타에 관심을 지닌 영상연구회 사람들은 소녀의 안내로 지하 세계로 함께 날아간다. 단단한 구멍을 빠져나온 그들은 자동 운전되는 은색 교통수단에 탄다. 그들은 숲을 빠져나와 언덕을 넘어 피라미드 모양의 집들과 일만 년 이상 전에 만들어진 돌 마을을 소풍하는 기분으로 둘러보는데 갑자기 교통수단이 고장 나 암흑 속에 버려진다. 그들은 폐허가 된 마을의 동굴에 사는 수수께끼 노인의 도움을 받아 배를 타고 운하를 따라 내려온다.

소녀는 오빠에게 연락해 도움을 청한다. 그들 앞에 하늘을 나는 태고의 비행기 비마나가 나타난다. 소녀의 오빠는 아틀란티스 대륙이 바닷속으로 침몰하기 직전, 그 운명을 알아차린 위대한 대왕이 비마나에 선량한 사람을 태워 아틀란티스 대륙에서 탈출시켰는데 그 후계자가 바로 자신들 아가르타인이라고 설명한다. 누군가의 미행을 감지하고 불안에 떨면서도 비마나는 소녀의 집에 도착한다. 그들을 맞이한 사람은 아사카와 유리의 아버지였다.

『피라미드 모자여, 안녕』은 작품이 완성된 1970년대 후반부터 80년대 초의 시대상이 짙게 녹아 있는, 어린이용 SF 판타지이다. 당시 피라미드 파워, UFO, 지구 공동설, 아틀란티스 대륙이라는 키워드로 유행했던 초현실 붐이 연상된다. 이는 소년 신카이가 매료되었던 세계이기도 했다. 『고지키(古書記)』의 '뿌리의 나라'에 대한 기술과 에스페란토어 해설 등도 신카이 소년의 기억에 강하게 남았을 것이다. 지하 도로를 달리는 은색 교통수단과 하늘을 나는 2층짜리 비마나에도 감흥을 느꼈을 것이다. 그리고 무엇보다 아틀란티스 문명의 후손들이 만든 지하 세계 아가르타의 선명한 이미지는 신카이의 기억에 깊이 각인되었다. 아가르타라는 고유명사 자체는 〈별의 목소리〉에서 시리우스 알파베타 성계 제4행성의 이름으로 이미 등장했다. 지구와 비슷한 생태계를 지닌 아가르타를 조사하다가 타르시안과 만난 미카코는 자기 모습으로 변한 타르시안과 커뮤니케이션한 후 격투에 몸을 던진다. 신카이의 소년 시절 독서 경험이 미카코를 비롯한 인물이 도달하는 행성 이름으로 이어졌다.

전설로 이야기되어 온 아가르타라는 곳은 어떤 땅인가. 자료와 기록이 적어 설명하기는 힘들다. 그런 가운데서도 조슬린 고드윈이 『북극의 신비주의』(고사쿠샤, 95·9)에서 아가르타 전설을 검증한

신카이 마코토의 세계

내용은 읽어 볼 가치가 있다.

프랑스 자유주의 사상가 루이 자코리오의 '아스가르타'가 기원이라는 아가르타는 주로 신지학 영역에서 이미지가 생성된다. 고드윈은 『북극의 신비주의』 제7장 '아가르타와 〈북극성〉'에서 "자신의 별유체(아스트랄)를 투영하는 기술을 익혀 스스로 아가르타에 갈 수 있었다"라는 그리스도교 신비주의자 산 티브 다르도베르(1842~1909)의 불가사의한 능력과 경험을 기록하고 있다. 산 티브가 아가르타에서 얻은 견문을 자세히 기록한 『인도의 사명』(1886년)의 내용을 따라 고드윈은 아가르타를 다음과 같이 정리했다.

동양 어딘가에 숨어 있는 나라인데 지하에 있고 수백만의 인구를 '브라흐마토마'라는 에티오피아인 '제사장'이 다스리고 있다. 초인적인 존재인 이들은 '마하토마'와 '마한가'로 이루어져 있다(이 둘은 자코리오의 책에는 등장하지 않는다). 산 티브에 따르면 기원전 3200년의 칼리 유가(힌두교의 네 번째 유가와 말세—역자 주)가 시작되면서 지하로 거처를 옮겨 지표인의 눈으로부터 숨었는데 가스 조명, 철도, 비행기계 등등 오랫동안 우리보다 훨씬 발전된 기술을 누리고 있다. 정치체제는 이상적인 '공동 통치'이다. 기원전 4000년대 〈세계 제국〉이 분열한 뒤 오랫동안 지표인이 잃어버린 것으로, 모세, 예수, 그리고 산 티브 자신이 그 재건에 고군분투했다. 아가르타인은 가끔 지표 세계에 밀정을 보내서 지표의 사정도 완벽하게 알고 있다. 도서관에는 현대에 처음으로 발견된 지식만이 아니라 시대를 초월한 모든 지혜, 일테면 영혼과 육체의 관계와 육체를 떠난 영혼과 육체의 교류법 등이 바타니아 문자로 돌에 새겨져 남아 있다. 우리 세계가 공동 통치 정부를 세우면 아가르타가 모습을 드러내 그 영적, 물질적 은혜를 우리에게 베풀 것이다. 산 티브는 저서에서 이를 위해 영국 여왕, 러시아 황제, 로마 교황은 실현에 힘써야 한다고 호소했다. 베이컨의 『신 아틀란티스』를 쥘 베른, C.W. 리드비터가 공동으로 다시 집필한 내용이 이처럼 기묘하기 짝이 없는데 위의 글은 전체 내용을 봤을 때 서론에 불과하다.

고드윈의 정리에 따르면, 아가르타는 기원전 3200년에 지하로 이동해 에티오피아인 '제사장'의 통치 아래에서 경이적인 기술을 발전시킨 동양 어딘가에 있는 나라이다. 아가르타인은 지상 세계의 일을 모두 파악하고 있고 온갖 지혜를 지녀 산 사람과 죽은 사람의 교류법도 알고 있다. 지상에 공동 통치 국가가 생기면 지상인에게 정신적, 물질적인 은혜를 부여하는 선도자이기도 하다. 인용문에는 일반적으로 알려진 아가르타의 이미지가 망라되어 있다. 〈별을 쫓는 아이〉에서 그려진 아가르타도, 여기에 정리된 지하 국가의 이미지를 답습하고 있다.

다시 『피라미드 모자여, 안녕』의 세계로 돌아가자. 이 작품은 미완성 작품이다. 오쓰코쓰는 암이 재발해 치료 차 입원과 퇴원을 되풀이해야 했고 투병 중 쓴 장편은 완성을 보지 못해 그녀의 유작이 되었다. 주인공 소년의 지하 세계=저세상으로의 여행과 이동의 이야기에 죽음을 앞둔 작가의 심리가 반영되어 있다.

『피라미드 모자여, 안녕』에는 세 가지 버전이 있다. 작가가 사망한

다음 해에 간행된 대(大) 장편 시리즈 버전(리론샤, 81·1),『오쓰코쓰 요시코의 책』의 제7, 8권에 수록된 전집 버전(리론샤, 86·3), 그리고 리론샤 70주년 기념으로 간행된 개장 버전(리론샤, 17·7)이 있다. 대 장편 시리즈 버전은 미완성작을 최대한 완성형에 가깝도록, 오쓰코쓰의 수필을 넣거나 그녀가 교류한 편집자이자 리론샤 사장인 고미야마 료헤이가 보충해 일단 완결시킨 것이다. 대 장편 시리즈 버전을 읽으면 아가르타에서 지상 세계로 돌아오는 성급한 결말이 안타깝다. 미완인 채로 이야기가 끝나는 전집 버전과 개장 버전이 오히려 이 작품의 올바른 형태라고 필자는 생각한다.

불가사의한 소녀에 이끌려 아가르타에 간 요헤이는 소녀의 집에서 유리의 아버지와 재회한다. 원래 구상한 '귀환 이야기'는 작가의 죽음으로 인해 '떠났으나 돌아오지 못한 이야기'로 공중에 떠버린다. 리론샤 70주년 기념 개장 버전의 끝부분에 신카이의 '해설'이 붙어 있는데 이 작품과의 충격적인 만남과 미지의 모험 이야기에 흥분한 소년 시절을 회상하고 있다. 주인공과 함께 여행한 신카이 소년은 이야기의 중단으로 "갑자기 소중한 빛을 잃고 만 듯한, 강렬한 상실감"에 사로잡혔다.

> 이대로 가면 나도 지상으로 돌아갈 수 없다. 그 무렵, 그렇게 느꼈다. 그래서 나만의 결말을 만들어야 했다. 왠지 소중한 것들은 거의 전부 이전 여행에서 제시되었는 확신이 있었다. 가장 어려운 시기를 넘어섰다는 성취감도 있었다. 그러므로 이제 내가 해야 할 일은 내 눈으로 봤어야 하는 마지막 장면을 끌어내야 한다는 것이었다. 서툰

문장을 노트에 썼다가 지웠다. 물론 평범한 초등학생인 내가 원래 있어야 했을 결말을 쓸 수는 없었다. [48]

　미완의 마지막 장면을 이리저리 생각하며 노트에 썼다가 지우기를 반복했던 소년 신카이의 생각은 그대로 〈별을 쫓는 아이〉로까지 이어진다. 물론 〈별을 쫓는 아이〉와 『피라미드 모자여, 안녕』은 몇 가지 설정상의 비슷한 점을 지적할 수 있으나 둘은 완전히 다른 내용의 이야기이다. 신카이의 목표는 『피라미드 모자여, 안녕』에 흩어져 있던 매혹적인 의장(意匠)을 차용해 '돌아오지 못한 이야기'로 건너편 세계에 머물고만 『피라미드 모자여, 안녕』을 다시 '귀환 이야기'로 돌려놓으려는 개인적 시도가 아니었을까.
　아가르타라는 매혹적인 지하 세계의 설정과 하늘을 나는 태고의 교통수단 비마나(〈별을 쫓는 아이〉에서는 죽은 사람의 영혼을 운반하는 배, 샤쿠나 비마나로 아스트람에 등장) 등의 고유명사가 그대로 사용된다. 1970년대라는 시대 배경, 주인공의 어머니가 간호사인 점, 어머니와 둘이 사는 주인공의 가정환경 등도 같다. 요헤이가 소녀와 만나 아가르타로 가는 '보이 미트 걸'의 설정도 〈별을 쫓는 아이〉에서는 소녀가 소년을 만나는 '걸 미트 보이' 설정으로 바뀐다. 지구 공동설에 관해 연구하는 에스페란티스트(에스페란토를 말하거나 읽거나 쓰는 사람—역자 주) 호소키 선생님은 아스나의 담임 교사이자 아크엔젤의 대령인 모리사키 류지의 모델이기도 하다. 아모로트 마을을 떠날 때 아스나와 모리사키가 빌린 배는 요헤이 일행이 운하를 운항할 때 탄 배와 같은 갈대배다.

이처럼 신카이는 런던에 체류하며, 『피라미드 모자여, 안녕』과 고유명사와 인물, 아이템 등 여러 관련 포인트가 있으면서도 전혀 다른 이야기를 착실히 구상했다.

• 전통적인 애니메이션 제작에 접근 •

2009년 3월 하순, 신카이는 1년 넘은 해외 유학을 끝내고 그리스를 여행한 후 4월에 귀국해 본격적인 신작 제작에 들어간다. 신카이는 몇 가지 새로운 시도에 도전한다. 고등학교 때까지 지낸 고향 나가노현 미나미사쿠군 고우미마치를 자신의 극장 개봉 작품 중 최초로 로케이션 장소로 선택한 것이다. 고우미마치의 이미지는, 일테면 〈구름의 저편, 약속의 장소〉에서도 간접적으로 살펴볼 수 있었는데 직접적으로 '자기가 자란 장소'를 선택한 극장 개봉 작품은 〈별을 쫓는 아이〉가 처음이다. 미술 감독 탄지 타쿠미와 캐릭터 디자인의 니시무라 타카요에게 초기 각본 회의 단계부터 참가를 요청한 점도 새로운 전개였다. 작품 크레디트에는 각본 협력으로 마쓰다 사야, 그림 콘티 협력으로 니시무라와 탄지의 이름을 발견할 수 있다. 신카이의 주요 임무로 크레디트에 오른 분야는 원작, 각본, 그림 콘티, 연출, 색채 설계, 촬영 감독, 감독까지 총 7개 부문이다. 작품의 규모가 커졌다는 사정도 있으나 이전과 비교해 다른 사람에게 맡기는 업무 내용이 확실히 늘었다. 원작과 그림 콘티라는 작품의 '입구'와 촬영이라는 작품의 '출구', 그리고 감독이라는 요직은 신카이 본인이 맡고, 다른 업무는 재능 있는 스태프를 초빙해 적재적소에 배치한다. 이후 〈날씨의 아이〉까지 성숙을 거듭하는 제작 시스템의 바탕이 여기에서 완성된 것이다.

이미지 보드를 그린 것도 새로운 시도였다. 이미지 보드란 영상 제작에서 중요한 장면이나 아이디어, 작품 분위기를 스태프와 공유하기 위해 그리는 스케치이다. 신카이는 이 작품에서 본격적으로 이미지 보드 제작에 도전해 약 백 장 정도를 그린다. 소책자 『별을 쫓는 아이 신카이 마코토 이미지 보드집』(Blu-ray BOX 〈별을 쫓는 아이〉 포함 특전)은 꼭 봐야 하는 책이다. 작품의 중심이 되는 무대와 건물 등의 공간 이미지와 캐릭터가 설명문과 함께 정리되어 있다. 2017년 6월부터 시작해 3년간, 일본 전국을 순회한 신카이 마코토 전시회 『별을 쫓는 아이』에는 이미지 보드 전시가 있었다. 신카이의 이미지 보드와는 달리, 탄지가 그린 보드는 콘셉트 보드로 따로 전시되었다. 이미지 보드가 '기본 설정'에 관한 것이라면 콘셉트 보드는 '미술 배경'의 범주에 들어간다는 점에서 같은 보드라도 분업이 이루어진 점이 흥미롭다.

신카이가 이미지 보드를 그린 주요 이유는 일반적인 애니메이션 제작 과정을 스스로 체험해 본다는 점으로 집약할 수 있다. 신카이는 작품마다 제작 절차나 방식을 재검토해 왔는데 〈별을 쫓는 아이〉에서 선택한 방법은 극장 개봉 애니메이션 제작에 많이 도입되는 스튜디오 형식의 분업 체제이다. 애니메이션 업계의 외부자라는 신카이의 위치가 그의 특이한 작품 스타일을 결정지어 왔는데 이 작품에서 그는 일본의 전통적인 애니메이션 제작 형식과 방법에 다가간다.

신카이가 전통 방식에 접근한 가장 큰 이유는 손 그림 콘티에 재도전하기 위해서다. 〈별의 목소리〉의 그림 콘티는 전부 손으로 그린 그림이었는데 〈구름의 저편, 약속의 장소〉 이후 디지털 환경으로 이행했다. 〈별을 쫓는 아이〉의 그림 콘티는 B4 크기 용지에 철저하게 직접 손으로 그렸다. 손 그림으로 옮긴 이유를 신카이는 다음과 같이 말하고 있다.

> 디지털에 불만이 있었던 건 아닌데 이번에는 개인적으로 종이와 연필과 제대로 대면해 보고 싶었습니다. 현장 애니메이터들의 작업은 어디까지나 종이와 연필 아닙니까? 저는 디지털 개인 제작으로 애니메이션을 만들기 시작해서 그들처럼 아날로그 그림 재료에 익숙하지 않습니다. 애니메이터는 말이죠, 종이와 관련된 동작에 익숙하고 그럴 때 멋져요. 펄럭펄럭펄럭, 막 넘어가죠. 그런데 제가 하면 펄럭, 펄럭, 펄럭이니까요(웃음). 물론 관객은 종이를 볼 일도 없으므로 과정은 사실 상관없지만, 콤플렉스를 털어내고 싶다고 할까, 어쨌든 아날로그만으로 한번 해 보고 싶었습니다. [49]

애니메이션 제작의 기본인 '종이와 연필'에 도전해 작업 환경에 아날로그 방법론을 도입함으로써 데뷔부터 디지털 환경 아래에서 애니메이션을 제작해 온 신카이가 스스로 새로운 경험치를 얻으려 했음을 이해할 수 있다. 2009년 8월경부터 그리기 시작한 그림 콘티는 약 10개월의 시간을 걸쳐 2010년 5월 말에 완성한다. 이야기 전체는 다섯 개 파트로 나뉘어 있는데 A파트 135페이지, B파트 131

페이지, C파트 128페이지, D파트 132페이지, E파트 118페이지, 총 1,614컷에 달하는 작품은 이제까지 발표한 신카이 작품 중 가장 긴 상영 시간 116분의 대작이다. 『별을 쫓는 아이 신카이 마코토 그림 콘티집 4』(KADOKAWA, 18·2)를 들면 아주 묵직한데 페이지를 넘기면 신카이가 손 그림 콘티와 얼마나 격투했는지가 전해진다. 오렌지색 색연필을 사용해 미묘하게 그림자를 표현하며 빛의 방향 등을 제시하는 방식도 효과적이다.

그림 콘티는 작품 설계도이자 시나리오의 입체화이며 연출 의도의 제시이기도 하다. 그림 콘티에 제시된 각 장면의 컷을 정지화의 연속인 동화로 변환하는 작업이야말로 애니메이션 제작이다. 모든 스태프가 참조할 기본 자료인 그림 콘티는 항상 작품 제작의 중심에 놓인다.

해외 유학을 거쳐 새로운 시도를 채용하며 구상, 제작한 〈별을 쫓는 아이〉는 전작에서 4년 2개월의 시간이 흐른 2011년 5월에 극장 개봉된다. 이제까지 작품 완성까지의 흐름을 살펴봤으므로 이제는 작품 자체로 시점을 옮겨 신카이 버전 '귀환 이야기'의 세계로 들어가 보자.

• '지브리 스타일'이라는 점 •

이전 작품은 대부분 남자 주인공 혹은 남성의 시점으로 전개되었는데 〈별을 쫓는 아이〉에서는 처음으로 초등학교 고학년으로 추정되는 여학생이 주인공으로 설정된다. 가이드북『별을 쫓는 아이 COMPLETE』(미디어팩토리, 11·5)의 캐릭터 소개에는 아스나의 나이가 '11세'로 표기되어 있다. 작품에서 아스나의 학년을 알 수 있는 유일한 장면은 교실 안 배경이 나오는 장면으로, 아이들이 적어 놓은 글쓰기 이름에 '5학년'이라는 글자를, 칠판 위에 걸린 상장에는 '6학년'이라는 글자를 확인할 수 있다. 5학년에서 반을 바꾸지 않고 진급한 6학년 교실이라고 생각하면 아스나는 6학년으로 추정된다.

아스나는 산으로 둘러싸인 '미조노후치'라고 불리는 마을에서 간호사 어머니와 둘이 산다. 하굣길에 쌀을 사서 집에 돌아오면 일단 아버지의 불단 앞에서 합장한 뒤 빨래를 정리하고 저녁 식사 준비를 한다. 아스나는 야근이 많은 어머니 대신 집안일을 도맡아 하고 있다. 반에서는 반장을 맡고 있고 성적도 좋지만, 친구들과는 잘 어울리지 못하고 "정말 열심히 하잖아" 라는 뒷말을 듣고 있다.

그런 그녀가 유일하게 편안히 있을 수 있는 장소가 강에 놓인 철교를 건너면 나오는 산 중턱의 바위 터에 있는 비밀 기지이다. 원래는 참호였을 그곳에는 풀로 뒤덮인 오랜 고사포 잔해가 있고 참호 안쪽 작은 공간에는 온갖 물건이 놓여 있다. 책장에는『공산주의 원리』,『제국 항공 모함 전투사』,『레이테만의 함대』,『원색 광물 도감』이라는 책등이 보인다. 이 장소는 명백히 '전쟁의 기억'을 드러내고 있다. 책장 속에 넣어 둔 빈 캔 속에서 광석 라디오를 꺼낸 아스나는 광석을 제자리에 맞추고 바위 위에서 샌드위치를 먹으면서 튜닝을 시작한다. 곧 이어폰을 통해 신기한 음악이 흐른다. 아스나는 일상에서 벗어난 이 한때를 너무나 소중하게 생각하고 있다. 미미라는 이름을 붙인 새끼 고양이 같은 생물과의 교류도 지루한 날들을 잠시나마 잊게 해 준다.

작품 속에 흩어져 있는 다양한 물건이 시대 배경을 알려준다. 학교의 목조 건물을 비롯해 마을을 달리는 삼륜 트럭, 작품 속 인물의 옷, 아스나의 집에 놓여 있는 검은색 전화기와 밥솥, 보온 포트 같은 생활용품을 통해 이 작품이 1970년대 무렵을 무대로 했다고 추정할 수 있다. 참고로 아스나가 결석한 7월 13일은 칠판에 적힌 날짜를 통해 금요일임을 알 수 있는데 70년대 가운데 7월 13일이 금요일인 해는 1979년뿐이다. 그렇다고 작품의 이야기 시간을 1979년이라고 확정할 수는 없다. 〈구름의 저편, 약속의 장소〉와 마찬가지로 우리가 사는 이 세계와 비슷하기는 하나 다른 차원에 있는 평행 세계 이야기로 받아들여야 하기 때문이다.

아스나는 집안일을 마치고 광석 라디오가 수신하는 신기한 음악을 들으려고 바위 터로 가는 길을 서두르나, 도중에 그녀는 이변을 느낀다. 어느샌가 숲속은 새소리 하나 나지 않는 정적에 휩싸인다. 그녀는 선로에 귀를 대고 열차의 통행을 확인한다. 여기서 이 작품의 첫 장면이 레일에 귀를 댄 아스나의 컷에서 시작됨을 기억하자.

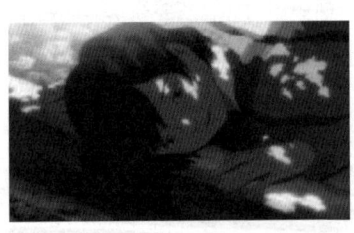

〈별을 쫓는 아이〉의 첫 장면. 레일에 귀를 대는 아스나. 세상에 귀를 기울이는 소녀는 소리에 이끌려 지하 세계로 여행을 떠나게 된다.

아스나는 '소리'에 민감한 소녀이다. 세계에 귀를 기울이는 소녀는 마침내 소리에 이끌려 지하에 펼쳐진 광대한 세계를 여행하게 된다. 광석 라디오를 튜닝하고 레일에 귀를 대고 미묘한 소리의 조절과 울림을 느끼는 능력을 지닌 아스나는 〈별의 목소리〉의 미카코와 〈구름의 저편, 약속의 장소〉의 사유리, 〈너의 이름은.〉의 미츠하, 그리고 〈날씨의 아이〉의 아마노 히나에 이르는 무녀 자질을 갖춘 소녀이다.

철교는 이쪽(아스나가 사는 마을)과 저쪽(산속 아스나의 비밀 장소)을 이어주는 결절점이다. 결절점 한가운데에서 그녀는 곰 같은 괴물을 만난다. 그리고 괴물의 공격을 받는 소녀를 한 미소년이 보호한다. 아동문학이나 청춘물 초반에 수없이 도입되는 보이 미트 걸, 혹은 걸 미트 보이의 공식이 이 작품에도 답습된다.

소년은 괴물을 달래려 하나 마음대로 되지 않아 오른팔을 다친다. 소년의 펜던트가 격렬한 빛을 내더니 빛의 힘으로 괴물은 크게 다치고 화물 열차가 다가오는 바람에 소년은 아스나를 안고 그 자리를 피하려고 철교에서 뛰어내린다. 이후 이 소년의 이름이 슌 쿠아남 프라에세스임이 밝혀진다. 많은 관객은 미야자키 하야오의 〈하울의 움직이는 성〉의 마법사 하울을 떠올렸을지 모른다. 아스나를 안은 슌이 철교에서 뛰어내리는 장면은 군인들에 쫓기는 소녀 소피를 돕는 하울이 황무지 마녀가 건 마술(벽에 녹아들어 이동하는 고무 인형 같은 마법. 이 작품에 등장하는 이족(夷族)의 조형과도 유사함을 주목해야 한다)의 추적을 피하려고 소피와 손을 잡고 공중 부유하는 장면의, 비주얼과 장면의 '인용'이라 할 수 있을 것이다. 다시금 확인하니 슌도, 하울도 푸른색 광석 펜던트를 걸고 있다. 슌과 아스나, 하울과 소피의 만남은 이야기 초반의 중요한 장면이다. 두 이야기에는 ① 소년이 소녀를 마물 혹은 악당으로부터 구한다, ② 신체 접촉이 필요한 상황이 발생한다, ③ 소년에 이끌린 소녀에게 상승 또는 하강 운동이 일어난다는 세 가지 공통점이 있다.

이 작품의 캐릭터 선과 그림 스타일은 누가 봐도 '지브리 스타일' 이다. 출발점이 초단편 〈고양이 집회〉에 있고, 닛폰 애니메이션에서 지브리 스튜디오에 이르는 애니메이션 스튜디오가 오랫동안 길러 온 전통적이고 친근한 그림 스타일을 이 작품의 기본 캐릭터 디자인 전략으로 선택한 이유는 이미 살펴봤다. 지브리 스타일의 터치는 그림 스타일뿐만이 아니다. 앞서 지적했듯 지브리 작품을 방불케 하는 장면이 빈번히 나온다.

카난 마을의 장로로부터 크라비스를 빼앗아 오라는 임무를 받은 신이 단검으로 머리카락을 자르고 어린 시절부터 함께 지낸 하녀 세리의 배웅을 받으며 떠나는 장면은 〈모노노케 희메〉에서 저주에 걸린 아시타카가 에미시 마을의 무녀 히이사마의 명령을 받고 약혼자 카야의 배웅을 받으며 떠나는 장면을 연상시킨다. 케찰코아틀에 삼켜진 아스나와 신이 피니스 테라의 절벽을 하염없이 내려가는 후반부 장면은 〈천공의 성 라퓨타〉에서 도라 일족에게 쫓긴 시타와 파즈가 비행석의 능력으로 보호되어 폐광을 천천히 낙하하는 장면을 떠올린 관객도 있을 것이다. 주인공 소녀 곁에 반려동물 같은 작은 동물이나 가공의 동물을 배치하는 것도 미야자키 하야오의 장기이다. 아스나를 이끄는 미미는 〈바람 계곡의 나우시카〉에서 항상 나우시카와 함께 행동하는 여우 다람쥐 테토를 연상시킨다. 이 밖에도 지브리 작품에서 인용된 장면이나 컷이 곳곳에 있다.

시타와 파즈를 비롯한 〈이웃집 토토로〉의 쿠사카베 사츠키, 〈센과 치히로의 행방불명〉에서 센(오기노 치히로) 등 미야자키 작품에 등장하는 대다수 아이는 노동을 강요당한다. 그들은 '일하지 않는 자는 먹지도 말라' 라는 규율에 속박되어 있다. 아스나 역시 일하는 소녀이다. 병에 걸려 요양 중인 어머니를 대신해 씩씩하게 집안일을 처리하는 사츠키와 마찬가지로 아스나는 가사 노동에 힘쓴다. 지브리 작품과 미야자키 감독 작품은 국민적인 애니메이션이다. 특히 80년대 이후 태어난 세대는 유소년기부터 이들 작품을 접하며 수많은 영향을 받아왔다. 우리에게 지브리와 미야자키 감독의 작품은 일반 교양이자 정신 형성에 꼭 필요한 교과서이자 국민적 자산이다. 캐릭터 디자인 수준에 머물지 않고 플롯이라는 면에서도 〈별을 쫓는 아이〉는 지브리와 미야자키 감독 작품을 포함한 전후 애니메이션 역사의 기억을 오마주로 채용했다. 캐릭터의 유사성이라는 표층적인 수준뿐만 아니라 이야기 내용이라는 심층적인 관련성까지 포함해 작품 전체에 '지브리 스타일'이라는 표현을 쓸 수 있다.

• 죽은 사람에 이끌려 •

소년의 도움을 받은 후 바위 터에서 눈을 뜬 아스나는 이 산에는 접근하지 않는 게 좋다는 소년의 충고를 받지만, 다음 날 학교를 쉬고 통행 중지가 된 철교를 건너 다시 바위 터로 향한다. 바위 터에는 소년이 있다. 여기서 둘은 서로의 이름을 밝힌다. 아스나는 슌의 오른팔 상처를 치료해 주고 교복의 붉은색 스카프를 둘러 준다. 아스나의 광석 라디오를 함께 들은 슌은 다이오드 대신 사용되는 광석이 무엇인지 알아차린다. 직접 만든 샌드위치를 함께 먹으면서 아스나는 언젠가 들었던 "누군가의 심정이 그대로 소리가 된 것 같았던" 신기한 음악을 이야기한다. "그 순간 행복과 슬픔이 함께 찾아오면서 나는 혼자가 아니라는 생각이 들었어" 라는 말과 함께. 이야기하는 시간이 길어지면서 산의 경사면에 서서히 그림자가 드리워진다.

아무것도 묻지 않는 아스나에게 슌은 일방적으로 이야기를 시작한다. 아가르타라는 먼 곳에서 왔다고. "꼭 보고 싶었던 것과 꼭 만나고 싶었던 사람"이 있다고. 슌이 말하는 '꼭 보고 싶었던 것'은 밤하늘에 반짝이는 별이고, '꼭 만나고 싶었던 사람'은 아스나임은 확실할 것이다. 아스나가 들은 신기한 음악은 노래하는 슌의 목소리였다. 슌은 왜 아스나를 만나고 싶었을까. 그 이유는 나중에 얘기하고자 한다.

그리고 저녁노을이 지는 황혼의 시간이 찾아온다. 이제까지 살펴봤듯 신카이 작품에서 황혼의 시간은 '무슨 일'이 벌어지는 기적의 시간대인데 이 작품에서도 결정적인 일이 일어난다. "아스나, 축복을 줄게" 라는 말과 함께 슌은 눈을 감은 아스나의 이마에 키스한다.

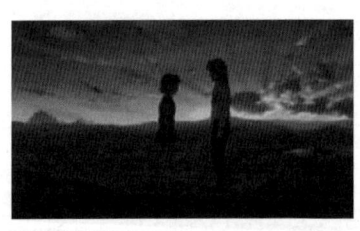

황혼의 시간은 신카이 작품에서 중요한 무슨 일이 벌어지는 기적의 상황이다. 아스나와 마주 선 슌은 중요한 메시지를 전한다.

그리고 "아스나, 그저 네가 살아 있었으면 해. 원하는 건 그게 다야" 라고 정답게 말한다. 갑작스러운 키스에 동요한 아스나는 "내일 봐" 라는 한마디만 던지고 서둘러 그 자리를 떠난다. 아스나는 이 시점에서 슌이 발한 메시지가 얼마나 중요한지 깨닫지 못한다. 아스나의 "내일 봐"라는 약속은 이루어지지 않는다. 홀로 바위 터에 남은 슌은 별을 향해 오른손을 뻗은 후 힘을 잃고 절벽에서 떨어진다.

다음 날, 시타노후치 강가에서 신원불명의 소년 사체가 발견된다. 소년의 오른팔에는 아스나의 스카프가 매여 있었다. 아스나는 슌의 죽음을 인정할 수 없다. 아스나의 반에 새로 부임해 온 모리사키라는 교사는 저세상으로 내려가는 세계 각지의 신화 혹은 전승을 소개하는 '황천국 신화'라는 수업을 진행하는데 그의 입에서 나온 '아가르타'라는 한마디에 아스나는 반응하고 만다.

모리사키가 국어 시간에 말한 '황천국의 신화'는 『고지키』의 이자나기와 이자나미에 의해 나라와 신이 탄생한 후의 에피소드를 가리킨다. 불의 신을 낳다가 호토(여성 성기)가 타버린 이자나미가 병을 얻어 죽어 버린다. 이자나기는 아내를 만나러 황천으로 내려간다. 자신을 이승으로 데려가려는 이자나기에게 이자나미는 다음과 같이 답한다. 이 유명한 장면을 이케자와 나쓰키의 현대어 번역으로 감상해 보자.

"당신이 좀 더 빨리 오지 않은 게 섭섭해요. 나는 이미 황천의 음식을 먹고 말았어요. 그래도 사랑하는 남편이 일부러 와 준 건 고마워요. 돌아가고 싶지만, 그러려면 황천의 신과 담판을 지어야 해요. 대신 담판이 끝날 때까지 나를 보지 마세요."라고 말했다.

그렇게 건물 안으로 들어갔는데 아무리 기다려도 돌아오지 않았다. 기다리다 못한 이자나기는 묶은 왼쪽 머리에 꽂았던 머리꽂이 이를 하나 부러뜨려 불을 붙여 횃불 삼아 안으로 들어갔다.

그러자 아내의 몸에 수많은 구더기가 꿈틀대며 지글지글 소리를 냈다.

그리고

머리에는 오호·이카즈치(大雷)

가슴에는 호노·이카즈치(火雷)

배에는 구로·이카즈치(黒雷)

성기에는 사쿠·이카즈치(析雷)

또 왼손에는 와키·이카즈치(若雷)

오른손에는 츠치·이카즈치(土雷)

왼발에는 나루·이카즈치(鳴雷)

오른발에는 후스·이카즈치(伏雷)

총 여덟 명의 천둥 신이 자리 잡고 있었다.

아내의 모습을 보자마자 이자나기는 두려워하며 도망쳤다.

이자나미는 벌컥 화를 내며 "내게 수치를 주다니!" 라고 소리치고 황천의 끔찍하고 추악한 여신들에게 추격을 명령했다. [50]

황천으로 가서 죽은 아내를 데려오려는 이자나기의 시도는 실패했다. 첫째는 황천의 신과 대화가 끝날 때까지 자기 모습을 보지 않기를 원한다는 이자나미의 말을 배신했기 때문이다. 이 부분은 소련의 민속학자 블라디미르 프로프가 『옛날이야기의 형태학』(1928년)에서 정의한 '31가지 기능' 중 '금지'와 '위반'에 해당한다. 이자나미는 애당초 지상 세계로 돌아갈 수 없다고 생각한 게 아닐까. 남편의 희망에 응하고 싶으나 추한 모습을 보이고 싶지 않다. '보지 않는다'라는 '금지'의 약속을 제시함으로써 그녀는 남편을 시험한다. 그리고 금기가 깨짐과 동시에 남편에 대한 애정은 증오로 반전된다. 온몸에 구더기가 끓고 천둥 신들의 화신이 된 이자나미는 남편을 집요하게 추격한다. 이자나기는 아내의 추격을 따돌리고 황천 입구를 큰 돌로 가려 황천과의 통로를 막는다. 『고지키』의 황천 에피소드는 아내를 사랑한 나머지 저세상으로 여행을 떠났으나 죽은 아내를 데려오지 못하고 실패한 이자나기의 비극으로 이야기될 때가 많다. 다시 읽어 보면 이자나미가 품은 사랑의 반전인 증오야말로 진짜 주제이다. 이자나미의 편집증적 집념도 슬픈 사랑의 형태일지 모른다.

　모리사키 역시 10년 전에 사별한 아내 리사를 이 세상에 데려오려고 이자나기의 행동을 따르듯 아가르타 행을 계획하고 있다. 모리사키는 초등학교 임시교사이나 정체는 아가르타의 정보를 모아 지하 세계 아가르타로 통하는 입구를 찾는 무력 집단 아크엔젤의 일원이다. 모리사키의 목적은 아크엔젤에 대한 충성을 가장해 "사라진 신들의 기운이 아직 남아 있어서 소원을 이뤄주는 장소가 있는" 아가르타에 몰래 혼자 가는 것이다. 미미를 쫓아가다가 바위 터에서 만난 소년을 슌이라고 착각한 아스나는 갑자기 아크엔젤의 습격을 받게 되고, 소년이 이끄는 대로 지하로 가는 통로를 나아간다. 흉악해진 케찰코아틀(아가르타를 지키는 문지기)이 앞길을 막고 아크엔젤의 추격도 당한다. 총으로 무장한 모리사키는 소년의 크라비스(원래는 형인 슌의 물건)를 이용해 아가르타의 마지막 문인 거석(그야말로 황천 입구에 놓인 거석이다!)을 아스나에게 열게 한다.

문 너머에 도착한 사람은 아크엔젤을 배신한 모리사키와 아스나, 그리고 슌의 동생 신까지 세 명이다. 그들 앞에 비타 아쿠아라는 태고의 물로 채워진 '협간의 바다'가 펼쳐진다. 모리사키는 아스나에게 지상으로의 귀환을 재촉하는데 아스나는 아가르타에 가기로 결심한다. 그 이유를 묻는 모리사키에게 아스나는 "이유는 잘 모르겠지만……"라고 대답한 다음 "하지만……!"이라고 강하게 응한다. 아스나는 왜 아가르타에 가기로 결심했을까. 그 동기 역시 아마 모리사키와 마찬가지로 사람의 '죽음'과 관련이 있을 것이다. 형이 죽었다고 신이 말했으나 아스나는 슌의 죽음을 사실로 받아들이지 못하고 있다. 또 하나, 아스나에게는 죽은 아버지에 대한 강한 애정이 있다. 아스나의 뇌리에 아가르타에 가면 슌이나 아버지를 만날 수 있다는 생각이 스치지 않았을까. 아스나 역시 죽은 사람에게 이끌려 모리사키와 함께 미지의 지하 세계로 내려가겠다는 결단을 내린 것이다.

• 아버지의 부재, 아내의 결핍 •

그곳은 아직 새로운 아스나의 집. 툇마루에 앉은 젊은 부부는 아스나의 아버지와 어머니다. 크게 부푼 아내의 배에 남편이 다정하게 손을 얹는다. "곧 만날 수 있겠네"라는 남편의 말에 "그러게. 아기의 삶에 축복이 함께하면 좋겠어"라고 아내는 답한다. 남편은 "걱정

마. 태어나는 것만으로도 생명에겐 큰 행복이야" 라고 다정하게 말을 잇는다. 갓난아기인 아스나는 이 세상에 나오자마자 오른손을 내민다. 죽는 순간 별을 향해 오른손을 뻗은 슌의 장면이 연상된다. 별그림이 그려진 돔 모양의 천장. 눈을 뜨는 아스나. 아스나 부모님의 대화 장면이 꿈속의 일이었음을 알 수 있다. 아스나는 태어나기 전 정경을 본 것이다. 그녀의 무녀적 능력이 발현된 걸까. 아스나 어머니의 '축복'이라는 단어는 슌이 이미 말하고, 아스나 아버지의 "태어나는 것만으로도 생명에겐 큰 행복이야" 라는 말도 슌의 "그저 네가 살아 있었으면 해. 원하는 건 그게 다야" 라는 문맥과 연결된다. 아스나의 부모와 슌의 말에는 '생명에 대한 긍정'이 관통하고 있다.

눈을 뜬 아스나는 모리사키와 함께 눈앞에 펼쳐진 아가르타의 대지를 걸어간다. 둘의 머리 저 높이 상공을 신이 탄다고 알려진 거대한 배 샤쿠나 비마나가 천천히 날아간다. 샤쿠나 비마나에 반응해 아스나가 갖고 있는 광석 조각이 빛을 내기 시작한다. "아버지의 유품"이라고 설명하는 아스나에게 모리사키는 그게 크라비스라는 이름의 광석이고 라틴어로 '열쇠'라는 뜻이 있음을 알려준다. 샤쿠나 비마나가 나는 방향으로 진로를 정한 모리사키는 아스나와 함께 산에서 내려와 강을 건너고 습지대를 거쳐 음식을 나눠 먹고 노숙하며 여행을 계속한다. 사람의 모습은 보이지 않는다. 혹은 폐허만 남아 있다. 식재료를 발견한 아스나는 요리하고 더러워진 옷을 세탁한다. 지상 생활에서 단련된 아스나는 가사 능력을 마음껏 발휘한다.

모리사키는 웃으며 저녁을 먹는 아스나를 보고 "넌 이 여행이 즐겁니?" 라고 묻는다. 아스나는 "혼자 라디오를 들으며 먼 어딘가로

가야 한다는 생각을 하게 됐어요" "내가 있고 싶은 곳은 여기가 아니라 본 적 없는 어떤 곳이라 느꼈죠" "그러다가 신비로운 한 소년을 만났고 그 아이를 찾다가 여기까지 왔어요……" 라고 대답한다. 아스나는 아버지의 유품인 크라비스를 이용해 라디오를 들으며 '먼 어딘가' '본 적 없는 어떤 곳'으로의 여행을 예감했다. 밤하늘 가득 오로라가 펼쳐진 아래에서 모리사키는 뭔가를 회상하듯 가져온 오르골을 켠다. 그 역시 '소리'의 기억에 흔들리고 있다.

한편 신은 규율을 깨고 지상에 올라갔던 형의 크라비스를 회수하는 데는 성공했으나 지상인 둘을 아가르타로 끌어들였다. 카난 마을 장로는 이를 경고하고 지상인을 찾아 그들의 크라비스를 찾아오라는 새로운 사명을 내린다. 어려서 부모님을 잃은 자기 형제를 길러 준 마을의 은혜를 가슴에 품고 새롭게 결의한 신은 마을을 떠난다. 쫓는 자(신)와 쫓기는 자(아스나와 모리사키)라는 새로운 관계가 그들을 갈라놓는다.

여행을 계속하며 아스나와 모리사키의 관계에 변화가 찾아온다. 아침, 잠든 아스나의 등을 모리사키가 발로 차 깨우는 장면이 있다. 제자이기도 한 아스나를 난폭하게 대하는 태도에는 반발이 느껴지는데 아스나를 어떻게 대해야 할지 모르는 모리사키의 복잡한 심경이 이해되기도 한다. 아스나와 모리사키는 여행의 동행자이기는 하나 신뢰

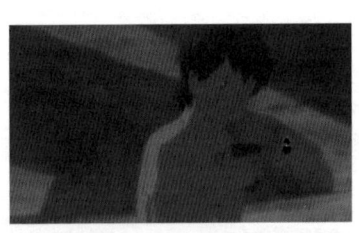

여행을 계속하며 아스나와 모리사키 사이에 친화적인 분위기가 생긴다. 어렸을 때 아버지를 잃은 아스나의 말, "선생님은 꼭 아빠 같아요" 라는 말에 그녀의 솔직한 마음이 드러나 있다.

신카이 마코토의 세계

를 바탕으로 한 관계는 아니다. 그러나 여행하며 그들의 '거리'는 서서히 가까워진다. 구운 감자를 아스나에게 주고 옆에서 보채는 미미에게도 나눠주는 모리사키를 보며 이전과는 다른 다정함을 느낀 아스나는 "선생님은 꼭 아빠 같아요"라는 솔직한 마음을 표현한다. 아이가 없는 모리사키에게 아스나의 갑작스러운 고백은 동요를 일으켰을 텐데 유소년기에 아버지를 잃은 아스나가 성인 남성인 모리사키에게 부성을 찾는 건 당연한 일이다.

그날 밤, 모리사키는 죽은 아내 리사의 꿈을 꾼다. 모리사키에게 리사는 아내이자 동시에 어머니 같은 존재이다. 악몽에 시달리는 모리사키의 이마에 아스나가 살며시 오른손을 얹는다. 병으로 앓아누운 모리사키를 리사가 간병하는 꿈 장면을 그대로 따르고 있다. 리사와 아스나가 하는 같은 행동은 마지막 장면의 복선이기도 한다. 아스나는 자식이자 어머니이기도 하다. 아스나에게 모리사키는 아버지의 부재를 메우는 존재이고, 모리사키에게 아스나는 아내를 보완하는 존재가 된다. 양자는 유사 가족으로 행동함으로써 보완적인 관계를 맺는다. 〈별을 쫓는 아이〉의 '유사 가족'은 하나의 키워드다. 아스나와 모리사키는 그런 관계를 의식하면서도 여행을 계속한다.

• 액션의 연쇄와 활극 형태의 구성 •

아스나는 슌과 재회하는 불온한 악몽을 꾸고 가위눌린 상태에서 끔찍한 생물에 사로잡힌다. 폐허에서 눈을 뜬 아스나에게 어린 소녀

하나가 도움을 요청하며 달려온다. 바닥에서 솟아나듯 나타나는 끔찍한 생물들이 그녀들에게 달려든다. 그곳은 이족의 소굴이었다. 이족은 햇빛이 닿는 곳으로는 나올 수 없다. 시간이 흘러 해가 저물자, 폐허에 그림자가 드리워지고 이족들이 서서히 다가온다. 아스나와 어린 소녀의 위기를 구하는 사람이 신이다. 신은 명상을 통해 '크라비스의 숨결'을 찾아내 애마를 달려 이족의 땅까지 쫓아와 이족에게 몰린 그녀들을 간발의 차이로 구한다. 신은 아스나에게 "너희를 부정한 피라고 생각해서 죽이려는 거야"라고 설명한다. 이후 장면에서 이족들은 아스나를 쫓으며 기분 나쁜 목소리로 "더러워" "죽여!" "먹어!"라고 연호한다.

아스나는 왜 이족에게 쫓길까. 이족들이 내뱉은 말을 통해 아스나가 그들에게 '부정한' 존재임을 알 수 있다. 그렇다면 아스나는 왜 부정한 존재인가. 아마도 그녀의 출신과 연관이 있을 것이다. 아가르타인 아버지와 지상인 어머니가 결혼해 아스나가 태어난다. 아가르타 땅에서 혼혈의 존재를 인정하지 않는 이족은 아가르타와 지상인을 부모로 둔 아스나를 먹어 치워 죽이려 한다. 어린 마나도 아가르타인 어머니와 지상인 아버지 사이에서 태어난 아이임이 나중에 밝혀진다. 지상인들의 습격과 수탈로 힘과 부를 잃고 존재 자체가 사라질 위기에 빠진 아가르타인에게는 지상인과의 사이에서 태어난 아이는 재난의 상징이다. 이족은 아가르타 세계의 균형을 유지하기 위해 혼혈을 배제하는 역할을 맡은 존재이다. 아스나와 마나는 분단의 상징이며 지상과 아가르타인의 중립적인 귀중한 존재이기도 하다. 아스나는 자기 아버지가 아가르타인임을 알지 못한다. 그러나 지상인인 그녀가 아버지가 본 풍경을 보고 아버지가 태어나고 자란 땅을 여행하는 데는 큰 의미가 있다.

아스나의 아버지는 젊은 나이에 죽었다. 슌도 일찍 세상을 떠났다. 둘 다 아가르타인이다. 카난 마을의 장로는 슌에게 "전생의 업보로 병이 들고 지상을 동경하고 말았지"라고 말했다. 업보란 전생에 저지른 선악의 행위를 가리킨다. 슌의 업보가 무엇이었는지 밝혀지지 않는다. 병을 짊어진 채 슌이 지상 세계에서 만나고 싶었던 사람은 이미 지적한 대로 아스나이다. 누군가 슌에게 아스나에 관해 말해 그가 아스나를 만나고 싶어진 게 아닐까. 슌에게 아스나에 관해 말한 사람은 아스나의 아버지 외에는 생각할 수 없다. 아스나의 아버지는 아내와 결혼한 뒤에도 크라비스를 이용해 지상과 아가르타를 오간 게 아니었을까. 그리고 자기가 죽은 후 딸에게 크라비스를 유품으로 맡김으로써 언젠가 그녀가 자기 대신 아가르타를 찾아가기를 바란 게 아닐까. 아스나 아버지의 죽음 뒤에도 한 소년을 끌어들인 아버지와 딸의 이야기가 존재한다.

거대 유적의 바깥 벽면을 도는 계단을 올라 무너진 탑에 착지해 전력 질주하는 아스나 일행. 이족들은 그늘을 이용해 무서운 속도로 쫓아온다. 어린아이를 업고 달리는 신은 커다란 균열도 기볍게 뛰어넘는다. 눈앞으로 다가오는 균열에 아스나는 순간 겁을 먹지만, 마음을 다잡고 크게 도약한다. 옆에서 잡은 컷으로 아스나의 몸 움직임을 역동적으로 잡은 도약 장면은 이 작품의 볼거리 중 하나이다. 일몰과 함께 그늘이 퍼지며 탑의 꼭대기까지 쫓긴 신은 아스나와 어린 소녀를 안은 채 아래 급류로 몸을 던진다. 물 역시 햇빛과 함께 이족의 약점이다. 추격을 뿌리쳤다고 안심한 순간, 잔해더미에서 갑자기 출현한 이족의 공격을 받아 신은 부상당한다. 어린 소녀를 안은 채 대량의 피를 흘리며 급류에 휩쓸리는 신을 도우려고 아스나는 각오를 다지고 물에 뛰어든다. '달리기'에 더해 '뛰어내리기', '뛰어들기', '헤엄치기'라는 액션의 연속이 '활극'으로서의 작품성을 우리에게 강하게 어필한다. 이야기 중반의 절정에 해당하는 중요한 상황이다.

미미의 인도로 모리사키는 습지대에 쓰러져 있는 아스나 일행을 발견한다. 아스나가 살아 있음을 확인한 순간 모리사키가 지은 표정은 이제까지 본 적이 없는 온화한 것이었다. 신은 상처 입은 몸으로 단검을 뽑아 모리사키에게 달려드는데 거꾸로 일격을 당해 쓰러지고 만다. 아크엔젤인 모리사키와 신 사이에는 절대적인 적대 관계가 있다. 아스나와 신 사이에도 넘을 수 없는 벽이 있다. 신의 도움을 받은 아스나는 이번에는 반대로 신을 돕는다. 아스나는 중상을 입은 신에게 폭력을 가하는 모리사키를 용서할 수 없다. 그런 긴장 관계 속에서 일행은 어린 소녀가 가리킨 강 하류로 향한다. 그들은 해자로 둘러싸인 거대한 집락 아모로트에 도착한다.

지상인이 왔다는 사실에 두려워하는 마을 사람들. 마을의 승병 두 명을 거느린 승병 대장이 모리사키 일행 앞을 가로막는다. 아모로트 마을에 지상인들의 출입을 강력한 태도로 거부하는 승병 앞에 한 노인이 나타난다. 승병들도 함부로 하지 못하는 그는 마을의 장로이자 어린 소녀의 할아버지였다. 아스나 일행은 장로의 집에서 하룻밤을 보내게 된다.

• '물음'의 사상화 •

아스나는 저녁 준비를 돕고 어린 소녀를 목욕시킨다. 어린 소녀의 이름은 마나이며 어머니를 잃은 충격으로 말을 하지 못하게 되었다. 마나 역시 아스나와 마찬가지로 부정한 피를 지닌 혼혈이다. 마나는 아스나를 잘 따른다. 어머니가 없어진 자기 앞에 갑자기 나타난 아스나에게서 어머니를 봤을까. 혹은 부정한 출신인 둘은 공명했을까. 장로는 죽은 딸의 아모로트 민속 의상을 아스나에게 입힌다. 장로가 헤어질 때 아스나에게 전하는 "내 딸이 돌아온 것 같은 시간이었다네"라는 말은 그의 본심이었을 것이다. 장로와 마나, 아스나의 사이에도 유사 가족 관계를 지적할 수 있다. 아스나는 장로의 집에서 딸이자 어머니의 역할을 함으로써 그들에게 한때이기는 하나 평화로운 시간을 가져다준다.

장로가 주위의 반대를 무릅쓰면서까지, 아스나 일행을 하룻밤 재워준 이유는 이족에게 붙잡혀 간 손녀를 도와준 은혜를 갚으려는 이유 외에 지상인을 남편으로 맞은 딸의 아버지라는 특별한 처지 때문이었을 것이다. 장로란 '경험이 풍부한 노인'이라는 뜻이다. 그는 대화를 통해 아가르타 세계의 진실을 알려주며 모리사키의 무모한 행동을 말리려 한다. 장로의 말에 따르면 지상의 권력자들은 수백 년에 걸쳐 아가르타의 부와 기술을 약탈했다. 지상인의 침략을 막으려고 아가르타인들은 크라비스로 문을 닫고 자물쇠를 채웠다. 아스나를 따라다니는 미미도 신의 자손이 깃든 야도리코라는 동물로, "사람과 함께 자라며 제 역할을 다한 뒤엔 케찰코아틀의 일부가 되어 계속 살게 되는" 존재라고 설명한다. 이어서 장로는 모리사키에게 다음과 같이 말하며 타이른다. "삶도 죽음도 모두 더 거대한 흐름의 일부일 뿐일세." "흐름을 거스르는 건 인간에겐 허락되지 않지." "죽은 자를 애도하는 건 옳은 일이다만, 죽은 자와 자신을 가엾게 느끼는 건 틀린 일이라네" 라고 말한다. 모리사키는 노인의 이야기에 반박한다. "그저 뭔가를 우러러보기만 할 뿐 당신들은 그렇게 2천 년을 움막에 처박혀 지내왔죠!"

인생의 지혜가 가득한 장로가 풀어내는 이야기는 모두 옳다. 그러나 노인과 사사건건 대립하는 모리사키의 이야기에도 약간의 진실은 담겨 있다. 두 사람의 논의에 화해의 지점은 보이지 않는다. 신은 자기 방을 찾아온 아스나에게 심하게 대해 두 사람 사이의 틈도 깊어진다. 모두가 잠들어 정적에 감싸인 밤, 독백하는 장로의 이야기가 무겁게 울린다. "다들 필사적으로 구원을 찾아 여정에 올랐을 터" "누가 막을 수 있겠는가……." 장로는 저마다 다른 이유와 사정으로 여행에 나선 모리사키와 아스나, 신의 행동 저변에 있는 '구원받고 싶다'라는 마음을 이해하고 긍정하려 한다. 그림 콘티의 해당 컷에는 '과거 지상으로 나간 딸을 떠올린다' 라는 주석이 달려 있다. 이

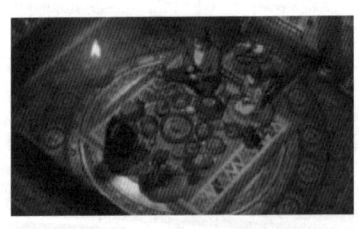

장면에서 장로의 마음 깊이 있는, 딸에 대한 감정을 깨달은 관객은 많지 않을 텐데 작품의 깊이를 드러낸 부분으로 소개하고 싶다.

장로가 건넨 죽은 딸의 민속 의상을 입은 아스나는 아주 잠시 장로의 딸이자 마나의 어머니가 된다. 유사 가족은 〈별을 쫓는 아이〉의 중심적인 인간관계이다.

떠나는 날, 이별의 아침이기

도 하다. 장로의 가르침으로 목적지를 알게 된 아스나와 모리사키는 몸져누운 신을 남기고 갈대배를 타고 강 하류로 간다. 갈대배는『피라미드 모자여, 안녕』에서 동굴에 사는 노인의 가르침에 따라 요헤이 일행이 운하를 타고 내려갈 때 사용한 교통수단이다. 나아가 갈대배라고 하면 다시『고지키』세계로 돌아와 이자나기와 이자나미의 첫째 아이로 태어났으나 거머리처럼 꿈틀대는 모양 탓에 갈대배에 태워져 강에 흘려보낸 히루코 에피소드와 이어진다. 노르웨이 인류학자이자 모험가이기도 한 토르헤위에르달이 표류 실험으로 만든 갈대배 라호와 티그리스호를 떠올리는 사람이 있을지 모른다. 갈배대로의 이동은 '사후 세계로의 이동'과 '원시로의 역행'이라는 뜻을 함유하고 있다.

그런데 이자나기와 이자나미 사이에 왜 불구의 히루코가 태어났을까. 앞서 인용한 이케자와 나쓰키가 번역한 내용을 보면 "하늘의 기둥을 오른쪽에서 왼쪽으로 돌려 반대편에서 만났을 때 성교하는 걸 시도해 보자"라는 이자나기의 제안을 받아 기둥의 반대편에서 만났을 때 이자나미가 먼저 말을 걸었기 때문에, 즉 여성이 제안했다는 게 이유라고『고지키』는 기록하고 있다. "여자가 먼저 말을 꺼낸 게 좋지 않았다. 반대로 다시 해 보라"라는 허늘 신의 가르침 대로 다시 이자나기가 말을 걸어 성교해 아와지시마(淡路島)를 비롯한 국토가 탄생한다. 이자나미가 말을 걸었을 때는 실패했고 이자나기가 말을 걸었을 때는 성공했다는 상황은 〈너의 이름은.〉에서 타키와 미츠하 사이에서 이루어지는 두 번의 말 걸기(소부선 차량 내부와 신사 앞 계단)와 그 결과에도 반영되었다고 해석할 수 있다.『고지키』는 〈별을 쫓는 아이〉와 〈너의 이름은.〉을 연결하는 중요한 텍스트이다.

갈대배를 탄 아스나와 모리사키는 천천히 강을 내려간다. 무너진 성 밑 마을의 집집에는 저녁밥을 짓는 연기가 솟는다. 무수히 교차하는 제비 무리 가운데 한 마리가 벌레를 물고 있다. 아스나는 쇠망하는 시대상을 사람들의 생활과 약육강식하며 순환하는 생명의 진실을 통해 목격한다. 그리고 모리사키에게 이자나기가 이자나미를 데려오지 못한 '황천의 신화'의 결말에 관해 말한다. 아스나는 "그럼에도 죽은 자를 되살리는 게 옳을까요?" 라고 모리사키에게 묻는다. 그것은 자신에게 하는 질문이기도 할 것이다. 그녀가 아가르타에 오기로 정한 이유 가운데 하나에 아버지와 슌의 죽음이 관여되어 있음은 이미 설명한 바 있다. 아스나는 마음에 품은 죽은 두 사람의 소생을 기대했을지 모른다. 그러나 아가르타를 종단하는 여행을 통해 아스나에게 한 가지 '질문'이 생기고 스스로 그 질문의 답을 끌어내고자 한다. 바로 거기에 그녀의 성장이 있다.

한편 모리사키의 생각에는 변함이 없다. 리사와 재회하려고 저세상 깊은 곳까지 내려가려는 결심에는 흔들림이 없다. 그리스 신화의 오르페우스와 에우리디케 일화를 비롯해 죽은 아내를 데려오려고 저세상에 간 남편을 그린 수많은 신화가 알려주듯 죽은 사람과 재회할 수는 있어도 이 세상에 데리고 오겠다는 바람은 이룰 수 없다. 신화적 영웅들의 실패를 알고 있음에도, 사실은 너무나 잘 알고 있음에도 모리사키는 완고하게 자기 의사를 관철하려 한다.

아모로트 마을의 장로 집에서 요양한 신에게도 '물음'이 탄생한다. 이 세상의 역할을 끝낸 미미를 다음 세계로 보내려고 마나는 오른팔이 떨어진 케찰코아틀(〈별의 목소리〉의 마지막에서 타르시안과의 전투로 미카코가 조종하는 트레이서가 오른팔을 잃은 상황과 케찰코아틀의 습격을 받아 오른팔을 다친 신의 이미지가 겹친다)에 미미의 사체를 내민다. 미미를 삼킨 케찰코아틀의 모습을 통해 생과 사를 하나로 녹이는 아가르타의 세계 법칙을 주장하는 장로에게 "아가르타의 세계는 현세에 있는 생명의 덧없음과 무의미함을 너무나도 잘 알아버렸죠. 그 탓에 멸망해 가는 것 아닙니까"라고 대든다. 신은 죽음을 삶의 한 부분으로 생각하는 아가르타의 생사관에 의구심을 품기 시작했다. 그것은 카난 마을의 장로의 "이대로 생명의 종점인 아스트람에 녹아버리는 게 우리의 바람"이라는 생각에 위화감을 표명한 것이다. 아가르타 세계에서 태어나고 자라 아가르타의 가르침 속에서 소년 역시 아스나와 마찬가지로 가혹한 여행 체험을 통해 마음에 싹튼 '물음'을 자기만의 사상으로 만들어 간다. 아스나와 신은 상대에게 생긴 '물음'을 모른다. 그러나 같은 '물음'을 품은 사람으로서 그들의 공명은 멈출 수 없는 것으로 이야기를 이끌어 간다.

신과 장로의 앞을 말을 탄 승병들이 장총을 들고 질주한다. 그들의 표적은 모리사키와 아스나이다. 광대한 아가르타의 대지에서 모든 등장인물이 역할과 사명을 지니고 자신이 가야 할 곳을 향해 돌진한다. 모순을 품은 그들의 관계성은 실타래처럼 복잡하게 얽힌다. 그들의 관계는 '선악'과 '적과 아군'이라는 단어로는 설명할 수 없다. 미야자키 하야오 감독의 〈모노노케 희메〉가 그랬듯 자기 역할과 사명에 충실한 탓에 대립해야 하는 숙명을 이 작품은 깊이 그려낸다. 야도리코와 케찰코아틀, 이족까지 포함해 모든 존재는 아가르타라는 순환적인 세계에 꼭 필요한 기능이자 구성 요소이다.

• 아스나의 마음속 절규 •

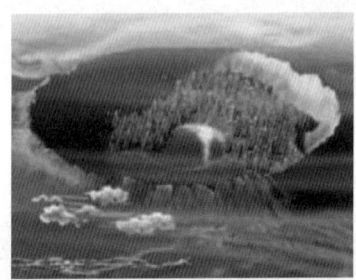
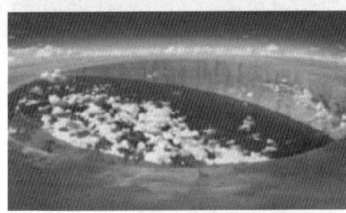
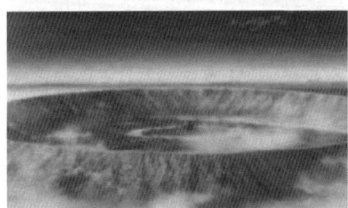

신카이 작품에는 '거대한 분지' 이미지가 여러 번 등장한다. 위에서부터 〈별의 목소리〉의 타르시스 유적, 〈별을 쫓는 아이〉의 피니스 테라. 〈너의 이름은.〉에 등장하는 산 정상의 칼데라.

이야기 후반, '쫓는 자'였던 신과 '쫓기는 자'였던 아스나와 모리사키의 관계는 크게 변화한다. '쫓는 자'였던 신은 '돕는 자'로 변신한다. '쫓는 자'인 이족은 집요하게 아스나 주위를 맴돌고, '쫓는 자'의 사명을 지닌 아모로트 마을의 승병 부대는 아가르타의 질서를 지키기 위해 모리사키와 아스나를 추격한다. 이런 복합적인 관계가 교차하며 약동감 넘치는 액션 장면과 극적인 전개가 생긴다.

승병 부대에 쫓기며 전투 상태에 놓인 모리사키 일행 앞에 신이 나타난다. 신은 총으로

신카이 마코토의 세계

응전하는 모리사키에게 "아무도 죽이지 말아요. 아가르타의 증오를 키울 뿐입니다"라고 말하고 모리사키와 아스나를 지키려고 승병 부대 앞에 나선다. "아무도 죽이지 말아요"라는 말은 신이 스스로 찾아낸 말이다. 그는 그 신념에 따라 자신을 버리고 실행에 나선다. 모리사키 일행에게 먼저 가라고 하고 세 승병과 대치하는 신. 스릴 넘치는 대결 장면은 이 작품의 볼거리 중 하나이다.

모리사키와 아스나는 신의 도움으로 이 세상 끝 피니스 테라에 도착한다. 거대한 절벽이 두 사람 앞에 펼쳐진다. 신카이 작품에는 '거대한 분지' 이미지가 자주 등장한다. 〈별의 목소리〉(2002년)에서 화성 크레이터 위에 만들어진 타르시스 유적, 〈별을 쫓는 아이〉의 피니스 테라, 그리고 〈너의 이름은.〉에서 미야미즈 신사의 사당이 있는 산 정상 칼데라가 그것이다. 거대한 분지 이미지들은 작품과 작품을 느슨하게 잇는 연결점으로 기능한다. 모리사키와 아스나가 피니스 테라에 도착하는 시간대는 저녁이다. 신카이 작품에서 황혼 무렵은 특별한 의미를 지닌다는 점은 이미 살펴봤다. 〈별을 쫓는 아이〉에서 산 중턱 바위 터에서 슌이 아스나의 이마에 키스할 때도 황혼 무렵이다. 아스나가 아가르타에 가기로 결심하는 출발점이 되는 결정적인 사건이 황혼 무렵에 일어난 것이다.

모리사키는 직각으로 솟은 피니스 테라의 절벽을 망설임 없이 내려가는데, 절벽에 대한 공포를 극복하지 못한 아스나는 하강을 단념한다. 크라비스 조각을 모리사키에게 건넨 아스나는 대신 총을 받는다. 여기서 모리사키가 아스나에게 전하는 "아스나. 나는 네가 살기를 바란다. 나만의 바람이지만 가능하면 내 말을 기억해 줘"라는 메시지는 이제까지의 모리사키에게는 보지 못했던 온화함과 다정함이다. 아스나와의 이별을 의식한 모리사키는 최후로 전하고 싶은 메시지를 아스나에게 전달하려고 한다. 모리사키의 이야기는 슌의 "아스나. 그저 네가 살아 있었으면 해. 원하는 건 그게 다야"라는 말과 죽은 아버지의 "태어나는 것만으로도 생명에겐 큰 행복이야"라는 말과도 공명한다. 아스나는 말의 포용력으로 격려받고 인정받고 축복받으며 살아간다.

　모리사키는 아내를 살리기 위해 만신창이가 된 몸으로 끊임없이 피니스 테라 절벽을 내려간다. 아스나는 아모로트 마을로 돌아가려고 이족을 피해 여울을 걷는다. 승병들과의 전투에 패배한 신은 아가르타의 대지를 불안하게 바라본다. 세 사람은 각자의 길을 나아간다.

　이족의 추적을 피하려고 땀을 뻘뻘 흘리며 여울을 달리는 아스나의 뇌리에 어떤 말이 떠오른다. 그것은 슌의 "축복을 줄게"라는 말이다. 어머니에게 '축복'의 의미를 묻는 회상 장면이 이어진다. 어머니는 아스나에게 "아스나가 세상에 태어나서 참 좋다는 의미야." "엄마도 그렇게 생각해"라고 대답한다. 딸을 전면적으로 긍정하는

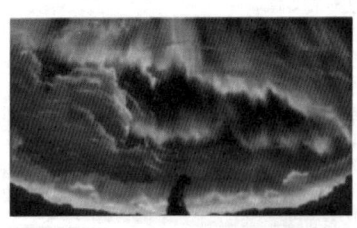
이족의 추적을 피해 달려 온 아스나는 아름다운 오로라 아래에서 아가르타에 온 진짜 이유를 깨닫는다. "뭐야, 나는 그저 외로웠던 거였어……."

어머니의 말은 조금 전 모리사키와 슌과 아버지의 말과도 이어진다. 아스나의 머릿속에 다양한 사람들과 대화했던 모습이 플래시백으로 나타난다. 그리고 그 모습은 모리사키가

신카이 마코토의 세계

"아스나"라고 불렀던 상황과 이어지며 "넌 무얼 위해 아가르타에 온 거지?" 라고 묻는 모리사키의 말이 순의 말로 바뀌는 장면으로 수렴된다. 아스나는 걸음을 멈추고 털썩 주저앉아 눈물을 흘리며 하늘 가득 오로라가 펼쳐진 하늘 아래에서 읊조린다. "뭐야, 나는 그저 외로웠던 거였어⋯⋯."

아스나의 혼잣말은 아가르타에 온 이유를 묻는 순의 목소리를 빌린 모리사키의 질문에 대한 대답일 것이다. 아스나는 여기서 자기가 아가르타에 온 진짜 이유를 깨닫는다. 어머니 대신 집안일을 전담하느라 친구들과 놀 시간을 낼 수 없다. 열심히 공부하고 우등생이지만 끊임없이 노력한다. 그런 그녀가 한숨 돌릴 장소는 바위 터의 비밀 기지뿐인데 그곳에서도 그녀는 외톨이다. 어머니에게 응석을 부리지도 않고 방과 후 친구들과 놀지도 못하는 일상을 보내는 아스나는 평생 '착한 애'로 살아왔다. 아스나는 자신의 외로움을 인정하지 않았다. "그저 외로웠던 거였어" 라고 깨닫지 못할 정도의 외로움이었을까. 여기서는 평범하게 살지 못한 소녀의 마음속 절규를 표현하고 있다. 아스나의 절규는 우리 마음에 강하면서도 예리하게 날아든다. 아스나는 고통스러운 여행 끝, 이족의 추적을 피해야 하는 위기의 상황에서 왜 자신이 아가르타로 왔는지, 그리고 자기 마음을 차지하고 있던 감정이 무엇이었는지 깨닫는다.

어느새 강바닥에 물이 마르며 수많은 이족이 몰려든다. 한 이족에 의해 목이 졸려 공중에 몸이 들린 아스나는 총으로 반격하나 상대가 되지 못한다. 의식이 흐려지는 가운데 아스나는 중얼거린다. "나는 살아야 해." 그 한마디가 앞의 모리사키와 순과 아버지와 어머니의 이야기에 대한 응답이자 회답이다. 신은 크라비스 조각을 모리사키에게 건네 버린 아스나의 '크라비스의 숨결'을 알아차리지 못한다. 그러나 주위에 울리는 총성이 아스나를 돕는다. 총성을 듣고 아스나가 있는 곳을 알아낸 신은 그녀를 궁지에서 구한다.

구하고 도움을 받는 관계가 전경이 되며 멀어졌던 아스나와 신은 다시 결속한다. 시련을 함께 겪은 두 사람은 드디어 자기 모습 그대로 마주할 시간을 얻는다. 이른 아침 초원에 앉은 둘은 화해한다. 나란히 앉은 신의 옆얼굴을 보며 슌과 눈 색깔이 다름을 깨닫는다. 그제야 아스나는 신이 슌이 아님을, 슌은 정말 죽었음을 틀림없는 사실로 받아들인다. 가혹한 모험의 시간에 꾹꾹 눌러 놓았던 감정이 둑이 터지듯 밀려 나온다. 신은 오열을 참고 아스나는 엉엉 운다. 그랬다. 둘 다 아직 어린애였다. 〈별을 쫓는 아이〉의 훌륭한 점은 분노, 슬픔, 공포, 낙담, 기쁨, 즐거움, 놀라움, 웃음이라는 감정과 표정 하나하나를 정성껏 표현했다는 것이다. 이들은 지상 세계에서 아스나가 봉인했던 감정이기도 하다. 지하 세계에서의 체험이 아스나에게 어린아이 본래의 자연스러운 감정을 되찾게 하고 드러내게 만든다.

• 피니스 테라에서 생사의 문, 그리고 아스트람으로 •

피니스 테라의 밑바닥에 도착한 모리사키는 케찰코아틀의 묘지를 지나 물 위에 뜬 새카만 구(球) 모양의 '생사의 문' 앞에 도착한다. 샤쿠나 비마나를 쫓아 피니스 테라까지 도달한 아스나와 신 앞에는 미미를 삼킨 오른팔이 없는 케찰코아틀이 나타난다. 케찰코아틀은 묘지로 갈 생각이다. 죽기 직전에 모든 기억을 노래에 담아 남기는 케찰코아틀의 노래는 아스나가 광석 라디오로 수신해 들은 노래였다. 세계에 귀를 기울이는 소녀에게 슌의 메시지가 닿은 것이다. 케찰코아틀이 아스나와 신을 삼켜 케찰코아틀의 배가 임산부처럼 부풀어 오른다(〈센과 치히로의 행방불명〉의 가오나시를 연상시킨다). 케찰코아틀은 소중한 아기를 지키려는 듯 배를 쓰다듬고 피니스 테라의 절벽 꼭대기에서 뛰어내려 밑바닥을 향해 낙하한다.

〈별을 쫓는 아이〉는 애니메이션 표현에서 사용하는 '이동의 법칙'을 모범적으로 따른 작품이다. 애니메이션 작품을 볼 때 세로축(수직축)과 가로축(수평축) 구조에 유의해야 한다. 세로축과 가로축은 주인공의 '이동'으로 제시된다. 지상 세계에서 아가르타로는 '위'에서 '아래'로의 수직축 이동이다. '협간의 바다'는 그 연결점이 되는 장소로, 여기서부터 아스나는 모리사키와 함께 아가르타를 가로지르는 비타 아쿠아로 가득한 바다를 수직으로 '가라앉'다. 아스나는 아가르타에 도착해 평원과 습지대를 이동한다. 아가르타의 여행은 가로축 이동이 중심이다. 그러나 피니스 테라 위에서 밑바닥에 도달하려면 다시 수직 이동이 필요해진다. 케찰코아틀에 삼켜진 아스나 일행은 '낙하'라는 세로축 운동으로 바닥에 도달한다. 수직축은 비일상 이동을, 수평축은 일상의 이동을 나타낸다. 영상 표현에서 주인공이 수직으로 이동할 때 결정적인 사건이 일어나는 일이 많다. 인물이나 오브젝트의 운동에 자각적인 애니메이션 작품 중 세로축과 가로축 운동의 모범이라 할 만한 작품이 미야자키 하야오 감독의 〈천공의 성 라퓨타〉이다. 지상, 지하, 천공이라는 세 공간의 세로축 구조가, 주인공의 이동을 통해 역동적으로 그려진다. 신카이는 한 인터뷰에서 "중학교 1학년 때 미야자키 하야오 감독의 〈천공의 성 라퓨타〉를 극장에서 보고 큰 충격을 받았고 지금도 생생하게 기억하고 있다"라고 답했다[51]. 〈별을 쫓는 아이〉를 활극 작품으로 구상한 신카이의 머릿속에는 〈천공의 성 라퓨타〉와 같은 공간 구조와 연출 의도가 있지 않았을까.

'생사의 문'을 통과하면 그 앞에는 '아스트람'이라는 생명의 원천이자 아가르타의 가장 핵심부가 있다. 그곳은 아가르타와 달리 하늘에 별이 반짝이는 곳이기도 하다. 어떤 조짐을 품은 바람과 함께 모리사키에 의해 대좌에 놓인 크라비스 조각이 빛을 뿜으며 원래의 결정 형태로 돌아간다. 크라비스의 빛에 이끌리듯 상공에서 종소리가 울리면서 샤쿠나 비마나가 강하한다. 샤쿠나 비마나는 인간의 모습으로 형태를 바꾸어 착지한다. 온몸에 무수한 눈이 나타나 모든 눈이 모리사키를 주시한다.

경외의 감정을 일으키는 샤쿠나 비마나의 기이한 모습이야말로 아가르타의 신이 지닌 본질을 전달한다. 온몸이 눈으로 뒤덮인 샤쿠나 비마나는 요괴 도도메키(백 개의 눈이 달린 귀신—역자 주)나 그리스 신화에 등장하는 만물을 관찰하는 신의 아이콘 '프로비던스의 눈'을 떠올릴 수 있다. 온몸의 눈으로 사방을 관찰할 수 있는 샤쿠나 비마나는 전지전능한 신으로 아가르타인들의 두려움의 대상이면서 숭배를 받아왔다.

아가르타의 신은 모리사키의 소원을 받아들여 리사를 소생시킨다. 공간에 균열이 생기고 빨간 나선 모양의 띠를 두른 존재가 모리사키 앞에 나타나는데 그것은 실존과는 거리가 먼 반투명한 리사였다. 비마나는 모리사키에게 '영혼을 담을 그릇이 될 육체'를 요구한다. 마침 그때 아스나와 신이 그 자리에 도착한다. 모리사키는 슬퍼하면서도 리사의 영혼을 담을 그릇이 될 '육체'로 아스나를 바친다. 빛의 물에 뒤덮인 아스나는 서서히 리사로 바뀐다. 아스나의 몸만으로는 만족하지 못한 비마나는 나아가 모리사키의 오른눈을 빼앗고 왼눈의 시력도 낮춘다. 모리사키는 격렬한 통증에 몸부림치며 추억의 오르골을 내던지고 짓밟아 버린다. 아스나와 마찬가지로 모리사키도 '소리의 추억'에 격려를 받으며 이 자리까지 왔다. 모리사키와 리사를 잇는 유일한 아이템이었던 오르골은 모리사키에 의해 파괴된다. 그것은 그에게 찾아올 운명의 암시이기도 하다.

리사로 변한 아스나는 리사의 모습과 목소리로 모리사키에게 말을 건다. 신은 아스나를 되찾으려고 크라비스가 놓인 제단으로 검을 들고 달려가 크라비스를 파괴하려 한다. 빛의 보호를 받는 크라비스는 신의 검을 받아들이지 않는다. 모리사키는 신을 말리려고 그에게 달려들고 모리사키의 제지를 뿌리치고 마지막 힘을 짜낸 신의 부러진 검이 마침내 크라비스를 파괴한다. 화이트아웃 후에 과거 모리사키와 리사가 살았던 집에서 아스나가 순과 미미와 재회하는 장면이 이어진다. 테이블 위에는 모리사키의 오르골도 놓여 있다. 저세상에서 아스나는 죽은 사람들과 재회하고 이야기를 나누고 자신의 의지로 이 세상으로 돌아온 것이다.

쓰러진 리사를 모리사키가 안는다. 리사는 모리사키에게 미안하다고 말하며 빛의 물에 감싸인다. 모리사키는 여기서 리사에게 "리사, 사랑해. 사랑했다고……!"라고 전한다. 계속과 진행을 나타내는 '사랑해'라는 말에서 과거와 완료를 나타내는 "사랑했다고"라는 말로 변했다는 점에 주의하자. 모리사키는 바로 앞에서 사라지는 리사와의 두 번째 이별을 이미 과거형으로 말해 피할 수 없는 운명으로 받아들인다.

수많은 신화와 전승으로 전해지는 저세상 일화와 마찬가지로 죽은 자의 나라에서 아내를 데리고 나오지 못했다. "행복을……"이라고 한 뒤 리사가 마지막으로 모리사키에게 전하려 한 말은 "찾아……"였다는 게 그림 콘티에는 나와 있다. 리사는 마지막으로 자신에게 집착하는 사랑하는 남편의 마음을 풀어주려고 시도한다. 생전의 리사가 "사람은 누구든 언젠가는 반드시 사라져" "시기가 빠르냐 늦느냐가 다를 뿐이지" "난 당신보다 그날이 조금 일찍 오는 거야" "이미 정해진 일이야"라고 모리사키에게 다정하게 설득하는 장면이 있다. 이 리사의 사고방식 자체가 〈별을 쫓는 아이〉에 흐르는 생사관의 중심에 있는데 남편과 재회한 리사는 사라지는 생명의 늪에 빠져서는 안 된다는 사실을, 운명을 거스르려 해서는 안 됨을 마지막 메시지로 전한다.

• 상실을 안고 살아간다는 것 •

더 밝아진 시간대로 들어간 아스트람의 평원에서 모든 과정을 지켜보고 역할을 다한 샤쿠나 비마나는 원래의 거대한 배 모양으로 돌아가 상공으로 올라간다. 리사는 아스나의 모습으로 돌아온다. 모리사키는 오열하며 신에게 간청한다. "나를 죽여. 죽여줘." 신은 그 말에 "잃은 것을 끌어안고 살아가라는 목소리가 들렸어요." "당신도 들었겠지요."라고 대답하고 "그것이 인간에게 주어진 저주"라고 말한다. 신이 말하는 '목소리'의 주인은 누구일까. 여기서는 샤쿠나 비마나가 떠날 때 인간들의 마음에 직접 호소한 말이었다고 해석하도록 하자. '잃은 것, 곧 상실을 끌어안고 살아가라'는 말은 신이 자기에게 던진 말이기도 하다. 마지막 대사는 이 작품의 도달점을 제시한다. 신은 '상실'이 '인간에게 주어진 저주'라고 했다. 다시 말하자면 상실이란 인간이 사는 데 항상 따라다니는 저주=재난이라고 신은 정의한다.

아스나가 정신을 차리고 일어나 모리사키의 머리를 따뜻하게 안는다. 마치 슬픔에 빠진 남편을 위로하는 아내처럼, 혹은 울며 떼를 쓰는 아이를 달래는 어머니처럼……. 아스나는 신의 말을 이어서 독백한다. "하지만 분명히 그건, 축복이기도 할 거야." '상실'을 '인간에게 주어진 저주'라고 한 신의 정의를, 아스나는 '축복'으로 다시 정의한다. 축복은 아스나에게 특별한 의미를 지닌 말이다. 그건 순과 단둘이 있었던 바위 터에서 들은 말이고, 아스나를 품은 젊은 시절의 어머니가 툇마루에 앉아 남편과 얘기할 때 한

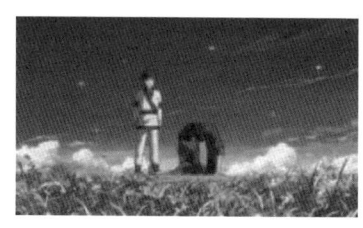

리사를 잃고 절망에 빠진 모리사키의 머리를, 아스나는 다정하게 안는다. 아내처럼, 어머니처럼……

말이며, 그 의미를 묻는 아스나에게 "아스나가 세상에 태어나서 참 좋다는 의미야"라고 대답한 어머니의 말이다. 아스나에게 축복이란 다른 사람이 주는 최고의 인정이다. 한편 상실이란 인생에서 사고처럼 갑자기 찾아오는 일이다. 아스나는 상실을 안고 몸부림치고 괴로워하면서도 열심히 살려는 인간의 과감한 영혼이야말로 긍정되어야 하고 축복받아야 할 일이라고 말하고 있는 게 아닐까.

아스나는 그토록 심오한 경지에 어떻게 도달할 수 있었을까. 그녀역시 슌과 미미를 잃었고 상실에 한탄하고 슬퍼하는 여러 사람을 접했기 때문일지 모른다. 아스나는 여행하며 항상 상실을 생각하고 동시에 축복을 생각했다. 아스나의 생각은 고행에 가까운 여행이 가져왔다. 신카이는 인터뷰에서 〈초속 5센티미터〉의 독백 기법을 이 작품에서는 배제하고 대신 도입한 '캐릭터의 문제 해결 방법'이 '신체성'이었다고 밝히고 "아스나도, 신도, 모리사키도, 자신들이 품은 고독에 맞서려고 자기 몸을 내던집니다. 달리고 먹고 울고 상처 입으며 아가르타를 여행하면서 깨닫습니다. 아주 소박한 방법이나 저는 지금도 매우 유효한 방법이라고 생각합니다. 그래서 이번 작품의 그림 콘티도 '신체성'을 그리는 설계도로 생각했습니다"라고 말했다 [49].

〈별을 쫓는 아이〉의 활극적 구성은 약동감 넘치는 연출로 오락성을 추구하는 데 그치지 않는다. 등장인물은 세로축, 가로축 공간 이동을 포함해 항상 신체 운동을 통해 '깨달음'을 얻는다. 아스나는 아가르타의 대지로 내려와 지상 세계와는 다른 자연환경 속을 이동하고 위험에 빠지고 돕고 도움을 받으며 여행의 종착지에 도달한다.

아스나는 온몸으로 세계를 느낀다. 이동이 사고를 불러오고 사고가 행동을 결정하고 행동이 다시 새로운 이동을 일으킨다. 장소 이동에 따른 체험이 새로운 생각과 아이디어를 가져온다는 사실을 우리는 경험으로 알고 있다. 상실이 축복이라는 아스나의 생각은 그녀 자신이 몸으로 부딪치며 획득한 고유한 사상이다. 아스나는 여행을 통해 말과 격투하고 말을 통해 자신을 단련하는 인간으로 성장한다.

최근 세계적으로 인기 있는 그리스도교 성지이자 세계문화유산으로도 지정된 '산티아고 데 콤포스텔라 순례길'이 있다. 산티아고는 그리스도의 열두제자 가운데 제일 먼저 순교한 성 야고보의 스페인어 이름에서 유래했고 콤포스텔라는 '묘소'를 의미한다('별의 들판'이라는 설도 있다). 야고보의 사후, 시간이 흐르며 그가 어디 묻혔는지 다들 잊어버렸는데 9세기 들어 별이 가리키는 장소를 따라가 야고보의 유해를 발견했고 그곳에 교회가 세워졌다. 이러한 성 야고보 전승에 따라 산티아고 데 콤포스텔라는 성지가 되었고 많은 신자가 이곳을 찾게 되자 순례길로 정비되었다. 순례길의 총길이는 너무나 길다. 일테면 프랑스의 르퓌앙블레에서 프랑스 남부 생장피에드포르를 거쳐 피레네 산맥을 넘어 스페인으로 들어가 스페인 북서부 산티아고 데 콤포스텔라까지 서쪽으로 걷는 순례길은 1,500킬로미터에 달한다.

온갖 생각을 가슴에 품고 전 세계에서 이 땅에 모여든 순례자들은 순례의 표식인 조개껍데기를 몸에 달고 길고 긴 육로를 오로지 혼자 걷는다. 평탄한 길만 있지 않다. 산악 지대와 급경사 언덕 같은 어려운 곳도 많다. 순례자는 로마네스크 양식이 특징적인 각 지역의 교회와 예배당을 돌며 알베르게라는 순례자용 숙소에서 쉬며 그 땅의 문화와 풍습을 접하고 자기 마음의 소리에 귀를 기울이고 기도하고, 다른 순례자와 만남과 이별을 경험하면서 여행을 계속한다. 순례자의 목적지는 성 야고보의 유해가 매장되어 있다는 산티아고 데 콤포스텔라 대성당이다.

그러나 진정한 종착점은 여기서 90킬로미터를 더 가야 나오는, 대서양이 보이는 피스테라(Fisterra)라는 땅이다. 피스테라는 피니스테라라고도 하는데 라틴어 끝(Finis)과 땅(terre)의 합성어로 '땅의 끝'이라는 뜻이다. 현재는 금지되었으나 과거 이곳에 당도한 순례자들은 입고 있던 옷과 구두를 불태웠다고 한다. 여기 세상 모든 땅의 끝은 순례를 거쳐 새로운 자신으로 거듭난 '재생의 장소'로 여겨졌다.

아스나와 모리사키는 아가르타를 종단해 여행을 계속한 끝에 거대한 절벽이 있는 세상의 끝, 피니스 테라에 도착한다. 피니스 테라는 산티아고 데 콤포스텔라의 순례길 종착점인 피스테라를 다르게 표기했으나 같은 뜻의 단어다. 다시 돌이켜 보면 아스나 일행이 아가르타에서 한 이동과 탐색의 여정은 그야말로 순례의 의미를 띠고 있다. 고행과 같은 여행 속에서 그들은 다른 사람과 만나고 지상에 없는 풍경을 보고 역경에 맞아 감정을 폭발시키고 사고를 다지고 죽은 자와 화해한다. 별의 인도에 따라 야고보의 유해를 발견했다는 전승과 콤포스텔라가 '별의 들판'이라는 주장에 빗대면 아스나 일행의 〈별을 쫓는 아이〉가 최종적으로 도달한 샤쿠나 비마나가 죽은 자의 영혼을 데리고 강림하는 아스트람의 땅이 별이 존재하지 않는 아가르타와는 달리 별이 반짝이는 들판이었다는 데 큰 의미가 있다.

신카이는 〈별을 쫓는 아이〉의 '아이'는 아스나이자 신이며 모리사키라고 말했다[52]. 사실은 아내를 잃고 상실감에 자유로울 수 없는 모리사키 역시 '미아'인 것이다. 그들은 '별'을 찾아 걷는다. 지상 세계를 찾은 슌은 하늘 가득 뜬 별을 향해 오른손을 뻗지만, 힘을 다하고 쓰러진다. 별이란 인간이 가려 하는 목표의 상징이다. 별은 손을 뻗어도 영원히 닿지 않을 아주 먼 장소에 있다. 닿지 않아서 평생 '쫓는' 것이다. 별을 쫓아 아스트람까지 온 아스나와 신(영어의 sin에는 종교적, 도덕적 '죄'라는 의미가 있다)과 모리사키는 별이 반짝이는 아름다운 아스트람 들판에서 저마다의 상실을 인정하고 화해한다. 그렇게 생각하면 〈별을 쫓는 아이〉는 미아인 '아이'들이 엮어낸 '장대한 성지순례 여행기'로 봐도 될 것이다.

쿠마키 안리가 노래한 엔딩(ED) 주제가 『Hello Goodby & Hello』에 실려 귀환 길에 오른 세 사람의 모습이 그려진다. 아스나는 눈에 장애를 얻은 모리사키를 부축하며 걷는다. 세 사람의 관계는 웃음과 평화로 가득하다. 협간의 바다 근처에서 신은 아스나에게 크라비스 조각을 돌려준다. 파문이 일어나고 아스나는 아가르타를 떠난다. 신의 **오른팔**에 아스나의 스카프가 감겨 있는 게 보인다. 모리사키는 신과 함께 아가르타에 남기로 한 듯하다. 아크엔젤의 일원이었던 지상인 모리사키가 아가르타에서 살기는 쉽지 않을 것이다. "넌 아가르타에서도 지상에서도 있을 곳이 없다. 앞으로 편히 지낼 곳은 없을 터, 스스로 영원히 유랑하는 삶을 선택한 거다" 라는 승병 대장의 말을 들은 신의 인생도 우여곡절을 겪으리라. 그래도 그들은 이 땅에 살기로 선택한 것이다.

　지상 세계의 계절은 봄이다. 아스나가 교복을 입고 집 창문 너머로 추억의 바위 터를 응시하고 있다. 어머니가 부르자, 밝게 대답한다. 조금은 더 어른스러워진 아스나의 표정에서 그녀의 성장이 느껴진다. "엄마, 다녀올게요!" 아스나는 인사하며 초등학교 졸업식에 가려고 집을 나선다. 마지막 "다녀올게요!" 라는 한마디에 이 소녀의 축복받을 미래가 예고된다. 신으로부터 크라비스 조각을 받은 아스나는 아가르타로 가는 문을 여는 열쇠를 쥐고 있다. 언젠가 다시, 아스나가 아가르타를 찾을지 모른다. 신과 모리사키와 마나와 재회할지도 모른다. 그런 긍정적인 여운을 남기고 이야기는 조용히 막을 내린다.

　〈별을 쫓는 아이〉는 어린아이부터 어른까지 모든 세대를 위해 만들어진 작품인데 이전 신카이 작품에서는 크게 다루지 않았던 죽음이라는 주제가 전편을 관통하고 있다. 아스나와 신, 모리사키가 죽음이 생명의 한 부분인 아가르타 세계를 종단하며 저마다 생각하는 죽음을 수용하는 과정 자체가 이야기로 그려진다. 이 작품의 개봉일은 동일본대지진 발행 후인 2011년 5월 7일이었다. 이 작품은 지진 피해와는 직접적인 관계가 없으나 지진 피해 후의 참혹한 상황에서 극장 개봉된 작품이라는 점은 기억해야 한다. 신카이 마코토의 지진 피해와의 격투는 5년 뒤에 개봉되는 〈너의 이름은.〉으로 형상화된다. 신카이 작품에서 가장 긴 장편 작품인 〈별을 쫓는 아이〉에서 얻은 경험과 실천이 공전의 히트를 기록한 〈너의 이름은.〉을 낳는 마중물이 된 것이다.

제 6 장

〈언어의 정원〉

문학하는 애니메이션

• 반성을 출발점으로 •

〈별을 쫓는 아이〉(2011년)는 이전 작품을 크게 웃도는 전국 63개
관(미니 씨어터 포함) 규모로 개봉되었다[53]. 그러나 코믹스·웨이
브·필름 대표이사이며 이 작품에서 프로덕션 매니저를 담당한 가와
구치 노리타카가 증언했듯 "영화 흥행에서 신카이 작품 중 유일한
적자"였다[54]. 개봉 규모에 비해 관객 동원, 흥행 수입은 저조했다.
지진이 일어난 뒤 5월에 개봉되었다는 사정과 그림 스타일의 변화,
젊은 층을 의식한 이야기 내용 등 이유는 여럿 지적할 수 있는데 이
작품에 대한 '반성'이 신카이 마코토에게 다음과 같은 행동을 가져
온다.

참여한 스태프 수도 이전과는 비교할 수 없을 만큼 많았고 약
1,600컷, 116분의 대작이라 불릴 만한 규모를 완성했다는 성취감도
있었습니다. 이야기나 영상도 잘 제어해 '좋은 작품을 만들었다'라는
만족스러움이 있었죠. 그만큼 관객의 낮은 평가가 큰 반성으로 돌아

왔습니다. 관객이 보고 싶어 하는 것과 내가 주제로 삼고 싶어 하는 걸 어떻게 맞춰야 할까. 영화 제작에서는 그 점을 진지하게 생각해야 함을 깊이 반성하게 한 작품이기도 합니다. 그 과제를 품고 다음 〈언어의 정원〉(2013년)에서는 이야기 요소만이 아니라 "이 작품을 누구에게 전할까? 누가 필요로 하나?" 라는 프로듀서의 관점을 넣어 기획서를 만들기 시작했습니다. 상업 작품의 시작은 거기서 시작됨을 뒤늦게 깨달았습니다. [19]

가장 규모가 크고 긴 장편으로 세상에 내놓은 〈별을 쫓는 아이〉는 제작 과정에서 성취감과 만족감을 얻었으나 관객의 지지와 흥행 성적은 얻지 못했다. 신카이는 그런 사실을 받아들여 반성하고 새롭게 시작한다. '재능'에는 다양한 정의가 있다. 관객과 대화하며 개선점을 찾아내 '관객이 보고 싶어 하는 것과 내가 주제로 삼고 싶어 하는 걸 어떻게 맞춰야 할지'를 다음 작품의 과제로 삼는 유연한 자세와 비판을 두려워하지 않는 자기 성찰 능력이야말로 신카이의 재능이다. 이 재능이 〈너의 이름은.〉(2016년)의 성공으로 열매를 맺는다.

신카이는 다음 작품을 구상하며 제일 먼저 '프로듀서의 관점을 넣은 기획서'를 집필했다. 기획서는 '〈언어의 정원〉—마케팅에 대헤'와 '〈언어의 정원〉—이 작품에 관한 생각'이라는 두 개의 문서를 작성한다. 이들 기획서는 『신카이 마코토 전시회』 『언어의 정원』 코너에 전시되었고 『신카이 마코토 전시회』 도록에는 일부를 발췌해 실었다. 우선은 '〈언어의 정원〉—마케팅에 대해'부터 살펴보자.

신카이는 기획서 초반부에 다음과 같이 쓴다. "모라토리엄(사회에 나오기 전의 유예 기간, 원래는 비상사태로 인해 채무이행이 어려워진 경우에 국가 권력으로 금전 채무 이행을 연장하는 일-역자 주) 과정에서 고민하는 사춘기 관객, 모라토리엄에서 벗어나 사회에 들어갔으나 좌절을 경험한 적 있는 관객. 자신과 맞지 않는 상대와 연애한 적 있는 관객. 그런 일들을 과거에 경험한 나이 든 세대. 그런 의미에서 십 대 중반 이후의 모든 사람이 공감할 작품이다." 〈언어의 정원〉이 어떤 관객을 위해 만들어질 작품인지 명확하게 정의하고 있다. 어린이에서 사춘기 이후 모든 세대를 위한 작품을 만드는 쪽으로 크게 방향을 선회하겠다는 선언으로도 들린다.

이어서 출연진도 언급한다. 배우를 기용하는 일반적인 업계의 흐름을 부정하고 "미묘한 마음의 흔들림을 알기 쉽게 강조할 수 있는 목소리 연기"를 위해 애니메이션 전문 성우가 필요하다고 주장한다. 작품에 등장하는 아이템도 "복장, 건물, 소품 등의 기업 로고를 최대한 그냥 보여주는" 방식을 채용해 현실 생활과 아주 가까운 곳에서 일어나는 이야기로서의 리얼리티를 추구하겠다는 자세를 강조한다. 극장 개봉과 함께 DVD, BD(Blu-ray Disc)를 동시 판매하고 나아가 iTunes에서의 대여와 판매 등 작품 제공과 시청 방법도 새롭게 제안했다.

이 기획서를 쓰는 신카이의 염두에는 2012년 3월에 발매된 제3세대 iPad가 있었을 것이다. 제2세대 iPad와 제3세대의 가장 큰 차이점은 화면 해상도의 대폭 향상이다. 제2세대가 XGA(1024×768px, 132ppi) 디스플레이였던 데 대해 제3세대 iPad는 QXGA(2048×1536px, 264ppi)의 성능을 갖춘 Retina 디스플레이를 채용해 기존 대비 2배(화면 면적 대비 4배) 기능이 향상되었다. 애플 홈페이지에 실린 Retina 디스플레이 설명문에는 "픽셀 밀도가 아주 높아 일반 시청 거리에서는 인간의 눈으로 픽셀 하나하나를 구분할 수 없습니다. 그러므로 콘텐츠의 미세한 부분까지 선명하게 재현되어 화면의 아름다움에 압도됩니다"라고 되어 있다[55].

신카이는 화면을 구성하는 1픽셀을 판별할 수 없을 정도로 해상도가 높고 색채 표현 능력이 뛰어난 디스플레이 환경에서 신작을 감상하는 상황을 상정한다. 그는 영상 작가로 출발할 때부터 최첨단 기술을 현장에 도입하는 데 빼어난 기량을 발휘했다. 신카이 작품이 기술의 발달과 불가분의 관계에 있음을 이전 장을 통해 이미 살펴봤다. 신카이가 작품 제작 과정에서 축적해 온 지식과 실천은 창작 환경뿐만 아니라 출력 환경도 포함된다. 관객이 어떤 환경에서 작품을 감상하고 브라우징하는지까지 고려해 작품을 만드는 창작자가 전혀 없지는 않더라도 드물 것이다. 이런 치밀한 설계로 '디지털 시대의 영상 문학'(〈언어의 정원〉 개봉 당시의 홍보 문구)은 실현된 것이다.

• 새로운 관점의 비디오 콘티 제작 •

또 다른 기획서 「〈언어의 정원〉—이 작품에 관한 생각」은 작품 주제와 직결된 비평적 문서이다. 신카이는 만요(万葉, 일본 8세기 시대의 문학—역자 주) 시대, 일본 고유 언어를 한자로 표현하면서 '사랑(恋, 코이라고 발음—역자 주)'이 '고독한 슬픔(孤悲, 사랑과 발음이 똑같아 붙인 단어—역자 주)'으로 쓰인 데 주목한다. 그리고 〈언어의 정원〉이 근대적인 개념의 사랑(愛, love)이 아니라 "사랑에 이르기 이전의, 고독을 그린 사랑 이야기"임을 강력하게 선언한다. 나아가 그는 동일본대지진 경험이 우리에게 준 깨달음을 바탕으로 다음과 같이 적는다. "불안정한 장소를—10년 후에는 사라질지 모를 아스팔트 위를, 그래도 일상으로 걷는 일. 그 불가사의함, 기적과도 같은 사람들의 강인함을 현대 도쿄를 무대로 그리고 싶다는 마음이 〈언어의 정원〉을 제작하는 이유 중 하나다. 도쿄의 풍경은 아마 몇 년 혹은 수십 년 안에 찾아올지 모를 거대한 재해로 크게 변화할지 모른다. 그러므로 지금 이 흔들리는 대지 위에 있는 일상을, 그곳을 걷는 발들의 이야기로 애니메이션 화면에 담고 싶다."

우리는 어느 순간, 일거에 무너지는 일상의 위약함을 체험했다. 지금 여기 있는 풍경은 영원한 풍경이 아니다. 무너지고 파손되고 복구되며 갱신된다. 신카이는 영상을 제작하는 사람으로서 불안정한 대지에 살며 그 위를 걷는 우리 '발들의 이야기'로서 도쿄 부도심의 아름다운 풍경을 애니메이션 화면으로 기록=기억하기로 결심한다.

〈언어의 정원〉에서는 만요슈(일본 8세기 가장 오래된 시 와카 모음집—역자 주)의 노래가 중요한 자료로 등장한다. 만요슈는 만요 시대에서 현대까지 약 1300년의 역사를 이어 온 언어의 집대성이다. 그와 동시에 양자는 역사적으로 단절되어 있다. 이 "역사의 연속과 단절이 동시에 있는" 상황이 핵심이라고 신카이는 말한다. 이야기의 무대인 일

　　　　　　　　　　　　신카이 마코토의 세계

본 정원은 만요슈와는 관련이 없는 장소이며, 주인공이 목표로 하는 구두 디자이너는 서유럽이 본고장이고 여주인공이 앓고 있는 미각 장애는 현대인의 질병이다. 신카이는 구성 요소의 "엇갈리고 통일성 없는 모자이크 상태의 불안정성"이 작품의 특징이라고 밝힌다. 그리고 "불안정한 시대에 불안정한 마음으로 말 그대로 흔들리는 발밑 위에서 불안정하게 살아가는" 걸 전제로, 하지만 그 모든 걸 긍정적으로 그린다는 의미를 강조하며 기획서를 마친다.

'〈언어의 정원〉—이 작품에 관한 생각'에서는 미야자키 하야오 감독의 이야기가 인용되어 있다. "서 있을 장소가 없는 사람"과 "역사를 지니지 못한 사람"에 부정적인 생각을 지닌 미야자키에 대해 신카이는 재해의 정체성을 전면에 내세우며 미야자키의 주장을 비평적으로 넘어서려 한다. 신카이가 얼마나 미야자키를 의식하고 있는지는 두 기획서의 집필을 통해서도 알 수 있다. 미야자키는 작품 구상 단계에서 기획 원안과 연출 의도를 글로 정리해 왔다. 미야자키 하야오 『출발점 [1979~1996』(도쿠마쇼텐, 96·7)의 『기획서·연출 각서』 부분에는 미야자키가 집필한 기획서가 수록되어 있다. 이를 읽으면 첫 스튜디오 지브리 작품 〈천공의 성 라퓨타〉부터 기획서 집필이 시작되었음을 알 수 있다. 기획서는 원래 작품 개요 설명에 그쳤는데 서서히 제작 의도와 작품 주제를 선언하는 각서로 변화했다. 신카이의 기획서는 미야자키의 각서에 영향을 받았다. 비평적인 '언어'로 신작의 콘셉트를 명확하게 내세우는 일을 창작의 출발점으로 삼는 방법론이 여기에 탄생한 것이다. '〈언어의 정원〉—마케팅에 대해'는 2012년 8월 12일, '〈언어의 정원〉—이 작품에 관한 생각'은

2012년 9월 22일이라는 날짜가 각각 적혀 있다. 그러므로 〈언어의 정원〉은 실질적으로 2012년에 제작이 시작된 셈이다.

일반적으로 애니메이션에서는 컷마다의 구도와 동작, 대사와 초수(프레임 수)를 지정하는 그림 콘티가 작품의 설계도가 되는데 신카이는 이 작품의 영상을 사전에 러프 동화로 시뮬레이션한 비디오 콘티를 중시했음을 이미 설명한 바 있다. 전편 손 그림 콘티에 도전한 〈별을 쫓는 아이〉에서는 비디오 콘티가 제작되지 않았는데 신카이는 〈언어의 정원〉에서 다시 비디오 콘티로 돌아온다. 〈별을 쫓는 아이〉의 그림 콘티 경험이 다시 비디오 콘티로 돌아온 신카이의 설계론에 영향을 미쳤음은 확실하다. 〈언어의 정원〉의 비디오 콘티 제작 과정이 어떤 위치인지 신카이는 다음과 같이 말하고 있다.

이번 〈언어의 정원〉에서는 46분이라는 상영 시간에 딱 맞게 비디오 콘티를 직접 만들었습니다. 그림은 움직이지 않지만, 46분의 종이 연극 같은 형태에 목소리도 넣어 일단 영상 작품으로 보일 정도로 완성했습니다. 작년 5월(2012년 5월, 필자 주)에서 9월까지는 계속 이 비디오 콘티를 가다듬었습니다. 일단 완성되면 작품 전체의 치밀한 설계도가 될 테니까 계속 손을 봤습니다. 작년 10월부터 올해 3월에 걸쳐 집단 작업이 이루어져 드디어 완성되었습니다. 스태프와의 작업은 매우 중요하나 오로지 비디오 콘티를 만들며 고민하는 시간, 이게 훨씬 압도적으로 길었습니다. 원작이 따로 있는 작품이 많은 애니메이션 업계에서 저는 좋은 의미로든 나쁜 의미로든 작가성이 강하죠. 그러므로 그런 방식으로 할 수밖에 없습니다. [56]

신카이의 이야기를 통해 두 기획서 집필에 앞서 약 5개월이라는 시간을 들여 비디오 콘티를 제작했음을 알 수 있다. 비디오 콘티에 앞서 지문이나 대사를 정리한 글 콘티가 제작된 듯한데[57], 스태프들과의 제작 작업 시간이 약 6개월이었다는 점을 생각하면 얼마나 많은 시간과 노력이 비디오 콘티에 할애되었는지 알 수 있다. 신카이에게 비디오 콘티는 작품 제작의 '핵심'이다.

〈언어의 정원〉의 비디오 콘티는 Blu-ray Disc 버전 〈언어의 정원〉(코믹스·웨이브·필름, 13·5)에 영상 특전으로 수록되었다. 〈초속 5센티미터〉(2007년)의 비디오 콘티와 비교하면 질적 향상이 눈에 띈다. 〈초속 5센티미터〉에서는 "연필로 그린 그림을 스캔해 컴퓨터에 넣고 직접 내레이션과 SE(효과음)를 넣었고 때로는 BGM도 대충 넣어" 제작했다[311]. 〈초속 5센티미터〉의 비디오 콘티를 보면 스캔한 정지화에 상하좌우 카메라 이동과 줌 인/아웃 효과가 들어가 있고 카메라 동작 지시와 캐릭터 움직임 방향이 손으로 쓴 글자와 화살표로 표시되어 있다. 기본적으로는 한 컷은 한 장의 정지화로 표현된다.

한편 〈언어의 정원〉에서는 "Photoshop으로 그림을 그리고 After Effects로 읽어 들여 컷을 배치하고 Audition으로 음성을 붙이는 ……등 세 가지 소프트웨어를 사용"한 환경으로[58], 더 자세한 내용이 표시되어 있다. 일테면 주인공이 타는 통근 열차 창밖에 스치는 열차의 움직임이 3D CG로 표현된다. 이 밖에도 실사 동화의 삽입, 강우 묘사, 배경과 캐릭터를 레이어로 나눠 동시에 움직이게 하는 실제 환경상의 연출, 피사계 심도를 조절해 대상에 대한 관객의 시선 제어, 이로써 얻은 〈언어의 정원〉의 영상을 특징짓는 흐릿한 느낌 등 세세한 부분에 이르기까지 제작되어 있다. 색채도 풍부하고 완성도가 높아 비디오 콘티 자체가 하나의 작품 같은 인상마저 받는다. 신카이는 당시 상황을 다음과 같이 돌아본다.

> 뭐랄까, 엄청난 걸 만들고 있다는 보람이 있었습니다. 비디오 콘티라고 해도 이미 음이 다 붙어 있어서 다른 사람이 봐도 뭔지 알 수 있는 상태였죠. 제게는 이미 하나의 작품처럼 여겨졌습니다. 이거야말로 또 다른 세계를 모두 직접 만든 듯한 감각이었습니다. 비디오 콘티를 만들면서 타카오와 유키노—등장인물의 인격이 형성되었습니다. 또 애니메이션에는 나오지 않았으나 점점 피와 살이 붙는 듯한 감각이 들어 정말 즐거웠습니다. [57]

신카이의 이야기를 통해 〈언어의 정원〉 비디오 콘티를 제작하며 이제까지 맛보지 못했던 충실함을 느낀 게 전해진다. 인용한 인터뷰의 다른 부분에서는 "어떤 의미에서는 조금쯤 〈별의 목소리〉를 만들 때와 비슷한 기분도 들었다"라고 말했다. '하나의 작품'이나 '또 다른 세계를 직접 만드는 감각'이란 작품 속의 모든 사물과 시간과 움직임을 제어하는 애니메이션 제작만의 전능감 같은 게 아닐까.

애니메이션은 실사와 달리 모든 사물이 의도적으로 배치되고 콘티대로 시간과 움직임이 부여된다. 따라서 기본적으로 NG나 아웃테이크(최종 편집에서 사용되지 않는 장면—역자 주)는 존재하지 않는다. 애니메이션은 감독과 스태프가 창조한 완벽한 픽션의 세계이다. 신카이

신카이 마코토의 세계

는 비디오 콘티 단계에서 하나의 세계를 치밀하게 조형한다. 〈언어의 정원〉은 46분의 중편 작품이고 이 정도의 길이여서 세부 사항까지 직접 비디오 콘티로 제작할 수 있었을 것이다. 비디오 콘티와 최종 작품을 꼭 비교해 보길 바란다. 신카이 자신이 주인공 소년 목소리를 연기하는데 각 장면의 미묘한 목소리 뉘앙스를 통해 연출 의도를 알 수 있다.

〈언어의 정원〉은 작품 속 시간에 맞춰 장마가 시작되기 전 신록의 계절, 2013년 5월 31일에 전국 23개 관에서 극장 개봉되었다. 개봉 기간은 3주 예정이었는데 상영이 연장되어 관객 동원 총 10만 명 이상에 전국 16개 관에서 추가 상영되었다. 원래 계획대로 극장 개봉과 동시에 상영관에서 DVD와 BD를 예매했고, iTunes에서 다운로드 판매도 이루어졌다. 극장 개봉된 영상 작품은 반년 후에나 패키지 판매가 이루어지는 게 업계 상식이다. 〈언어의 정원〉의 작품 공개 방식은 선구적 시도라 할 수 있는데 정교하게 제작한 중편 작품을 극장에서 관람한 다음 다시 집에서 보고 싶은 관객과 고해상도 스마트폰과 태블릿으로 감상하려는 사람이 많아졌다. 결과적으로 패키지와 다운로드 판매가 관객 동원을 떨어뜨리지는 않았다. 영화관 상영과 패키지 판매가 서로 효과를 상쇄한 게 아니라 보완적으로 기능한 점이 〈언어의 정원〉이라는 작품의 특징이다.

상영관에서는 제1장에서 발췌한 PROUD FUTURE THEATER 〈누군가의 시선〉(2013년)을 동시 상영했다. 〈누군가의 시선〉은 노무라 부동산그룹의 프라우드 박스 감사제의 시어터 영상으로 제작되었다. 신카이가 감독, 그림 콘티, 연출을 맡고 미술 감독에 탄지 타쿠미를 기용했다. 〈구름의 저편, 약속의 장소〉(2004년)에서 처음으로 미술 배경을 담당한 탄지는 〈초속 5센티미터〉를 거쳐 〈별을 쫓는 아이〉에서 미술 감독을 맡고 〈너의 이름은.〉에서도 세 미술 감독 중 하나로 기용되었다. 신카이의 그림 제작을 지탱하는 스태프의 능력과 〈언어의 정원〉에서 주인공 어머니의 목소리를 연기한 히라노 후미의 안정적인 내레이션으로 고양이가 이야기하는 근미래 가족의 정경이 6분 40초의 단편 영화에 잘 담겨 있다.

• 타카오와 유키노가 만나는 정경 •

〈언어의 정원〉은 인상적이면서도 대조적인 장면으로 시작된다. 첫 장면은 빗물이 파문을 일으키는 수면이 서서히 틸트 업(Tilt up)되며 높은 명도의 나무 신록이 드러나는 조용한 정경이다. 이어서 주행하는 열차 바퀴 옆으로 옆 레일을 달리는 열차가 지나가는 순간을 잡은 컷. 조용히 비가 내리는 대지에 떨어진 낙엽이 바람에 날리는 컷으로 돌아와 "이런 것들을 두 달 전, 고등학교에 갈 때까지 나는 알지 못했다"라는 아키즈키 타카오의 첫 독백과 함께 혼잡한 아침 차 안 모습이 그려지고 신주쿠역 부근에서 스친 열차 컷으로 이어진다. 여기에는 '정과 동', '자연과 도시', '무인과 군중'의 대비와 대조가 그려진다. 유카와 히데키(일본의 물리학자-역자 주)는 "자연은 곡선을 창조하고 인간은 직선을 창조한다"라는 명언을 남겼는데(『책 속의 세계』), 첫 장면에 등장하는 자연의 곡선적인 조형미와 도시

공간에 내장된 직선적인 인공
물의 절묘한 대비에서 〈언어의
정원〉이 그려내려는 세계 구조
가 단적으로 드러난다.

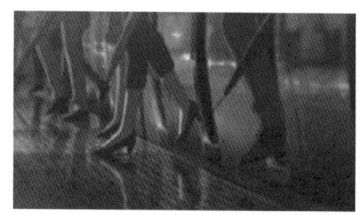

소부선 차량에서 플랫폼으로 발을 내딛는 사람들의
발에 주목하는 컷에서. 이 이야기가 '발(신발)'을 둘러
싼 이야기'임을 예고한다.

이어지는 장면도 인상적이
다. 카메라는 열차에서 신주쿠
역 플랫폼에 내리는 사람들의 발들과 무표정하게 개찰구로 이동하
는 군중에 섞인 타카오의 모습을 잡는다. 발들에 착안한 점은 이 작
품이 '발(구두)을 둘러싼 이야기'임을 예고하고 아침 플랫폼을 걷는
군중의 하나로 그려진 타카오를 통해 '익명의 개인들이 만나는 이야
기'가 시작됨을 암시하고 있다.

이야기의 주인공이자 고등학교 1학년생인 타카오는 비가 내리는
6월 아침, 통근과 통학에 정신이 없는 사람들의 흐름을 거슬러 신주
쿠역 근처 정원에 들어간다. 비가 내리는 소리와 새가 지저귀는 소
리, 물 흐르는 소리, 그리고 지면을 밟는 발소리만이 울리는 정적의
정원을 비닐우산을 쓴 타카오가 걷는다. 그가 가려는 곳은 직전 컷
에서 이미 예고했다. 연못에 걸린 긴 나무다리를 건너면 타카오가
가려는 곳이 나타난다. 타카오를 밖에서 바라보는 삼인칭 시점과 타
카오 자신의 일인칭 시점이 교차하며 목적지를 향해 걷는 타카오
의 모습이 그려진다. 다음 순간, 타카오의 눈이 힐을 신은 여성의 발
을 잡는다. 그는 이 일본 정원의 유일한 정자에서 바지 정장 차림에
보브 컷 스타일로 아침부터 맥주를 마시고 있는 직장 여성을 발견
한다.

타카오와 유키노 유카리의 만남은 이처럼 일상적이면서도 특이한 상황에서 이루어진다. 정자에는 L자형을 뒤집은 형태의 벤치가 있는데 처음 긴 쪽에 앉아 있던 유키노는 정자로 들어오는 타카오에게 자리를 양보하고 짧은 쪽으로 이동한다. 이후 긴 쪽이 타카오, 짧은 쪽이 유키노라는 자리 배치가 그들의 자리가 된다. 타카오는 노트를 꺼내 구두 스케치를 한다. 유키노의 존재가 신경 쓰여 그녀의 발밑에서 초콜릿이 놓여 있는 허리 근처, 나아가 맥주 캔을 든 왼손과 정원을 바라보는 유키노의 온몸을 잡는 타카오의 시선 이동을 통해 오전 시간, 초콜릿을 안주 삼아 맥주를 마시기에는 어울리지 않는 장소를 차지한 한 젊은 여성의 모습을 고스란히 드러낸다.

작은 사건이 벌어진다. 타카오는 한창 스케치하다가 지우개를 떨어뜨리는데 튕겨 나간 지우개를 주운 유키노가 지우개를 건넨다. 이 우발적인 사건이 대화의 계기가 된다. 타카오는 이 여성을 어딘가에서 만난 듯해 그 생각을 유키노에게 전하나 그녀는 부정한다. 여기서 유키노가 두 번 말하는 "아니요" 라는 미묘한 뉘앙스 차이에 주목하길 바란다. 유키노는 말수는 적지만, 정확하게 타카오의 말에 반응한다. 다음 순간, 멀리서 천둥이 울린다. 〈언어의 정원〉에서는 기상의 변화가 이야기의 상황을 결정짓는 요소이다. 타카오의 교복 배지를 힐끔 본 유키노는 뭔가를 알아차린다. 그리고 천둥이 울리는 가운데 "만났을 수도 있어요" 라고 말을 건 후 미소를 짓고는 "하늘의 천둥이 여리게 울리니 드리운 구름에 비라도 오려나. 당신을 붙드네" 라는 수수께끼 같은 말을 남기고 붉은 우산을 쓰고 자리를 뜬다. 타카오는 사라지는 유키노를 잠자코 바라본다. 이렇게, 비가 내

신카이 마코토의 세계

리고 멀리 천둥이 울리는 인적 없는 일본 정원 정자에서 타카오와 유키노의 첫 번째 접촉이 실현된 것이다.

• 〈언어의 정원〉의 기상 표현 •

〈별을 쫓는 아이〉의 소녀 아스나가 그랬듯 타카오 역시 집안일을 도맡은 소년이다. 익숙한 손놀림으로 자신과 형의 저녁 식사를 준비한다. 타카오는 형과 어머니까지 셋이 아파트에서 산다. 사회인인 형은 사귀는 여자 친구와 동거하려고 얼마 있으면 집을 나갈 예정인데 그 사실에 화가 난 어머니가 아들들에게 편지를 남기고 띠동갑 연하의 집으로 가출해 버린다. 아들과 떨어지고 싶지 않은 사랑 많은 어머니와 자립으로 나아가려는 아들들. 열다섯의 소년은 가정 환경으로 인해 이른 성숙을 맞는다. 타카오는 구두 만들기가 취미이다. 저녁을 먹은 다음은 직접 디자인한 구두 제작에 몰두한다. 이름도 모르는 연상의 여성이 느닷없이 내뱉은 단어를 머릿속 기억을 더듬어 종이에 옮겨적은 타카오는 형에게 어디에 나온 말이냐고 물었으나 여전히 알지 못하는 상태. 타카오가 다니는 학교의 고전 수업에서는 나이 든 남성 교사가 『만요슈』에서 오오토모노 타비토의 시 '이 세상이 헛되다는 걸 알았을 때 점점 더 슬퍼졌다'라는 글을 칠판에 적고 있다. 타카오가 유키노의 말뜻을 아는 날도 그리 멀지 않은 것이다.

타카오는 비가 오는 날에만 오전 수업을 빼먹는다. 그게 그가 정한 규칙이다. 타카오는 구두 장인이 되겠다는 꿈을 꾸고 있는데 꿈과 학업 사이에서 흔들리고 있다. 타카오에게 비 오는 날 오전은 일본 정원 정자에서 취미 세계에 몰두하며 자신을 돌아보는 소중한 시간이다. 그런 그에게 그녀와 재회하는 기회가 다시 찾아온다. 다시 비 오는 아침, 교복은 입은 타카오는 일본 정원으로 향한다. 타카오의 표정은 지난번과 달리 기뻐 보인다. 정원의 물웅덩이를 뛰어넘으며 정자로 향하는 타카오의 얼굴은 기대로 가득하다. 그녀는 정자에 있었다. 유키노는 환하게 타카오를 맞는다. "안녕." "안녕하세요." 둘은 인사를 나누고 각자 자리에 앉는다. 부슬부슬 비가 내리는 가운데 타카오는 구두 스케치에 집중하고 유키노는 캔 맥주를 마신다. 그런 두 사람의 행동이 대각선 앵글로 잡힌다. 타카오와 유키노는 벤치의 끝과 끝에 앉아 있다. 정자 기둥과 나뭇잎이 두 사람 사이를 가르듯 놓여 있다. 만난 지 얼마 안 된 두 사람의 미묘한 '거리감'이 연출된 장면이다. 앞으로 두 사람이 앉는 위치에 주목해야 할 것이다.

타카오는 오른발을 구두에서 빼서 천천히 흔드는 유키노의 행동을 훔쳐보며 노트에 여성의 맨발을 데생하기 시작한다. 타카오는 갑자기 유키노가 말을 걸어오자, 서둘러 노트를 덮는다. 학교에 가지 않고 스케치에 집중하는 고교생과 결근하고 아침부터 맥주를 마시는 직장인으로 보이는 여성이 불가사의한 대화

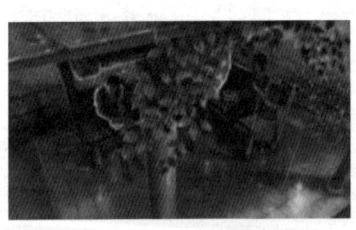

타카오와 유키노가 정자 각자의 자리에 앉아 있는 한 때를 대각선 위 앵글로 잡고 있다. 정자의 기둥과 나뭇잎이 두 사람 사이의 '거리감'을 연출한다.

신카이 마코토의 세계

를 시작한다. 유키노는 맥주만 마시는 자기를 걱정하는 타카오에게 양손 가득 초콜릿을 내민다. '문제 있는 여자'인 척하는 자기를 의식하며 "뭐 어때, 어차피 인간은 다들 어딘가 이상하니까"라고 의미심장한 말을 읊조린다. 이 시점에서는 아직 타카오도, 우리도, 유키노의 내면에 있는 작은 '광기'의 정체를 알지 못한다. 위험은 때로 사람을 끌어들이는 매력이 되기도 한다. 유키노의 매력은 그 외모로는 상상할 수 없는, 의미심장한 말을 내뱉는 의외성과 정원에서는 금기된 음주로 사회 규칙을 어기는 일탈성, 그리고 그녀 자신이 원래 갖추고 있는 신비성으로 집약된다. 둘이 정자에서 재회한 이날은 간토 지방에 장마가 시작된 날이었다. 비는 두 사람의 관계를 잇는 중개인이다.

신카이 작품에서 풍경 표현의 중요성과 의미는 〈초속 5센티미터〉 장에서 이미 고찰했는데 풍경 묘사의 일익을 담당하는 게 기상 표현이다. 열차 창문으로 들어오는 햇살. 하늘을 천천히 이동하는 구름. 바람에 나부끼는 초원. 다정하게 때로는 격렬하게 쏟아지는 비. 갑자기 찾아오는 천둥과 비. 조용히 내려앉는 눈. 섬세한 터치로 표현되는 기상 표현은 신카이 작품에 음영을 만들어 이야기에 깊이와 여운을 준다. 기상이란 우리 인간을 둘러싼 자연환경이다. 우리는 기상에 둘러싸여 있다.

수많은 애니메이션 작품이 기상을 표현 요소의 하나로 이용하는데 신카이 감독의 예민한 감성은 특별히 고도의 기상 표현을 실현하고 있다. 특히 〈언어의 정원〉에서 기상은 항상 흔들리는 동적 이미지로 관측된다. 기상은 수없이 변화한다. 한순간도 같은 상태에 머물러 있지 않는다. 인간의 감정이나 의식 역시 변화무쌍하다. 신카이는 전보다 더 치밀한 표현으로 등장인물의 내면과 기상의 관계를 조형하고 있다. 신카이 마코토의 풍경론이 달성한 지점이다. 다양한 강우 방식과 떨어지는 빗물의 움직임이 장면을 다채롭게 해 타카오와 유키노의 감정 변화를 미묘하게 표현한다. 장면에 따라서는 기계음이나 BGM을 의도적으로 배제해 빗소리와 새 지저귀는 소리 등 자연의 소리에만 집중하게 함으로써 비가 내리는 풍경 자체가 음원으로 전경화한다. 비는 타카오와 유키노를 잇는 제3의 등장인물이다.

• 섬세한 영상 표현을 만드는 비의 정경 •

기상학 연구자 미야오 다카시는 일본인과 비의 관계를 쓴 수필에서 다음과 같이 적고 있다.

우리나라의 풍부한 강수와 강우 방식은 인간의 주거 양식과 생활 습관을 규정하고 동시에 언어에도 큰 영향을 미치고 있다. 일본어만큼 비를 부르는 용어가 풍부한 언어는 없을 것이다. (중략)
또 비가 만들어 낸 관용어도 실로 다채롭다. '아침 비는 잠깐이라 우산은 필요 없다', '저녁 장대비는 말의 반만 적신다(국지성 호우라는 뜻— 역자 주)' 등 비에 관한 속담이 많다. 불효자를 놓고도 '부모의 벌과 부슬비는 저도 모르게 젖어든다' 라며 비에 빗대어 설교한다. 국회에서는 '비난이 빗발치는' 가운데 체결되었다고도 하고 때로는 '장맛비 투표(사안을 질질 끄는 상황—역자 주)'도 이루어진다. 결혼 피로연 날에 비가 내리면 "비가 온 뒤 땅이 단단해지니까요" 라는 인사말을 건네는 사람이 줄을 잇는다. (중략)

하물며 누구나 아는 이런 말을 계속 늘어놓는 사람을 보고는 "개가 서쪽을 보면 꼬리는 동쪽이고 비가 오면 날씨가 나쁘지" 라는 말이 날아오리라. 관용어 인용도 이제 슬슬 그만둬야 할 듯하다. 하지만 비가 간접적으로 일본인의 정신적 풍토를 지배해 무의식의 영역까지 파고들었음은 분명하다. [59]

미야오가 지적하듯 일본어에는 비와 관련된 단어가 많다. 일본인은 사계절마다 다른 표정을 지닌 비의 모습을 세심하게 관찰하고 감응하고 언어로 치환해 왔다. 일본 고유의 지형과 풍토는 비와 관련된 풍부한 어휘와 관용어를 낳았다.

비와 관련된 일본어가 많다는 사실은, 비 전문 사전이 여럿 편찬된 사실을 통해서도 설명할 수 있다. 구라마야 아쓰시·하라다 미노루 편저 『비의 단어 사전』(고단샤학술문고, 14·6)에는 비와 관련된 단어와 관용어 등 1,190여 개의 단어가 수록되어 있다. 다카하시 순코·사토 히데아키 『비의 이름』(쇼가쿠칸, 01·6)은 엄선된 사계 각각의 비 이름 422개에 비의 사진 148점을 곁들인, 읽고 보며 즐길 수 있는 비 사전이다. 이 사전은 비에 관한 일본어 표현 참고 사전으로써 작가들이 애용한다는 이야기도 들었다. 『비의 이름』에서, 〈언어의 정원〉의 중심 계절인 장마철을 포함한 '여름비' 항목의 단어 몇 가지를 열거해본다.

『아오시구레(青時雨, 장마가 올 조짐을 나타내는 비로 푸른 신록을 비가 적시는 모습), 아오바아메(青葉雨, 푸른 잎을 적시는 비), 이치진노아메(一陣の雨, 바람과 함께 한바탕 내리고 사라지는 비), 잇파쓰아메(一発雨, 저녁때 한바탕 내리고 그치는 장대비), 우타쿠(雨濯, 물건을 씻어내릴 정도로 강한 비), 우노하나쿠타시(卯の花腐し, 음력 4월에 이어지는 긴 비), 나쓰아메(夏雨, 여름비), 간다치(神立, 천둥 번개), 기우(喜雨, 마른 날이 계속된 뒤 내린 반가운 비), 기사메(樹雨, 나무나 나뭇잎에 모인 이슬이 물방울이 되어 떨어지는 것), 기쓰네아메(孤雨, 여우비), 규세키우(牛脊雨, 소의 한쪽은 비가, 한쪽은 해가 비치는 상황), 긴우(錦雨, 긴 가뭄 끝에 내리는 비), 긴센(銀箭, 강한 빗발), 고쿠후하쿠우(黒風白雨, 폭풍우), 사미다레(五月雨, 음력 5월에 내리는 긴 비), 지우(慈雨, 가뭄 끝에 내리는 단비), 신우(新雨, 신록의 계절에 내리는 비), 신누우(瞋怒雨, 성나게 몰아치는 비), 스이우(翠雨, 초목의 푸른 잎에 내리는 비), 히데리아메(日照雨, 해가 있는데 내리는 비), 다이라이우(大雷雨, 천둥 번개와 함께 오는 큰비), 다케노코즈유(筍梅雨, 죽순이 자라는 5월 초에 촉촉하게 내리는 비), 쓰이리아메(墜栗雨, 장마에 들어가 내리는 비), 쓰바나나가시(茅花流し, 비를 품은 남풍), 쓰유(梅雨, 장마), 아오쓰유(青梅雨, 장마), 아바레즈유(暴れ梅雨, 장마가 끝나기 직전 강한 비가 계속 내리는 날), 아라쓰유(荒梅雨, 뜻은 앞과 동일), 오쿠리즈유(送り梅雨, 장마가 끝날 무렵의 비), 오토코쓰유(男梅雨, 내릴 때는 쏟아붓고 금방 개는 장맛비), 온나즈유

(女梅雨, 약하게 계속 내리는 장맛비), 모도리쓰유(返り梅雨, 장마가 끝난 듯 며칠간 밝다가 다시 습해지며 오는 비), 가라쓰유(空梅雨, 장마 기간에 비가 적게 내리는 상황), 하시리쓰유(走り梅雨, 장마철 전의 흐린 날씨로 장마의 조짐을 가리키는 말), 무카에쓰유(迎え梅雨, 5월과 6월에 걸쳐 장마와 비슷한 날씨), 덴우(電雨, 여름에 천둥 번개와 함께 내리는 비), 덴키우(天気雨, 맑은 하늘에 비가 내리는 상황), 덴큐(天泣, 맑은데 비가 내리는 상황), 도요우아메(土用雨, 장마 막바지에 내리는 눈), 도라가아메(虎が雨, 6월 말부터 7월 중순에 내리는 비), 나쓰시구레(夏時雨, 나뭇잎에서 떨어진 물방울을 비에 빗댄 말), 우메코아메(梅子雨, 매실이 누렇게 익을 무렵인 음력 4월경에 내리는 비), 바이린(梅霖, 장마), 하쿠우(白雨, 구름이 옅고 밝은 하늘에서 내리는 비), 바쿠우(麦雨, 보리가 익을 때 내리는 비), 하쓰유다치(初夕立, 여름의 시작을 알리는 저녁노을), 한게아메(半夏雨, 하지로부터 11일째에 해당하는 7월 2일부터 5일간 내리는 비), 히사메(氷雨, 하늘에서 내리는 얼음 입자), 분료우(分龍雨, 저녁에 단시간에 쏟아붓는 비), 미즈토리아메(水取雨, 논에 물 댈 때 오는 비), 메이도우(瞑怒雨, 천둥 벼락과 함께 내리는 비), 유다치(夕立, 여름 오후 짧은 시간에 격렬하게 내리는 비), 라이우(雷雨, 번개를 동반한 비), 료우(涼雨, 여름철 오고 나면 시원해지는 비)』

   일상적으로 사용되는 단어도 있으나 대다수는 처음 보지 않을까. 각 단어의 뜻은 다 알지 못하더라도 한자 자체가 전하는 다종다양한 비의 풍경을 느낄 수 있다. '장마'가 들어가는 단어도 많다. 장마에 들어가기 직전부터 시작되는 〈언어의 정원〉 역시 기상에 민감한 일본인의(그리고 일본어의) 섬세한 감수성과 미의식의 흐름을 따른다. 비는 때로 타카오와 유키노를 감싸듯 다정하게, 때로는 둘의 감정에 공명하듯 격렬하게 내린다. 〈언어의 정원〉에서 그리는 비 내리는 장면과 그 종류는 풍부하다. 전체의 약 80퍼센트가 비 장면이다. 정교한 빛의 반사와 음영, 비침 등 실사를 능가한 치밀한 영상 표현이 정취 가득한 비의 풍경을 낳았다.

〈언어의 정원〉의 독특한 영상 표현을 얘기할 때 극장 팸플릿의 "'작화'의 정원'이라는 페이지에 기록된 작업 공정에 주목하자. 그 페이지에는 '배경이 되는 경치의 색감과 명암을 인물에도 반영하는 〈환경색〉와 〈반사색〉을 활용한 색채'로 인물을 묘사한 방법이 해설되어 있다. 주위 환경을 반영한 색채를 인물의 윤곽선이나 그림자 속 더 깊은 그림자에 투영하는 복잡한 공정으로 인물에게 음영과 깊이를 주는 과정을 설명하고 있다. 비에 난반사한 햇빛으로 정자의 어둠 속에 앉아 있는 인물에 빛과 그림자의 대비를 준다. 이 작품의 홍보 문구로 채

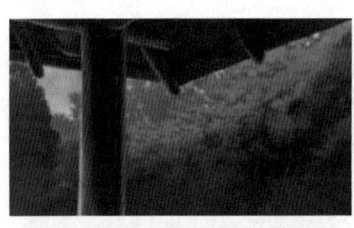
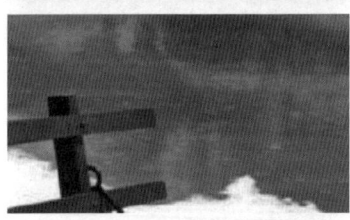
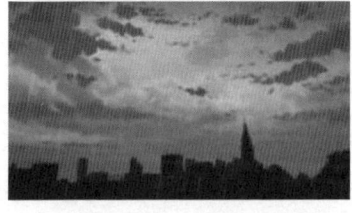

〈언어의 정원〉의 약 80퍼센트는 비 장면. 제각기 다른 비의 표정이 정성껏 묘사되어 있다.

신카이 마코토의 세계

택된 '디지털 시대의 영상 문학'이라는 문구는 선명한 색채와 빛 반사가 자아낸 초현실적인 영상 표현을 가리킨 것이다.

영상 표현이 섬세해짐으로써 등장인물의 미묘한 감정의 흔들림이나 변화를 표현할 수 있게 되었다. 이 작품에서 도입한 질 높은 영상 기술은 마니아적이고 기술적인 애니메이션의 첨단화를 목표로 한 게 아니다. 타카오와 유키노의 감정이 흔들리고 변화하는 과정을 비 내리는 방식이나 빗방울이 떨어지는 움직임, 나아가 바람과 빛의 표현, 자연 소리와의 연동으로 다채롭게 제시하려 사용된, 인물 표현을 위한 기술임을 잊지 말아야 한다.

• 깊어지는 타카오와 유키노의 관계 •

타카오 앞에 유키노는 낯선 '타인'으로 나타난다. 유키노에게도 그건 마찬가지다. 유키노는 타카오의 교복 배지를 보고 그가 자기가 근무하는 고등학교 학생임을 알게 되지만, 그 이상의 정보는 적극적으로 알려 하지 않는다. 어디까지나 타인으로서 관계를 이어가려 한다. 타가오와 유키노의 만남은 도시 공간에 숨어 있는 오아시스 같은 정원의, 나아가 그 구석에 있는 정자에서 이루어진다. 도시 소음으로부터 여러 겹 차단되고 격리된 쉼터 같은 밀실 공간에서 두 사람은 생면부지의 남녀로 만나 비 오는 날에만 밀회 같은 시간을 보낸다. 타카오가 정자로 가려면 연못에 걸린 긴 나무다리를 건너야 한다. 정자는 이쪽(현실 세계)과 격리된 저편(다른 세계)에 존재하

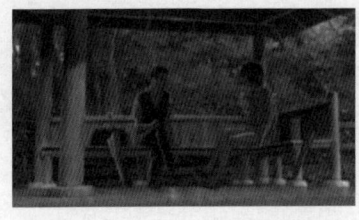

의사소통하면서 타카오와 유키노가 앉은 위치가 서서히 가까워진다. 유키노는 커피를 들고 편안하게 타카오와 대화한다.

는 공간이다. 생면부지의 사이이면서도 그들은 서로의 이름, 나이, 소속, 주소, 연락처를 전혀 묻지 않는다. 도시에 사는 익명의 개인으로 대화하기를 바란다. 그런 태도는 오히려 그들의 거리를 좁혀 구속 없는 자유로운 관계를 만든다.

"밀회를 거듭하다(PV Part)"라는 제목의 그림 콘티 C부분은 반주 음악을 담당한 KASHIWA Daisuke의 어쿠스틱한 피아노곡 『Greenery Rain』에 실려 음성과 환경 소리를 최대한 억제한 형태로 가볍게 이야기가 진행된다. 컷 분할을 중시한 PV 스타일, 혹은 영상 시(詩) 같은 부분이다. 여기서는 타카오의 일상생활과 타카오와 유키노의 관계가 깊어지는 과정이 그려진다. 정자에서 앉는 위치 관계 컷이 둘의 관계가 깊어지고 있음을 드러낸다. 타카오와 유키노는 처음 역 L자 모양 벤치의 긴 쪽과 짧은 쪽 끝에 앉았다. 시간이 흐름을 나타내는 세 컷에서 유키노는 짧은 쪽 안쪽으로, 타카오는 끝에서 유키노 쪽으로 서서히 다가갔다. 타카오는 구두 데생에 집중하고 유키노는 문고판을 읽는데 가장 가까워진 세 번째 컷에서 둘은 즐겁게 대화를 나눈다. 이때 유키노는 캔 맥주가 아니라 따뜻한 커피를 들고 있다. 타카오와 나누는 친밀한 대화가 맥주와 초콜릿에 의존했던 이전의 생활에서 유키노를 구해준 것이다.

타카오의 꿈은 구두 장인이 되는 것이다. 고등학교를 졸업하고 전문학교 진학을 목표로 매일 아르바이트에 전념한다. 구두 장인이 되고 가능하다면 직업으로 삼고 싶다는, 이제까지 아무에게도 밝히지 못했던 꿈을 유키노에게 말한다. 서로의 사생활에는 관여하지 않는, 정자 내부에서만 완결되는 자유롭고 느슨한 관계가 그런 고백을 가능하게 만든다. 타카오는 샌드위치를 만들어 와 유키노와 함께 먹는다(〈별을 쫓는 아이〉에서 샌드위치를 싸 온 아스나가 슌과 함께 먹는 장면이 떠오른다). 비밀스러운 밀회는 고등학교 1학년 남학생에게 어떤 감정을 쌓게 만든다. 그것은 타카오의 다음 독백을 통해 짐작할 수 있다. "밤에 잠들기 전, 아침에 눈을 뜨는 순간 나도 모르게 비가 오기를 빌고 있다", "그녀는 마치 세계의 비밀 그 자체처럼 보인다", "그 사람에게 있어 15세의 분명 그저 어린애일 뿐이라는 점. 그리고 구두를 만드는 일만이 나를 다른 장소로 데려다 줄 거라는 점."

여기에는 신비로움과 불가사의함, 아름다움의 화신인 연상의 유키노에 대한 마음을 품고 구두 장인이라는 꿈을 향해 정진하는 타카오의 올곧은 마음이 담겨 있다. 중간에 NTT도코모 요요기 빌딩 주위를 무리에서 떨어져 나와 비약하는 까마귀 한 마리를 포착한 장면이 끼어든다. 이 까마귀는 동급생들과 어울리지 않고 오로지 꿈을 향해 고고하게 사는 타카오의 표상이다.

여기까지 이야기는 타카오의 시점으로 그려진다. 타카오의 가정환경이나 학교생활 정보는 어느 정도 드러나는데 유키노 관련 정보는 이름을 포함해 아무것도 알 수 없다. 우리 관객에게도 유키노는 신비의 옷을 입은, 알 수 없는 존재이다. 유키노는 항상 정원에 있다. 〈언어의 정원〉은 미니멈한 관계극인데 신주쿠 부도심에 존재하는 정원이라는 장소를 둘러싼 이야기이기도 하다. 둘이 만나는 정원의 모델이 신주쿠교엔이라는 점은 배경 묘사를 통해 판단할 수 있다. 여기서 강조해야 할 점은 〈언어의 정원〉에 등장하는 정원 모델은 신주쿠교엔이지만, 현실에 존재하는 신주쿠교엔과는 같은 위치가 아니라는 사실이다. 일테면 이야기 초반부에서 타카오가 정원에 들어오는 장면에서 '신주쿠교엔' 간판은 '신주쿠'까지는 읽을 수 있는데 그 다음 글자는 빗발이 일으킨 안개에 흐려져 있다. 작품 속에 '신주쿠교엔'이라는 글자나 말은 한 번도 등장하지 않는다. 이는 작품에 등장하는 정원이 우리가 아는 신주쿠교엔을 참조했다고 장담할 수 없음을 의미한다. 초반부에서 신주쿠역 남쪽 출입구 고슈가이도 도로를 틸트 다운하는 장면에는 LUMINE라는 이름이 붙은 역 빌딩이 등장한다. 이처럼 〈언어의 정원〉에서는 고유명사가 정교하게 사용되고 있다.

• 고유명사 사용에 관해 •

유키노가 정자에서 마시는 캔 맥주는 산토리 긴무기(金麦)이다 (정확히 말하면 맥주가 아니라 리큐어로 분류되는 제3의 맥주). 이 밖에도 작품에 등장하는 현실에 존재하는 고유명사나 상품 이름을 일부 열거하자면, 유우팩, 산토리 이에몬과 남알프스 천연수, FILA 셔츠 등을 들 수 있다. 작품에 그려진 아이템 전부는 아니지만, 일부는 실재하는 상품이 그대로 등장한다. 작품 속 긴무기의 존재감과 집착에 관한 팬의 질문에 신카이는 이렇게 답했다. "역시 실제로 존재하는 상품이 애니메이션 작품에 나오면 존재감이 두드러지죠. 상품 패키지가 이미 하나의 작품이니까 당연하겠죠. 실은 제가 꼭 '긴 무기'여야 한다고 주장하지는 않았습니다. 그저 〈언어의 정원〉은 현재 도쿄를 무대로 한 작품이므로 나오는 소품도 최대한 정말 있는 것으로 하자고 생각했습니다. 그래서 프로듀서에게 부탁해 몇몇 브랜드의 사용 허가를 받았습니다." [60] 신카이의 과거 작품에서, 일테면 〈구름의 저편, 약속의 장소〉에서 고유명사는 의도적으로 조금씩 다르게 했다. 평행 세계를 그린 작품 설정과 관계가 있음은 이미 지적한 바 있다. 〈언어의 정원〉은 우리 생활과 이어진 세계를 그린 작품이므로 실재하는 아이템의 채용은 일상적이고 평범한 사실주의를 지탱하는 힘이 되고 있다.

그러나 신주쿠교엔은 어디까지나 모델의 범주에 머문다. 작품의 정원은 신주쿠교엔을 모델로 한, 그러나 신주쿠교엔 자체는 아닌 가공의 정원이라 생각해야 한다. 고유명사를 드러내지 않은 이유는 모른다. 허락을 받지 못했을지도 모르고 금지된 정원 안에서의 음주 묘사를 고려한 것일지도 모른다. 작품 해석을 덧붙이자면 '도시 공간에 숨은 이색적인 공간'으로 특별한 의미를 부여하려고 의도적으로 고유명사를 드러내지 않았을 수도 있다. 특히 정자는 현실 세계와 격리된 특별한 시간이 흐르는 공간이다. 그런 특별한 의미를 담은 장소가 고유명사로 인해 특정한 의미로 갇히는 일은 피하고 싶었을지 모른다.

이 작품에서 가장 주목해야 할 고유명사는 한 구두 브랜드이다.

타카오는 스케치한 구두 디자인을 유키노가 들여다보자 당황해서 얼른 스케치북을 덮는다. 반찬을 나눠 먹자며 유키노가 만든 도시락 달걀말이를 덥석 물었으나 유키노의 엉망인 요리 솜씨만 드러나는 유머러스한 장면에 이어 어느새 잠든 타카오가 꾸는 꿈속에 그 메이커의 구두가 등장한다.

부모님이 이혼하기 직전, 아직 어린 시절 봄의 기억. 공원 벤치에 앉은 어머니가 남편과 두 아이가 고른 생일선물 상자를 연다. 상자 안에는 아름답게 반짝이는 보라색 하이힐이 들어 있다. 아직 어린 타카오는 그 아름다움에 반하고 만다. 구두 만들기를 꿈꾸게 한 타카오의 풍경이다. 타카오에게 구두란 네 가족의 추억과 어머니의 이미지와 연결된다. 구두가 든 상자에는 일본을 대표하는 전통의 여성 구두 브랜드 'DIANA' 로고가 새겨져 있다. 유키노가 애용하는 브랜드 역시 같은 DIANA이다. 지저분한 유키노의 방이 등장하는 첫 번째 장면에 DIANA 가방이 보인

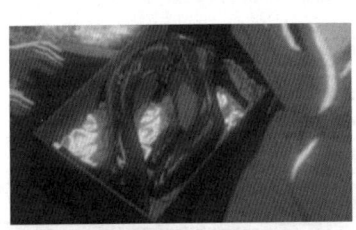
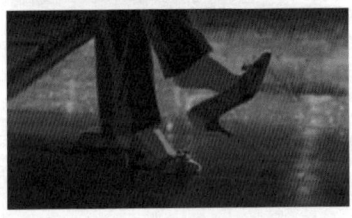

다. 이후 작품의 절정인, 맨발을 재는 장면에서 유키노가 벗는 하이힐도 DIANA의 구두임을 알 수 있다. 타카오의 어머니와 유키노는 브랜드로 이어진다. 어머니에 대한 마음과 유키노에게 품는 풋풋한 연정은 DIANA 구두를 접점으로 이어진다.

타카오의 어머니와 유키노는 여성화 브랜드 DIANA로 이어진다.

신카이 마코토의 세계

1948년(쇼와 23년)에 긴자 스즈란 거리에 여성화 전문점으로 문을 연 다이애나 주식회사는 전후를 대표하는 여성화 오리지널 브랜드이다. 중심인 DIANA를 중심으로 DIANA Romache, DIANA WELL FIT, ADANA MUSE, artemis by DIANA 등 여러 브랜드를 전개하고 있다. 회사 이름의 유래는 명확하다. 다이애나(Diana)는 로마 신화에 등장하는 디아나의 영어 발음이다. 디아나는 그리스 신화에서는 아르테미스(Artemis)에 해당한다. 아르테미스는 그리스 신화에서 올림포스 12신에 들어가는 중요한 신이다.

　　제우스와 레토 사이에서 태어난 아르테미스는 아폴론과 쌍둥이 남매다. 그리스 신화 세계에서는 수렵의 여신이자 달의 여신이다. 산과 들판을 달리며 활로 사냥하기를 즐긴다. 미모의 소유자로 순결을 지켰기에 처녀와 순결의 여신으로도 불린다. 아름답고 기품 있는 아르테미스의 활은 때로 다른 신이나 인간을 향하기도 한다. 어머니 레토를 모욕한 니오베의 자식들을 죽이고, 목욕하는 장면을 우연히 본 악타이온을 사슴으로 변모시켜 자기가 데려온 사냥개에게 물려 죽게 한 에피소드는 유명하다. 그리스 신들은 매우 인간적인 존재인데 아르테미스 역시 관용적인 보호자로서의 측면과 적대하는 상대와 규칙을 어긴 자에게는 엄격하고 잔인한 힘을 행사하는 공포의 대상이라는 양면을 지니고 있다.

　　타카오에게 유키노는 아름답고 신비하며 두려운, ‘세계의 비밀 그 자체’를 구현한 존재이다. 갑자기 눈앞에 나타난 유키노는 숭고한 ‘여신’처럼 보일 것이다. 유키노가 신은 DIANA 구두는 다이애나=아르테미스의 이미지를 포함으로써 유키노의 신비성에 근거를 줌과 동시에 타카오가 구두 장인이라는 꿈을 품게 한 어머니의 구두를 둘러싼 가족의 기억을 개입시켜 타카오에게 여성이 얼마나 큰 동경과 외경의 대상인지를 얘기하는 이야기의 핵심 아이템이다.

• 독서하는 유키노 •

또 하나, 이 작품에서 주목해야 하는 고유명사는 유키노가 읽는 책의 작가와 제목이다. 장면 곳곳에 책을 읽는 유키노의 모습이 삽입된다. 정자에서 누워, 어머니에게 구두를 선물하는 어린 시절의 꿈을 꾸며 잠든 타카오 옆에서, 유키노는 문고판 책 하나를 펼치고 있다.

이미 살펴봤듯 〈구름의 저편, 약속의 장소〉의 사유리와 〈초속 5센티미터〉의 아카리 등 신카이 작품은 '독서하는 여성'을 지속적으로 그려왔다. 유키노 역시 이런 문학소녀 계보와 연결되는, 책 읽는 여성 캐릭터이다. 책 읽는 여성은 아름답다. 독서에 집중한 나머지 외부의 시선에 무방비한 상태일 때 그녀의 진정한 모습이 드러나기 때문이다. 서양 회화에서 '독서하는 여성'은 그림 소재의 하나였다. 예를 들면 장 오노레 프라고나르의 『책 읽는 소녀』(1775년경)나 피에르 오귀스트 르누아르의 『책 읽는 여자』(1874년) 등의 걸작이 있고, 일본에서도 구로다 세이키의 『독서』(1891년)가 유명하다. 모두 독서에 집중하는 무방비한 여성을 외부의 시선으로 그리는 구도로, 그녀들의 관능적인 아름다움의 순간을 잡아내고 있다. 시대와 상황은 다르지만 문고판을 읽는 유키노도 프라고나르나 르누아르 그림과 이어지는 '독서하는 여성'의 아이콘화로 주목할 가치가 있다.

유키노가 정자에서 들고 있는 책은 이노우에 야스시의 『누카타 여왕』(신초문고)이다(표지의 작가 이름과 제목이 가로로 표기된 걸로 보아 구판이다). 누카타 여왕은 만요슈 초기를 대표하는 가인(歌人, 시인)이다. 오아마 황자(덴무 천황)의 총애를 받아 도오치 황녀를 낳았으나 나카노오에 황자(덴지 천황)의 부름을 받아 첩비가 된다. 『누카타 여왕』에서는 천황 대대로 시를 읊어 신의 소리를 듣는 영력을 지닌 무녀 같은 존재로 그려진다. 오아마와 나카노오에 황자라는 형제 사이에서 갈등하고 역사에 우롱당한 누카타 여왕의 사랑과 고독, 슬픔이 소설가의 자유로운 상상력과 정취 가득한 문체로 그려진다.

유키노는 문고판의 딱 반 정도쯤 되는 페이지를 펼치고 있다. 유키노가 읽는 부분은 나카노오에 황자의 처소로 불려 가 하룻밤 특별한 시간을 보낸 후 한반도로 떠나는 선단 출정 의식에서 사이메이 천황 대신 그 유명한 '니키타쓰에서 배의 출발을 기다리니 밀물이 들어오네. 자, 이제 노를 젓자'(만요슈 1.8)라는 노래를 읊는 부분일까. 나라의 명운을 걸고 전투에 나서는 기세가 강조된 노래인데 누카타 여왕 인생의 절정을 상징하는 장면이기도 하다. 신의 목소리를 고하는 무녀의 사명을 다하기 위해 몸을 바치더라도 "왕자님을 사모하는 마음"만은 줄 수 없다고 나카노오에 황자에게 선언하는 그녀의 강인함이 그려지는 한편, 달을 보는 연회 자리에서 절연당한 딸 도오치 황녀와 재회했으나 어머니를 본 황녀가 놀라 도망쳐 버려

상처를 입는다. 사랑을 봉인하고 무녀로서의 숙명을 짊어지고 사는 누카타 여왕의 '슬픔'에 유키노는 깊이 공명했을 것이다. 타카오의 잠든 얼굴을 보고 타카오에게 호소하듯 혹은 자신을 다독이듯 "있지? 나는 아직 괜찮은 걸까?"라고 중얼거리는 유키노 역시 어떤 슬픔을 안고 있음이 이후 장면을 통해 판명된다.

이제까지는 주로 타카오의 시점으로 이야기가 진행되었다. 관객에게도 유키노는 타카오가 느낀 대로 비밀스러운 여성이다. D부분에서는 유키노 시점의 묘사가 그려져 그녀의 일상생활과 개인적인 사정이 정보로 제시된다.

유키노는 어지럽게 흩어진 방에 돌아와 침대에 쓰러진다. 부엌 싱크대 위에는 먹다 남긴 초콜릿과 맥주 캔이 놓여 있다. 다음 컷에서는 유키노의 책장 일부가 나온다. 나중에 유키노의 직업이 고등학교 국어 고전 과목 교사임이 밝혀진다. 『가도카와 한중일 사전』, 『다이지린 대사전』 같은 사전 종류와 만요슈 관련 서적, 국문학과 일본어학 전문서와 참고서들은 고전 국어 교사로서의 이력을 증명한다. 책장에는 조금 전 언급한 이노우에 야스시의 『누카타 여왕』 문고판도 있다. 그 밖에도 프랑스어판 『어린 왕자』와 코니 윌리스의 『항로』 등 외국 문학 작품도 나란히 꽂혀 있다. 신카이 작품과 관련된 책이 존재한다는 게 흥미롭다. 오쓰코쓰 요시코의 『피라미드 모자여, 안녕』을 비롯해 제1장에서 소개한 신카이가 회사원 시절 읽은 만요슈를 현대어로 번역한 세 권 시리즈의 비주얼 북 『LOVE SONGS Side. A』, 『LOVE SONGS Side. B』, 『SONGS OF LIFE』가 책장 오른쪽 구석에 꽂혀 있다. 이런 연관성은 그냥도 흥미롭지만, 〈그녀와 그녀의 고양이〉(1999년)가 이 세 권의 책에 감명받아 만들어졌음은 특히 주목하기를 바란다.

이미 설명한 대로 신카이는 스물일곱 때 〈그녀와 그녀의 고양이〉를 발표한다. 작품 속 '그녀' 역시 스물일곱이다. 〈그녀와 그녀의 고양이〉는 신카이가 자기 직업과 인생의 전환점인 '스물일곱 살의 문제'가 창작 동기 중 하나였다. 그리고 유키노도 스물일곱이다. 〈그녀와 그녀의 고양이〉와 〈언어의 정원〉은 외적으로는 다른 작품처럼 보이나 〈언어의 정원〉에서 〈그녀와 그녀의 고양이〉의 세계가 반복된다. 타카오는 수컷 고양이 '나', 유키노는 그 고양이를 줍는 '그녀'와 각각 연결할 수 있다. 〈그녀와 그녀의 고양이〉에서 '그녀'는 '나'를 비 오는 날 줍는다("계절은 초봄, 비가 내리는 날이었다"). 타카오와 유키노와 마찬가지로 '나'와 '그녀'도 비 오는 날에 처음 만난 사실은 꼭 기억해야 하는 공통점이다.

신카이 작품의 특징은 주제와 소재만이 아니라 상황이나 스토리, 이미지 등 작품을 구성하는 모든 요소에서 서로 관련된 구조를 형성한다는 점이다. 세부 사항의 연관성으로 개별 작품들이 미묘한 선을 이루며 전체적으로 커다란 하나의 '신카이 마코토 작품'을 구성한다. 그런 시점을 항상 의식하며 감상하면 작품은 우리에게 더 열릴 것이다.

• 표현된 '성'의 세계 •

유키노는 어질러진 자기 방에서 남성과 전화로 대화한다. 전화 상
대는 유키노가 사귀었던 전 남자 친구이자 동료 고교 교사인 이토이
다. 유키노는 일을 그만두겠다는 결단을 그에게 알리고 힘든 시기에
자신을 믿어주지 않았던 그를 속으로 비난한다. 도시락을 싸 온 사
람과 공원에서 만나 미각 장애에서 벗어난 사실도 알리는데 그 상대
는 아줌마라고 거짓말한다. 커튼 건너편 실내에서 식기를 정리하는
여성의 모습이 보이는 베란다에서 이토는 담배를 피우면서 휴대전
화로 유키노와 전화한다. 정중하나 무뚝뚝한 이토의 말투에서는 전
여자 친구를 생각하거나 배려하는 마음이 전혀 전해지지 않는다. 여
기서도 단절의 정경이 그려지고 있다. 유키노와 이토 사이에는 복원
할 수 없는 벽이 가로막혀 있다. 유키노가 전화를 끝내고 든 스마트
폰 화면에는 '이토 선생님', '본가', '히가시 의원', '요리', '수신 거부
설정', '마루이 씨'라는 통화 이력이 표시되어 있다. 유키노는 본가
에 어떤 보고를 했을까. 히가시 의원은 유키노가 다니는 정신의학과
일까. 요리는 여자 친구일까. 마루이 씨는 누구일까. 다양한 상상이
떠오른다. 꺼진 화면에 유키노의 슬픈 얼굴이 비친다. "그 일 이후
나는, 온통 거짓말이야"라고 중얼거리는 유키노는 소파 위에서 무
릎을 안는다. 그녀는 자기혐오 감정에 빠져 정신적으로 최저, 최악
의 장소에 있다.

유키노는 아침 6시 알람에 일어나는데 커튼 너머로 비의 기운을
느끼고 밝은 표정이 된다. 역 플랫폼에서 우두커니 서서 열차를 보

내고 있다가 결심한 듯 늘 가
던 장소로 향한다. 도시락에 대
한 고마움으로 책 한 권을 타
카오에게 건넨다. 그 책은 타카
오가 너무 비싸 차마 사지 못
했던 구두 만들기 전문서이다.

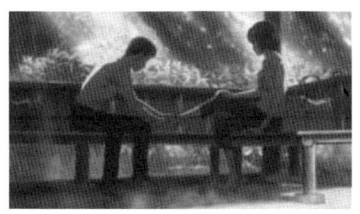

신카이 작품에서는 '성'이 직접적으로 그려지는 장면
은 없으나 타카오가 유키노의 발을 만지고 재는 장면
에는 페티시즘과 에로티시즘이 가득하다.

타카오는 현재 구두를 만들고 있음을, 그게 여성 구두임을, 하지만
제대로 만들어지지 않고 있음을 부끄러워하며 알린다. 그림 콘티에
는 "거의 사랑 고백"이라는 글이 적혀 있다. 타카오의 마음은 얼굴을
붉힌 유키노의 표정을 통해서도 전해졌을 것이다.

정자 주위에는 부슬비가 조용히 내리고 밝은 빛이 쏟아지며 안개
를 일으키고 있다. 유키노는 결심하고 오른발의 DIANA 하이힐을
벗고 타카오 앞에 천천히 맨발을 내민다. 타카오는 망가진 물건이라
도 만지듯 조심스럽게 유키노의 발을 만지며 형태를 확인하고, 재
고, 노트에 적는다. 타카오의 손과 유키노의 발이라는, 말단의 신체
접촉을 통한 내밀한 커뮤니케이션 정경은 이 작품에서 이야기의 절
정을 형성한다. 이야기는 어젯밤 '최저 최악의 장소'에서 '최고 최선
의 장소'로 단숨에 달려간다. 여성 맨발에 대한 페티시즘과 에로티
시즘적 감수성은 이미 봐 온 대로 신카이 작품에 관통하고 있다. 이
장면에 대해 신카이는 다음과 같이 말했다.

손을 잡은 적도 없는, 그보다 이름조차 모르는 두 사람이 극한까지
가까워진 장면입니다. 열다섯 소년에게 여성의 발 크기를 재는 행위

는 대단한 모험이라고 생각하고 성적인 감정에서 자유로울 수 없죠. 그러므로 관객을 두근거리게 하는 장면이어야 하니까 스태프에게는 "이 영화의 섹스 장면 같은 거"라고 말했습니다.

하지만 야하기만 해서는 안 되기에 피아노 BGM으로 신비한 분위기를 내서, 관능적이면서 아름답게 표현하려고 연구했습니다. 애니메이션 전체의 작화 장수 제한 속에서 이 장면에 정말 많은 장수를 할애했습니다. [61]

신카이 작품에서는 직접적으로 '성'이 그려지지는 않는다. 그러나 타자의 시선으로부터 격리된 정자에서 여성의 발을 만지고 재는 비밀스러운 행위는 우리 안의 에로티시즘을 환기한다. 타카오와 유키노의 행동은 모의적 성행위 같은 것이다. 그런 의미에서 "이 영화의 섹스 장면 같은 거"라는 신카이의 말은 본질을 꿰뚫고 있다. 성에 이끌린 두 사람의 운명은 직전 장면부터 예감할 수 있었다. 유키노가 구두를 벗기 전에 나뭇가지에서 작은 새가 날아오르는 컷이 삽입된다. 그림 콘티에서는 '정원의 소형 새'라고만 적혀 있는데 이 작은 새는 신카이 본인이 몇 군데에서 언급한 대로 할미새다. 『니혼쇼키』에는 이자나기와 이자나미가 긴 꼬리를 위아래로 흔드는 할미새를 보고 교합 방법을 배워 나라를 낳았다는 기록이 있다("드디어 합교하게 되었으나 그 방법을 몰라. 그때 할미새가 날아와 꼬리를 흔들었다." 『니혼쇼키』 상). 그런 까닭에 할미새는 '며느리를 가르치는 새'라는 별명이 있다. 타카오와 유키노의 행동은 나뭇가지에서 날아오르는 할미새를 통해 예고된다.

유키노는 타카오에게 발을 맡김으로써 마음을 열고 이제까지 말하지 못한 속내를 털어놓는다. "나 말야, 잘 걷지 못하게 돼 버렸어." 유키노의 이 말은 작품 중심에 놓아야 할 것이다. 왜냐면 '잘 걷지 못하게 된' 유키노를 위해 구두를 만드는 게 타카오의 미래를 개척하는 새로운 목표가 되기 때문이다. 누군가를 위해 구두를 만든다는 행위는 걷는 도구를 제공하는 데 그치지 않는다. 그 사람의 인생에 다가가 보호하는 행위를 포함한다. 〈언어의 정원〉은 '우산'과 '구두'를 둘러싼 이야기이다. 우산은 쏟아지는 비와 눈, 자외선으로부터 사람을 보호하는 도구이다. 구두는 상처 입고 더러워진 맨발을 땅으로부터 지켜 준다. 우산과 구두로 사람은 '위'와 '아래'로부터 보호받는다. 외계로부터 몸을 보호하기 위해 우산과 구두가 중요한 아이템으로 채용된 것은 필연적이다. 그렇게 생각하면 정자 역시 '커다란 우산'이다. 둘은 반쯤 밀실인 정자의 보호를 받는다. 외계로부터 닫힌 커다란 우산 아래에서 타카오와 유키노는 인생의 일시적인 피난=비를 피하는 시간을 공유한다.

밝은 빛과 부드러운 비에 둘러싸인 정자 좌석에 선 유키노의 발을 정성껏 재고, 그녀가 내뱉은 말에 조용히 응하는 타카오는 마치 지상에 떨어진 여신의 발밑에 쭈그려 앉은 종처럼 보인다. 신화적 정경을 환기하는 장면이다. 깨끗하고 아름답고 존엄한 타카오와 유키노의 교감 장면은 여기를 정점을 찍고 앞으로 나아간다.

• 소세키를 읽는 유키노 •

한여름으로 본격적인 여름이 찾아온다. 장마가 끝나 비 오는 빈도가 줄어들면 타카오와 유키노가 밀회할 기회가 급격히 줄어든다는 걸 의미한다. 지금까지 둘은 서로의 이름도 연락처도 교환하지 않았다. '비가 내리는 날 오전, 일본 정원 정자'라는 느슨한 약속만이 유일한 접점이다. 어느 맑은 날, 유키노는 정자에서 문고판 책을 읽고 있다. 인기척에 퍼뜩 고개를 들지만, 낯선 커플이 보일 뿐이다. 유키노는 다시 문고판으로 시선을 떨군다. 유키노는 나쓰메 소세키의 『행인』(신초문고)을 읽고 있다. 책갈피를 끼운 페이지를 여는 컷으로 현재 읽는 페이지를 알 수 있다. 유키노는 '형'의 42절을 읽고 있다.

유키노가 소세키의 『행인』을 읽는 상황은 작품 속에 배치된 작은 에피소드라고 생각할지 모르나 사소하게 보이는 컷에 큰 의미를 찾아낼 수 있는 게 신카이 작품의 특징이다. 『행인』을 읽는 유키노의 컷은 〈언어의 정원〉을 해석하는 데 중요한 문제를 포함하고 있다.

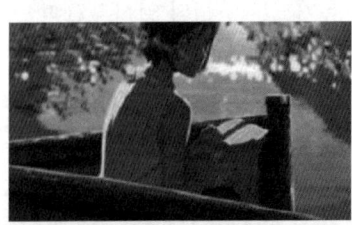
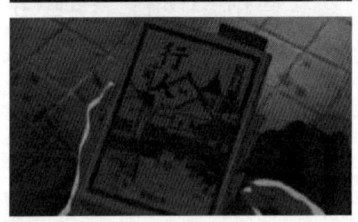

장마가 끝난 정자에서 유키노가 읽는 책은 나쓰메 소세키의 『행인』(신초문고)이다. 『행인』은 〈언어의 정원〉을 해독하는 데 중요한 텍스트이다.

여기서 『행인』이라는 작품에 대해 다시 확인해 보자. 소세키 작품 중 핵심 작품은 아

신카이 마코토의 세계

니지만, 후기 3부작(『피안 지나갈 때까지』, 『행인』, 『마음』) 가운데 두 번째 작품에 해당하는 이 작품은 당연히 중요하다. 이야기의 화자=주인공은 나가노 지로라는 이름의 청년이다. 친구 미사와와 만나려고 오사카까지 온 지로는 미사와가 위장병이 생겨 입원한 사실을 알고 병문안 온 것이다. 미사와는 같은 병원에 입원한 '그 여자'와의 상황을 말한다. 미사와는 찻집에서 만난 게이샤 가게에서 일하는 '그 여자'에게 위가 약한데도 술을 강요해 피를 토할 만큼 궤양이 악화시킨 점에 책임감을 느끼고 있다. 퇴원한 미사와는 '복잡한 사정'으로 이혼하고 아버지가 중매인이었다는 사정으로 미사와 집안에 오게 된 한 '아가씨'에 관해 이야기한다. 결혼 생활이 파탄 나 이혼했으나 정신이상을 일으킨 '아가씨'는 미사와를 자기 남편처럼 친밀하게 대한다. 입원한 '아가씨'는 이후 사망한다. 미사와는 '그 여자'의 얼굴이 '아가씨'와 '너무 닮았다'라고 한다.

지로는 도쿄에서 오사카로 온 어머니와 형(이치로), 그리고 형수 나오를 마중 나간다. 오사카를 유람한 네 명은 와카노우라로 향한다. 학자인 이치로는 엄격하고 까다로워 가족은 이치로의 기분을 상하지 않도록 행동한다. 형과 거리를 두는 형수의 태도도 표면화된다. 이치로는 한 가지 '부탁'을 지로에게 한다. '나오는 네게 반한 게 아닐까?' 라는 의심을 품은 이치로는 나오와 둘이 와카야마에서 하룻밤 묵으며 나오의 정절을 시험해 달라고 동생에게 의뢰한다. 형의 의뢰를 거부하지 못한 지로는 형수의 속내를 듣고 바로 낮에 돌아오겠다는 조건으로 나오와 둘이 와카야마 구경에 나선다.

와카야마에 도착하니 날씨가 험악해진다. 비가 쏟아붓고 바람이 불기 시작한다. 와카노우라에도 폭풍우가 찾아와 전화가 연결되지 않고 나무가 쓰러져 돌아오는 열차도 다니지 않는다. 와카노우라로 돌아가지 못한 지로와 나오는 격렬한 비바람 속에 정전된 방에서 하룻밤을 보낸다. 그리하여 형과의 거래는 기상 악화로 뜻밖에 현실이 되고 만다. 다음 날, 하룻밤을 꼬박 지새운 지로는 형과 가족에게 돌아온다. 유키노가 펼친 페이지는 형에게 불려간 지로가 보고를 요구받는 장면이다. "너는 형수의 마음을 알았느냐?" 라고 묻는 형에게 지로는 오직 한마디 "알 수 없었습니다" 라고 대답한다. '형' 부분은 44절까지라 후반부에 해당한다. 43절에서 지로는 "형수님의 인격을 의심할 여지는 없었습니다" 라고 단언한다. 그러나 이치로 안에 싹튼 의구심은 커지기만 하고 그 독은 자기 마음마저 파먹는다.

『행인』과 〈언어의 정원〉에는 몇 가지 공통점이 있다. 일단 첫째로 기상의 중요성이다. 지로와 나오가 와카야마로 출발하는 아침 상황은 "일어날 때부터 애석하게도 반점이 보이기 시작했다. 게다가 바람까지 높이 불어 방파제에 깨지는 파도 소리가 엄청나게 들려왔다" 라고 묘사된다. 도착한 와카야마는 "불규칙하고 짙은 구름이 여러 겹 두 사람의 머리 위를 덮"쳤고 "그뿐만 아니라 금방이라도 가을비가 쏟아질 듯 하늘 일부분이 시커멓게 변했다." 인력거꾼의 안내로 음식점에 들어가자, 비가 내리고 바람이 불기 시작했다. 이치로와 어머니가 있는 와카노우라는 와카야마보다 더 거친 날씨로, 폭풍우가 들이닥쳤다. 비바람 속에서 지로와 나오는 음식점에서 여관으로 이동한다. 정전된 방에서 둘이 대치하는 장면(35절)은 다음과 같이 그려지고 있다.

둘은 암흑 속에 앉아 있다. 움직이기는커녕 말 한마디 없이 묵묵히 앉아 있다. 앞이 보이지 않은 탓인지, 밖의 폭풍우는 전보다 훨씬 크게 들렸다. 비는 바람에 흩어져 그리 무섭게 들리지 않았는데 바람은 지붕도 담도 전봇대도 경계 없이 불어닥쳐 비명을 질러댔다. 둘이 있는 방은 지면 위 동굴 같은 곳으로 사방이 모두 단단한 건물의 두꺼운 벽에 둘러싸여 있고 툇마루 앞 조그만 중정조차 비교적 안전하게 보였으나 주위를 감싼 무시무시한 소리는 어둠 속에 깨어 있는 인간에게는 저항할 수 없는 불가사의한 위협이었다.

어둡고 조용한 실내와 폭풍우가 내는 '무시무시한 소리'가 대조적으로 묘사된다. 이 정과 동의 묘사는 기후 악화로 단둘이 방에 있는 지로와 나오 사이의 심리나 긴장감과 호응한다. 〈언어의 정원〉이 기상과 내면의 상관성을 그린 작품이듯 『행인』 역시 기상 변화와 얽힌 인간 심리의 드라마를 그려낸 소설이다. 지로와 나오가 안내된 '시쓰(室)'는 타카오와 유키노의 정자와 같은 장소이다. 세상으로부터 격리된 여관방에서 지로와 나오는 둘만의 시간을 보낸다. 지로와 나오 사이에는 아무 일도 일어나지 않는다. 그러나 나오의 입에서 나온 말에 충격을 받은 지로는 나오의, 나아가 여성이라는 존재의 정체 모를 진실을 깨닫는다. 타카오는 유키노를 '세계의 비밀 그 자체'라고 생각한다. 나오와의 대화를 통해 지로에게 나오는 두려운 존재로 탈바꿈한다. 타카오와 지로에게 그녀들은 신비로운 여성의 상징이다.

『행인』에는 정신적으로 쫓기고 고뇌하고 광기의 세계로 이끌려가 파탄하는 사람들이 등장한다. 예를 들어 미사와가 말하는 '파란색의 미인'인 '아가씨'. 남편은 "신혼 초 이따금 집을 비우거나 늦게 돌아와 그 아가씨의 마음을 심히 괴롭혔다"라고 하는데 "아가씨는 한마디도 남편에게 자기 괴로움을 털어놓지 않고 참았던" 게 그녀의 마음을 눌러 "정신이상을 일으켜" 끝내 사망하고 만다.

이치로 역시 아내의 진심을 몰라 고뇌한 끝에 동생과 아내를 한방에 묵게 하는 평범치 않은 행동에 나서게 된다. 폭풍우가 치는 날밤, 나오의 언동을 알고 싶다는 생각에 사로잡힌 이치로는 서서히 정신 실조를 일으킨다. 지로는 '아가씨'의 '광기'를 형에 빗대어 생각한다.

유키노 역시 어떤 사정으로 마음에 병이 들어 직장에 다닐 수 없게 되었다. 마음이 꺾여 의욕을 잃고 초콜릿과 맥주의 맛만 느끼는 미각 장애를 앓는다. 이렇게 평범치 않은 정신 상태에 있는 유키노에게 소세키의 『행인』은 마음에 스며드는 소설이었을 것이다. 유키노는 『행인』을 읽으면서 '아가씨'의 고통과 슬픔에 동조했을 것이다. "너는 형수의 마음을 알았느냐?"라며 동생에게 묻고 아내를 의심하기 시작하며 인간 불신에 빠진 이치로의 고뇌를 이해했을 것이다. 유키노가 안은 고통의 중심에는 타인과의 관계라는 전제에서 생기는 '관계성의 병'이 있다. 소세키 또한 관계성이 만든 병리의 근원을 파헤친 작가이다. 바꿔 말하면 커뮤니케이션과 디스커뮤니케이션의 경계를 그려 온 작가이다.

백 년 전에 쓴 소세키 작품이 지금도 생생하게 읽히는 이유는 커뮤니케이션을 둘러싼 문제가 주제이기 때문이다. 시대가 변해도 커뮤니케이션을 원하는 인간의 생태에는 변함이 없다. 백 년 전, 천 년 전 인류도, 백 년 후와 천 년 후의 인간도, 수단이나 방법은 다르나 커뮤니케이션하는 동물임에는 변함이 없다. 커뮤니케이션은 디스커뮤니케이션을 포함한다. 디스커뮤니케이션에서 커뮤니케이션이 생긴다. 이제까지 살펴봤듯 신카이 마코토는 커뮤니케이션의 가능성과 불가능성을 그려왔다. 백 년 이상의 시간을 두고 소세키와 신카이의 문제 설정은 이어져 있다.

『행인』을 읽는 유키노는 자기 운명과 『행인』 속 인물의 운명을 겹쳐 생각한다. 행인에는 '길을 걷는 사람'과 '여행자'라는 의미가 있다. 인생이란 '길은 걷는 사람'이 서로 만나고 헤어지고 교차하는 긴 '여행' 같은 것이다. 〈언어의 정원〉은 인생의 '여행자'가 만나는 이야기다. 그런 의미에서도 『행인』은 〈언어의 정원〉에서 꼭 참조해야 할 작품이라 할 수 있다.

• 미지의 타자가 아는 존재가 되는 순간 •

비가 오지 않는 날들은 타카오와 유키노를 떼어놓는다. 타카오는 동거를 시작하는 형의 이사를 돕거나 전문학교 학비를 벌고 구두 제작 도구와 재료를 사려고 여름방학 동안 중국집 아르바이트에 힘쓴다. 타카오는 유키노를 만나고 싶은 마음을 품은 채 '그 사람이 많이 걷고 싶어질 구두를 만들자' 라고 결의하고 유키노의 발 설계도를 바탕으로 구두 제작에 땀을 흘린다. 한편 비가 내리지 않는 날들은 유키노의 생활을 정체시킨다. 알람을 맞추고 아침에 일어나도 맑은 날은 몸이 무거워 일어날 수 없다. 바닥에 떨어진 파운데이션이 산산이 부서지기만 해도 마음이 가라앉아 슬픔에 젖는다. 유키노는 혼자 정자를 찾아 맥주와 초콜릿을 먹는 생활로 돌아온다. 정원 안에서 음주는 금지되어 있다. 성실한 그녀가 규칙을 어기면서까지 맥주를 마시는 이유는 그녀가 그만큼 쫓기고 있다는 증거이다. "27세의 나는 15세 무렵의 나보다 조금도 현명하지 않다", "나 혼자만 계속 같은 곳에 있다" 라고 독백하는 유키노의 내면은 나쁜 쪽으로 한없이 떨어진다. 스물일곱은 유키노의 현재 나이다. 열다섯은 타카오의 나이다. 타카오를 통해 유키노는 인생의 시간을 돌아본다. 유키노는 "내일 날씨도 맑기를!" 이라며 구두를 날린다. 구두는 옆으로 쓰러진다. 구두 예보는 '흐림'인데도 비가 올 기운은 없다.

9월이 되어 2학기가 시작된다. 두 사람은 새로운 상황에 직면한다. 사건은 타카오가 다니는 학교에서 벌어진다. 타카오는 친구 마츠모토와 그의 여자 친구 사토와 함께 복도를 걷고 있다. 교무실 앞을 지나가는데 남자 교사의 안내를 받는 여교사와 스친다. 스친 타카오와 유키노는 서로의 존재를 바로 알아차린다. 둘의 시선이 순간적으로 마주친다. 〈초속 5센티미터〉의 마지막, 주인공 남녀가 스쳐 지나가는 장면을 방불케 하는 장면이다. 이 순간 타카오에게 유키노는 미지의 존재에서 아는 존재로 변화한다. 타카오는 마츠모토와 사토로부터 유키노가 학교를 그만둔 경위를 듣는다. 3학년 여학생의 남자 친구가 유키노에게 호의를 품었는데 그에 화가 난 여학생이 앞장서서 유키노가 담임을 맡은 반 여학생들을 선동해 담임을 괴롭히기 시작해 학교에 다닐 수 없게 될 정도로 그녀가 궁지에 몰렸었다는 사실을 타카오는(그리고 우리 관객도) 처음 알게 된다. 그 여학생의 이름(아이자와)를 알아낸 타카오는 그녀의 교실로 향한다.

타카오는 아이자와가 내뱉은 말에 화가 치밀어 그녀의 뺨을 때린다. 그 자리에 있던 체격 좋은 남학생에게 맞고 상대와 난투극을 벌인다. 아마 이제까지의 인생에서 그가 여자에게 손을 올린 적은 없었을 테고 남자와 드잡이하며 싸워본 적도 없을 것이다. 타카오의 보복적 행동으로 유키노가 받은 마음의 상처가 사라지지도 않는다. 폭력에 폭력으로 응하는 일은 '애송이'의 행동이다. 그러나 폭력 역시 타자와의 커뮤니케이션 형태 중 하나다.

초반부 장면을 반복하는 듯한 컷이 연속해 나온 후(두 마리 까마귀가 횡단하는 장면이 인상적이다. 이제까지 무리 짓지 않고 혼자 등장한 까마귀가 처음으로 두 마리가 된다. 타카오와 유키노의 재회를 알린다), 흐린 하늘 아래에서 반창고를 얼굴에 붙인 타카오의 다리는 정원으로 향한다. 정자에 유키노는 없다. 유키노는 등나무 시렁 아래에 있다. 타카오의 얼굴 상처를 보고 놀란 유키노에게 타카오는 "하늘의 천둥이 여리게 울리고 비님이 안 와도 이 몸은 있겠네. 그대가 원하면" 이라고 읊는다. 처음 만난 날, 유키노가 자리를 뜨면서 읊은 "하늘의 천둥이 여리게 울리니 드리운 구름에 비라도 오려나. 당신을 붙드네" 라는 시의 답가임과 동시에 가키노모토 히토마로가 펴낸 노래집 속에서도 한 쌍을 이루는 유명한 시(만요슈 제11)이다. "하늘의 천둥이 여리게 울리니 드리운 구름에 비라도 오려나. 당신을 붙드네" 라고 노래하는 여성에게 연인 남성이 "하늘의 천둥이 여리게 울리고 비님이 안 와도 이 몸은 있겠네. 그대가 원하면"
이라고 대답하는 사랑의 시이다.

이 두 편의 시는 신카이가 데뷔 전에 읽었고 유키노의 책장에도
있었던 『Contemporary Remix '만요슈'』 시리즈의 제1권 『LOVE
SONGS Side. A』(미쓰무라스이코쇼인)에 실려 있다. 고전문학의
소양은 주오대학 문학부 문학과 국문학과를 졸업한 신카이라면 충
분히 갖췄으리라고 생각되는데 〈그녀와 그녀의 고양이〉의 구상에
큰 영향을 준 『LOVE SONGS Side. A』에 수록된 시 두 편이 〈언어
의 정원〉을 제작할 때 작품의 중심 이미지가 될 시로 상기되었을지
모른다. 악천후로 연인이 그대로 머물기를 바라는 여자와 날씨가 나
쁘지 않더라도 이곳에 있겠다고 응하는 남자. 두 사람의 마음은 통
하고 있다. 〈언어의 정원〉의 세계관을 그대로 추출한 듯한 시이다.

유키노는 처음 타카오와 만났을 때 만요슈의 시를 수수께끼 같은
언어로 내뱉어 자기가 근무하는 고등학교 학생인 타카오에게 고전
국어 교사임을 간접적으로 알렸다. 그러나 타카오는 유키노가 자기
학교 교사임을 전혀 알아차리지 못했다. 그것은 무관심이 아니라 자
신이 정한 목표를 향해 곧장 나아가는 타카오에게 학교 안의 스캔
들은 전혀 신경 쓸 일이 아니었기 때문이다. 타카오가 알아차리지
못하는 바람에 익명성을 지닌 개인으로 교류하며 유키노는 구원받
는다.

유키노가 시를 읊는 순간에 모든 게 시작되었다. 한 쌍을 이루는
시란 '부부, 연인, 부모와 자식, 형제자매, 또는 가까운 사람끼리 소
식이나 연모를 전하는 시인데 대부분은 남녀의 연애 감정을 노래

신카이 마코토의 세계

한 시'이다[62]. 고전 국어 교사인 유키노가 아내가 남편을 붙잡은 사랑의 노래를 처음 만난 남학생에게 읊은 의미를 이해해야 할 것이다. 만난 순간, 유키노 안에 '사랑'이 시작된 것이다. 그리하여 천 년이 넘는 시간을 뛰어넘어 만요슈의 시에 담긴 마음이 현대에 되살아난다.

• 언어의 응수로 일어나는 커뮤니케이션 •

중국풍 건물 앞에서 작은 새 두 마리가 서로 희롱하며 난다. 바로 그 앞 등나무 시렁에서 대화를 나누는 두 사람인데 갑자기 날씨가 변한다. 천둥소리가 멀리서 들려오는가 싶더니 다음 순간 번개가 번쩍이고 비가 내리기 시작한다. 비는 장대비로 변하고 바람도 강해진다. 타카오와 유키노는 정자로 몸을 피한다. 정자에서 유키노는 농담처럼 "우리, 헤엄쳐서 강을 건넌 사람들 같아" 라고 말한다. 무라카미 하루키의 『노르웨이의 숲』 제10장에서 니혼바시 다카시마야 식당에 간 '나'와 미도리가 비 내리는 옥상에서 포옹하고 사랑을 확인하는 장면에서 미도리가 웃으며 "있잖아, 우리 헤엄쳐 강을 건넌 사람들 같아" 라고 한 말을 그대로 따라한 것이다. 유키노가 『노르웨이의 숲』을 읽었다면 두 달 만에 만나 비 오는 옥상에서 포옹하는 '나'와 미도리에 자신들의 모습이 겹쳐졌을 것이다. 비 내리는 옥상에서 흠뻑 젖은 '나'와 미도리는 묘가다니에 있는 미도리의 아파트로 간다. 마찬가지로 정자에서 강한 비바람을 맞은 타카오와 유키노

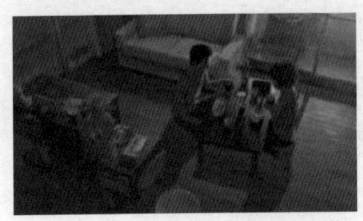

정자에서 유키노의 맨션 방으로. 더 친밀성이 높은 장소로 이동한 둘에게 친화적인 시간이 찾아온다.

는 유키노의 맨션으로 향한다. 비는 계속 내리고 있다. 비를 피하기 위한 장소는 정자에서 유키노의 맨션 방으로, 더 친밀한 공간으로 옮겨진다.

유키노는 평상복으로 갈아입고 타카오의 교복을 다림질해 주고 타카오는 요리 실력을 발휘해 오므라이스를 만든다. 비로 인해 세상으로부터 격리된, 둘만의 평온하고 느린 시간은 침묵 속에서 최소한의 생활 소음과 어쿠스틱한 피아노와 현악기 음악이 흐르는 형태로 표현된다. 그리고 이 작품에서 지금까지 일부러 봉인해 온 릴레이 독백과 동시 독백이 둘의 '지금 생각'을 언어화한다. "여태 살아오면서 지금이"(타카오) "지금이 가장"(유키노) "행복한 건지도 모르겠다"(타카오와 유키노). 발화하지 못한 마음의 '소리'로 둘은 대화하고 하나가 된다. 그러나 '행복'한 시간은 타카오의 '고백'으로 깨진다. 뺨을 붉힌 순간 유키노는 기뻐하는 표정을 짓지만, 고개를 돌리고 슬픈 표정으로 고개를 숙인다. 교사와 학생이라는 두꺼운 벽이 둘 사이를 갈라놓는다. "유키노씨가 아니라 선생님이라고 해야지." 라는 유키노의 답은 타카오를 향해서가 아니라 자신을 설득하기 위한 말이기도 하다. 이어서 유키노는 "나는 있지, 그 장소에서 혼자 걸을 수 있도록 연습을 하고 있었어", "신발이 없어도" 라고 말한다. 신발이 없어도 걸을 수 있다는 말은 더는 타카오의 도움이 필요하지 않다는 의지 표명이다. 그녀는 이 말을 통해 둘 사이의 정신적 '거리감'을 어른스러운 방식으로 전

신카이 마코토의 세계

한 것이다.

비가 아직 그치지 않았는데 타카오는 유키노의 방을 떠난다. 방을 떠나는 타카오를 유키노는 가만히 쳐다본다. 방에 남은 유키노는 훌쩍인다. 타카오의 말들이 그녀의 머릿속에 오간다. 그녀는 타카오의 말과 행동에 얼마나 힘을 얻고 큰 도움을 받고 구원받았나, 그때야 비로소 깨닫는다. 하타 모토히로(일본 신시사이저 연주자)가 커버한 『Rain』(작사, 작곡 오에 센리)과 함께 시작되는 극적인 전개는 음악에 애니메이션 컷을 교묘하게 일치시키는 신카이의 능력이 가감없이 발휘된다. 의자가 쓰러질 정도로 힘차게 달리기 시작한 유키노는 신발도 신지 않고 맨발로 뛰어나가 맨션 복도를 달려 외부 계단을 뛰어 내려온다. 이날, 맨션 엘리베이터가 점검 중이라 사용하지 못하는 상황이 큰 드라마를 만든다.

유키노는 중간에 발이 끄러져 넘어지면서도 열심히 달린다. 계단 층계참에 계속 내리는 비를 바라보는 타카오가 있다. 유키노가 타카오에게 천천히 다가가며 두 사람의 대화가 시작된다. 유키노를 향해 말을 시작하는 타카오의 입에서는 부정적인 말이 나온다. 유키노를 "당신"이라고 부르며 내뱉는 말에는 가시가 있다. 그러나 그 말들은 모두 마음의 '반어(反語)'이며 말할수록 유키노를 향한 연정이 드러난다. 타카오의 말에 감격한 유키노는 구름 사이로 빛이 떨어지는 순간, 계단을 박차고 타카오의 품에 안긴다. 유키노는 학교에 가지 못하게 되어 괴로웠던 속내를 밝힌다. 그리고 타카오에게 구원받았다는 사실도.

안고 오열하는 둘은 마치 갈 곳을 잃고 어쩔 줄 모르는 아이들 같

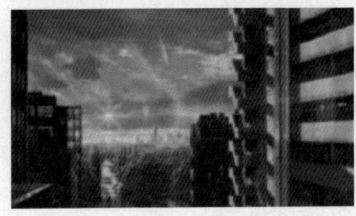

언어로 응수해 속내를 밝힌 타카오와 유키노를 축복하듯 비바람이 약해지고 빛이 스며들기 시작한다. 유키노의 맨션에서 정원을 바라보는 저녁노을 풍경은 마음을 빼앗길 정도로 아름답다.

다. 계단 층계참에서 이제까지 마음속에 감추고 있던 본심을 처음으로 꺼낸다. 말로 응수함으로써 둘은 처음으로 서로를 마주 볼 기회를 얻는다. 언어의 응수는 언어의 응답을 포함한다. 그리하여 커다란 단절 뒤 대화와 화해가 이루어진다. 폭풍우가 약해지고 부드러운 저녁노을이 둘을 감싼다.

등나무 시렁 장면부터 정자, 유키노의 방, 그리고 맨션의 층계참에 이르기까지 날씨의 변화는 타카오와 유키노의 심상 풍경을 드러내듯 거칠기만 하다. 그러나 천둥이 그치고 비바람이 서서히 약해지고 빛이 비쳐 정원과 신주쿠 부도심 빌딩들을 후경으로 한 아름다운 노을 풍경으로 집약된다. 서로의 고통을 공유함으로써 고난을 넘은 타카오와 유키노를 축복하는 듯한 아름다운 저녁노을 풍경에 마음을 빼앗긴다.

신카이는 갈등과 화해의 이야기를 이런 풍경에 집약해 보여준다. 이제까지 살펴봤듯 신카이 작품에서 저녁노을부터 일몰 직전의 시간은 특별한 시간대이다. 그 특별한 시간대에 일어난 특별한 일로, 타카오와 유키노의 말과 행동은 우리 가슴에 깊이 새겨진다.

• '꼭 신발을 신으세요' 라는 시구에 담긴 마음 •

『Rain』이라는 곡에 실려 후일담이 전개된다. 그중에서 흥미로운 컷은 시코쿠 본가로 돌아가는 유키노가 역 플랫폼에서 캐리어 가방에 걸터앉아 읽는 문고판 책이다. 클로즈업 장면에서 그 책이 바바 아키코의 『쇼쿠시 나이신노』(지쿠마학예문고)임을 알 수 있다. 고시라가와 천황의 황녀로 1149년에 태어난 쇼쿠시 나이신노는 열한 살에 사이인(齋院, 중요 신사에 봉임되는 황녀)으로 정해져 신을 모신다. 헤이안 시대 말기부터 가마쿠라 시대 초기에 걸친 격동의 시기, 가까운 사람의 죽음과 계속되는 불운과 불행에 직면한 쇼쿠시는 평생 독신을 고집하며 고독한 몸을 연가에 실어 여류 가인으로 이름을 얻었다. 출가한 쇼쿠시는 세상과 연을 끊고 1201년에 쉰셋의 나이로 별세한다. 『센자이슈』에 아홉 수, 『신고킨슈』에 마흔아홉 수가 실려 있다.

앞서 소개한 책에서 바바 아키코는 쇼쿠시의 작품 스타일을 "침묵과 격정이 교차하는 기이한 반짝임" 이라고 평했다. 비교문학 연구자인 구쓰카케 요시히코는 쇼쿠시의 자질 형성을 사이인 시대에서 찾으며 "쇼쿠시의 노래에 감도는 고독감, 고독 의식, 닫힌 세계로의 지향 등도 사이인 시대에 싹트고 길러졌다" 라고 서술했다[63]. 사이인은 교토 가모 신사(가미가모 신사와 시모가모 신사)의 제사를 올리는 일을 맡는 황녀를 말한다. 쇼쿠시는 무녀로 십 년간 신에 봉사한다. 여기서 주목해야 하는 점은 가미가모 신사에서 모시는 신이 '가모와케이가즈치노 오오가미'라는 사실이다. 이 신이 바로 '천둥의 신'의 본질이다. 천둥의 신을 모신 쇼쿠시 나이신노의 평전을 우울한 표정으로 읽는 유키노의 마음속에 오가는 생각은 어떤 것일까. 인생의 큰 파도를 넘었다는 안도일까. 아니면 타카오와 서로 나눈 한 쌍의 시였을까. 그것도 아니면 고독과 고절 속에 오로지 내면만 바라보며 시로 승화한 쇼쿠시의 인생에 대한 공감이었을까.

여름이 끝나고 가을에서 겨울로. 수채화풍의 정지 그림(후반부는 애니메이션) 컷과 타카오의 내레이션으로 시간이 흘렀음을 표현한다. 정원에서 신주쿠 부도심의 빌딩들을 바라보는 겨울 날씨가 마지막 자막과 함께 나타난다. 마지막 자막이 끝난 뒤에도 이야기는 계속된다. 타카오가 정원에 내려 쌓인 눈을 밟고 정자에 온다. 벤치에 걸터앉아 유키노에게서 온 편지를 읽는다(아카리가 읽는 타카키의 편지가 연상된다). 편지 끝에 '2014. 2. 3 유키노 유카리'라고 적혀 있다. 여기에서야 〈언어의 정원〉이 2013년 6월부터 2014년 2월까지의 이야기 시간대로 구성되었음이 밝혀진다. 타카오는 가방에서 여성 구두를 꺼내 과거 유키노가 앉았던 자리에 살짝 내려놓는다. 단풍을 신발끈 모티프로 한 핑크색 발끝 부분이 사랑스러운 이 구두는 유키노를 위해 만든 것이다. 타카오는 이 구두를 들고 언젠가 다시 유키노를 만나러 가기로 결심한다. 거의 같은 시간대로 여겨지는 시간에, 유키노는 시코쿠의 한 고등학교 교실에서 고전 국어 수업을 하다가 내리기 시작한 눈을 발견하고 창밖을 바라본다. 도쿄와 시코쿠를 눈 풍경이 느슨하게 연결한다. '눈'은 그녀의 이름(유키, 雪)에 포함된 글자다. 아키즈키 타카오의 이름에는 가을(아키, 秋)이 포함되어 있다. 유키노와 타카오는 '계절을 짊어진 인물'이다.

2016년 6월부터 2019년 3월까지, 일본 전국 22곳을 순회한『신카이 마코토 전시회 〈별의 목소리〉에서 〈너의 이름은.〉까지』의『언어의 정원』전시 코너에 마지막 유키노의 교실 장면과 관련된 중요한 전시가 있었다. 핑크색 용지에 감독이 수정한 작화 자료 한 장인데 밖을 보기 직전에 유키노가 읽고 있던 교과서 글이 "시나노의 길은 새로 간척된 길이라, 그루터기를 밟아서는 안 돼요. 부디 신을 신으세요. 님이여"(만요슈 14권)라는 구절임을 시사하고 있다. 이 노래는 작자 미상의 아즈마우타(東歌, 일본 고대 변경 지방의 시가)이다. 신노(지금의 나가노현) 지역에 부임한 남편이 그루터기를 밟고 다칠까 봐 걱정하며 신을 신으라고 당부하는 아내의 노래다. 창밖을 바라보는 유키노의 시선 저 멀리에는 도쿄에서 생활하는 타카오의 모습이 보였을 것이다. '부디 신을 신으세요. 님이여' 라는 말은 먼 땅에 사는 타카오를 그리워하는 대사로 유키노의 마음속에서 울렸을 게 분명하다.

"사랑'보다도 먼, '고독과 슬픔'의 이야기'는 극장 개봉 당시 홍보 문구였다. 근대 이후에 생긴 '사랑'이라는 개념이 아니라 만요 시대로 거슬러 올라가는 '연모'의 정경을 그렸다는 것이다. 나아가 연모의 원뜻인 '고독과 슬픔'에 착안해 사랑하는 사람과 이별함으로써 싹트는 고독과 슬픔의 감정을 현대인이 직면한 문제로 재고한 것이다. 중편 애니메이션 〈언어의 정원〉은 그런 이야기가 아닐까. 사랑이라는 자체가 '거리'와 '단절'을 낳는다. 신카이 작품을 관통하는 주제는 새로운 국면으로 들어간다.

• 『소설 언어의 정원』의 세계 •

신카이 마코토는 직접 노벨라이즈 작업에 나섰다. 첫 번째 노벨라이즈는『소설 초속 5센티미터』(미디어팩토리, 07·11, 가도카와문고 16.2)이다. 이후『소설 언어의 정원』(미디어팩토리 14·4, 가도카와문고 16·2),『소설 너의 이름은.』(가도카와문고 16·6),『소설 날씨의 아이』(가도카와문고, 19·7)로 이어진다. 신카이 작품의 노벨라이즈는 제삼자가 쓴 작품도 여럿 간행되었는데 여기서는 신카이 본인이 쓴 노벨라이즈만 다룬다.『소설 언어의 정원』은『소설 초속 5센티미터』와『소설 너의 이름은.』과 비교했을 때 분량 면에서 압도적으로 다른 소설을 능가한다. 애니메이션 작품 〈언어의 정원〉은 약 46분의 중편 작품인데 문고판『소설 언어의 정원』은 약 400페이지 남짓으로 당당한 장편 소설이다.

『소설 언어의 정원』은 총 10화와 에필로그로 구성된다. 예를 들어 '제1화 비, 까진 뒤꿈치, 울렛소리—아키즈키 타카오'처럼 그 화의 제목 다음에 시점 인물이 되는 캐릭터 이름이 따라온다. 그리고 화마다 시점 인물이 바뀌는 연작 형식을 취한다. 나아가 화 마지막에는 이야기와 관련된 만요슈의 노래가 덧붙여져 이야기에 여운과 깊이를 더한다.

소설에 담긴 내용은 크게 두 가지로 정리할 수 있다. 첫째는 원작에서 그리지 못한 에피소드를 그려 보완한다. 예를 들어 중학교 때 유키노가 만난 히나코 선생님과의 관계가 교육자를 꿈꾸게 하는 데 큰 영향을 주었다는 사실을 드러낸다. 히나코 선생님이 교사를 그만

둘 때 했던 "어차피 인간은 다들 어딘가 이상하니까"라는 말은 정자에서 유키노가 타카오에게 했던 말의 출전임이 밝혀진다. 혹은 타카오가 일하는 중국집에서 연을 맺는 리샤오홍이라는 선배 아르바이트 직원과의 에피소드. 타카오는 그에게서 인생의 소중한 교훈을 배운다. 그의 성장을 촉진하는 인물이 소설에서는 제대로 그려져 있다.

둘째는 '이야기'마다 시점 인물을 바꿈으로써 각 인물의 내면에 들어가 그들 각자의 사정과 이유를 채록하는 시도가 이루어졌다. 그중에서도 원작에서는 몇 컷밖에 등장하지 않는 인물에 '이야기'를 할애한다는 점이 중요하다. 타카오의 형 쇼타가 시점 인물이 되는 제3화에서는 언젠가부터 인생의 목표를 잃은 자신에 대한 초조함과 짜증이 이야기된다. 제6화에서는 유키노의 전 애인 이토 소타로가 유키노를 지키지 못했던 안타까운 마음을 전하고, 제7화에서는 동경의 대상이었던 유키노를 궁지로 몰아 정작 인생의 안식처를 잃은 아이자와 쇼코의 비통한 심정이 이야기된다. 제7화에서는 쇼코의 중학교 친구로 '심부름꾼 카하라' 혹은 '사야'라는 고유명사를 지닌 남녀 캐릭터가 등장한다. 〈너의 이름은.〉과의 연관성은 없으나 이 소설에서 두 사람의 이름이 생긴 경위는 흥미롭다. 그리고 제10화에서는 스물하나에 장남을 낳고 이혼해 지금은 열두 살 연하 디자이너 시미즈와 사귀는 타카오의 어머니 아키즈키 레이미의 심상이 그려진다. 레이미의 "타인을 응징할 권리 따위 누구에게도 없어"라는 말은 이 작품의 중심에 놓아야 할 핵심 대사이다.

타카오와 유키노가 시점 인물로 설정된 '화'에서는 삼인칭 형식이 채용되고 다른 인물의 이야기에서는 일인칭 형식으로 바뀐다. 오랜 연구 끝에 선택한 형식이다. 나아가 제9화에서는 유키노와 타카오의 삼인칭 시점이 번갈아 가며 이야기를 진행한다. 두 인물의 시점을 바꾸는 기법은 『소설 너의 이름은.』에 앞서 있다. 『소설 언어의 정원』에서의 실험은 확실히 『소설 너의 이름은.』에서의 성공으로 이어진다.

〈언어의 정원〉에서도 '거리'와 '엇갈림'에 의한 '단절'이 발생하지만, 갈등과 화해를 거친 타카오와 유키노의 장래에 많은 관객은 긍정적인 인상을 받았을 것이다. 예를 들어 〈초속 5센티미터〉와의 차이를 신카이는 다음과 같이 답했다.

　　당연한 일이지만, 일반적인 애니메이션 기술도 제 실력도 진화해서 완성도만 따지면 당연히 신작이 높겠죠. 그러나 작품에 담긴 근본적인 메시지는 바뀌지 않았습니다. '내가 생각하는 만큼 누군가가 나를 생각하지 않더라도 절망하지 말고 어쨌든 앞으로 나아가자'는 메시지를 꾸준히 내놓고 있습니다. 예컨대 내가 좋아하는 상대가 나를 좋아하지 않으면 '세상이 완전히 변해 버린 듯' 하기 마련이나 저는 '그게 아니'라고 전하고 싶습니다.

　　이를 바탕으로 〈초속 5센티미터〉와 〈언어의 정원〉의 차이를 꼽자면, 전자는 '어쩌지 못하는 내 마음'을 깨닫는 이야기. 후자는 '타인과 나는 다른 인간'임을 이해하는 이야기입니다. 이번 작품의 주인공은 구두 장인을 꿈꾸는 고교생인데 그렇게 설정한 이유도 다른 사람의 발을 만지며 타인을 알고 성장하는 모습을 그리고 싶었기 때문입니

　　　　　　　　　　　　　　　신카이 마코토의 세계

다. 나를 아는 일은 성장에 중요하지만, 이번에는 반대의 모습을 그려보고 싶었습니다. [56]

인간과 인간의 만남은 타인과 타인의 만남일 수밖에 없는데 신카이의 말처럼 〈언어의 정원〉은 타인을 앎으로써 자신을 더 깊이 이해하는 이야기이다. 고독 역시 인간관계의 결과물임을 타카오와 유키노는 깨닫는다. 그런 과정을 거쳐 자립한 개인과 개인이 된 둘은 다시 만난다. 그 재회의 정경을『소설 언어의 정원』에서는 에필로그로 그린다. 원작 애니메이션의 엔딩 이후, 둘의 '약속'이 어떤 형태로 실현되었는지는 소설을 읽는 독자에게만 주어진 특권이다. 원작 애니메이션의 연장선에 있는 이야기를 다시 살펴 신카이가 언어 표현으로 정착한 그들의 미래를 꼭 소설을 통해 확인해 보기 바란다.『소설 언어의 정원』은 다른 버전의 이야기가 아니다. 원작을 보완하고 원작과 공명하는 표리일체의 이야기이다.

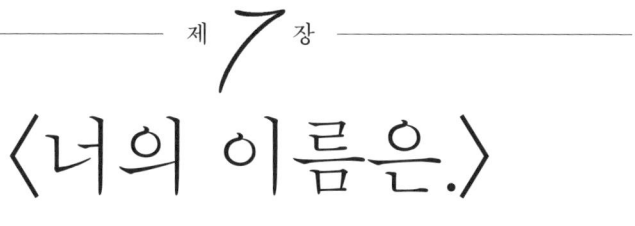

제 7 장

〈너의 이름은.〉

함께 고통받는 영혼의 이야기

• 『크로스로드』에서 〈너의 이름은.〉으로 •

신카이 마코토는 애니메이션 감독의 업무 중심인 극장 개봉 작품을 제작하는 사이, 단편 영화 몇 편을 발표했다. '아더·웍스'의 범주에 들어가는 작품들이다. '아더·웍스'에서 놓치기 쉬운 것들이 기업 광고이다. 그중에서도 감독과 그림 콘티, 연출을 담당한 다이세이 건설 광고『보스포러스 해협 터널』편(2011년)을 비롯해『스리랑카 고속도로』편(2013년),『베트남 노이바이 공항』편(2014년),『싱가포르』편(2018년)으로 이어지는 시리즈가 대표작이다(첫 번째 작품『신 도버 국제공항』편 감독은 다자와 우시오, 최신작『미얀마』편 감독은 미키 요코로, 이 안에는 포함되지 않는다). 세계 각지의 거대 건설 현장에서 일하는 일본의 젊은 기술자들이 프로젝트에 진지하게 임하는 날들을 그린 이 시리즈에서는 그들의 자긍심인 '지도에 남는 일'이라는 캐치프레이즈로 광고가 마무리된다. 다이세이 건설의 애니메이션 광고는 다른 광고와는 비교할 수 없을 정도로 특출난 작품성을 실현한 기업 광고인데 각 나라에서의 생활과 근대적인 거대 건축물의 조형, 일하는 사람의 반생을 담은 이야기 구성 등 신카이만의 아이디어가 빛나는 시리즈이다.

〈언어의 정원〉(2013년) 개봉 때 동시에 상영된 노무라 부동산 그룹의 브랜드 광고, PROUD FUTURE THEATER『누군가의 시선』(2013년)을 거쳐 〈언어의 정원〉 다음에 신카이가 담당한 기업 광고가 통신 교육으로 유명한 주식회사 Z카이의『크로스로드』(2014년)이다.

『크로스로드』는 15초, 30초의 광고 버전 말고도 약 2분짜리 풀 버전이 존재한다. 이야기 주인공은 대학 진학을 준비하는 고교생 두 명이다. 한 사람은 낙도에 사는 미호. 다른 한 사람은 도쿄에서 생활하는 쇼타. 미호는 섬에는 대입 학원이 없어서, 쇼타는 편의점 아르바이트에 쫓겨 Z카이의 대학 수험생용 인터넷 강의를 듣는다. 두 사람에게는 Z카이의 수험생용 인터넷 강의를 듣고 있다는 접점만이 있을 뿐이다. 각자의 생활권에 밀착한 사소하면서도 반짝이는 일상 묘사에는 신카이의 표현 미학이 가득하다.

답안을 채점하는 첨삭자 남성의 "애들, 단순한 실수도 증명 방식도 정말 비슷해서"라는 한마디가 둘을 연결한다. 답안에 집약된 '만물을 보는 사고방식'의 유사성이 미호와 쇼타를 연결한다. 계절이 흘러 수험 시즌이 되고 둘은 같은 시험장에서 시험을 친다(수험생이 일제히 문제지를 펼치는 장면은 압권이다). 둘은 합격 발표날을 맞아 "다녀올게요"라는 인사와 함께 집을 나선다. 오차노미즈역의 다른 노선 플랫폼에서 스치는 미호와 쇼타는 합격 게시판 앞에서 우연히 만나 나란히 선다. 사람이 모여 있어서 앞이 보이지 않는 미호는 점프해 자기 수험 번호를 확인하려다가 쇼타의 발을 밟고 만다. 서로를 바라보며 미소 짓는 모습에서 합격 여부는 명확하다.

합격 게시판에는 '문과 1'이라고 읽히는 보드가 설치되어 있다. 이를 통해 그들이 시험 본 학교가 문과에서 일본 최고인 도쿄 대학을 모델로 했음을 알 수 있다(캠퍼스 전경 컷에서도 도쿄 대학을 로케이션 헌팅 장소로 삼았음을 확인할 수 있다). 'Z카이의 인터넷 수업을 듣고 도쿄대로'라는 메시지는 숨기고, 목표를 향해 돌진하는 젊은 세대에 응원을 보내는 청춘 스토리로 제작된 광고는 수험생만이 아니라 전 세대에 널리 지지받았다.

신카이 작품에는 늘 나오는, 릴레이처럼 이어지는 미호와 쇼타의 독백으로 이야기는 시작된다. "딱히 행복해지고 싶은 것도 아니고" (미호), "먼 곳에 있을 어딘가"(쇼타) 라는 말이 이어진 뒤, 둘의 목소리는 "난 그곳에 가고 싶어!"(쇼타와 미호) 라는 목소리가 겹친다. '먼 곳에 있을 어딘가'란 단순히 수험 공부와 그 결과로 대학에 진학하는 게 아니라 대학 생활 너머에 펼쳐진 졸업 후의 미래와 인생을 포함한다. 꿈과 희망과 불안 등 다양한 생각을 품고 인생의 전환점인 수험에 도전하는 젊은 세대에 대한 격려가 가득한 단편 영화이다.

『크로스로드』는 〈너의 이름은.〉(2016년)을 구상하는 출발점이 된, 공통성을 포함한 작품이다. 도쿄와 지방의 풍경이 대조적으로 그려짐과 동시에 각자의 땅에서 생활하는 미지의 고교생 남녀가 만난다는 설정은 그대로 〈너의 이름은.〉에 계승된다. 제목인 크로스로드(crossroad)에는 '십자로'나 '교차로'의 의미가 있다. 사람과 사람이 교차하고 스치는 사랑을 그려 온 신카이 작품을 한마디로 정리한 말이며, 다른 장소에 사는 미지의 남녀가 인생의 어느 순간에 만나는 이야기의 제목으로 이보다 어울리는 단어는 없을 것이다.

　비슷한 자질을 지닌 미호와 쇼타는 비슷한 답안을 내고 같은 시험장에서 수험을 치르고 합격자 발표를 보러 가는 오차노미즈역에서 스치고, 합격자 발표 게시판 앞에서 작은 사고로 대면하기에 이른다. 이야기는 둘이 만나는 순간까지를 그리고, 거기서 끝난다. 〈너의 이름은.〉의 마지막 역시 같은 방식으로 끝난다. 둘의 이후 이야기를 작품 밖에 배치해, 우리 관객은 둘의 미래를 상상할 수밖에 없다. 『크로스로드』는 유명한 아일랜드 민요 『런던데리의 노래』를 바탕으로 AKI Oxford와 신카이가 작사하고 야나기 나기가 작곡한 노래에 맞춰 애니메이션이 흐르는 뮤직비디오 감성의 작품이다. 가사에서 "너는 이 세계의 반쪽"이라는 구절이 네 번 반복된다. 초기 작품부터 최근 작품까지를 관통하는, 이 구절의 중요성은 나중에 설명하겠다.

　『크로스로드』는 신카이 자신에게도 중요한 만남을 가져왔다. 이 작품에서 캐릭터 디자인과 작화 감독을 맡은 타나카 마사요시를 만난 것이다. TV 애니메이션 〈도라도라!〉, 〈그날 본 꽃의 이름을 우리는 아직 모른다〉와 극장 애니메이션 〈마음이 외치고 있어〉, 〈하늘의 푸름을 아는 사람이여〉 등 많은 작품에 참여한 타나카는 일본을 대표하는 애니메이터이자, 캐릭터 디자이너이다. 『타나카 마사요시 애니메이션 화집』(스타일, 15·12)을 살펴보면 일목요연한데 타나카가 만든 캐릭터는 심야 애니메이션부터 극장판 화제작, 학원물에서 SF, 판타지까지 폭넓은 장르를 포괄하는, 밝고 긍정적인 화풍을 특징으로 한다. 사실 억눌린 평범한 인상의 캐릭터가 채용되어 온 신카이 작품에서 타나카의 캐릭터는 도드라진다.

신카이는 타나카를 기용하게 된 경위를 "광고 작품을 제작하며 타나카 씨와 일할 때 정말 보람을 느꼈습니다. 우리가 만든 배경과 연출에 타나카 씨의 편안한 캐릭터가 딱 붙는 게 아주 신선하게 보였죠. 그때부터 타나카 씨에게 '다음에도 꼭 함께' 하자고 말했습니다"라고 회고했다[64]. 『크로스로드』의 창작 과정에서 신카이가 느낀 '보람'이란 타나카가 그린 캐릭터가 뿜어내는 화려함과 신선함이 자기 작품에 새로운 바람을 불어오리라는 예감 아니었을까. 〈너의 이름은.〉에 이어 최신 작품 〈날씨의 아이〉(2019년)에서도 타무라 아츠시와의 공동 작업 형태로 타나카의 캐릭터 디자인이 채용된다. 신카이의 타나카에 대한 신뢰는 절대적이라고 할 수 있다. 〈너의 이름은.〉의 성공 요인 중 하나가 친화적인 캐릭터 디자인에 있음을 생각하면 『크로스로드』에서 타나카와 만나 협업한 일은 다음 단계로 나아가는 데 큰 원동력이 되었다.

• 기획서 집필에서 제작 시작까지 •

〈너의 이름은.〉의 개봉 직후에 간행된 CG 전문지 『CGWORLD』의 〈너의 이름은.〉 특집은 기술 해설이라는 면에서 작품 제작에 조명을 맞춘 필독 참고 문헌이다. 여기에 실린 인터뷰에 〈너의 이름은.〉 완성까지의 경위가 자세히 정리되어 있다[65].

기사에 따르면 신카이가 기획과 프로듀스를 담당한 도호의 카와무라 겐키 프로듀서와 도호 배급팀을 처음 만난 건 2014년 5월이다. 이때부터 프로젝트가 시작된다. 같은 해 7월, 신카이는 기획서를 완성한다. 기획서 전문은 『〈너의 이름은.〉 컬렉터즈 에디션 4K Ultra HD Blu-ray 동봉 5장 첫 회 생산 한정』(도호, 17·7)에 특전으로 들어간 책자에 수록되어 있다. 기획서에는 『극장 장편 애니메이션 기획 〈꿈일 줄 알았다면(가제)〉—남녀가 뒤바뀌는 이야기』라는 제목과 '2014/04/14 신카이 마코토'라는 서명이 나란히 적혀 있다. 기획서는 일러스트를 비롯해 이야기 내용, 무대, 소도구 등을 설명한다. 구상 단계의 스케치여야 하는데 최종 작품과 거의 같은 내용이 담겨 있어 기획 단계부터 이미 작품의 핵심적인 부분은 구상이 끝났음을 알 수 있다. 8월에 시나리오 집필이 시작되고 12월에 각본이 완성되자 콘티 작업에 들어간다. 『〈너의 이름은.〉 신카이 마코토 콘티집 2』(KADOKAWA, 17·9)의 A파트 초반부에 'Ver. 2014. 12. 11'이라는 메모를 볼 수 있다.

신카이 작품에서는 일부 초기 작품과 〈별을 쫓는 아이〉(2011년)를 제외하고는 비디오 콘티 제작이 사전 작업의 핵심이 되었다. 비디오 콘티란 각 컷에 음성가 음악, 효과음을 넣어, 본 작품과 같은 환경에서 실시간으로 작품의 흐름을 시뮬레이션하는 동영상 콘티이다. 그림 콘티는 이야기 내용과 감독의 연출 의도를 '그림'과 '언어'로 스태프에게 전달하는 중요한 자료인데 '움직임'과 '소리', '목소리'를 포함한 비디오 콘티는 더 직접적이고 시각적인 이해가 가능하고, 움직임의 타이밍이나 발성 뉘앙스를 스태프와 출연진에게 전달하는 소재로 중요하다. 모든 제작 과정에 직접, 간접적으로 참여하는 스타일을 이상적으로 생각하는 신카이에게 작품 이미지를 스태프와 공유하는 비디오 콘티 제작은 작품 제작의 '핵심'이다. 신카이는 〈언어의 정원〉까지 Photoshop, AfterEffects, Audition이라는 세 가지 소프트웨어를 이용해 비디오 콘티를 제작했다. 〈너의 이름은.〉의 비디오 콘티에 도전한 신카이가 새로 도입한 도구는 이들 소프트웨어의 기능을 통합한 디지털 그림 콘티 작성 툴 Storyboard Pro이다.

콘티를 그릴 때는 어떤 관객에게 보여줄 건가, 관객의 가슴이 여기서 뛸지, 여기서 생각에 잠기게 할지, 여기서 웃을지……. 다양한 상황을 시뮬레이션하면서 그리는데 제작자는 역시 객관적으로 관객의 마음이 될 수는 없죠. 게다가 애니메이션이라는 표현 방법은 실사보다 컷 교체 템포가 빠르고, 다양한 정보를 압축해 밀도를 높여 추상화하면서 본질을 전하기 때문에 의도적으로 많은 사건을 일으킬 수 있습니다. 그래서 조절이 더 어렵습니다. 저는 전에도 관객과 영화의 거리, 이해하는 타이밍을 조절하는 감각을 제작 도중에 잃고는 했습니다. 결국은 시간 축을 조절하려면 종이 위에서 생각할 게 아니라 실제로 시간 축을 만들면 된다는 생각이 들었습니다. 그래서 이 작품은 처음부터 비디오 콘티로 진행하기로 마음먹고 비디오 콘티에 최적인 소프트웨어를 찾았고 그 결과 Storyboard Pro를 사용했습니다. [66]

레이어 드로잉, 타임 라인, 3D 데이터의 인포트 등 풍부한 기능을 갖춘 Storyboard Pro와의 만남이 효율적인 작업을 가능하게 해 콘티 제작에 집중할 수 있는 환경을 만들었다. 애니메이션은 시간에 의존하는 미디어다. 그리고 모든 컷과 장면이 '작위'의 산물이다. 다른 영상 표현, 일테면 TV 드라마나 영화도 애니메이션과 마찬가지로 영상 표현이자 시간 표현이지만, 실사라 우연성과 불확정 요소가 들어갈 여지가 남는다. 애니메이션 화면에 등장하는 그림, 흐르는 소리는 모두 의도적으로 만들어진 것이다. 이는 컷과 장면 교체, 카메라 움직임, 소리 넣는 타이밍까지 모든 표현 영역에 이른다. 애니메이션 영상 제작에서 실사 영화와 같은 NG나 아웃 테이크는 기본적으로 존재하지 않는다. 처음부터 완성형을 목표로 제작된다. 그만큼 제작자의 조정 가능성이 높은 표현이라 할 수 있다.

〈너의 이름은.〉의 비디오 콘티는 Storyboard Pro로 편집, 제작한 콘티를 동영상 출력한 것이다. 가장 놀라운 점은 비디오 콘티 자체의 높은 완성도이다. 비디오 콘티 자체를 감상해도 될 만큼 높은 질을 담보하고 있다. 각 컷은 기본적으로 블루와 오렌지 두 가지 색으로 칠해졌고 캐릭터와 카메라 움직임, 작화 스태프에 내리는 지시 등이 기호와 문자로 적혀 있다. 신카이가 직접 각 캐릭터를 연기한 점노 흥미롭다. 목소리의 뉘앙스 등 출연진에 주는 정보도 가득하다. RADWIMPS의 주제가와 배경음악까지 넣어 감독의 연출 의도를 정확하게 전달하고 있다.

신카이는 비디오 콘티를 통해 작품에 필요한 템포와 타이밍을 시행착오하며 최적의 안을 끌어내 총 1,650컷, 107분이라는 시간 흐름의 종합인 〈너의 이름은.〉의 완전 축소판을 사전 제작해 보여주려 했다. 모든 항목을 일일이 설정하고 편집하면서 계속 시뮬레이션해 작품으로 승화하는 자세는 J.R.R 톨킨이 말하는 '준(準) 창조' 개념에 가깝다. 비디오 콘티 오른쪽 위에는 백분의 일 초 단위로 경과 시간을 표시하는 카운터가 있다. 정밀한 타임 컨트롤에 대한 의욕이 우리 관객의 감정까지 결정적으로 움직이는, 기복과 억양이 풍부한 이야기를 전개시킨다. 〈너의 이름은.〉이 공전의 흥행 기록을 세운 건 우연이 아니다. 비디오 콘티 제작을 통해 시행착오를 거치며 퇴고하고 조형해 확실한 이야기를 만들어 낸 과정이 있었기 때문이다.

신카이는 크리에이터로 출발할 때부터 디지털 기술에 친화적인 작가였다. 디지털 애니메이션의 개척자로서 하드웨어와 소프트웨어를 그때그때 적절하게 사용해 왔다. 그런 신카이의 디지털 지향이 '새로운 표현'을 만들어 냈다. Storyboard Pro의 도입은 작화만이 아니라 그보다 앞선 구상과 이야기 구성 단계까지 거슬러 올라가 디지털 환경을 도입함을 의미한다. 신카이 감독의 작품 세계를 지탱하는 요소는 작품 제작의 거의 모든 과정에 자연스럽게 침투한 풀 디지털 환경이다.

• 작품을 지탱하는 주요 스태프 •

준비 단계를 거쳐 2015년 4월에는 작화 작업이 시작된다. 신카이가 작화 감독으로 초빙한 사람이 애니메이터인 안도 마사시이다. 스튜디오 지브리에서 실력을 닦은 안도는 미야자키 하야오 감독의

〈모노노케 희메〉, 〈센과 치히로의 행방불명〉, 곤 사토시 감독의 〈파프리카〉, 요네바야시 히로마사 감독의 〈추억의 마니〉 등 일본 애니메이션 역사에 빛나는 작품들의 작화 감독을 맡은 경력이 있다. 캐릭터 디자인으로 타나카 마사요시, 작화 감독으로 안도 마사시라는 방향성이 다른 스태프를 기용함으로써 참신함과 전통이 공존하는 작풍이 생겼다. 원화 스태프로는 스튜디오 지브리 출신의 애니메이터가 대거 참여해 동시대 애니메이션 제작의 정수를 모은 호화로운 포진을 형성했다. 미술 감독은 탄지 타쿠미, 마지마 료코, 와타나베 타스쿠 세 명이다. 그들은 〈구름의 저편, 약속의 장소〉(2004년)에서 미술 배경으로 참여한 신카이 작품의 핵심 스태프이다.

〈언어의 정원〉에서 신카이의 주요 역할은 원작, 각본, 그림 콘티, 연출, 촬영 감독, 편집, 감독까지 일곱 가지였는데 〈너의 이름은.〉에서는 원작, 각본, 그림 콘티, 편집, 감독으로 줄었다. 작품 규모가 커지면서 신카이의 업무량도 늘어 몇몇 부문은 다른 책임자에게 넘겨야 했다. 모든 스태프 작업의 대표를 맡는 게 중요한 건 아니다. 작품 규모와 그 상황에 맞춰 유연하게 스태프를 배치하고 권한을 위임하고 적재적소에 실현하는 게 양질의 작품을 만드는 힘이다. 정밀한 비디오 콘티를 만듦으로써 작품 전체를 장악하고 스태프의 작업을 감독할 수 있었다. 전국 300개 관 규모라는 미증유의 개봉이 결정되며 당연히 성공해야 한다는 기대를 짊어진 신카이 감독의 부담은 엄청난 것이었다. 그 엄청난 역할을 신카이는 뛰어난 커뮤니케이션 능력과 통솔력, 결단력으로 수행해 냈다.

많은 관객은 음악을 담당한 RADWIMPS의 이름을 보고 놀랐을 것이다. 노다 요지로가 보컬을 맡은 4인조 인기 록 그룹 RADWIMPS가 애니메이션 주제가 4곡에 더해 22곡의 배경 음악 전부를 담당하리라고 누가 상상했겠는가. 특히 배경 음악은 전문성이 높은 작업으로, 그에 상응하는 기술이 요구된다. 뮤직비디오 스타일의 구조를 취하는 신카이 작품의 특징은 이미 설명했는데 〈너의 이름은.〉은 그 자체가 RADWIMPS의 노래에 의존한, 장대한 뮤직비디오처럼 완성된 작품이다. 몇몇 인터뷰에서 계속 이야기되었는데 곡이 최종 결정될 때까지 신카이와 RADWIMPS 사이에서 노래 파일이 수없이 오갔다고 한다. 때로 충돌하고 논쟁했다. 우리가 손에 든 〈너의 이름은.〉의 OST 앨범은 작품과 떼어놓을 수 없는 성과물이다.

각 장면에 딱 맞춘 22곡의 완성도는 말할 필요도 없을뿐더러,『몽등총(꿈의 등불)』,『전전전세』,『스파클』,『아무것도 아니야』의 주제가 4곡은 듣기만 해도 해당 장면이 떠오를 정도로 강력한 영상 환기 능력을 지니고 있다. 일본식 제목인『몽등총』은 작품의 세계관을 제시하는 오프닝(OP)에 사용되었다. '느리게' 시작해 '빠르게' 변화하는 곡 구성이 이제부터 이야기가 시작되리라는 기대감을 관객에게 전한다.『전전전세』는 타치바나 타키와 미야미즈 미츠하가 서로 뒤바뀌었음을 깨닫는 전반부 클라이맥스 장면에 흐른다. 빠른 비트의 음악이 타키와 미츠하의 일상을 고속 전개하는 극적인 컷을 재촉한다.『스파클』은 분신이었을 때 타키와 대면한 미츠하가 이토모리 마을에 떨어지는 티아마트 혜성의 파편 운석으로부터 사람들을 구하려고 행동하는 장면에서 흐른다. 그리고 발라드풍의『아무것도 아니야』는 이야기 마지막에서 타키와 미츠하의 재회를 극적으로 연출

신카이 마코토의 세계

한다. 이처럼 RADWIMPS의 주제가 4곡은 이야기의 기승전결을 담당하는 중요한 장면에 배치되었을 뿐만 아니라 각 장면에서 이야기의 시퀀스를 정리하는 역할도 한다.

과거의 작품을 다시 살펴 다음 전개에 필요한 주제와 모티프, 스태프를 가시화하는 것. 비디오 콘티를 철저히 만듦으로써 논리적이면서도 창의적인 작품을 만드는 것. 스태프와 토론하는, 타협 없는 커뮤니케이션 환경에서 일하는 것. 신카이는 데뷔 이래 작품을 하나씩 내놓으며 자기 성찰하고 관객과 끊임없이 대화하며 정보를 축적하고 제작 환경을 유연하게 바꾸고 새로운 스태프와 협동할 수 있는 가능성을 모색했다. 〈너의 이름은.〉은 어쩌다 휘두른 배트가 맞아 홈런이 된 게 아니다. 앞서 말한 항목에 하나하나 진지하게 대응하고 경험을 쌓아 실천한 신카이 마코토가 필연적으로 도달한 경지이다. 계산이나 전략과는 다른, 자기 평가와 열린 토론, 끊임없는 커뮤니케이션이 국내 관객 동원 누계 1,900만 명 돌파, 흥행 수입 250억 엔 이상이라는 성공을 가져와, 소토자키 하루오 감독의 〈극장판 귀멸의 칼날 무한열차〉, 미야자키 하야오 감독의 〈센과 치히로의 행방불명〉에 이어 일본 영화 수입 역대 3위를 기록한 작품을 세상에 내놓았다.

제71회 마이니치영화콩쿠르 애니메이션 영화상, 제59회 블루리본상 특별상, 제40회 일본아카데미상 최우수 각본상/최우수 음악상/최우수 감독상/우수 애니메이션 작품상/화제상, 제20회 문화청 미디어예술제 애니메이션부문 대상, 제49회 시체스국제영화제 애니메이션부문 최우수 장편 작품상, 제18회 부천국제애니메이션페

스티벌 장편경쟁부문 우수상/관객상, 제42회 LA영화비평가협회상 애니메이션 영화상, 브뤼셀국제애니메이션영화제 2017년 장편 애니메이션 관객상 등 국내외에서 수많은 상을 받았다(위에 기록한 수상 기록은 일부에 불과). 할리우드판 실사 영화 제작도 이미 결정되었다. 〈너의 이름은.〉은 시대를 대표하는 애니메이션 작품으로 국내뿐 아니라 전 세계적으로 최고의 평가를 받았다.

• '꿈'의 통로와 뒤바뀜 •

타키와 미츠하의 현재 생활을 그린 아방 타이틀과 극장 애니메이션으로는 보기 드문 OP를 거쳐 한 소녀가 잠에서 깨는 장면과 함께 이야기 본편이 시작된다. 소녀는 바로 자기 몸의 '이변'을 깨닫는다. 미츠하의 몸 안에 남자 고교생 타키가 있다. 몸이 뒤바뀐 사실에 직면한 미츠하(타키)는 경악한다(앞으로 미츠하 안에 들어간 타키를 가리킬 때는 미츠하(타키)로, 타키 안에 들어간 미츠하를 가리킬 때는 타키(미츠하)로 표기한다).

전작 〈언어의 정원〉과 마찬가지로 〈너의 이름은.〉을 구상하는 출발점에는 고전문학이 있다. 하나는 『생각하며 잠들어 그 사람이 꿈에 보였을까, 꿈인 줄 알았다면 깨

아방 타이틀과 오프닝 후, 스마트폰 알람으로 잠에서 깨는 소녀의 장면으로 〈너의 이름은.〉의 A파트가 시작된다. 막 잠에서 깼다는 여운=이제 이야기가 시작되었다는 감각을 주는 시작이다.

지 말 것을』이라는 오노노코마치가 읊은 와카이다(고킨와카슈·연가·2·522). 이 노래 속에 '꿈인 줄 알았다면'이란 구절은 앞선 기획서의 가제이기도 하다. 사랑하는 이를 생각하며 잠들었더니 그 사람이 꿈에 나왔다는 내용의 이 노래는 사랑하는 사람이 꿈의 저편으로 사라지는 쓸쓸함을 막 눈을 뜬 여운 속에서 계속 느끼며 꿈속에서라도 사랑하는 이와 함께 있기를 바라는 마음을 역설적으로 그리고 있다. "타키"라는 이름을 연호하며 "기억 안 나니?"라고 외치는 미츠하의 목소리에 동요하며 눈을 뜬 미츠하(타키)의 심경을 대변하는 노래가 아닐까.

타키와 미츠하는 '잠'을 통해 뒤바뀐다. 그리고 멀리 떨어진 상대의 방에서 눈을 뜬다. 잠은 뒤바뀌는 '경로'이자 '장치'이며 작품 속 언어로 바꾸면 '트리거'로 작용한다. 일본에서는 옛날부터 잠든 사이 몸에서 빠져나간 영혼이 다른 경험을 하는 게 꿈이라고 믿어왔다. 잠을 계기로 상대의 몸에 영혼이 들어가 바뀌고 상대 세계에서 경험하고 다시 잠들어 각성함으로써 원래 세계로 귀환한다. 두 세계의 왕복은 잠이 매개한다. 〈너의 이름은.〉의 뒤바뀌는 규칙은 이와 같다고 추론할 수 있다.

고전문학을 연구해 꿈의 정신사를 펴낸 국문학자 사이고 노부쓰나는 꿈과 현실의 관계를 다음과 같이 설명했다.

꿈과 현실을 기존처럼 단순하고 기계적으로 대립시키는 게 아니라 꿈도 하나의 '현실', 하나의 독자적인 현실이라고 생각해야 한다. 다이라 기요모리(헤이안 시대 말기 무사)가 꿈속에서 이쿠쓰시마메이진(3대 여신)으로부터 장검을 하사받은 이야기를 통해서도 상상할 수 있듯 적어도 고대인이 꿈을 깊이 믿은 이유는 하나의 현실—각성했을 때의 현실과는 다르더라도—로서 역시 직접 경험한 확실성을 지니고 있기 때문이다. [67]

꿈의 메커니즘을 심리학적, 생리학적, 뇌과학적으로 설명한 근대 이후의 시대를 살아 온 우리가 잃어버린 감각인데 고대인(상고, 중고 시대 정도의 사람)에게 꿈과 현실은 상호 교환적이어서, 꿈의 경험은 실재성을 지닌 생생한 경험이었다. 상대의 몸에 들어간 타키와 미츠하는 고대인의 감수성을 체현한 사람처럼 잠의 연장으로서의 현실 체험을 통해 상대방의 세계를 산다. 그리고 그곳에서 '직접 경험했다는 확실성'을 품고 자기 세계로 돌아온다. 꿈의 회로를 통해 커뮤니케이션하는 남녀 이야기를, 신카이는 이미 〈구름의 저편, 약속의 장소〉(2004년)에서 그렸다. 히로키는 계속 잠들어 있는 사유리와 꿈속에서 교신한다. 〈너의 이름은.〉은 의식 아래의 내부 공간으로써 꿈을 다룬 〈구름의 저편, 약속의 장소〉를 업데이트한 작품이다.

신카이가 오노노코마치의 와카에 이어 이 작품에서 도입한 고전문학이 헤이안 시대 후기의, 작자와 연도 미상의 『뒤바뀐 이야기』이다. 어떤 내용의 이야기인지 여기서 확인해 보자.

• 『뒤바뀐 이야기』라는 장르 •

곤다이나곤 겸 다이쇼(대정관인 다이나곤과 군대 총사령관인 다이쇼를 겸하는 사람)에게는 배다른 남매가 있었는데 쌍둥이처럼 빼닮았고 여장을 좋아하는 내성적인 아들은 아가씨로, 활동적인 딸은 도련님으로 키워졌다. 아버지는 그런 둘을 보며 '마음속으로 매우 놀라며 둘이 바뀌었으면 좋겠구나' 라고 생각한다. 바뀌길 바라는 아버지의 탄식이 그대로 제목에 붙은 것이다. 백부 우다이진의 딸 시노키미와 결혼한 도련님은 곤노추나곤의 자리에 오르고 아가씨(남자)는 궁에 들어간다. 호색한인 사이쇼추조는 시노키미와 밀통해 그녀를 임신시킨다. 그 사실을 안 추나곤(여자)은 세상이 싫어져 요시노미야를 찾아가 마음을 달래는데 추나곤(여자)의 비밀까지 알아낸 사이쇼추조는 관계를 요구해 추나곤을 임신시킨다. 이후 추나곤(여자)는 우다이조 자리까지 승진한다. 출산하려고 우지의 은신처에 몸을 숨긴 우다이조(여자)는 아들을 출산한다. 한편 아가씨는 우다이조(여자)를 찾아 남자로 돌아와 내시(남자) 차림으로 수도를 떠나 우지에서 둘은 재회하고 각자 모습으로 돌아와 서로의 지위를 잇는다.

쌍둥이처럼 닮은 남녀가 각자 '성'을 바꿔 은밀히 생활한다. 그 비밀을 아는 사람은 소수에 불과하다.『뒤바뀐 이야기』는 서로의 몸을 바꿔 생활하는 남매 주위에서 일어난 사건을 바탕으로 구성되어 있다. 성의 역전이라는 설정과 사이쇼추조에게 여성이라는 비밀을 들켜 포로가 되어 버린 추나곤(여자)의 상황 등 사회적 규범에서 벗어난 이야기라 문학적으로는 이단의 숙명을 짊어질 수밖에 없다. 고전 문학 연구에서도 도착적, 변태적 내용이 오랫동안 평가의 걸림돌이 되었다. 『뒤바뀐 이야기』는 최근에 와서야 평가되기 시작했다. 시간이 흘러 '성을 바꾸는 취향'이 참신한 이야기 모티프로 받아들여지며 '뒤바뀐 이야기'라는 표현 장르를 낳는다.

'뒤바뀐 이야기'라는 장르의 출발점에는 1950년대 발표한 데즈카 오사무의 『리본의 기사』, 『쌍둥이 기사』가 있다. 그 후 시간이 흘러 야마나카 히사시의 『내가 녀석이고 녀석이 나고』(1980년), 『뒤바뀐 이야기』를 멋지게 번안한 히무로 사에코의 『자, 체인지! 새로운 번역 뒤바뀐 이야기』(1983년) 등 '뒤바뀐 이야기'는 수많은 명작으로 탄생했다. 『내가 녀석이고 녀석이 나고』를 원작으로 영화화한 오바야시 노부히코 감독의 〈전교생〉(1983년)은 사춘기 남녀의 몸이 바뀌는 상황을 인상적인 영상으로 표현했다. 오시미 슈조의 만화 『나는 마리 안에』(2012년)와 첨단 의료 문제와 관련된 나카하라 세이이치로의 소설 『캐논』(2014년)도 이 장르에 포함된다.

신카이는 〈너의 이름은.〉을 구상하며 참조한 '뒤바뀐 이야기' 작품들로 『나는 마리 안에』를 비롯해 다카하시 루미코의 『란마 1/2』, 그렉 이건의 『대여금고』, 백종열 감독의 〈뷰티 인사이드〉 등의 작품을 꼽았다[68]. 앞서 소개한 『극장 장편 애니메이션 기획 〈꿈인 줄 알았다면〉(가제)─남녀가 뒤바뀌는 이야기』의 '남녀가 뒤바뀌는 이야기'. 왜 지금 '뒤바뀐 이야기' 이야기인가?' 라는 항목에서 〈전교생〉과 『나는 마리 안에』를 언급하며 "남녀가 뒤바뀌는 이야기가 요즘 들어 왠지 낡고 진부하게 느껴지는 이유는, '성의 차이를 부각'하는 기능 때문"이라고 지적한 다음 신카이는 다음과 같이 계속한다.

그런데도 남녀가 뒤바뀌는 이야기는 여전히 충분히 매력적이다. '내가 이성이었다면'이라는 사춘기 때의 바람은 거의 모든 사람이 품는 보편적 감정이기 때문이다. 그리고 이 '바뀌고 싶은 바람'은 실은 성의 문제에 국한되지 않는 더 깊고 넓은 사정권을 가진다. 즉 '왜 나는 다른 누가 아닐까?' '인간은 왜 타인을 동경하나?' '사람은 왜 다른 이와 공감할까?'로 이어진다. 뒤바뀐 이야기는 성장 이야기에서 빼놓을 수 없는 정체성 문제를 강력하게 그려낼 기능을 갖추고 있다. 남녀가 뒤바뀌는 이야기는 성적 표현에만 비중을 두기에는 아까운 장치이다.

신작 애니메이션 기획 〈꿈인 줄 알았다면〉(가제)의 목표는 남녀가 뒤바뀐 이야기의 새로운 형태이다. 사춘기 남녀의 성이 바뀐다는 유머러스하면서도 두근거리는 요소는 그대로 활용하면서 목적은 성의 차이를 그리는 게 아니다. 이 작품에서는 남녀가 꿈속에서 바뀌는 바람에 '남녀의 일상을 연기해야 하는' 요소는 적다. 게임이나 가상 현실처럼 편안하게 이루어진다. 〈전교생〉에서도 『나는 마리 안에』에서도 뒤바뀌는 이유나 원인은 그려지지 않는데 그 의미를 찾는 미스터리가 하나의 요소가 된다. 뒤바뀌는 현상은 소년과 소녀의 개인적인 문제가 아니라 역사의 흐름 속에 놓인 장치로 그려진다. 카메라는 소년과 소녀를 따라 두 사람의 성장을 그림과 동시에 그들을 둘러싼 어른과 그들을 낳고 기른 풍토와 역사에도 눈을 돌린다. 이 작품은 '너와 나'의 성장 이야기라는 친근한 매력을 유지하면서도 어떻게 더 큰 세계나 역사와 연결할 수 있느냐를 시도하는 것이기도 하다.

신카이는 '뒤바뀐 이야기'라는 기존의 장르를 따르면서 비평적 극복에 나선다. 남녀가 서로 '성'을 바꾼다는 부분에 한정하는 게 아니라 자신과는 다른 성을 지닌 '이성'을 통해 '타자'를 둘러싼 고찰로 콘셉트를 발전시킨다. 나아가 타인에 대한 문제 제기는 내 정체성 문제로 수렴된다. 상징적인 장면이 있다. 고전 국어 수업 중에 노트를 펼친 미츠하는 자기 것이 아닌 필체로 적힌 '너는 누구냐?' 라는 낙서를 발견한다. 이는 미츠하(타키)의 메시지인데 이 말은 미츠하에게 보내는 메시지임과 동시에 미츠하(타키)가 자신에게 던지는 말이기도 하다. '너는 누구냐?' 라는 말은 '너' 안에 있는 나를 향한 '질문'을 포함하고 있다. 상대의 몸에 들어감으로써 정체성 위기를 경험한 둘은 궁극적으로 '나란 무엇인가?' 라는 질문에 직면한다. 여기서부터 사고하기 시작해 '타자를 개입한 자기 이해'로 나아간다.

신카이는 이런 문제를 설정하고 이어서 '남녀가 뒤바뀐 이야기의 새로운 형태'를 제안한다. 그 형태의 하나가 성의 차이를 목표로 하지 않는 구성이다. 확실히 〈너의 이름은.〉에서는 다른 성을 체험함으로써 생물학적 차이나 젠더를 이해하려는 문맥은 약하다. 타키(미츠하)의 여성적인 능력으로 그때까지 멀리 느껴졌던 오쿠데라 선배와 친밀해지거나 미츠하(타키)의 거친 행동으로 인해 모두를 놀라게 만드는 장면의 등장에서 알 수 있듯 남녀가 뒤바뀐 상황은 주위에 혼란을 일으키는 코믹한 수준에 멈춰 있다.

또 하나, 신카이가 '남녀가 뒤바뀐 이야기의 새로운 형태'에서 목표로 한 점은 뒤바뀐 이유이다. 뒤바뀐 이야기의 계보에서 남녀가 뒤바뀐 이유는 특히 밝혀지지 않는다. 혹은 중요시되지 않는다. 그 것은 원전 『뒤바뀐 이야기』도 마찬가지다. 아가씨와 도련님이 뒤바뀐 이유는 아버지가 전생에서 저지른 죄 탓이고, 아버지에게 '한탄 하는 마음'을 주려고 텐구가 한 짓이라는 설명이 있다. 이야기의 핵 심을 건드리지 않는 부연 설명 같은 이유로, 필연성은 없다. 한편 〈너의 이름은.〉에서 타키와 미츠하가 뒤바뀐 이유는 이야기의 중심 에 놓인다. 오락적 취향에서 출발했으나 뒤바뀌는 이유 자체가 중요 한 미스터리 중 하나다. 그 미스터리가 해명되는 과정에서 역사적, 지구사적 사명을 띤 타키와 미츠하를 둘러싼 장대한 비밀이 밝혀진 다. '왜 뒤바뀌는 현상이 일어나야만 했나'라는 문제의 핵심 자체가 이야기화의 장치가 된다. 따라서 '뒤바뀐 이야기'의 정형성을 바탕 으로 여기에 개념적인 사고를 더한 〈너의 이름은.〉은 기존의 '뒤바 뀌는 이야기'를 크게 업데이트한 이야기로 탄생하게 되었다.

• 타자에 대한 상상력 •

타키와 미츠하는 처음에는 몸이 뒤바뀌는 현상이 꿈에서 일어난 일이라 생각하는데 주위 반응과 구체적인 상황을 통해 현실임을 확 신하기에 이른다. 뒤바뀌는 현상은 일주일에 두세 번 일어나고 꿈에 서 깨면 상대편 기억은 흐려진다. 둘은 느닷없이 찾아오는 미스터리 한 현상에 맞서 서로의 생활을 지키려고 규칙을 정하고 스마트폰 앱

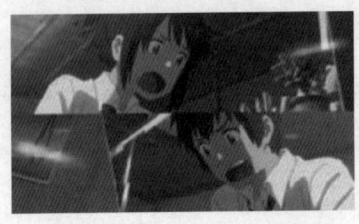

미츠하와 타키가 서로 뒤바뀌었다는 사실을 깨닫고 동시에 소리치는 컷으로 시작되는, 2분 46초짜리 고속 장면에는 중요한 정보가 압축 전개되어 있다.

을 이용해 정보를 교환한다. 미츠하와 타키가 뒤바뀐다는 사실을 깨닫고 상하 분할된 화면에서 "서로 바뀐 거야?"라고 동시에 소리치는 코믹한 컷으로 시작되는 일련의 장면이 이야기 전반부의 절정을 형성한다. RADWIMPS의 경쾌한 『전전전세』 음악에 실려 타키와 미츠하의 생활과 온갖 사건 사고가 연속되는 짧은 컷과 저속 촬영(Time-lapse) 효과를 넣은 속도감 있는 장면으로 표현된다.

이 2분 46초짜리 장면의 모든 컷을 주목해야 한다. 왜냐면 고속 전개되는 장면 여기저기에 〈너의 이름은.〉을 해독할 중요한 정보가 압축되어 흩어져 있기 때문이다. 이를테면 타키와 미츠하가 서로의 일을 앱에 기록한 메시지를 통해 사건, 사고의 시간 순서를 확인할 수 있다. Blu-ray Disk의 출현으로 FHD(Full High Definition) 품질의 고해상도 영상을 관람할 수 있다. DVD에서 BD로의 이행은 작품 감상의 방법을 크게 바꿨다. 동영상을 일시 정지하거나 화면을 캡처해 컷을 구석구석까지 확인함으로써 배치된 아이템과 적힌 글자들도 읽을 수 있다. 제작진도 그런 시청자들의 행동을 고려해 초 단위 컷 안에 정보를 압축 전개한다. 그려 넣은 요소 하나하나가 쌓여 정보의 총체로 작품이 형성되는 것이다.

이제까지 살펴본 대로 신카이의 작품에서는 시간적, 공간적, 나이, 사회적인 '거리'에 의한 '엇갈림'으로 '단절'될 수밖에 없는 남녀

관계가 그려져 왔다. 〈너의 이름은.〉 역시 단절의 이야기이다. 상대의 몸에 들어간다는 것은, 그 상대와 가장 가까워지는 일이나 타키와 미츠하가 상대의 몸에 들어가 있는 동안, 대면해야 할 원래 자기 몸은 그곳에 없다. 이 '가까우면서도 먼' 상황이야말로 엇갈림의 극치가 아닐까. 몸이 뒤바뀐다는 현상은 엇갈리는 상황을 더 증폭하는 장치로 기능한다. 〈너의 이름은.〉도 신카이 작품에 도드라지는 원거리 연애의 모티프를 포함하고 있다. 직접 대면하지 못하는 타키와 미츠하는 가깝고도 먼 관계의 딜레마를 넘어 서서히 이끌린다. 둘의 연애는 대면해 서로 인정한 다음에 시작되는 사랑이 아니다. 주위 사람과 지역 풍토라는 간접적인 절차를 밟는다. 〈너의 이름은.〉 개봉 전에 이루어진 필자와 신카이 마코토의 인터뷰 일부를 인용한다.

　　—신카이 씨의 작품에는 도시와 지방이라는 두 장소가 존재합니다. 이 작품에서도 타키가 사는 도시와 미츠하가 사는 이토모리라는 시골 마을이 나란히 등장합니다. 여기서 두 장소는 대치가 아니라 나란히 존재합니다. 도시와 시골 각각의 아름다움을 이어진 요소로 그리는 신카이 씨의 감수성에는 어떤 근거가 있나요?

　　신카이 제 상경 경험이 클 겁니다. 저는 미츠하가 사는 마을과 비슷한 곳에서 자랐습니다. 지금도 기억합니다. 상경 직전 너무 불안하고 외로워 마지막 여름방학 몇 주 동안 산의 형태나 강 냄새 등 마을의 모든 걸 기억하려고 동네를 돌아다녔습니다(중략). 상경 초기에는 도쿄의 모습은 별 볼일 없게 느껴졌습니다. 시야 안에 산이 없고 강은 더럽고 길가에는 쓰레기가 막 떨어져 있었죠. 하지만 내가 사는 곳을 좋아하지 않으면 살기 힘들어요. 그래서 적극적으로 도쿄의 아름다움을 찾아내기 시작했습니다.

지금은 도쿄의 풍경을 아주 좋아합니다. 사람이란 장소에 추억이 쌓여야 그곳을 좋아하게 됩니다. 좋아하지 않던 곳도 친구와 수다 떨며 돌아오거나 좋아하는 여자와 나란히 걸었다면 특별한 장소가 되잖아요. 그런 경험을 거쳐 서서히 도쿄가 아름답게 보이기 시작했습니다. 추억과 기억이 엮이면 장소가 다르게 보인다는 사실을 배웠습니다. 그때 느낀 점을 이후 모든 작품에 관통하는 철학 비슷한 원체험으로 그리고 있습니다.

—지금 말씀하신 풍경과 심리의 관계성은 타키와 미츠하도 몸이 바뀌면서 경험할 수 있겠네요.

신카이 맞습니다. 아직 만난 적도 없는 남녀가 몸이 바뀐 상대의 눈을 통해 상대가 자란 세계를 보는 겁니다. 미츠하는 동경만 하던 도쿄 풍경에 반하고 타키오도 이토모리의 자연을 아름답게 느낍니다. 그래서 둘은 서로에게 끌리죠. 저는 사람을 통해 풍경의 아름다움을 발견했는데 그들은 풍경의 아름다움을 통해 그곳 사람들을 좋아하게 되죠. 서로의 주변 인물과 관계하는 일까지 포함해 상대를 좋아하게 됩니다.

—몸이 뒤바뀌는 경험을 통해 타자에 대한 상상력을 얻은 타키와 미츠하는 변화하고 크게 성장합니다.

신카이 '타자에 대한 상상력'이라고 지적해 주셨군요. 뒤바뀐다는 현상은 정말 그런 거라고 생각합니다. 누군가를 상상한다는 일 자체가 자신을 깊이 생각하는 일과 이어지죠. 정말 맞는 말입니다. [4]

타키와 미츠하에게 상대가 사는 지역은 미지의 장소이다. 몸이 바뀌어 미지의 장소에서 생활하게 된 둘은 시간이 흐르면서 이곳이 잘 아는 곳이 되고 서서히 상대방의 생활 환경을 좋아하게 된다. 처음 몸이 바뀌었을 때 상황을 제대로 이해하지도 못하고 대충 준비하고 학교에 가려고 집을 나서는 타키(미츠하)가 맨션 현관문을 연 순간 눈 앞에 펼쳐진 풍경에 경탄하는 장면이 있다. 아카사카고쇼의 녹음을 전경, 롯폰기힐즈와 도쿄타워를 배경으로 파노라마처럼 펼쳐지는 풍경과 푸르른 하늘과 하얀 구름은 도쿄의 하늘이 얼마나 넓고 아름다운지를 드러내고 있다. 신카이 마코토 전시회의『너의 이름은.』코너에 전시된 이미지 보드 여백에 '도쿄가 하늘은 더 넓다' 라고 적은 신카이의 친필 메모가 떠오른다. 도쿄의 하늘은 좁고 시골의 하늘은 넓다는 인상이 있는데 평야 지대인 도쿄의 하늘이 공간적인 해방감이 있다. 꿈에서만 본 도쿄 풍경을 바라본 타키(미츠하)는 산으로 둘러싸인 이토모리 마을의 아름다움과는 또 다른, 자연과 인공이 조화를 이룬 도쿄 도심만의 풍경에 압도되어 넋을 놓는다.

나아가 타키 친구들과의 교류를 통해 타키(미츠하)에게 도쿄는 특별한 장소가 된다. 타키에게는 후지이 츠카사와 타카키 신타라는 친구가 있어서, 점심을 나눠 먹거나 학교가 끝난 뒤에는 멋진 카페에 함께 가기도 한다. 아르바이트하는 곳에는 아름다운 대학생 선배 오쿠데라도 있다. 타키(미츠하)는 타키 주변 사람과 교류하며 그들의 반응을 통해 타키가 어떤 사람인지 알아간다. 미츠하(타키)도 마찬가지다. 이토모리 마을의 역사와 자연을 접한 미츠하(타키)는 엄격하지만 존경스러운 할머니 히토하, 고집스러우나 똘똘한 초등학생 여동생 요츠하와 함께 생활하며 훌륭한 가정 환경에서 미츠하가 자랐음을 깨닫는다. 게다가 오컬트 마니아인 테시가하라 카츠히코(텟시)와 얌전하면서도 책임감이 강한 나토리 사야카(사야)와의 교류를 통해 미츠하라는 소녀가 어떤 사람임을 알아간다. 각자 자리에서 이루어지는 인간관계의 깊이가 그 토지와 풍경을 특별한 존재로 바꾸고 자신과 몸을 바꾼 상대에 대한 '신뢰'로 이어진다. 타키와 미츠하에게 그러한 신뢰를 가져오는 원천이 '타자에 대한 상상력'이다.

상대의 몸에 들어가 다른 가정, 친구, 사회 환경을 경험하고 겪으며 타키와 미츠하는 서서히 서로에게 이끌린다. '신뢰 쌓기'는 연애 관계에서 가장 먼저 이루어져야 할 사안이며 연애 감정을 일으키는 트리거이다. 상대와 직접 대면하지는 않았으나 상상력을 통해 획득한 상호 신뢰로 이루어진 타키와 미츠하의 간접적인 연애는 그런 의미에서 연애의 본질을 포함하고 있다.

• 일본적 샤머니즘의 세계 •

타치바나 타키는 아버지와 둘이 맨션에서 살고 있다. 아버지의 이름은 작품 속에 등장하지 않고 존재감도 희박하다. 타치바나네 가족은 전형적인 도쿄의 핵가족이다. 한편 미즈미야 미츠하의 가족 관계는 매우 복잡하다. 미츠하는 여동생 요츠하와 함께 외할머니 히토하와 산다. 미츠하와 요츠하의 아버지는 이토모리 마을의 현직 이장인

신카이 마코토의 세계

토시키이다. 아내 후타바와 만
난 민속학자 토시키는 미야미
즈 집안의 데릴사위로 들어와
미야미즈 신사의 신관이 된다.
후타바가 죽자, 히토하와의 관
계가 나빠져 딸들을 두고 미야
미즈 집안을 나갔다. 미야미즈
신사는 이토모리 마을의 정신
적 지주이다. 이토모리 마을의
이장이라 함은 행정의 장으로
마을을 운영하는 자리에 있음

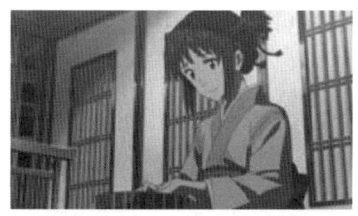

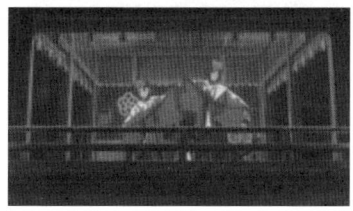

미야미즈 집안의 여자들은 대대로 무녀 역할을 담당
해 왔다. 미츠하가 꼬는 매듭끈의 문양, 그리고 미츠
하와 요츠하의 춤 동작에는 중요한 의미가 숨어 있는
데 그 내용은 잊혀지고 말았다.

을 의미한다. 신을 모시는 일에서 정치 세계로의 자리 이전은 '축제'
가 얽혀 있다는 의미에서 토시키에게는 하나일지도 모른다.

미야미즈 집안은 신관 가계이다. 그리고 아마도 대대로 모계 가족
을 형성해 왔을 것이다. 미야미즈 집안에서 중요한 역할은 어머니에
게서 딸로 계승된다. 어머니의 죽음 후, 미츠하와 요츠하는 무녀 일
을 맡는다. 주요 업무는 매듭끈을 엮는 것이고 신전에서 무녀로서
춤을 추는 것이며, 신사가 모시는 사당에 봉납하는 구치카미자케(口
嚙み酒, 곡물을 입에 넣고 씹었다가 뱉어 타액을 효모 삼아 발효한 일본 전통주—역자 주)
의식을 하는 것이다. 고대부터 이어진 일본적 샤머니즘의 세계가 여
기에 있다. 신카이 작품에서는 무녀 자질을 지닌 소녀가 반복해서
등장한다. 〈별의 목소리〉의 나가미네 미카코(미카코), 〈구름의 저편,
약속의 장소〉의 사와타리 사유리(사유리), 그리고 〈별을 쫓는 아이〉

의 와타세 아스나(아스나), 〈날씨의 아이〉의 히나 등 다른 세계와 통하는 미디움=미디어와 같은 자질을 지닌 소녀들이 중요한 역할을 담당한다. 신카이 작품에서 무녀라는 역할이 조형된 출발점인 미카코의 이름이 '미(카)코(미코는 무녀를 뜻함)'임은 정말 우연일까. 미카코와 사유리, 아스나는 속성으로서 무녀 역할을 담당하는 인물인데 신사의 딸인 미츠하는 진정한 무녀이다. 몸이 뒤바뀌는 상대가 왜 타키이고 미츠하인가, 작품 속에서는 설명되지 않는다. 어디까지는 추측의 수준이나 미츠하의 무녀 능력이, 그리고 미야미즈 집안의 혈통이, 타키를 선택한 게 아닐까. 미야미즈 신사의 축제를 끝낸 미츠하와 요츠하가 집으로 돌아올 때 무녀 역할에 싫증이 난 미츠하가 도리이 밑에서 "다음 생에는 도쿄의 꽃미남으로 살게 해주세요!" 라고 크게 소리치는 장면이 있다. 미츠하의 강력한 바람이 '도쿄의 꽃미남'인 타키와 뒤바뀌는 현상을 촉진했다고 해석하면 어떨까.

미츠하와 요츠하가 추는 무녀 춤은 미야미즈 신사에 대대로 전승되어 온 춤인데 춤 동작의 의미는 알 수 없다. 형형색색의 문양이 특징인 매듭끈에도 같은 의미가 담겨 있다. 매듭끈에는 이토모리 천년의 역사가 새겨져 있다. 200년 전, 짚신 가게 야마자키 마유고로의 집에서 시작된 불로, 신사와 고문서가 다 소실되는, 이른바 '마유고로의 큰불'에 의해 미야미즈 집안은 자신들의 의례 기록을 잃고 만다. 마유고로의 '마유'는 양잠을 의미한다. 과거 이토모리는 매듭끈에 필요한 비단의 생산지였을지 모른다. 이토모리라는 마을 이름도 양잠을 연상시킨다. 예로부터 히다(飛驒, 현재 기후현 북부 지역―역자 주) 지역은 양잠으로 번성했던 땅이다. 마유고로의 큰불로 춤과 매듭끈에 담긴 메시지의 의미는 잊히고 만다. 미야미즈 집안의 여자들은 그저 전해진 대로 춤추고 실을 엮는다.

무녀가 만드는 구치카미자케에도 중요한 의미가 담겨 있다. 구치카미자케와 관련해 가장 오래된 기록은 13세기에 성립된 백과사전체 기록물인 『치리부쿠로』에 등장하는 "남녀가 한곳에 모여 쌀을 씹어 통에 뱉고는 흩어진다. 술 냄새가 나기 시작할 때 다시 모여 씹어 뱉은 사람끼리 마신다. 이름하여 구치카미노사케라고 한다고 풍토기에 적혀 있다"라는 기술이다. 구치카미자케는 가장 원초적인 양조법이다. 구치카미자케에 대해서는 와다 미요코의 『일본 술의 과학, 물·쌀·효모의 전통 기법』(고단샤 블루백스, 15·9)에 등장하는 내용이 참고가 될 것이다.

원시적인 '구치카미자케'는 고대 의식과 깊은 관련이 있습니다. 잘 씹은 쌀을 통에 뱉었다가 술을 만드는 역할은 정결한 소녀(무녀)여야만 한다. 특히 니나메사이(천황이 새로 수확한 벼를 신에게 바치는 제사)에서는 선택된 소녀(주조 동녀, 사카쓰코)가 신주를 만들었습니다. 참고로 이 소녀들을 통솔하는 나이 든 여성을 '도지(刀自)'라고 했습니다. 이후 양조 산업이 발달하며 술 담그는 일은 남성들의 일이 되었는데 그들의 대장 명칭은 똑같은 이름으로 부르면서 한자(杜氏)는 바뀌었습니다.

타액에 포함된 아밀라아제가 전분을 당으로 만들고 당이 효모 역할을 해 알코올로 발효해 술이 됩니다. 이런 '구치카미자케'는 일본뿐만 아니라 전 세계에서 전승되고 있습니다.

의례와의 관련성과 양조 역사에서의 의미, 양조 방식 등 미츠하와 요츠하가 하는 구치카미자케 의식의 배경에 있는 문화적, 역사적 맥락이 또렷해지는 해설문이다. 작품 속에서 갑자기 구치카미자케가 등장해 놀란 관객도 많았을 것이다. 샤머니즘과 애니미즘에 페티시즘을 적당히 가미한 독창적인 이 설정이야말로 신카이의 정수라 할 표현 미학의 극치이다. 예를 들어 신카이의 페티시즘적 기호는 모든 작품에서 반복해 등장하는 여성의 맨발 컷에서도 보인다. 〈너의 이름은.〉의 OP 후 A파트는 잠에서 깬 미츠하(타키)의 맨발을 잡은 카메라가 왼쪽으로 돌며 잠옷 차림의 온몸을 잡아 이동하는 장면으로 시작된다. 소녀의 맨발에는 그녀들이 드러내는 건강한 아름다움과 페티시즘이 동거한다. 작품 규모가 커지며 이야기의 플롯 제작에 참여하는 스태프도 많아지면서 개인적인 취미나 기호는 들어가기 어려운 게 보통인데 신카이는, 페티시즘을 자연스러운 형태로 작품에 녹여 작품의 질을 높인다. 신카이는 작품에서 작가주의를 놓치는 일은 없다. 데뷔부터 줄곧 개인적인 취미와 기호를 작품 보강 기능으로 삼는 게, 신카이 작품의 최대 특징이다.

그리고 이 샤머니즘 + 애니미즘적 세계의 중심에 있는 개념이 '무스비 사상'이다.

• 무스비 사상과 매듭끈 •

미츠하(타키)와 요츠하를 데리고 산꼭대기에 있는 미야미즈 신사의 사당에 구치카미자케를 봉납하러 가는 길에, 히토하는 손녀들에게 무스비의 중심 개념을 이야기하기 시작한다. "'잇는다'라는 뜻인데 옛날엔 땅의 수호신을 말했단다. 이 단어엔 깊은 의미가 있지. 실을 잇는 것도 무스비, 사람을 잇는 것도 무스비, 시간이 흐르는 것도 무스비, 모두 신의 영역이야. 우리가 만드는 매듭끈도 신의 능력, 시간의 흐름을 형상화한 거란다. 한데 모여들어 형태를 만들고 꼬이고 엉키고 때로는 돌아오고, 끊어지고 다시 이어지고. 그것이 무스비. 그것이 시간."

무스비(産靈, 産巣日)란 '천지, 만물을 낳고 성장시키는 영험한 능력'(쇼가쿠칸『일본국어대사전』)이며, 이 세상의 모든 현상을 성립시키는 근본 원리이다. 『고지키』에는, 천지개벽의 순간에 다카마가하라(高天原, 일본 신화에 등장하는 천상의 나라—역자 주)에 아메노미나카누시노카미, 다카미무스비노카미, 가미무스비노카미라는 중요 3신이

나타났다고 한다. 무스비는 세상 창조의 원점이고 만물을 생성하는 힘이고 모든 사상의 인과를 다스리는 이 세상의 법칙이다. 히토하는 자신들이 엮는 매듭끈과 관련해, 무스비를 시간론으로 설명하고 있다. 시간은 〈너의 이름은.〉의 중심에 놓인 모티프이다. 타키와 미츠하는 시간의 불가역성을 거슬러

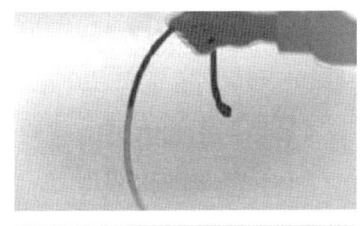

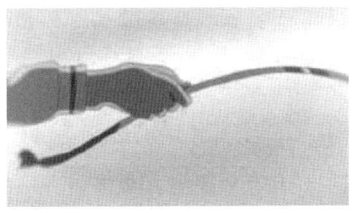

열차에서 내리는 미츠하의 이름을 묻는 타키에게 미츠하는 머리를 묶고 있던 매듭끈을 풀어, 그 끝을 잡고 던지듯 타키에게 건넨다. 두 사람의 '인연'은 이 순간 만들어진다.

이토모리 마을의 사람들을 위기에서 구하려 한다. 몸이 뒤바뀌며 시간과 공간을 이동하는 남녀가 주인공인 〈너의 이름은.〉은 '타임 리프'를 떠올리게 하는 작품이나 SF의 분위기는 강하지 않다. 무스비 사상이 작품 전체에 걸쳐 흘러서 타임 리프는 애니미즘과 샤머니즘을 바탕으로 한 사람과 물건, 사건을 연결하는 영적인 이야기로 덧칠된다.

이야기를 시간 순서대로 정리해 타키와 미츠하의 몸이 뒤바뀌기 전 처음으로 만난 시간을 추출해 보면, 티아마트 혜성의 파편 운석이 이토모리 마을에 떨어지기 전날, 오쿠데라 선배와 데이트하는 타키를 만나러 미츠하가 상경하는 2013년(타키에게는 2016년) 10월 3일이다. 도쿄 도심을 돌아다니다가 지친 미츠하는 소부선 요요기 역 플랫폼 벤치에 앉아 있다. 플랫폼에 열차가 들어온다. 하굣길 타키를 발견한 미츠하는 혼잡한 차내를 비집고 타키에게 다가간다. 이 장면에서 처음으로 타키가 중학생이고, 둘은 같은 학년이 아님이 드러난다(미츠하가 세 살 연상). 타키 곁으로 온 미츠하는 "타키!" 라고 조그맣게 이름을 부르는데 타키는 미츠하를 알아보지 못할 뿐만 아니라 수상하게 생각한다. 타키의 태도에 실망하고 슬퍼져 요쓰야 역에 내리는 미츠하의 이름을 타키가 묻는다. 미츠하는 자기 이름을 알려주며 머리를 묶고 있던 매듭끈을 풀어 그 끝을 잡고 타키에게 던지듯 건넨다. 타키는 다른 한쪽 끝을 잡는다. 매듭끈으로 미츠하와 타키의 인연이 맺어지며 두 사람의 시간이 흐르기 시작하는 중요한 장면이다.

또 한 군데, 무스비의 형상인 매듭끈의 의미가 비주얼로 드러나는 중요한 장면이 있다. 그것은 미츠하를 찾아 히다 지방 여행에 나선 타키가 도달한 미야미즈 신사의 사당 앞에서, 봉납한 구치카미자케를 머금은 직후 엄습한 신비 체험이다. 미츠하와 뒤바뀌는 사건이 벌어지지 않아 연락이 두절되자, 타키는 어렴풋한 기억을 더듬어 그린 스케치를 품고 미츠하의 고향으로 추정되는 히다 지방을 찾는다. 지명도 이름도 기억하지 못하고 단서조차 없는 상태에서 우연히 들어간 다카야마의 라면 가게 주인을 통해 타키가 그린 스케치는 운석 낙하로 사라진 이토모리 마을을 그린 것임을 알게 된다. 타키가 의존한 유일한 이토모리 마을의 기억은 "오래전에 누군가에 받은 건데", "부적처럼 가끔 하고 다닌" 오른 손목의 매듭끈과 '매듭끈 만드는 사람'에게 들은 무스비에 관한 지식이었다. 그 기억을 따라 타키는 사당이 있는 산으로 향한다. 사당이 있는 산 정상에 가기 위해 라면 가게 주인이 운전하는 차를 타는 장면에서는 이제부터 찾아올 시련을 예고하듯 천둥 번개가 서서히 다가온다. 이윽고 비가 내리기 시작하고 격렬한 뇌우가 된다. 〈너의 이름은.〉에서 기상과 심리, 이야기 전개는 하나로 이어져 있다.

무스비는 타키와 미츠하를 '연결하는' 마지막 선이다. 독특한 작화와 영상 처리로 우리에게 강한 인상을 주는 타키의 신비 체험 장면은 미술가이자 일본 화가인 시노미야 요시토시가 담당했다. 시노미야는 애니메이션 관련 작업도 많이 맡았고 신카이 작품에서는 〈언어의 정원〉의 포스터 일러스트를 담당했다. 극장 팸플릿에 기록된 스태프와 출연진 일람 페이지에는 시노미야의 이름과 함께 '회상 장면 연출·원화·촬영'이라고 적혀 있다.

미끄러져 벌러덩 넘어진 타키가 들고 있던 스마트폰 불빛이 사당 천장에 그려진 혜성 그림을 비춘다. 다음 순간, 혜성 그림은 변이하며 움직이기 시작한다. 혜성의 끝부분은 타키의 머리처럼도 보인다. 혜성의 꼬리는 끈 모양으로 변해 타키와 함께 수중으로 낙하한다. 타키의 오른 손목에는 끈이 묶여 있다. 끈은 혜성이 되어 지구로 떨어진다. 혜성의 지구 낙하가 수정 장면으로 바뀐다. 수정란은 세포 분열을 되풀이해 마침내 갓난아기의 울음소리와 함께 미츠하를 출산하는 미야미즈 후타바의 장면으로 이어진다. 탯줄이 잘리며 타키는 그 자리에서 멀어진다.

이후 미야미즈 후타바를 덮친 비극과 후타바를 잃은 미야미즈 집안의 이야기가 등장한다. 요츠하가 태어나 행복한 시간을 보내는 미야미즈 집안 사람들인데 후타바는 병을 얻어 저세상 사람이 된다. 장례 장면이 이어지고 히토하와 언쟁한 토시키는 신관 자리를 버리고 미야미즈 가문을 나온다. 그리하여 히토하, 미츠하, 요츠하의 생활이 시작된다. 매듭끈을 엮는 틀에서 뻗어 나온 붉은 실은 상공을 맴도는 타키의 오른 손목에 얽히듯 이어져 있다. 타키는 몸이 바뀐 후의 미츠하의 기억을, 신의 시점에서 내려다보고 있다. 타키와 오쿠데라 선배의 데이트 날, 눈물을 흘린 미츠하가 타키와 만나려고 도쿄로 갔다가 슬픔을 안고 집으로 돌아온 후 할머니에게 머리를 짧게 깎아 달라고 하는 일련의 일들이 밝혀진다. 그리고 혜성이 접근하는 밤이 찾아온다. "미츠하!", "거기 있으면 안 돼!", "혜성이 떨어지기 전에 마을에서 나가야 해!" 라고 열심히 외치는 타키의 목소리는 미츠하에게 닿지 않는다. 미츠하는 낙하한 혜성 파편의 습격으로 허무하게 사라지고 만다.

바닥에 머리를 세게 부딪힌 충격 때문인지, 구치카미자케로 취한 탓인지, 혹은 사당이라는 장소의 힘으로 잠에 빠진 탓인지는 분명하지 않으나 미츠하의 기억과 연동된 몽환적인 체험으로 타키는 미야미즈 집안의 사정과 미츠하가 한 행동의 의미를 깨닫는다. 회상 장면에서는 혜성, 용, 정자, 탯줄 등 매듭끈의 이미지가 정신없이 변화하고 연쇄하며 '기억을 둘러싼 일련의 이야기'를 생성한다. 미츠하와 타키는 붉은 끈 형태의 띠로 연결되어 있다. 그것이 두 사람의 붉은 띠, 즉 '붉은 실'의 메타포이다. 타키와 미츠하의 운명을 나타내듯 끈과 띠는 떨어졌다 이어지기를 반복한다. 생명 탄생에서 죽음까지의 정경을 유전하는 끈과 띠의 이미지로 그려진 회상 장면은 우주적이면서도 신화적인 시점으로 무스비의 본질을 파고든다. "끈은 의식과 의식이 양자 수준으로 이어져 얽힌다는, SF적 아이디어에서 시작되었죠"라는 신카이의 발언을 통해[69] 양자역학의 '끈 이론'도 염두에 두고 구상했음을 알 수 있다. 끈은 샤머니즘부터 최신 양자역학 이론까지를 포함한 장대한 이미지의 보고이다. 그리고 회상 장면은 실로 짜는 매듭끈에서 시작되는 무스비 사상을 시가화한 것이다.

통과의례 같은 신비 체험을 통해 무스비의 숨은 뜻을 깨달은 타키는 미츠하와 마지막으로 몸을 바꿔 이토모리 마을 사람을 구한다는 마지막 사명으로 나아간다.

• 두 개의 로그라인을 둘러싸고 •

　매듭끈, 구치카미자케, 무스비라는 전통 공예와 신사 일, 신도에
서 시작된 개념을 대담하게 채용한 신카이의 창작 태도는 신화적,
설화적 구조체로 〈너의 이름은.〉을 해설할 수 있도록 한다. 작품 속
에 자신이 실제로 체험한 에피소드를 도입하는 빈도가 서서히 줄고,
"어떤 시기부터 이야기의 구조 속에 무엇을, 어떻게 말할지, 그것을
관객에게 어떻게 전달할지라는 새로운 관심이 생겼습니다"[70]라는
신카이의 짧은 언급을 통해서도 알 수 있듯 신카이 작품에서 '이야
기 내용' 이상으로 '이야기 구조'와 '이야기 제시 방법'이 중요해졌
다. 2016년 11월 5일에 이루어진『사쿠시 도서관 강좌 〈너의 이름
은.〉의 이야기~현대에 있어서 이야기의 역할~』(주최 사쿠시 도서
관·사쿠시 PTA오야코문고)은 신카이가 직접 작품을 소개하는 귀중
한 자리이자 〈너의 이름은.〉을 스스로 해설하고 구조 분석한 작업으
로써 많은 시사점을 준다. 그 내용은 앞서 소개한 Blu-ray『너의 이
름은. 컬렉터즈 에디션』특전 디스크에 강연 영상으로 수록되어 있
다. 강연의 요점은 활자화되어 있는데 그 일부를 인용하겠다.

　이야기를 만들 때는 이야기의 콘셉트를 몇 줄로 정리한 로그라인
이라는 걸 제일 먼저 생각하는데 〈너의 이름은.〉의 로그라인은 '꿈에
서 만난 소년과 소녀가 마침내 현실에서 만난다' 라는 것이었습니다.
소년과 소녀가 만나 잠시 헤어지나 재회한다. 이런 보이 미트 걸 이
야기는 보편적인 구조이자 강력한 스토리라인을 지닌 로맨틱한 이

야기이기도 합니다. 하지만 〈너의 이름은.〉에는 숨은 로그라인이 하나 더 있는데 '꿈의 계시를 받은 소녀가 사람들을 재해로부터 구한다'라는 겁니다. 사실 이는 옛날이야기나 민화, 신화에서 계속 이야기되는 소재입니다. 과거로 거슬러 올라가면 『니혼쇼키』나 『고지키』 속에서 재해가 있을 때 천황이 특별한 장소에서 잠들었는데 계시를 받아 평화를 되찾았다는 이야기가 많습니다. (중략) 천만 명 이상이 이 영화를 봤다는 사실은 이 로그라인 구조 때문이라고 생각합니다. 친근한 옛날이야기 구조 위에 이해하기 쉬운 소년과 소녀의 만남 이야기를 얹은 게 〈너의 이름은.〉이라는 영화입니다. [71]

로그라인(Logline)이란 영화나 드라마, 책 등의 이야기 내용을 한 문장으로 압축한 요약문(Summary)이다. 특히 작품 전체를 총괄하는 감독이 제시하는 로그라인은 제작자가 스토리의 흐름을 어떻게 의식했는지를 알 수 있는 증거가 된다. 신카이가 제시한 '꿈에서 만난 소년과 소녀가 마침내 현실에서 만난다'라는 라인과 '꿈의 계시를 받은 소녀가 사람들을 재해로부터 구한다'라는 라인은 그저 짧은 요약이 아니라 〈너의 이름은.〉의 이야기 구조 지체를 고스란히 드러낸다.

몸이 뒤바뀌는 일을 체험한 타키와 미츠하가 그 현상을 꿈속의 일로 판단했다가 서서히 실제로 벌어진 일로 이해한다. 이성의 몸에 들어갔다는 충격과 뒤바뀌는 현상으로 주위 사람에게 일어나는 일은 모두 코믹 터치로 그려진다. 신카이 작품에서는 코미디가 두드러지지는 않는다. 오히려 진지한 드라마 전개에 비중이 놓여 있다. 〈너의 이름은.)에서는 미츠하(타키)가 자기 가슴을 주무르는 장면과 말풍선(漫符, Comic Sign)을 사용한 장면 등 기존 신카이 작품에서는 볼 수 없었던 '웃음' 표현이 이야기 앞부분에 특히 많이 나온다. 코미디가 가능해진 이유는 타나카 마사요시가 디자인한 팝한 캐릭터의 힘 덕분이다. 코미디의 절정은 주제가 『전전전세』가 흐르며 전개되는 일련의 장면이다. 이 슬랩스틱한 전개를 거쳐 이야기는 다음 단계로 이행한다. 즉 자연재해로 미츠하까지 5백 명이나 되는 이토모리 마을 주민이 사망한 현실을 바꾸기 위해, 타키와 미츠하는 혜성의 피해로부터 도망친다는 또 다른 현실을 만들어 내려고 협동하는 이야기 후반부가 전개된다.

〈너의 이름은.〉은 우당탕 소동이 벌어지는 청춘 코미디에서 인명을 구하는 심각한 이야기로, 희극에서 비극으로, 더 나아가 비극을 극복하는 운명적인 남녀의 영혼을 담은 이야기로 변화하면서 두 개의 로그라인을 하나로 녹여낸다. 이는 최종적으로 단절되고 엇갈리기만 했던 타키와 미츠하가 현실 세계에서 다시 만나 상대의 이름을 물으며 새로운 관계를 암시하는 엔딩으로 수렴된다. 우리 관객은 항상 상황 변화와 기복이 많은 이야기 자체의 운동에 따라 희로애락의 감정을 느낀다. 신카이가 말한 "진정한 엔터테인먼트"[69]로서의 작품성은 두 로그라인이 만들어 내는 완급과 융합의 결과, 실현된 것이다.

신카이 마코토의 세계

• 50년대의 명작 〈너의 이름은〉과 현재의 명작 〈너의 이름은.〉 •

두 로그라인은 최종적으로 망각의 저편에 잠겨 버린 애달프게 사랑한 상대의 이름을 다시 물음으로써 서로를 인증하는, 사춘기를 벗어나 어른이 된 타키와 미츠하의 모습에 도달한다. 이 작품의 제목은 신사 앞 계단에서 대면한 타키와 미츠하가 서로에게 묻는 마지막 대사 "당신, 이름은……." 에서 유래한다. "〈꿈인 줄 알았다면〉, 〈황혼의 연인〉, 〈미츠하의 무스비〉, 〈스타크로스트 러버스〉 등등 50개 이상의 제목을 생각했다"[72] 라고 하는데 최종적으로 〈너의 이름은.〉이라는 제목이 선택되었다. 〈너의 이름은.〉은 예전에 발표된 유명 작품을 따른 제목이기도 하다. 그 작품이란, 50년대 쇼와 시대의 명작 〈너의 이름은〉이다. 이 두 작품은 시대와 설정, 이야기 내용 모두 다르나 둘을 조합하면 '이름'과 '기억'이라는 키워드가 떠오른다. 그렇다면 앞선 〈너의 이름은〉은 어떤 이야기였나. 여기서 다시 살펴보기로 하자. 기쿠타 가즈오 각본의 NHK 라디오 드라마로 1952년부터 5년에 걸쳐 방송된 〈너의 이름은〉은 수많은 청취자의 사랑을 받았다. 라디오에 이어 1953년에는 영화로도 제작되었고 이후 3부작 장편 영화 시리즈로 제작된다. 영화판 개요는 다음과 같다.

이야기의 주인공은 기시 게이코가 연기한 우지이에 마치코와 사다 게이지가 연기하는 아토미야 하루키. 1945년 5월 24일 도쿄 대공습의 밤, B-29의 폭격으로 불바다가 된 거리를 도망 다니는 마치코를 아토미야가 구한다. 피난한 사람들과 불안한 하룻밤을 보낸 두 사람은 다음 날, 스키야바시 위에서 만약 반년 뒤에도 둘 다 살아 있다면 11월 24일 밤 8시에 이 장소에서 만나기로 약속한다. 아토미야가 그녀의 이름을 물은 직후 공습경보가 울리자, 그는 "그때까지는 서로 이름도 모르고 있죠"라고 말하고 둘은 헤어진다. 약속한 날, 부모님을 잃은 마치코는 사도에 사는 삼촌에게 간다. 마치코와 아토미야의 재회는 이루어지지 않았다. 그로부터 또 일 년이 흘러, 드디어 두 사람은 스키야바시에서 재회하는데 삼촌이 추진하는 혼담을 거절하지 못한 마치코는 하마구치 가쓰노리와 결혼한 몸이다. 마치코에게 좋아하는 사람이 있지 않냐고 따지는 남편. 차가운 태도의 시어머니 도쿠에. 집을 나와 친정으로 돌아온 마치코의 뒤를 아토미야가 따라오지만, 그녀가 임신했다는 소식에 상심을 품고 사도를 떠난다(제1부).

아토미야는 목장을 경영하는 친구 부탁으로 홋카이도로 건너간다. 한편 마치코는 아이를 유산하고 만다. 마치코는 이혼하기로 마음먹고 친정으로 돌아오고 홋카이도에서 생활하는 아토미야의 앞에는 아이누족 아가씨 유미가 나타난다. 아토미야에게 계속 구애하는 유미의 사랑에 떠밀려 아토미야는 유미와의 결혼을 생각하기에 이른다. 마치코는 아토미야가 있는 홋카이도를 방문하려고 여행을 떠나는데 그는 목장에 없다. 유미의 가슴에 질투심이 끓어오르고 도쿄에서 돌아온 아토미야와 마치코는 드디어 재회한다. 아토미야와 마치코의 관계를 안 유미는 절망해 마슈 호수에 몸을 던진다. 유미의 약혼자였던 사무로도 그녀의 뒤를 따른다. 마치코는 아토미야를 두고 홋카이도를 떠난다(제2부).

하마구치와 마치코의 이혼 조정이 진행된다. 하마구치는 아토미야 이외의 남자와 결혼할 것을 이혼 조건으로 내건다. 마치코는 운젠에서 일하다가 만난 도시마로부터 청혼을 받는다. 도시마는 하마구치와 마치코 사이의 약속을 알고 있다. 출판사의 유럽 특파원으로 결정된 아토미야가 일본을 떠나기 전에 마치코를 만나러 온다. 하마구치에게는 새로운 약혼자 요시코가 있는데 이기적인 사고방식을 지닌 요시코에게 도쿠에는 불만이 많다. 마치코의 따뜻함을 새삼 깨달은 도쿠에는 그녀를 찾고, 마치코는 여행 피로로 급성 폐렴에 걸린 도쿠에를 지극 정성으로 간호하며 둘은 화해한다. 마치코가 피로와 슬픔으로 쓰러져 스키야바시가 보이는 도쿄 병원에 입원한다. 마치코가 아프다는 소식을 들은 하마구치는 이혼 서류를 보낸다. 병이 악화되어 위독하다는 마치코의 소식을 듣고 아토미야는 비행기를 타고 스위스에서 귀국해 달려온다. 마치코는 목숨을 구한다. 긴 시간이 걸려 드디어 재회한 마치코와 아토미야는 두 사람만의 행복을 쌓기로 맹세한다(제3부).

실사 영화 〈너의 이름은〉은 '이름을 둘러싼 이야기'이다. 상대를 찾을 유일한 단서인 이름을 알려주지 않고 헤어지는 바람에 아토미야와 마치코는 재회하지 못한다. 나아가 서로의 이름을 안 다음부터 그들의 진정한 고난이 시작된다. 〈너의 이름은〉에서는 아토미야와 마치코가 거리적, 물리적으로 떨어져 있는 상황이 반복적으로 그려진다. 서로를 원하는 둘은 항상 엇갈리고 재회해도 새로운 단절과 시련에 가로막힌다. 둘의 만남은 다양한 사정으로 연기된다. 둘이 가까워지려고 일으키는 움직임이 다른 사람의 비극을 초래한다. 하마구치는 원래 착한 사람인데 아내의 불륜을 의심한 나머지 질투심 가득한 인간이 되고 만다. 아토미야는 인기가 많은 남자다. 아토미야가 만나는 여성들은 그를 다 좋아한다. 그리고 그에게 호의를 품은 여성들은 다 불행해진다. 문제는 아토미야가 여성에 무심하다는 점이다. 상황에 떠밀리기만 할 뿐 스스로 결정하지 않는 그의 태도가 여성들에게 상처를 입히고 때로는 죽음으로 내몬다. 마치코도 마찬가지다. 마치코는 남성들의 시선에 자각이 없다. 그 비범할 정도의 무자각이 주위에 풍파를 일으키는 원인이 된다.

　〈너의 이름은〉은 전형적인 등장인물, 통속적인 연애, 서로 사랑하는 남녀를 갈라놓는 상황 등 이른바 멜로 드라마의 모든 요소를 갖춘 작품이다. 운명에 우롱당하는 연인들의 이야기라고 하면 그럴듯

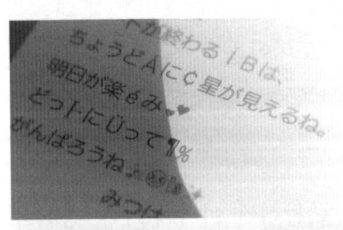

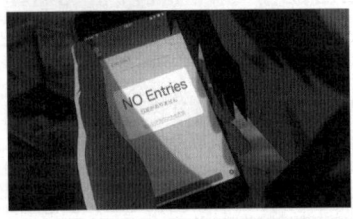

출입 금지 구역인 이토모리 마을까지 도착한 타키는 스마트폰을 꺼내 미츠하가 적은 메시지를 확인하는데 문자가 감쪽같이 흩어지며 일기가 사라진다. 메시지의 소멸은 미츠하에 관한 기억을 잃는 것이며, 그녀의 죽음을 유사 체험하는 일이다.

하겠으나 둘을 갈라놓는 온갖 장애를 지금 시점에서 바라보면 비극이라기보다 희극적이다. 쇼와 시대의 명작 〈너의 이름은〉과 헤이세이 시대의 명작 〈너의 이름은.〉 사이에는 비슷한 점이 없는 듯 보이나 자세히 살펴보면 공통점이 존재한다. 앞서 열거한 '이름'과 '기억'이다. 두 영화 제목은 '상대의 이름을 묻는다'라는 상황

신카이 마코토의 세계

을 의미한다. 두 작품 모두 상대의 이름을 묻고 그 상대를 찾아다니는 이야기라는 점에서 같다. 〈너의 이름은.〉이라는 제목이 선택된 순간, 제작자의 의도가 어쨌든, 앞선 작품과의 인과 관계가 성립되고 만다.

그리고 또 하나, 두 작품의 공통점은 '기억'이라는 모티프이다. 실사 영화 〈너의 이름은〉에서 여러 번 흐르는 자막이 있다. 그것은 "망각이란 잊히는 것", "잊히지 않는 망각을 맹세한 마음의 슬픔이여"라는 말이다. 도쿄 대공습의 밤에 만난 아토미야와 마치코는 서로를 잊지 못하고 재회하기를 기대한다. 1년 반 뒤에 드디어 재회하나 마치코는 이미 결혼한 몸이다. 서로를 그리워한 두 사람의 사랑은 이루어지지 않는다. 아토미야와 마치코는 서로의 존재를 잊으려 갈등한다. 그 갈등이 드라마를 낳는다. 맞다. 〈너의 이름은.〉은 '사랑하는 상대(의 이름)를 잊으려 해도 **망각하지 못하는 이야기**'인 것이다. '잊히지 않는 망각을 맹세한 마음의 슬픔'이란 바로 이를 가리킨다. 그 문맥에 대조해 보면 애니메이션 〈너의 이름은.〉은 '사랑하는 상대(의 이름)를 기억하려 해도 **망각하고 마는 이야기**'이다. 잊지 못하는 실사 영화와 잊고 마는 애니메이션. 기억이라는 문맥에서 둘은 정반대로 조응한다. 꿈의 회로를 통해 몸이 뒤바뀐 타키와 미츠하가 원래 자신으로 돌아오면 건너편에서의 기억이 흐려져 상대의 이름도 그때 했던 행동도 다 기억에서 사라진다. 그래서 그들은 스마트폰 앱을 활용해 정보를 교환하고 기억을 공유한다.

인상적인 장면이 있다. 오쿠데라 선배와 츠카사와 함께 히다 지방으로 간 타키가 라면 가게 주인이 알려줘 이토모리 마을에 도착한다. 타키가 그곳에서 본 풍경은 모든 게 파괴된 참혹한 마을이다. 타키는 스마트폰을 꺼내 '녀석이 쓴 메모'를 읽으려 하는데 갑자기 글자들이 흩어져 일기들이 모두 소멸한다. 미츠하가 쓴 메시지의 소멸은 미츠하에 관한 기억을 잃는 일이자, 나아가 미츠하의 죽음을 유사 체험하는 일이다. 우리가 이 작품에 크게 마음이 흔들린 이유는 서서히 흐려지다가 사라지는 기억의 망각에 저항해 이어지고자 하는 두 젊은이의 과감한 모습에 공감했기 때문이다. '기억의 망각'과 '망각에 대한 저항'은 작품의 중심 주제이다. 그것은 단순히 타키와 미츠하 사이의 개인적인 문제에 그치지 않는다. 그 배경에는 더 큰 '지진 재해'라는 사회적 문제가 있다.

• 지진 재해 애니메이션으로서의 〈너의 이름은.〉 •

2011년 3월 11일에 발생한 동일본 대지진은 문학과 영화, 연극, 만화와 애니메이션 등의 장르에서 수많은 표현을 낳았다. 〈너의 이름은.〉 역시 3.11 이후의 상상력에 기반한 지진 재해 애니메이션이다. 전작 〈언어의 정원〉의 기획서 중 하나 '〈언어의 정원〉—이 작품에 관한 생각'에서 신카이는 다음과 같이 기록했음을 기억하자.

3.11 지진 재해 이후 우리 발밑이 얼마나 위태롭고 약한지 깨달았다. 지질학적으로 일본열도가, 지정학적으로 일본이라는 나라가, 인프라로서 우리 사회와 학교가 얼마나 불안정하고 특수하고 고독한

신카이 마코토의 세계

지. 그리고 지진 재해를 계기로 뜻밖에 발견한 사실은 어떤 상황에서도 일상은 존재하고, 사람들은 아무리 발밑이 불안해도 그곳에 머물며 계속 살아간다는 사실이다. (중략) 불안정한 장소를—10년 뒤에는 없어질지 모를 아스팔트 위를 그래도 일상으로 걷는다. 그 불가사의함, 사람들의 기묘한 강인함이 지금 도쿄를 무대로 〈언어의 정원〉을 만들고 싶은 이유 중 하나이다. 도쿄 풍경은 아마도 몇 년이나 몇십 년 안에 찾아올지 모를 거대한 지진 재해로 크게 바뀔지 모른다. 그러므로 지금 이 흔들리는 대지 위의 일상을, 그곳을 걷는 발의 이야기로 애니메이션 화면에 담아두고 싶다.

지진 재해 직후인 2011년 5월에 극장 개봉한 〈별을 쫓는 아이〉를 거쳐 2년 뒤인 2013년 5월에 〈언어의 정원〉은 극장 개봉된다. 〈언어의 정원〉에서는 직접적으로 지진 재해를 그리지 않았는데 명상적인 세계 조형과 일상을 바라보는 시점에는 지진 재해 후 시대의 분위기가 반영되어 있다. 우리는 지진 재해로 오늘과 내일은 계속되지 않고 쉽게 단절될 수 있음을 깨달았다. '거대한 지진 재해로 크게 바뀔지 모른다.' '이 흔들리는 대지 위의 일상을, 그곳을 걷는 발의 이야기로 애니메이션 화면에 담아두고 싶다' 라는 것. 이게 〈언어의 정원〉을 제작한 동기 중 하나라는 점은 강조되어야 한다. 시대에 따라 변화하는 풍경을 그때그때 기록하고 기억하는 것을 애니메이션의 역할로 삼는, 〈날씨의 아이〉까지 이어지는 신카이의 생각에 깊이 공명한다. 〈너의 이름은.〉에서 똑같이 말하는 장면이 있다. 이야기 거의 끝에 구직 활동 중인 타키가 건설회사 면접장에서 지원

동기를 더듬거리며 말하는 장면이다. "입사 지원을 한 이유는 사람들이 생활하는 풍경……, 거리 풍경을 제 손으로……. 도쿄도 언젠가 사라질지 모릅니다. 기억 속에서라도 마음을 따스하게 해 줄 풍경을……."

건축과 애니메이션 제작이 비슷하다고 하면 적절하지 않을까. 규모나 기술, 방법론은 다르지만, 사전에 치밀한 검토가 이루어진 설계 도면을 바탕으로 전문가의 분업으로 아무것도 없는 땅에 자재를 하나씩 쌓아 올려 최종적으로 '작품'이라는 구조체를 만들어 낸다는 점에서 둘은 유사하다. 타키가 갖춘 특별한 데생 능력이 이토모리 마을로 그를 이끈다. 자연과 건축물을 좋아해 데생하는 타키가 선택한 진로는 건축업계였다.

〈너의 이름은.〉에는 또 한 사람, 건축과 관련된 인생을 운명처럼 타고난 사람이 있다. 테시가와라이다. 그의 본가는 이토모리에서 건축업을 운영하고 있다. 테시가와라의 아버지는 미야미즈 토시키와 유착 관계에 있어서 촌장 선거에는 솔선해 몰표 공작에 나선다. 그런 어른들의 사정을 테시가와라는 "부패 냄새가 풀풀 나"라며 비판적으로 관찰하는데 장남인 이상, 장래 아버지의 뒤를 이으리라 기대되고 있다. 그 역시 장래에는 더러운 어른들의 세계에 몸을 둘 운명이다. 아버지는 미래의 자신이다. 신카이도 대학을 졸업한 후 도쿄의 건설회사에 취직했다가 결국은 고향에서 건축업을 운영하는 본가의 후계자가 될 줄 알았다. 그러나 신카이는 게임 개발 회사에 들어갔고 퇴사 후에는 애니메이션 제작에 나서기로 결심한다. 자기 미래가 미리 결정되어 있는 테시가와라의 우울함을 신카이는 누구보다 잘 알았을 것이다. 테시가와라가 품은 우울은 집안의 규율을 엄수해야 하는 미츠하 안에도 존재한다. 테시가와라에게는 사야카라는 여자 친구가 있는데 미츠하를 몰래 좋아한다. 그 감정의 근원에는 같은 우울을 품은 자에 대한 동감이다.

불안정한 일상을 보내는 우리에게 보내는 메시지가 담긴 〈언어의 정원〉 후 신카이는 직접적인 주제와 모티프로 지진 재해 후의 시대정신을 그려내고자 했다. 동일본 대지진이 발생하고 4개월 뒤인 2011년 7월, 신카이는 TBS 프로그램 〈NEWS 23〉 취재 차 지진 피해지인 미야기현 나토리시 유리아게를 방문한다(시 이름 나토리는 등장인물 중 하나인 '나토리 사야카'의 성으로 쓰이는데). 유리아게에서는 주민 5명 중 1명, 약 8백 명이 쓰나미에 희생되었다. 신카이는 방문했을 때의 인상을 바탕으로 한 장의 스케치화를 그린다. 마을을 조망할 수 있는 언덕 같은 히요리야마를 그린 스케치였다. 이 스케치는 『신카이 마코토 전시회 〈별의 목소리〉에서 〈너의 이름은.〉까지』의 미야기 회장에 전시되었다.

2017년, 신카이는 다시 유리아게를 방문해 지진 재해로부터 7년이 지난 2017년 3월 11일에 방송된 보도 특별 프로그램에서 〈너의 이름은.〉의 창작 비화를 밝혔다. 신카이는 프로그램에서 〈너의 이름은.〉의 첫 출발점은 2011년에 방문한 유리아게였다고 밝히고, 다음과 같이 말했다(이하 프로그램에서 한 신카이의 발언을 필자가 옮긴 것임). "그때 유리아게에 섰을 때 마치 내가 당연히 여기서 살았던 것처럼 느껴졌습니다. 만약 내가 여기 있었다면 어땠을까. 만약 내가 유리아게의 당신이라면, 이라는 생각이 들었습니다. 만약 내가

당신이었다면, 이라는 처지가 뒤바뀌는 영화를 만들자는 생각이 들었습니다." [73]

쓰나미로 철저하게 파괴된 유리아게의 땅에 선 신카이는 자신이 이 마을에서 태어나고 자랐을지도 모른다는 가능성을 떠올렸다. 이를 기점으로 비약한 신카이의 상상력은 '만약 내가 당신이라면? 처지가 뒤바뀌는 영화' 구상으로 발전한다. 역시 '타자에 대한 상상력'이 등장한다. '자신'과 '당신'을 뒤바뀔 가능성 있는 존재로 놓는 것. 그리고 만약 '내'가 '당신'이라면 무엇을 생각하고 어떻게 행동했을지를 상상해 보는 것. 〈너의 이름은.〉은 지진 재해만을 주제로 삼은 작품이 아니다. 그러나 지진 재해를 경험하지 않았더라면 구상할 수 없었을 이야기임은 분명하다. 신카이는 같은 프로그램에서 "〈너의 이름은.〉은 강한 마음을 품고 무언가를 되돌려 놓는 영화로 만들고 싶었습니다" 라고도 말했다. '무언가를 되돌려 놓는'의 '무언가'란 기억이고, 지진 재해로 잃은 인명이다. 사람의 지혜를 초월하는 자연재해를 픽션으로 만들 때 뭘 할 수 있을지 시행착오를 되풀하며 신카이가 도달한 장소가 과거 작품을 크게 뛰어넘는 '무언가를 되돌려 놓는' 새로운 지평이었음은 특히 지적해야 할 것이다.

여기서 다시금 기억의 문제로 돌아가고자 한다. 이 작품의 중심에 '기억의 망각'과 '망각에 대한 저항'이라는 상황이 교차하고 있음은 이미 설명했다. 그것은 타키와 미츠하의 개인 기억에 그치지 않는다. 공동체 내부에서 유지되고 계승되는 '지진 재해를 둘러싼 기억'이라는 새로운 문제 제기에 우리는 관심을 가질 필요가 있다.

• 티아마트 혜성이란? •

〈너의 이름은.〉에서 그려진 자연재해는 지진이나 쓰나미가 아니다. 우주 저편에서 날아오는 티아마트 혜성의 파편이 운석이 되어 히다 지방의 이토모리 마을에 떨어져 주민의 3분의 1 이상인 5백 명 이상의 희생자를 내는 심각한 피해를 일으킨다. 티아마트 혜성은 이 작품을 위해 만들어진 가공의 혜성이다.

티아마트란 이름은 일곱 개 점토 서판에 총 1,053행으로 기록된 고대 바빌로니아 창세 신화『에누마 엘리쉬』에 등장하는 여신의 이름이다. 신화에 따르면 태초의 세계에는 담수를 다스리는 신 아프수와 바다의 짠물을 다스리는 여신 티아마트가 있었다. 아프수와 티아마트를 조상으로 수많은 신이 탄생했는데 아프수와 티아마트는 젊고 원기 왕성한 신들 때문에 고민에 빠진다. 결국 아프수는 젊은 신들을 살해할 계획을 세우는데 그의 계획을 알아차린 지혜의 신 에아가 오히려 아프수를 살해한다. 에아와 아내 담키나 사이에서 태어난 아들 마르두크는 엄청난 힘을 지닌 신으로 성장한다. 마르두크의 존재에 위협을 느낀 티아마트는 킹이라는 이름의 신을 지휘관으로 임명하고 전투를 준비한다. 티아마트에 대한 두려움을 떨쳐낸 신들은 마르두크에게 티아마트 제압을 일임하고 최고신이 된다는 조건으로 마르두크는 티아마트 토벌에 나선다. 티아마트를 제압하는 데 성공한 마르두크는 티아마트의 몸을 둘로 찢어 하나를 하늘, 다른 하나를 땅으로 만들었다.

이상『에누마 엘리쉬』전반부의 줄거리이다.『에누마 엘리쉬』는

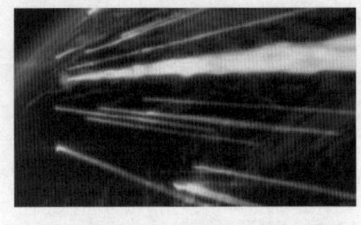

티아마트 혜성은 고대 바빌로니아의 창세 신화에 등장한다. 태초의 '물'과 관련된 여신의 이름에서 유래한다. 티아마트 혜성의 명명자가 누구인지는 모르겠으나 그 인물은 이 혜성과 물의 관계를 알고 있었을 가능성이 있다.

구세대인 티아마트를 신세대의 상징 마르두크가 토벌하면서 이 세상이 창조되는 과정을 설명한, 이른바 창세 신화이다. 티아마트는 원초의 '물'을 담당하는 신이다.

〈너의 이름은.〉의 두 주인공 미야미즈 미츠하와 타치바나 타키의 이름에도 둘 다 물의 이미지가 있다. 신카이는 한 인터뷰에서 다음과 같이 말했다. "이토모리에 큰 호수가 있다는 설정이고 물이 중심인 이야기라 등장인물에 물 관련 이름을 붙이고 싶었습니다. 미츠하는 미즈하노메라는 물의 신에서 따왔고 '미야미즈'라는 성도 물과 관련된 이름이죠. 타키도 '폭포'와 '용'의 이미지에서 따왔습니다."[74] 미즈하노메노카미(弥都波能売神, 罔象女神)라고 하며 여러 한자로 기록되는 이 신은 일본 신화에서 물의 신이다. 미즈하노메는 미츠하를 의미하고 미야미즈의 성에도 '물'이 포함된다. 타키는 같은 발음의 '폭포'를 함의함과 동시에 물이나 액체와 관련된 '물 수(氵)'에 과거부터 일본에서 물의 신으로 숭배되어 온 용(龍) 문자로 구성된다. 용은 우주를 돌아다니다가 지구에 파편을 떨어뜨리는 티아마트 혜성을 나타내기도 한다. 〈너의 이름은.〉의 신화적 구조는 주인공의 이름 설정에서도 읽어낼 수 있다.

티아마트 혜성은 1200년마다 지구에 접근하는 주기 혜성이다. 이토모리 마을을 특징짓는 이토모리 호수는 1200년 전에 떨어진 티

신카이 마코토의 세계

아마트 혜성의 파편이 지표에 충돌한 크레이터에 물이 채워진 운석 호수이다. 2013년 10월 4일에 떨어진 운석 파편은 이토모리 마을에 심대한 피해를 가져온다. 지름 1킬로미터, 깊이 100미터의 거대한 크레이터에 이토모리 호수에서 유입한 물로 이토모리 호수는 두 개의 원을 가진 표주박 모양의 호수로 확장되었다. 티아마트 혜성은 9세기 초에 떨어졌다고 추정된다. 일본 역사와 맞춰보면 헤이안쿄가 탄생한 직후이다. 〈너의 이름은.〉에는 또 다른 크레이터 지형이 등장한다. 미야미즈 신사의 사당을 중앙부에 놓은 칼데라이다. 신카이는 한 팬의 질문에 "이 사당의 암석 자체가 티아마트 혜성 운석이라고 생각합니다"라고 답했다[75]. 즉 신카이가 구상할 단계에서 아마도 이토모리 호수가 생기기 1200년 전인 기원전에도 티아마트 혜성 파편이 낙하해 산 정상에 크레이터가 생겼다고 생각했다. 이토모리 주변 토지에는 총 세 번, 혜성 파편이 낙하한다.

나중에 판명되는데 1200년 주기로 이 땅에 찾아오는 혜성의 위협을 사람들에게 알려 피해를 최소한으로 줄임과 동시에 피해 상황을 후세에 전하는 중요한 역할을 대대로 맡아 온 게 미야미즈 집안 사람들이고, 미야미즈 신사의 의식들이었다. 미야미즈 신사는 자연재해를 예측해 인명을 구하고 미래 사람들에게 경종을 울리는 공동체의 '기억 장치'로 기능해 왔다. 그러나 200년 전에 발생한 '마유고로의 큰불'로 신사와 고문서가 소실되며 미야미즈 신사 의식의 의미가 공동체의 기억에서 사라지고 만다. 하필 이때 티아마트 혜성이 다가온 것이다. 자연재해는 잊는 순간 찾아온다. 사람들의 기억이 흐려졌을 때 재해는 날카로운 이를 드러내며 우리를 습격한다.

• 우주 의지와 커뮤니케이션 •

쓰나미 재해사 연구가인 야마시타 후미오의 『쓰나미 텐덴코 근대 일본의 쓰나미 역사』(신니혼출판사, 08·1)는 동일본 대지진 이후 널리 알려진 '쓰나미 텐덴코(쓰나미가 몰려올 때 육친이나 가까운 사람이 있더라도 일단 도망치라는 경보)'라는 방재 표어를 알린 귀중한 서적이다. 2만2천 명이나 되는 인명을 잃은 메이지산리쿠 대쓰나미(1896년)에서는 쓰나미로 인한 혼란 속에서 부모가 아이를 구하거나 형제자매를 도우려다가 발생한 '공동 피해 현상'이 사망자 수를 늘린 원인이 되었다고 야마시타는 지적한다. 1896년 쓰나미의 중요한 교훈을 따라 최근 쓰나미 방재와 관련해 사용된 단어가 '쓰나미 텐덴코'이다. 저서에서 야마시타는 다음과 같이 썼다.

엄청난 속도와 파괴력의 집체인 쓰나미로부터 도망쳐서 살아남기 위해서는 매정하게 보이더라도, 부모든 자식이든 형제든, 다른 사람은 상관하지 말고 1분 1초를 다퉈 각자 빨리 도망쳐라. 이게 한 사람이라도 많은 사람이 쓰나미로부터 몸을 지키고 희생자를 줄이는 방법이라는 슬픈 교훈이 '쓰나미 텐덴코'라는 말이 되었다. 한마디로 자기 생명은 스스로 지켜라! 다 죽는 비극을 막아라! 그런 뜻이며 쓰나미는 그처럼 빠르다는 가르침이다.

재해가 발생했을 때는 순간의 판단과 행동이 생사를 가른다. '쓰나미 텐덴코'는 쓰나미 피해로 많은 희생자를 낸 산리쿠(도호쿠 북

신카이 마코토의 세계

동부) 지방 사람들의 체험에서 나온 방재의 지혜이다. 여기에는 혈육이라 하더라도 다른 사람은 개의치 말고 일단 도망쳐 살라는 슬프고도 뼈아픈 메시지가 담겨 있다. 쓰나미 피해를 최소한으로 막으려면 고지대로의 이전, 방조제 건설, 호안 공사 등의 구체적인 대응이 필수적인데 그보다 더 중요한 점이 연안 지역에 사는 사람들의 의식 개혁이다. 야마시타에 따르면 "북쪽은 아오모리현부터 이와테현을 끼고 남쪽은 미야기현에 이르는 해안선 지역"에 "약 2백 기의 쓰나미 기념비"가 건립되어 있다고 한다. 이런 쓰나미 기념비 혹은 재해 기념비는 일본 각지에 존재한다. 비석은 쓰나미의 도달 지점에 놓이며 '이보다 아래쪽에 집을 짓지 말라'는 경고문이 새겨져 있다. 돌에 새겨진 메시지는 '마유고로의 큰불'과 같은 대화재로도 소실되지 않는 영원성을 갖추고 있다. 그래도 사람은 잊는다. 몇 세대나 되는 시간이 흐르면 참화의 기억은 사람들로부터 서서히 잊히고 경고문도 무력화된다. 시간은 너무나 잔혹하다.

　이토모리 마을에는 재해 기념비와 비슷한 건 보이지 않는다. 1200년 주기라는 지구사적 시간으로 자연재해를 기억하고 경종을 울리고 피난을 호소하려면 그보다 더 제대로 기능할 방재 시스템이 필요하다. 미야미즈 신사 사람들이 짜는 매듭끈의 문양과 무녀의 춤 동작에는 혜성의 습격이 묘사되어 있고, 구치카미자케의 양조는 혜성에서 비롯된 거대한 돌 내부 공간의 사당에 공양하는 데 필요한 것이다. 춤과 의식이라는 무형 문화를 계승함으로써 미야미즈 신사는 혜성의 도래로부터 사람들을 지키는 역할을 담당해 왔다. 몸이 뒤바뀌는 현상 역시 이런 기억 계승 시스템의 일부로 놓였다. 미츠하(타키)의 뒤바뀜을 알아차린 히토하가 "나도 소녀 시절에 신기한 꿈을 꾸었단다." "나도, 내 엄마에게도 그런 시기가 있었단다" 라고 말하는 장면이 있다. 몸을 뒤바꾸는 능력은 할머니 히토하도, 어머니 후타바도 갖추고 있었다. 여동생인 요츠하도 그 능력을 갖추고 있을 것이다. 미야미즈 집안의 여자들은 소녀 시절 꿈을 통해 다른 곳에 있는 미지의 남성과 뒤바뀌는 능력을 타고났을 것이다. 그러나 그 능력이 활성화되는 혜성 습격 주기와 겹치지 않아 그냥 흘러갔고 미츠하 때가 되어 1200년마다의 타이밍이 온 것이다.

꿈을 통해 몸이 뒤바뀌는 능력은 한 사람이 아니라 두 사람이 협력해 위기 상황에 맞서 상황을 돌파하는 힘을 젊은 남녀에게 부여한다. 사춘기 이성에 움직이는 마음이 혜성 피해를 막으려는 원동력이 된다. 그러나 그런 능력을 미야미즈 집안사람들에게 가르쳐주거나 부여한 사람은 누구일까. 미야미즈 집안 사람들이 혜성 피해로부터 사람들을 구할 사명을 깨닫는 것은, 도대체 언제부터일까. '사당의 바위 자체가 티아마트 혜성에서 유래한 운석'이라는 신카이의 말을 전제로 생각하면 이토모리 지방에는 이제까지 총 세 번, 운석이 떨어졌다는 소리다. 거의 같은 장소에 혜성으로부터 쪼개진 거대 운석이 떨어졌다는 일 자체가 확률적으로는 있을 수 없는 일이다. 따라서 다음과 같은 '의문'과 '추론'이 나온다. 티아마트 혜성은 왜 이토모리라는 마을을 골라 계속 찾아오는 걸까. 그리고 운석이 이 땅에 떨어지는 것은, 우연이 아니라 필연이지 않을까.

바빌로니아 태고의 물의 신 이름을 지닌 티아마트 혜성은 어떤 '의지'를 지니고 1200년마다 지구를 찾아온다. 인간에게 1200년은 정신이 아득해질 만큼 긴 시간이나 우주의 관점에서 보면 찰나에 불과하다. 여기서 〈별의 목소리〉의 거의 마지막 장면이 떠오른다.

리시테아 함대의 일원으로 시리우스 알파베타 성계의 제4행성 아가르타에 도착한 미카코는 행성을 조사하던 중에 타르시안 하나와 대치한다. 타르시안은 미카코의 어린 모습으로 변해 미카코의 마음에 직접 말을 건다. "안녕. 드디어 여기까지 왔구나. 어른이 되려면 아픔도 필요하겠지만, 분명 너희는 훨씬 먼 곳까지 갈 수 있을 거야. 다른 은하나 다른 우주까지라도." 인류의 무시무시한 적이라고 여겨 온 타르시안의 다른 일면이 밝혀지는 장면이다. 타르시안은 인류와의 전투를 통해 인류에게 '무언가'를 의탁하려 한다. 우주 의지를 체현한 타르시안이 인류를 새로운 진화의 사다리로 이끌기 위해 전투라는 커뮤니케이션 행위를 통해 인류에게 기술과 지혜를 전수하려는 게 아닐까. 그리고 그런 메시지를 전달하는 인류 대표로 무녀의 자질을 지닌 미카코가 선택된 게 아닐까, 라고 필자는 생각한다.

타르시안과 미카코의 관계를, 티아마트 혜성과 미야미즈 미츠하의 관계로 치환할 수 있다. 작품 속에 제시된 신문 기사와 피해 관련 자료를 통해 세 번째 티아마트 혜성의 파편 낙하지점이 미야미즈 신사임을 알 수 있다. 운석은 마치 의지를 지닌 존재처럼 미야미즈 신사를 향해 떨어진다. 1200년에 한 번, 지구에 가장 가깝게 접근하는 티아마트 혜성이 지구상에 운석을 떨어뜨리는 의도는 무엇일까. 그것은 '기억하라!' 라는 메시지가 아닐까. 티아마트 혜성은 메시지의 발신지이고, 우주 의지와 교신하는 능력을 지닌 미야미즈 집안 여성들은 메시지의 수신자이다. 지구에 재해를 일으키는 티아마트 혜성은 지구 소녀 한 명과 교신해 위험을 전하고 대피 대응을 맡긴다. 대피에 실패해 심각한 인명 피해가 생길 때는 몸을 뒤바꿔 시간을 거슬러 올라가 다시 도전하도록 한다. 여기에는 우주 의지와 소녀의 장대한 커뮤니케이션이 있다. 기억을 잃어버린 타키와 미츠하의 관계 배후에는 공동체적인 기억의 계승과 망각의 문제에만 머물지 않는, 지구사적, 우주적인 문제가 펼쳐져 있다.

• '반쪽'이 '반쪽'과 만나는 이야기 •

신카이 감독 작품에서는 '거리'에 의해 분단되어 '엇갈림'이라는 숙명을 짊어진 그=그녀의 이야기가 반복해 그려진다. 나아가 타자와 열심히 이어지려고 하는 주인공의 선택과 행동에 자아를 찾는 이야기가 중첩된다. 타자와 나는 하나로 이어져 있다. 그런 상황을 드러내는 신카이 작품의 키워드가 '반쪽'이다. 신카이 작품은 대부분 "'반쪽'이 '반쪽'을 만나는 이야기'라는 형식을 취한다.

신카이의 초창기 작품 중 하나인 〈먼 세계〉(1997년)는 마음에 병이 든 연인을 지키는 여성의 시점으로 전개되는 초단편이다. 연인의 우울감을 털어내려고 열차를 타고 여행에 나선 남녀의 모습과 함께 여성의 심리를 드러내는 다음과 같은 자막이 흐른다. "당신이 언젠가" "진짜 반쪽을 발견할 때까지" "늘 곁에 있을게." 초창기 작품부터 〈날씨의 아이〉까지 신카이 마코토는 줄기차게 '진짜 반쪽을 발견하는' 이야기를 그리고 있다. 자신에게 세계는 불완전한 것이다.

상대는 내 '절반'을 메우는 부분이고, 나는 상대의 '절반'이 되는 부분이다. '반쪽'과 '반쪽'이 만나 하나가 됨으로써 세계는 완전해진다. 그러나 '반쪽'과 '반쪽'은 좀처럼 만날 수 없다. 만나기는커녕 다양한 내적, 외적 사정으로 분단되고 만다.

밀레니엄 시대 초, '나'(반쪽)와 '그녀'(반쪽)의 이항 대립으로 세계가 성립된 세카이계 이야기의 흐름과 우연히 관련된 작품이 〈별의 목소리〉였다. 〈구름의 저편, 약속의 장소〉에서는 '반쪽'이어야 할 사유리를 잃은 주인공 히로키를 통해 연애의 불가능성이 강조되었다. 〈초속 5센티미터〉에서도 주인공 타카키는 운명의 '반쪽'인 아카리와 계속 엇갈린다. 〈별을 쫓는 아이〉에서는 소녀 시점으로 '반쪽'인 슌과의 만남으로 비롯되는 탐색과 이별의 여행을 그린다. 〈언어의 정원〉에서는 나이 차와 사회적 지위라는 새로운 조건으로 타카오와 유키노는 단절하게 되는데 '반쪽'과 '반쪽'인 그들은 시간을 보내고 재회할 듯한 미래를 시사한다.

〈너의 이름은.〉의 아이디어 출발점이 된 수험생 응원 광고『크로스로드』의 CM송 가사를 작사한 신카이는 가사 키워드로 "너는 이 세계의 반쪽"이라는 문장을 넣었다. 이 문장은『크로스로드』가 공개된 해에 오오카 마코토 언어관에서 개최된『신카이 마코토 전시회 너는 이 세상의 반쪽』(2014년 6월~10월)의 소제목으로 채용되었다. 〈먼 세계〉의 자막에 나오는 '반쪽'은 17년이라는 시간을 넘어 '반쪽'이라는 단어로 되살아난다. '반쪽'은 신카이가 자기 작품을 해설하는 데 제시하는 키워드라 할 수 있다.

〈너의 이름은.〉에는 '반쪽'과 관련된 단어가 등장하는 장면이 있다. 미츠하(타키)와 요츠하를 데리고 미야미즈 신사의 사당까지 찾아온 히토하는 미츠하(타키)에 구치카미자케를 건네면서 "너희의 절반이니까"라고 말한다. 나중에 혼자 이곳에 도착한 타키는 히토하의 말을 떠올리고 구치카미자케가 든 병을 들고 "그 애의 절반……"이라고 중얼거리며 구치카미자케를 머금는다. 무스비의 효과로 몽환 체험한 타키는 미츠하와 마지막으로 몸이 바뀐다. 사당 앞에서 히토하는 "이승으로 돌아오려면 너희의 가장 소중한 것을 대신 바쳐야만 해"라고도 말한다. 구치카미자케는 '너희의 가장 소중한' '반쪽'인 것이다. '반쪽'은 '분신'이라는 뜻을 함유하고 있다. 타키는 미츠하의 '반쪽'이자 '분신'인 구치카미자케를 몸에 넣음으로써 미츠하와의 뒤바뀜을 실현한다. 타액에 포함된 아밀라아제가 쌀(전분)을 당으로 만들고 당은 효모로써 알코올을 발효해 구치카미자케가 만들어진다. 미츠하가 만든 구치카미자케를 마시는 행위는 미츠하의 '반쪽'을 체내에 넣는 일이나 마찬가지다.

　작품 속에는 '반쪽'을 상징하는 비주얼 이미지도 출현한다. 그것이 자주 등장하는 달의 이미지이다. OP의 첫 부분, '반달'을 잡은 화면은 그 아래에 등을 맞대고 선 타키와 미츠하로 옮겨진다. 미츠하를 찾아 히다 지방을 돌아다니는 타키가 입은 티셔츠에는 '초승달'이 디자인되어 있고 그 밑에는 'HALF MOON'이라는 영어가 새겨져 있다. 히다 지방의 한 민박집에 묵은 밤, 하늘에 '흐린 반달'이 떠 있다(그림 콘티). 오쿠데라 선배와의 설레는 데이트도 끝낸 타키가 육교 위에서 미츠하에게 전화를 걸지만 연결되지 않는다. 그 직후 '보름달에 가까운 달'(그림 콘티)이 전깃줄로 절단된 컷이 삽입된다.

거의 똑같은 레이아웃의 컷이 이야기 후반, 구직 활동 중인 타키가 오쿠데라 선배와 오랜만에 만나, 이야기를 나누고 헤어진 똑같은 육교 위에서 다시 나온다. 전깃줄로 분단된 달 컷은 〈초속 5센티미터〉의 제2화 '코스모너트'에서 고

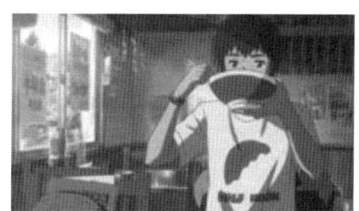

백하지 못한 채 타카키와 함께 하굣길을 걷는 카나에가 타카키가 자신을 바라보지 않는다는 사실을 분명하게 느끼는 장면에서 문득 올려다본 하늘에 뜬 보름달이 전깃줄로 나뉘어 있는 카나에 시점 컷에서 인용한 것이다.

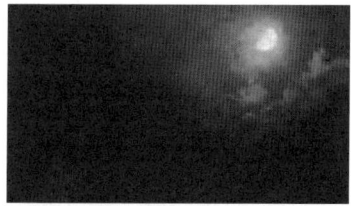

반달, 혹은 전깃줄로 분단된 보름달은 '반쪽'인 타키와 미츠하가 아직 만날 수 없는 상황임을 명시한다. 빈번히 등장하는 '반쪽' 이미지는 이 작품이 반쪽끼리 서로 이끌려 서로를 찾고 구하는 이야기임을 강조한다. 타키와 미츠하는 자신

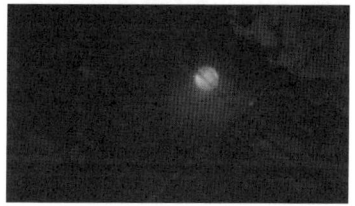

들을 분단하려는 힘에 저항해 '둘'이 되려고 분투한다. 작품속에서 '둘'을 의미하는 '2'의

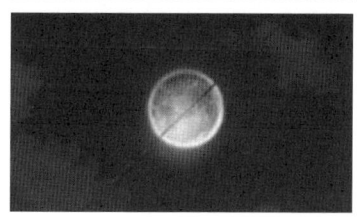

히다 지방에 간 타키의 티셔츠에 '초승달' 디자인과 'HALF MOON' 글자가 새겨져 있다. 민박에 묵는 심야, 구름이 걸린 '흐린 보름달'이 떠 있다. 오쿠데라 선배와의 데이트를 끝낸 타키가 육교 위에서 미츠하에게 전화를 걸지만 연결되지 않는다. 그 직후 보름달에 가까운 달이 전깃줄로 분단된 컷이 삽입된다. 〈초속 5센티미터〉의 제2화 '코스모너트'에서 인용한 것이다.

이미지도 곳곳에 보인다. 신카이 작품에는 새가 날아오르는 장면이 자주 보인다. 새는 풍경 묘사의 하나이자 분위기를 연출하는 요소임과 동시에 주인공의 심경이나 상황을 나타내는 메타포이다. 〈너의 이름은.〉에서는 하늘을 선회하는 '두 마리의 잠자리'가 등장하는 장면이 여럿 있다. 두 마리의 잠자리는 이토모리 마을의 장면에만 등장한다. 한편 도쿄 장면에서는 무리를 지은 까마귀가 인상적인데 작품 막바지에 타키와 미츠하가 신사 앞 계단에서 만나기 직전 컷에 푸른 하늘을 나는 까마귀 두 마리 컷이 삽입된다.

이 밖에도 비행기의 깜빡이는 불빛과 달을 배경으로 솟은 두 대의 건축용 크레인, 히토하가 미츠하(타키)에게 타 주는 차에 생긴 두 개의 물기둥, 주민 대피를 설득하려고 촌장인 아버지에게 가는 미츠하가 그 전에 통과하는 후후도 신사 등이 필자가 찾아낸 '2'의 이미지이다. 주의 깊게 장면을 검토하면 이 밖에도 '2'를 함유한 컷이 보일지 모른다.

• 연민하는 연애 주체 •

멀리 떨어지고만 '반쪽'이 '반쪽'과 만나는 극적인 순간이 찾아온다. 황혼의 시간(게 뉘여, 가타와레토키)이다. 미츠하가 다니는 이토모리 고등학교에서 고전 국어 수업을 담당하는 유키 선생(〈언어의 정원〉의 유키노와 같은 인물일 가능성은?)이 "거기 있는 사람이 누구냐고 내게 묻지 말아요. 9월 이슬에 젖으며 당신을 기다리는 나를"(만요슈 10·2240)이라는 문장을 칠판에 적고 처음 '누군가 그는(다소카레)'에 대해 "어스레한 저녁. 낮도 밤도 아닌 시간. 세상의 윤곽이 흐려지고 신비한 존재를 만나는 기적의 시간. 더 옛날엔 '그 뉘신지'나 '그 뉘신가'라고도 했다지" 라고 설명한다. 한 학생이 자기들이 쓰는 발음과 다르다고 지적하자, 그들이 쓰는 발음은 이 지역 사투리라고 알려준다. 가타와레토키(게 뉘여)란 단어는 일본어에 존재하지 않는 조어이다. 이는 황혼을 뜻하는 '가와타레'라는 단어를 절묘한 철자 치환으로 뒤바꾼 것이다. '가타와레'란 당연히 '조각이 떨어졌다(片割)', 곧 헤어졌다는 뜻일 것이다. 그는 '저녁, 어두컴컴해 누군지 모습을 분간할 수 없는 시간대'라는 의미를 '저녁, 헤어진 사람이 상대를 만날 수 있는 특별한 시간대' 라는 의미로 바꿔버렸다.

미야미즈 신사의 사당을 찾아온 타키가 미츠하의 구치카미자케를 마시고 미츠하와 마지막으로 몸을 바꾼다. 미츠하(타키)는 테시가하라와 사야카의 도움을 받아 마을 사람들을 위기에서 구하는 작전을 실행하는데 아버지를 설득하는 데는 실패한다. 미츠하(타키)는 타키(미츠하)가 가까이에 있음을 직감하고 사당이 있는 산꼭대기로 올라간다. 산꼭대기에서 목소리는 들리나 모습은 보이지 않는 서로를 타키(미츠하)와 미츠하(타키)는 찾는다. 시간은 시시각각 흘러 황혼의 시간이 다가온다. 그 순간 타키와 미츠하의 몸으로 돌아온 두 사람은 **진정한 자신으로 상대와 대면한다.** 찾아 헤매던 상대와 드디어 만났다는 기쁨이 두 사람을 감싼다. 황혼의 시간이 가져온 기적을 체험한 두 사람은 혜성의 피해로부터 사람들을 구하려 행동하기 시작한다.

일몰 직전 황혼의 시간은, 신카이 작품 속에서 특별한 시간으로 다루어져 왔다. 〈별의 목소리〉에서 미카코가 노보루에게 UN 우주군의 일원으로 선발되었음을 고백하는 시간이고, 〈구름의 저편, 약속의 장소〉에서는 꿈속 폐역 건물에서 히로키와 사유리가 재회하는 시간이며, 〈초속 5센티미터〉에서 타카키와 카나에가 로켓 발사를 경험하는 시간이자 〈별을 쫓는 아이〉에서 슌이 아스나의 이마에 키스하는 시간이고 〈언어의 정원〉에서 타카오와 유키노가 맨션 계단 층계참에서 포옹하며 화해하는 시간이다. 신카이 작품에서 전개되어 온 황혼의 시간 장면 전부가 〈너의 이름은.〉의 황혼 시간에 집약된 느낌이다. 가타와레(떨어져나감)는 '반쪽'이나 '분신'으로 바꿔 말할 수도 있다.

플라톤의 명저 『향연』은 소크라테스를 포함한 철학자들이 에로스를 찬미하는 연설을 선보이는 연극적인 취향이 도입된 철학서이다. 이 안에 희극작가 아리스토파네스의 유명한 찬사가 있다. 이하는 플라톤의 『향연』(나카자와 쓰토무 번역, 고분샤 고전 신역 문고, 13·9)을 옮긴 것이다.

태곳적, 인간에게는 남성과 여성에 더해 제3의 성별로 양성을 다 갖춘 안드로규노스가 있고 그들은 하나의 종족을 이루었다. 인간의 형태는 구(球)이고 손발은 각각 네 개, 두 얼굴이 달려 있었다. 무시무시하게 힘이 강하고 뜻이 높은 태고의 인간들은 신에 반항한다. 신들은 인간을 약하게 하려고 몸을 둘로 찢는다(티아마트가 마르두크에 의해 몸이 둘로 찢어져 하늘과 땅이 생기는 『에누마 엘리쉬』가 연상된다). 분단된 인간은 자기 분신을 사랑해 껴안고 다시 하나가 되려 한다. 그 이외에는 아무것도 하려 하지 않아 차례로 죽어갔다. 인간을 불쌍하게 여긴 신들은 그들의 생식기를 몸 앞으로 옮겨 남성과 여성의 성교를 통해 아이를 낳게 했다. 아리스토파네스는 다음과 같이 말을 잇는다.

이후로 인간에게는 서로를 찾아 헤매는 에로스가 생겼다. 이는 인간의 태곳적 모습을 회복해 둘을 하나로 만들어 인간 본성을 달래려는 것이다.

그러므로 우리는 모두 인간의 쪼개진 조각이다. 왜냐면 넙치(외눈박이라는 생태 때문에 예로부터 상대 없이 못 사는 지극한 사랑의 소재로 이야기되어 왔다—역자 주)처럼 하나의 몸이 둘로 갈라졌기 때문이다. 그래서 우리는 자신과 맞는 또 다른 조각을 찾아 헤맨다.

아리스토파네스는 신에 의해 분단되어 반쪽이 된 인간이 자신의 또 다른 반쪽을 찾아 헤매는 마음이 에로스라고 설명했다. 신들에 의해 두 조각으로 나뉜 후 갈라진 또 다른 자신을 찾는 여행이야말로 한 인간의 인생이다. 아리스토파네스의 찬사에 안드로규노스는 달을 기원으로 탄생했다는 지적도 있다. 〈너의 이름은.〉에 자주 등장하는 달 이미지는 신에 의해 분단된 이

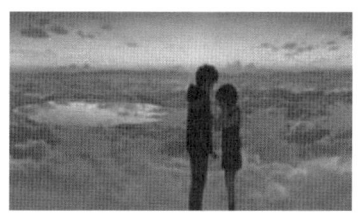

상대의 고통을 자기 일처럼 받아들임으로써 서로 하나가 되려는 '연민'은 신카이 작품의 기본 감정이자 기본 개념이다.

전 태곳적 인간의 모습인 구 형태를 드러낸 것이다. 타키와 미츠하의 관계는 개인과 개인의 연애를 넘어 이성(理性)에 의해 획득되는 진정한 실재, 즉 이데아를 추구하는 플라톤적 에로스의 본능에 근거한다.

타키와 미츠하는 쪼개진 상대를 찾아 하나가 되려 한다. 당장이라도 망각의 바다에 가라앉을 듯한 상대의 이름을 불러대며 그-그녀가 안은 고통을 공유하려 한다. 여기에 연민(Compassion)이라는 주제가 떠오른다. 롤랑 바르트의 연애론 『사랑의 단상』(미요시 이쿠로 번역, 미즈즈쇼보, 80·9)에도 연민의 항목이 존재한다. 바르트는 다음과 같이 썼다. "사랑하는 사람이 연애 관계와는 관련 없는 이유로 슬퍼하거나 겁을 먹는 모습을 보고, 느끼고, 혹은 그런 상태를 알게 될 때마다 연애 주체는 격렬한 연민을 느낀다." 연민 역시 슬퍼하고 겁을 먹는 '타자에 대한 상상력'을 바탕으로 발동하는 인간의 근원적 감정이다. 신카이가 직접 노벨라이즈한 『소설 너의 이름은』(가도카와문고, 16·6)의 제7장 제목은 '아름답게, 발버둥치다'이다. RADWIMPS의 주제가 『스파클』의 가사에서 영감을 받은 제목인데 연민하고 함께 괴로워하는 내용으로 이보다 시적이고 아름다운 말은 없을 것이다. 신카이 마코토는 맺어지지 못하는 남녀가 그래도 깊이 이어지고 싶어서 만신창이가 되더라도 몸부림치며 고통스러워하는 고결한 정신 운동 속에서 연민의 풍경을 본다. 연민이야말로 신카이 작품을 관통하는 기본 감정이며, 기본 개념이다.

• 창조되는 세계 •

미츠하를 구하고 싶은 타키의 마음은 히토하와 요츠하, 그리고 테시가와라와 사야카, 나아가 혜성 재해로 죽은 마을 사람들 전원을 구하려는 마음으로 확대된다. 〈너의 이름은.〉에서는 사람들의 죽음 자체는 직접적으로 그려지지 않는데 혜성 파편이 지상에 떨어질 때의 무시무시한 충격파로 마을이 파괴되는 처참한 장면으로 많은 인명이 사라졌을 파괴적 상황을 표현한다. 타키와 미츠하의 재도전으로 도움을 받았다고 해도 5백 명 이상의 사람들이 죽었다는 것은 지워지지 않을 '사실'이다. 타키와 미츠하는 몸을 뒤바뀌는 현상을 이용해 시간을 거슬러 올라가 5백 명 이상의 인명을 잃은 세계를, 사상자를 전혀 내지 않은 또 다른 세계로 뒤바꾼다. 〈너의 이름은.〉에는 〈구름의 저편, 약속의 장소〉와의 설정상 연관성을 지적할 수 있는데 〈구름의 저편, 약속의 장소〉의 세계관이기도 했던 '평행 세계'를 구체적으로 실현한 게 〈너의 이름은.〉이다.

일어난 일은 지울 수 없다. 한편 그 미증유의 대재해로 인한 희생을 만약 피할 수 있다면, 이라는 절실한 마음과 기원이 동일본 대지진을 포함한 대재해를 경험해 온 우리 모두 안에 희망의 목소리로 존재함은 확실하다. 몸이 뒤바뀌는 타임리프로 불가역적인 시간의 흐름을 거스르는 타키와 미츠하의 과감한 행동은 우리의 절실한 바람과 이어진다.

혜성 재해로부터 9년이 흐른 2022년, "계속 무언가를, 누군가를 찾고 있다"라는 예감과 충동에 시달리는 타키와 미츠하는 나란히 달리는 통근 열차 창 너머로 상대를 발견한다. 상대의 이름과 기억은 잊어도 눈이 마주친 순간, 차창 너머의 상대가 오랫동안 찾아 헤맨 자기의 '반쪽'임을 알아차린다. 열차를 뛰어내린 타키는 신주쿠역 남쪽 출입구에서, 미츠하는 센다가야역에서 서로를 찾아 신주쿠 요쓰야 거리를 내달린다. 둘은 마침내 신주쿠 스가초에 있는 스가 신사의 참배 길 남자 언덕 계단에서 만난다(실은 남자 언덕과 나란히 여자 언덕이 있다. 남녀가 만나는 곳으로 최적의 장소가 아닐까?). 이곳에서 타키와 미츠하는 이미 알면서도 모르는 남녀로 다시 만난다. 스가 신사의 남자 언덕 꼭대기에서 미츠하는 내려오고 타키는 아래에서 오르기 시작한다. 이 계단 장면은 〈초속 5센티미터〉의 마지막 건널목 장면을 방불케 한다. 타키와 미츠하는 서로의 모습을 발견하고도 대면하지 못한 타카키와 아카리와는 다른 운명을 손에 넣는다. 타카키와 아카리가 건널목이라는 평면 공간을 좌측통행으로 걸은 데 반해 타키와 미츠하는 입체 공간인 계단을 우측통행으로 오르내린다. 둘에는 명확한 '차이'가 있다. 타키가 계단을 천천히 오른다. 조금 늦게 미츠하도 계단을 내려가기 시작한다. 그리고 계단 상부에서 시선을 마주치지도 않고 스쳐 지나간다. 감격한 두 사람의 눈에서 눈물이 흐른다. 계단 꼭대기에 도착한 타키가 각오를 다지고 돌아보며 미츠하에게 말을 건다.

이미 수없이 지적했는데 타키가 미츠하에게 말을 거는 이

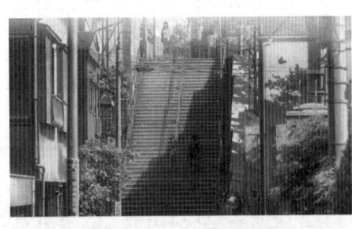

계속 엇갈려 온 타키와 미츠하는 신사 참배 길의 한 계단에서 이미 알면서도 모르는 남녀로서 다시 만난다. 그로 인해 거리와 단절과 관계는 회복된다.

신카이 마코토의 세계

장면은 이자나기와 이자나미 사이에 불구의 아이 히루코가 태어난 『고지키』의 에피소드와 관련이 있다. 이자나기(남성)의 제안을 따르지 않고 이자나미(여성)가 말을 걸어서 히루코가 태어났다. 이는 상경한 미츠하가 소부선 차 안에서 "타키 군!"이라고 말을 건 상황에 부합된다. 하늘의 신이 알려준 대로 다시 이자나기가 말을 걸고 성교하자 나라들이 탄생한다. 계단에서 타키가 말을 거는 행위는 이자나기와 이자나미의 두 번째 시도를 떠올린다. 이런 지적에 대해 신카이는 "얘기를 듣고 보니 비슷하네요. 특별히 의식하지는 않았는데 인간이 쓴 이야기이니까 모티프와 표현이 우연히 통할 때가 종종 있죠"라고 대답했다[75].

이자나기와 이자나미의 에피소드를 언급한 데는 또 다른 이유가 있다. 〈너의 이름은.〉이라는 작품 자체가 나라 탄생의 이야기를 포함하고 있기 때문이다. 타키와 미츠하는 혜성 파편의 낙하로 심각한 피해를 당하는 세계를 그렇지 않은 또 다른 세계로 바꾼다. 타키와 미츠하의 나라 탄생으로 다른 결말을 맞은 다른 세계가 창조된다. 〈너의 이름은.〉은 타키와 미츠하라는 두 신(이자나기와 이자나미)에 의한 창세 신화로 해석할 수 있다. 둘의 만남은 신사 앞 참배 길이다. 작품 속에서 이 신사가 스가 신사임을 분명히 밝히고 있다. 도쿄 요쓰야에 자리 잡은 스가 신사가 모시는 2대 신 중 하나는 스사노오노미코토이다. 신사 이름의 스가는 "스사노오노미코토가 이즈모 나라의 강에서 머리가 여덟 개인 거대한 뱀 야마타노오로치(일본 신화 속 상상의 괴물—역자 주)를 토벌하고 '내가 이 땅에 오니 마음이 편안하다'라고 선포하고 궁을 지었다"라는 문헌에서 유래한다.

황천에서 귀환한 이자나기가 부정을 떨치려고 몸을 씻을 때 태어난 존재가 아마테라스오오미카미, 쓰쿠요미노미코토, 스사노오였다. 스사노오는 아마테라스가 있는 천상의 다카마가하라를 찾아와 천지를 울리는 행동으로 아마테라스가 동굴에 틀어박히는 소동을 일으켜 벌을 받아 다카마가하라에서 추방된다. 이즈모국으로 내려온 스사노오는 야마타노오로치를 퇴치하고 구사나기쓰루기라는 검을 받는다. 그리고 이즈모의 스가에 궁을 짓고 구시나다히메와 결혼해 지상 세계를 창조했다(인신 공양 이야기로서의 스사노오와 구시나다히메의 이야기는 〈날씨의 아이〉에서 희생양이 된 아마노 히나를 구하려고 구름 위의 저세상으로 가 히나를 저세상에서 데려오는 모리시마 호다카의 행동을 연상시킨다). 천신이 있는 다카마가하라에서는 난폭한 행동을 일삼아 처벌 대상이었던 스사노오가 지상에서는 지상 세계를 일으키는 개조의 신이 된다. 다른 병행 세계로 인간을 이끈 타키와 미츠하가 지상 세계를 창조한 스사노오를 모시는 신사 앞에서 재회하는 것은, 우연이 아닌 필연이다.

계단에서 대면한 타키와 미츠하는 기대와 예감을 가득 담은 밝은 목소리로 "당신, 이름은……"이라고 동시에 묻는다. 그러나 그 억양은 어미를 올리는 의문형이라기보다 뭔가를 확신하고 단정하는 듯 들린다. 이 작품 제목 〈너의 이름은.〉에 마침표를 찍은 것과도 관련이 있을 것이다. 두 사람의 재회를 축복하듯 이야기는 비가 갠 맑은 하늘에 뜬 구름을 카메라가 비추며 끝난다. 이야기는 여기까지이다. 이후 타키와 미츠하가 어떤 관계로 발전하는지는 모른다. 그러나 많은 관객은 타키와 미츠하의 미래를 긍정적으로 생각했을 것이다. 데뷔 이후 15년이라는 시간을 거쳐, 드디어 거리와 단절과 관계는 회복된다. 우리는 여기에 신카이의 새로운 경지를 본다.

〈너의 이름은.〉은 신카이의 과거작 모두가 압축 진열된 진열장 같은 작품이다. 회복된 거리와 단절과 관계 끝에 있는 커뮤니케이션의 가능성과 불가능성을, 신카이 마코토는 다음 이야기를 통해 엮어내야만 할 것이다.

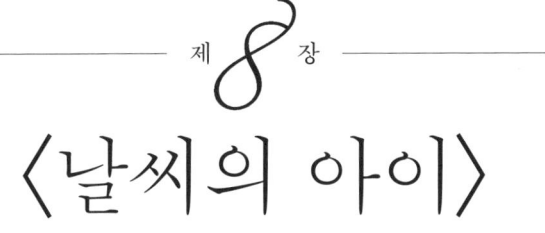

제 8 장

〈날씨의 아이〉

신카이 마코토 롱 인터뷰 1

• 이야기에 가장 적합한 캐릭터를 찾는다. •

—신카이 감독의 〈날씨의 아이〉(2019년)에 대해 인터뷰할 기회를 얻었습니다. 신카이 감독의 '말'에 주목해 온 사람으로서 어떤 이야기를 듣게 될지 기대됩니다.

일단 작품의 제작 과정을 묻고 싶습니다. 최근 신카이 작품의 제작 과정은 감독이 완성한 초기 기획서를 스태프와 공유하고 논의를 거쳐 각본을 다듬으며 이야기에 가장 적합한 캐릭터를 모색하는 순서입니다. 다양한 시도를 거쳐 이런 방법에 도달했겠죠?

신카이 의식적으로 그런 방식을 채용하고 있습니다. 특히 〈언어의 정원〉 이후 제 목표는 캐릭터 애니메이션입니다. 즉 캐릭터가 이야기를 끌어가는 작품이죠. 하지만 '캐릭터가 앞서 나가는 방식'을 중시하는 애니메이션과는 조금 다릅니다. 얼마 전, 다카하시 루미코 씨의 『이누야샤』를 다시 읽었습니다. 여고생 카고메가 "앉아!" 라고 하면 땅에 처박히고 마는, 반은 요괴이고 반은 인간이며 개의 귀를 지닌 주인공이 등장하는 『이누야샤』는 캐릭터의 재미에 많은 부분

신카이 마코토의 세계

을 기대고 가는 작품입니다. 다카하시 루미코 씨가 어떻게 이야기를 만들어 냈는지는 모르지만, 아마도 이야기만큼 비슷하게 캐릭터에도 비중을 두고 설정했겠죠.

그런 작품이 적지 않습니다. 한편 저는 어떤 타입이냐면 이야기가 캐릭터 이미지보다 앞서는 편이죠. 〈날씨의 아이〉에도 물론 호다카와 히나라는 확실한 캐릭터가 있지만, 그렇다고 히나에게 개의 귀를 붙여야 할 필요는 없으므로 관객이 동일시할 수 있는 인물을 의식했습니다. 〈날씨의 아이〉에서 가장 핵심은 이야기이고, 이야기 속에서 그 역할을 충분히 발휘하려면 어떤 타입의 캐릭터가 가장 적합한지를 계속 찾을 시간이 필요했습니다.

—각본 회의 자리에서 치열한 토론이 벌어져 최종 원고에 이르기까지 시나리오를 수없이 수정했다고 들었습니다. 스태프의 감상과 의견을 각본에 넣는 일은 작가성을 흐리는 일로 이어질 수도 있는데 집단 작업에서 작가성의 확보를 어떻게 생각하세요?

신카이 얼마 전 '〈날씨의 아이〉—이야기의 기점—'이라는 강연을 맡게 되었습니다. 나시금 창작 과정을 이야기할 기회가 생기자, 다른 사람은 어떻게 만드는지 궁금해졌습니다. 예를 들어 미야자키 하야오 감독님은 작가성이 강한 분인데 미야자키 감독님이 모든 걸 혼자 생각하는 건 아닐 겁니다. 스즈키 도시오 프로듀서나 가까운 스태프들과 의논할 테고, 우리 같은 각본 회의가 있는지는 모르겠으나 분명 토론은 벌어질 테고 다른 사람의 의견을 듣는 일이 적지 않을 겁니다. 그런 의미에서 저만 특이한 제작 방식을 취하는 건 아니라는 생각이 들었습니다. 혹시 다른 이의 의견을 듣지 않고 영화를 완성하는 사람이 있다면 그게 더 특이하겠죠. 단편이라면 모를까, 일본 상업 애니메이션에서 장편 작품을 제작하려면 비용도 막대해지잖아요. 그런 작품 제작에 수백 명의 스태프를 모아놓고 혼자 생각한 대사와 이야기만으로 작품을 만들고 싶어 하는 사람이 오히려 소수이지 않을까요?

무엇보다 작품은 나를 위해 만드는 게 아니라 관객에게 보여주려고 만드는 거니까요. 작품을 통해 관객과 커뮤니케이션 하고 싶다는 게 제 제작의 근본적인 동기이고 각본 회의에서 프로듀서와 스태프들의 의견을 듣는 이유는 사실 최초의 관객과 커뮤니케이션하는 일이니까요.

—엔딩이 끝나고 나오는 스태프 명단을 보면 정말 많은 사람이 작품에 참여했음을 확인할 수 있었습니다. 신카이 감독의 작품 스태프는 초기에는 아주 소수였다가 작품을 거치며 점점 스태프가 많아져 놀랐습니다. 길고 긴 스태프의 명단은 그대로 작품의 규모를 나타냅니다. 초기 작품에서 감독은 음악을 제외한 모든 작업을 담당했습니다. 〈날씨의 아이〉에서의 메인 크레디트는 원작, 각본, 그림 콘티, 편집, 감독까지 다섯 개입니다.

신카이 그 일들은 기본적으로 제가 해야 하는 일입니다. 물론 각본 단계에서 스태프와 수없는 캐치볼을 하고 그림 콘티와 편집 작업 때도 다른 스태프의 의견을 들으면서 진행합니다. 크레디트에 오르지 않은 일은 다른 사람에게 맡기는 부분이 점점 늘어나 이전에 담당했던 색채 설계나 미술, 촬영을 최근에는 믿음직한 스태프에게 일임합니다. 그래도 어쨌든 집단 작업이라 미술 수정이 제게 오는 일도 있고 제 지적으로 색채 설계를 다시 할 때도 있습니다. 예를 들어 미술은 이번 작품에서 1,700컷이 사용되었는데 그중 2백에서 3백 컷 정도는 직접 손을 봤습니다. 그렇게 작업하면서 최근 몇 년 사이, 저만 할 수 있는 일과 제가 정말 하고 싶은 일에 초점을 맞추려면 어떻게 해야 할지 생각하고 있습니다. 〈날씨의 아이〉 제작도 시행착오의 과정에 있고 앞으로는 조금 더 제 일을 줄여 볼 생각입니다. 다만 현재 크레디트에 오르는 일은 작품 제작의 핵심이라 놓지 못할 듯도 합니다.

• 포기에서 출발 •

—감독은 매년 연말이면 본인 홈페이지 『Other voices—먼 목소리』(http://shinkaimakoto.jp—※이것도 폐쇄되어 지금은 열리지 않습니다. 지금은 https://www.shinkaiworks.com/으로 통합된 듯합니다. 개인적인 소통은 트위터와 인스타로 하고 있습니다—역자 주)에 그해의 회고나 새해의 포부를 발표합니다. 2019년 12월 31일에 감독이 올린 문장에 다음과 같은 구절이 있습니다. "각본의 첫 줄을 쓴다는 건, 무수한 가능성을 대부분 포기하는 일입니다. 한 줄씩을 더 쓸 때마다 풍부하고 윤택했을 이야기의 가능성은 차례차례 닫히고 마지막까지 다 쓰면 영화의 형태는 단하나로 정해집니다. 그것은 너무나 큰 슬픔을 동반하는 작업입니다.

어딘가 있었을지도 모를 당신을, 더 멋있었을지 모를 자신을 포기하는 행위이기 때문입니다. 영화를 만드는 일은 다른 모든 가능성을 포기하고 단 하나로 수렴해 버린 세계를 선택하는 행위입니다."

정말 맞는 말입니다. 뭔가를 만든다는 것은 다른 무수한 가능성을 버리는 '포기'에서 출발한다는 생각에 동감합니다.

신카이 최근 애니메이션 영화 제작을 말하며 끊임없는 포기라고 했던 적이 있습니다. 포기라고 하면 부정적으로 들릴 수도 있겠으나 실제로 정말 그렇게 진행됩니다. 어디선가 끊어내지 않으면 앞으로 나아갈 수 없습니다. 일테면 어떤 컷을 완벽해질 때까지 수정하고 싶어도 그런 일을 계속하다 보면 일정이 망가집니다. 수정만 하다가 완성하지 못한 작품보다 모든 컷에 어느 정도의 포기가 들어 있으나 완성한 작품이 훨씬 가치 있다고 생각합니다. 영화에 한정된 이야기일지 모르지만, 뭔가 만드는 일은, 게다가 그게 집단 작업이라면 더욱 하나하나를 포기하는 작업일 수밖에 없겠죠.

저는 비교적 늦게 직업 애니메이션 감독이 되었습니다. 독립 제작으로 경력을 시작한 점도 있어서 상업 제작으로 〈초속 5센티미터〉를 만들 때도 애니메이션 감독이라는 명함을 내밀 정도는 아니었던 듯해 '영상 작가'라는 어정쩡한 호칭을 사용했죠. 그때는 제게 다른 가능성이 있지 않을까, 생각했습니다. 도쿄에서 계속 살게 될까, 그림을 그리는 일도, 이야기를 쓰는 일도 그리 잘하지 못하고, 그러니까 더 내게 맞는 일이 있지 않을지 생각했습니다.

하지만 나이가 들면 선택지가 줄어듭니다. 육체적, 정신적으로 한계가 찾아옵니다. 그러면 포기하고 그냥 받아들입니다. 연말 홈페이지에 올린 글에서는 제 자신을 포기하는 마음과 각본을 한 줄씩 쓸 때마다 이외의 가능성을 포기하는 것, 영화를 한 컷 한 컷 만들다 보면 될 수도 있었을지 모를 무언가를 어떤 시점에서 포기해야 한다는, 이 모든 걸 관통하는 포기에 관해 쓴 겁니다.

—기존의 규칙과 방법론에 얽매이지 않는 신카이 스타일과 자유로운 제작 환경이 신카이 작품의 특징적인 요소로 작용하고 있다고 생각합니다. 〈날씨의 아이〉는 시사회가 열리지 않았고 예매권 판매도 하지 않았습니다. 신카이 감독은 개봉 직전인 2019년 7월 7일까지 작품 제작에 집중했습니다. 작품마다 새로운 시도에 도전하는 인상이 있습니다.

신카이 〈날씨의 아이〉의 시사회가 열리지 않은 이유는 일정상 어쩔 수 없었기 때문일 뿐입니다(웃음). 2018년 12월에 제작 발표했는데 그 시점에서 시사회가 열리지 않을 거라는 점은 내부적으로 공표했습니다. 결과적으로 참신해 보이는 긍정적인 효과가 있었을지 모르나 우연일 뿐입니다. 시사회가 열리지 않았던 점은 〈너의 이름은.〉의 보너스였다고 생각합니다. 모두의 예상을 초월한 흥행 기록을 세웠으므로 다음은 자유롭게 해보라는 말을 제작사로부터 전해 들었습니다. 그래서 사실은 있을 수 없는 일임을 알면서도 정말 마지막까지 제작 일정을 내달라고 부탁했습니다.

어떤 현장에나 그 현장만의 규칙이 있습니다. 제가 애니메이션 업계의 규칙을 깨는 부분이 있을지 모릅니다. 구체적으로 말하자면, 미술 감독이나 색채 설계, 작화 감독 등 분업이 철저한 애니메이션 제작에서는 각 팀에 보스가 있습니다. 미술이라면 미술 감독이 OK 사인을 내린 컷에 감독이라 해도 아무 말 없이 수정하는 일은 있을 수 없습니다. 그런데 저는 혼자 다 할 때의 버릇이 나와 최종 필름만 좋으면 되겠지 생각하고 마음대로 수정하고는 합니다. 했으면 했다고 제대로 알려줘야지, 그러지 않으면 마음이 상할 사람도 있다고 늘 혼납니다(웃음).

• 앞으로 돌진하는 소년 소녀 •

—낙도에서 도쿄로, 페리를 타고 한 소년이 온다. 〈날씨의 아이〉는 그런 상황에서 시작합니다. 도쿄와 지방이라는 대조적인 장소 설정은 신카이 작품에 공통되어 나타납니다. 신카이 감독 본인의 상경 체험과 관련 있는 모티프라고 지적하고 싶은데요.

신카이 다음 작품에서 상경하는 모티프가 들어갈지 말지는 모르 겠는데 과거 작품에는 거의 다 들어갔습니다. 왜냐고 묻는다면 지적 하신 대로 제 상경 경험이 직접 반영된 결과라고 생각합니다. 도쿄 에 살기 시작하고 상당히 시간이 지났는데도 도쿄 주민이 되었다는 실감은 없습니다. 제 딸은 도쿄에서 태어나고 자라서 도쿄에서 산다 는 데 전혀 거부감도 피로감도 없고, 느긋하게 야마노테선(도쿄 중심을 순환하는 노선—역자 주)을 타는 느낌입니다. 저는 지금도 야마노테선을 탈 때마다 살짝 긴장하고 체인점이 아닌 카페에 들어가면 가슴이 두 근댑니다. 딸과는 전혀 다른 감성이죠. 도쿄에 긴장하는 감각은 지방 출신들에게는 사라지지 않을 감정 아닐까요? 도쿄와 도쿄 이외의 장소라는 두 곳을 설정하고 그리는 이유는 제가 속한 장소가 어느 쪽인지, 아직도 모르기 때문입니다.

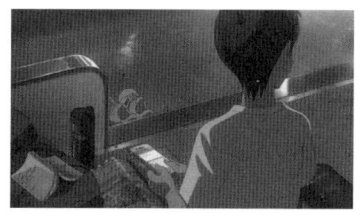

〈날씨의 아이〉는 낙도에서 페리를 타고 상경하는 소년 모리시마 호다카의 이야기로 시작된다. 신카이 감독의 경험이기도 한 주인공의 상경 경험은 그의 작품 속에서 반복되어 그려진다.

상경 모티프는 성장 소설(Bildungsroman)의 요소를 포함하고 있습니다. 근대문학은 지방에서 상경한 청년의 입신출세 이야기가 반복되어 그려졌습니다. 소설만이 아니라 만화나 영화에서도 수없이 그려졌고 해외에서도 종종 나타나는 모티프입니다. 이야기란 이런 식으로 전개된다는 분위기를 이용해 이야기의 형태로 사용하는 부분도 있습니다.

—가출한 소년 모리시마 호다카는 두 뺨과 코에 반창고를 붙인 상처투성이 모습으로 등장하고 끝부분에서는 철조망에 뺨이 걸려 피를 흘리고 따랐던 스가에게 뺨을 맞는 등 만신창이 같은 느낌입니다. 호다카의 가출 이유와 그의 가족 관계는 생략되어 있습니다. 관객의 상상에 맡기고 '자세한 내용은 일부러 그리지 않는다'라는 방법을 채용했죠.

신카이 마지막까지 고민한 부분입니다. 정말 그리지 않아도 되는지, 관객은 호다카의 가출 이유를 알고 싶어 하지 않을까, 하는 생각이 머리를 스쳤습니다. 극장 개봉이 끝난 지금도 답을 내지 못했습니다. 한편 제작할 때는 호다카의 가출 이유를 절대 그리지 않는 게 좋다는 확신 같은 게 있었습니다. 그려봤자 어디선가 들은 이야기이 거나 '앞뒤는 맞췄다' 라는 알리바이 같은 제작 태도 정도일 뿐이라 고. 호다카의 과거를 모티프로 한 영화가 아니라 뒤를 돌아보지 않 고 앞을 향해 달려가는 두 젊은이의 모습을 그리고 싶어서 호다카와 히나의 가족 관계는 깊이 이야기하지 않고 진행하기로 했습니다.

그래도 개봉 후 많은 사람이 다양한 의견을 보냈습니다. 반성할 부분도 있었죠. 조금 더 괜찮은 화자가 있었으면 어땠을까. 완성한 영화에 반성할 점을 떠들어도 너무 부정적으로 보일지 모르겠지만, 좀 다른 형태가 있었을 수도 있었는데 생략한 부분이 정말 많았습 니다.

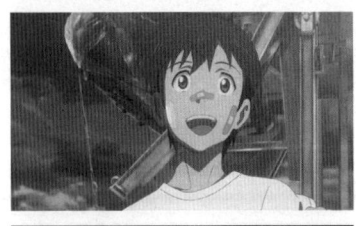

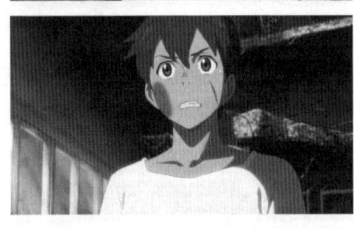

이야기가 시작될 때 이미 호다카의 뺨에는 반창고가 붙어 있다. 가출 원인과 관련이 있을 듯한 얼굴 상처 가 왜 생겼는지는 밝혀지지 않는다. 끝부분, 요요기의 버려진 빌딩으로 달려간 호다카는 철조망에 왼뺨이 찢기고 스가에게 오른뺨을 맞는다. 만신창이가 된 호 다카는 무턱대고 돌진하는 신카이 작품 주인공의 모 습을 상징한다.

—호다카(높은 돛이라는 뜻—역 자 주)라는 이름에 이미 돛을 높 이 올리고 앞으로 나아가는 캐 릭터임이 드러나 있습니다. 신 카이 감독 작품에서는 타키와 미츠하(〈너의 이름은.〉)나 아 스나(〈별을 쫓는 아이〉) 등 오 로지 돌진하는 캐릭터가 여럿 등장하므로 호다카 같은 캐릭 터는 긍정적으로 받아들여집 니다.

신카이 〈너의 이름은.〉과 〈날

신카이 마코토의 세계

씨의 아이〉에서는 돌진하는 소년, 소녀를 그리고 싶다고 강하게 생각했습니다. 바꿔 말하자면 그들은 그리 내성적이지 않죠(웃음). 그게 좋은지 나쁜지는 모르겠으나 지금 시대에는 그런 캐릭터를 그리고 싶고 관객들도 그런 캐릭터를 보고 싶어 하리라는 확신이 있었습니다. 멈춰 서서 곰곰이 생각하는 캐릭터는 다른 작품에도 있고 그자체가 모티프가 되는 영화도 또 있습니다. 〈날씨의 아이〉로 말하자면, 호다카와 달리 스가는 후회와 고민을 품은 인물이죠. 작품 속에서 캐릭터 역할을 분담했고, 〈날씨의 아이〉 이외의 영화를 보면 그런 영화는 정말 많습니다. 그러므로 지금 우리가 만들어야 하는 작품 주인공은 호다카 같은 캐릭터여야 한다고 이 작품을 제작할 때 또렷이 자각했습니다.

• 일하는 아이들에 관한 생각 •

—소년과 소녀가, 혹은 소녀가 소년을 만나는 상황 역시 신카이 작품의 정형입니다. 제 인생을 돌이켜봐도 다자외의 만남은 인생에서 가장 크고 소중한 선물이라고 생각합니다. 신카이 감독이 반복해 타자와 만나는 정경을 그리는 이유는 무엇인가요?

신카이 언제까지나 지금 이대로의 모습으로 있고 싶다고 생각하는 사람은 많지 않을 겁니다. 나는 이렇게 변하고 싶다, 이런 인생을 살고 싶다는 마음을 모두 절실하게 품고 있을 겁니다. 그걸 이루는 방법은 타인과의 교류밖에 없겠죠. 나 혼자 스스로 인생을 바꾸는 일은 어렵습니다.

저도 마찬가지입니다. 작품 제작 자체가 사람과의 만남을 포함합니다. 제가 애니메이션을 만들기 시작했을 무렵, 같은 회사에 근무하던 작곡가 텐몬 씨와 만났습니다. 그와 만났기에 애니메이션으로 가는 길이 열렸고 최근에는 RADWIMPS가 그렇습니다. 예상치 못한 만남이었습니다. 그들과 만난 게, 어쩌면 RADWIMPS에게도 저와 만난 게, 우리 인생을 조금 바꿨을지도 모릅니다. 그런 순간이 인생의 절정이고 작품에서 그려지는 캐릭터 역시 만남을 통해 맞이하는 인생의 절정을 영화로 표현하고 싶었습니다. 호다카와 히나의 만남도 다양한 상황을 생각했습니다만, 맥도날드라는 도시 공간 속에서 일시적으로 엇갈리듯 만나는 게 드라마틱하다고 생각했습니다.

—히나는 신주쿠의 맥도날드에서 나이를 속이고 일합니다. 히나만이 아니라 호다카도 일하는 소년입니다. 〈날씨의 아이〉는 이제까지 집안일과는 거의 인연이 없었던 호다카가 스가의 사무소에서 일하며 가정과 사무 능력을 익히는 이야기이기도 합니다. 돌이켜 보면 아스나는 가사 노동에 종사하는 소녀였고, 타카오(〈언어의 정원〉)도 날마다 아르바이트하고 집

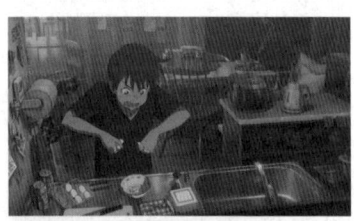
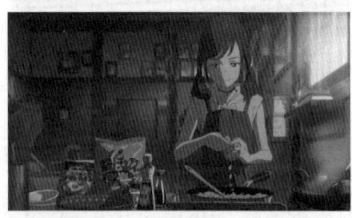

스가의 사무소에 고용된 호다카는 익숙지 않은 집안일을 하며 경험을 쌓는다. 남동생과 둘이 사는 히나에게 집안일은 생활의 일부분이다.

안일도 척척 해내는 소년이었습니다. 신카이 감독은 일하는 소년과 소녀를 계속 그리고 있는데요.

신카이 지적하시는 것을 듣고 보니 확실히 미성년 캐릭터에게 계속 일을 시켰네요. 첫째는 의외로 십 대가 일한다는 실감을 지니고 있습니다. 제 주변에서는, 예를 들어 다이고 코타로와 모리 나나 같은 어린 배우들 모두 미성년자입니다. 만났을 때 둘 다 고교생이었죠. 미츠하 역의 카미시라이시 모네도 마찬가지고 제 딸도 일합니다. 사회에 나가 일하는 십 대 젊은이가 제 주위에는 정말 많습니다.

또 하나, 십 대에 이미 일하고 어떤 기술을 익혀 학교나 가정과는 다른 세계를 사는 아이들을 동경하는 마음이 있습니다. 저는 시골에 자랐고 본가는 건축업을 해서 여름방학 때면 용돈벌이로 아르바이트했습니다. 엄밀히 따지자면 심부름의 연장이었을 뿐이죠. 자기만의 확실한 세계를 가지고 반 친구들보다 훨씬 어른스러운 타카오 같은 존재를 동경합니다. 내가 모르는 비밀을, 어쩌면 그들은 알고 있지 않을지, 하는 생각에 시달립니다. 나나도 틀림없이 동급생이 경험하지 못한 뭔가를 알고 있을 겁니다. 내가 경험하지 못한, 알지 못한 뭔가를 기진 십 대들에게 제 생각을 투영한 겁니다.

• 히나가 기도하는 장소 •

—〈날씨의 아이〉의 새로움 중 하나에 도쿄를 그리는 방식이 있습니다. 도쿄 곳곳을 랜드마크로 다루는 기존 방법과 달리 골목 깊이

들어갔을 뿐만 아니라 도쿄 전체를 매핑한 듯한 모습입니다.

신카이 〈언어의 정원〉의 극장 개봉 때 "비는 세 번째 등장인물입니다" 라고 말한 기억이 있습니다. 그런 흐름에서 말하자면, 이번에는 도쿄가 또 다른 주역인 느낌입니다. 더 말하자면 히나가 곧 도쿄라는 이미지입니다. 호다카는 히나를 만나면서 히나에 관해 알아가는데 그와 동시에 그녀가 사는 도쿄의 거리도 알아갑니다. 많이 생각하며 〈날씨의 아이〉를 만들었는데 이 작품은 구조적으로 인신 공양 이야기이어야 한다는 예감이 처음부터 있었습니다.

인신공양 이야기는 예전부터 있었습니다. 정기적으로 희생양을 바쳐야 하는 마을이 있고 외부에서 온 남자가 신이자 마물을 쓰러뜨리고 희생양 여자와 결혼하는 패턴입니다. 그 정도의 스케일로 〈날씨의 아이〉를 구상했습니다. 외부에서 온 나그네에게 희생양 여자와 마을은 하나로 보입니다. 〈날씨의 아이〉에는 '도쿄 신부 이야기' 같은 분위기가 있습니다. 마지막에 물에 잠기는 것도 도쿄 지역으로 했는데 사실은 도쿄의 동부 저지대 지역입니다. 실제로 해발 0미터인 지대가 있고 펌프로 물을 퍼내며 사람이 사는 지역이 있습니다. 비가 계속 내리면 물을 제때 퍼낼 수 없겠죠. 점점 원래의 해발까지 물이 차오를 테니까 해면 상승이라기보다 원래 해발보다 낮은 지역이 원래 모습으로 돌아오는 감각이죠.

—작품 속에는 신주쿠, 요요기, 이케부쿠로, 다바타 등 다양한 장소가 등장합니다. 도쿄타워가 보이는 공원이 등장하는 장면에서 어떤 번뜩임을 얻었습니다. 나카자와 신이치 씨의 『어스 다이버』(고

단샤)에서 도쿄를 나누는 지층 개념으로 제시한 홍적층과 충적층에 관한 탁월한 고찰입니다. 히나가 바로 홍적층과 충적층의 경계에서 기도함을 깨달았을 때 큰 충격을 받았습니다. 『어스 다이버』에는 고대인이 육지와 바다의 경계인 곳 같은 장소에서 죽은 자를 추모하며 기도를 올렸다고 기록되어 있습니다. 맑은 날을 불러오는 히나는 아주 오래전 선조가 했던 행위를 반복한 겁니다.

신카이 히나가 맑게 하려는 장소는 결국은 다 수몰되는 장소로 했습니다. 오다이바와 토미 씨가 사는 서민 마을만이 아니라 도쿄타워 주변 지역도

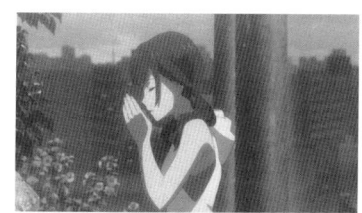
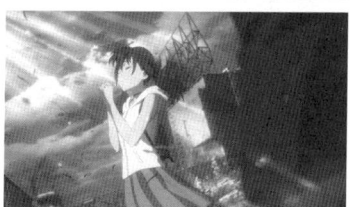
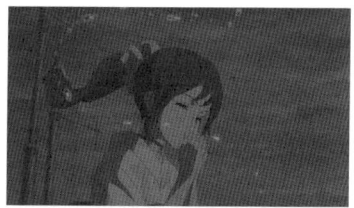
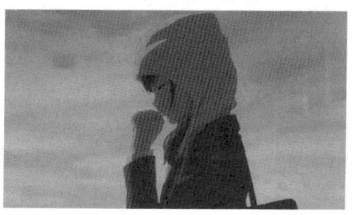

히나는 다양한 장소에서 기도한다. 기도함으로써 '날씨의 무녀'로서의 능력이 드러난다. 히나가 기도를 올리는 장소에는 각각의 의미가 담겨 있다.

결국은 수몰됩니다. 『어스 다이버』를 제작 도중에 읽은 영향이라고 생각하는데 히나가 기도한 장소가 끝내는 수몰된다는 계획은 처음부터 생각했습니다.

─다바타에 있는 히나 아파트 근처의 선로가 바라보이는 고지대

는 특히 중요한 곳이죠.

신카이 무사시노 고지대와 동부 저지대의 경계로, 그 절벽부터 무사시노 고지대로 이어집니다. 실제 장소를 찾으면서 로케이션 헌팅을 했습니다. 〈날씨의 아이〉를 만들면서 도쿄의 지형을 새로 발견한 느낌이 들었습니다.

—맑은 날을 가져오는 히나가 기도할 때 손바닥을 맞대는 형태가 아니라 깍지를 끼고 기도합니다. 히나의 강한 마음과 바람이 표현된 포즈로 선택되었나요?

신카이 굳이 말하자면 비주얼이라는 면에서 선택되었습니다. 각본에는 '기도한다'라고만 적혀 있었는데 그림을 그리면서 어떻게 할지 생각했습니다. 버려진 빌딩 옥상의 도리이 앞에 섰을 때 히나는 자연스럽게 손바닥을 맞대고 기도하는데 도리이 앞이 아닌 장면에서 히나가 기도할 때는 어떤 형태를 취해야 할지요. 기도하는 대상이 눈앞에 없으면 합장하기는 힘들죠. 우리는 불단이나 도리이 근처에서는 자연스럽게 합장하지만, 멀리 있는 사람이나 그곳에 없는 어떤 것에 기도하려 할 때는 감각적으로 손깍지를 끼게 됩니다.

—소년과 소녀만이 아니라 어른들의 존재도 두드러진 작품이었습니다. 사회 질서를 지키는 경찰 관계자와 아동 상담소 사람들, 주인공과 유사 가족 관계를 맺는 스가와 나츠미 같은 어른, 나아가 세계의 진실을 알려주는 기상 신사의 신관와 후미 씨 같은 노인들. 다양한 어른이 호다카나 히나와 얽히는 군상극이 되었습니다.

신카이 〈날씨의 아이〉를 도쿄가 무대인 영화로 만들자는 것과 날씨 이야기로 하자는 두 가지 요소로 인해 도쿄에 사는 다양한 사람들을 등장시켜야 했습니다. 각본을 다듬는 과정에서 히나 곧 도쿄의 이야기여야 했고 도쿄를 그리려면 그곳에 사는 사람들의 군상극이 되어야 한다는 생각에 이르렀습니다. 아이에서 어른까지 다양한 세대의 사람들이 잠깐이라도 화면에 나오는 이야기여야 성립된다는 사실을 깨달았습니다.

한 장면에만 등장하는 기상신사의 신관, 물로 만들어진 물고기를 목격하는 중학생, 그리

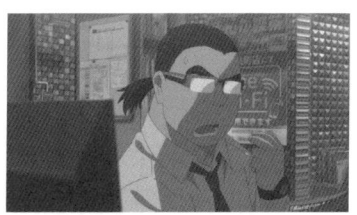
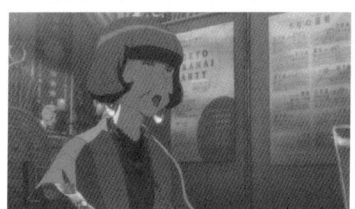
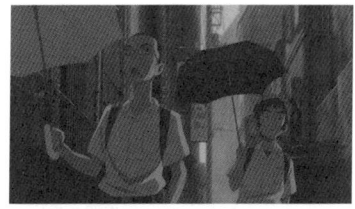
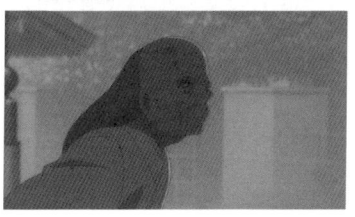

〈날씨의 아이〉에는 강렬한 인상을 남기는 평범한 사람이 여럿 등장한다. 이 작품에서는 짙은 캐릭터의 존재감을 최대한 정성껏 그리려고 노력했다.

고 경관까지 전체적으로 묘하게 인상에 깊이 남습니다(웃음). 캐릭터 디자인이라는 면에서는 무명 캐릭터의 연기를 강조하면 시선을 빼앗겨 작품의 노이즈가 될 수 있죠. 하지만 이번에는 도쿄 이야기라 한 사람, 한 사람, 일테면 무명 캐릭터라도 저마다의 존재감을 실현하도록 유의했습니다.

• 이야기 아키타입에 관한 관심 •

—〈날씨의 아이〉를 세카이계 작품으로 보기도 하는데 정확한 건 아닙니다. 이 작품에서는 근경, 중경, 원경이 다 그려지고 있으니까요. 특히 세카이계에서 '중간 빼기'로 표현하는 중경의 '사회'가 제대로 그려져 있죠.

신카이 세카이계의 정의에 달려 있겠죠. 하지만 〈날씨의 아이〉는 사회가 없으면 아예 성립되지 않는 작품이므로 전형적인 세카이계와는 조금 다릅니다. 〈너의 이름은.〉도 지방 마을에 사는 사람들의 이야기이기도 하니까 사회를 뺀 세카이계의 정의에는 맞지 않겠죠.

—신카이 감독은 여러 차례 〈날씨의 아이〉를 놓고 인신 공양 이야기의 형태를 채용했다고 밝혔습니다. 무녀적 존재의 출발점이라 할 〈별의 목소리〉의 미카코는 이름에 무녀를 뜻하는 미코라는 글자가 포함되어 있습니다. 무녀로 상징되는, 일본적 애니미즘 세계와의 관련을 어떻게 생각해야 할까요?

신카이 미카코에게는 확실히 미코(무녀)의 느낌이 있죠. 토속적이고 민속적인 소재를 이야기 장치로 사용한다는 지적은 맞습니다. 의식적으로 그렇게 하고 있습니다. 옛날이야기의 형태나 유형을 언제부터인가 의도적으로 채용하기 시작했습니다. 그 이유는 이야기를 만드는 과정을 뒤늦게 익혀야 했던 제 개인적 사정에 있습니다. 누구나 평생 한 번은 자기 인생을 이야기로 엮어낼 수 있다고 하는데 〈별의 목소리〉가 제게는 그런 작품으로, 일생에 딱 한 번 허락된

신카이 마코토의 세계

사소설 같은 겁니다. 〈별의 목소리〉를 만든 게 서른 전후였는데 그후 뜻하지 않게 프로가 되어 이야기를 짓는 방법을 고민해야 했습니다. 할리우드 각본 기법이나 만화를 그리는 방법 같은 책 등 수많은 참고서를 읽었습니다. 그런데 어느 책이나 이야기에는 아키타입(원형)이 있다고 적혀 있더라고요. 신화나 설화라는 기존의 형태를 참조해 이야기를 만드는 현재의 스타일은 거기서 시작되었습니다.

타고난 능력으로 이야기를 만드는 사람이 있습니다. 미친 듯이 읽어 온 이야기 경험을 통해 이야기 형태를 익힌 사람은 방법론적인 지식을 자각하지 않고도 자연스럽게 이야기를 엮어냅니다. 정말 부러운데 저는 그런 사람이 아니라 기존 스타일을 채용할 수밖에 없는 사정이 있습니다.

보통 제 순수한 취향으로 읽는 책은 SF가 많습니다. 하드한 물리 이론의 극치, 일테면 그렉 이건 같은 압도적인 하드 SF소설을 좋아합니다. 최근에는 세계적으로 성공한 류츠신의 『삼체』라는 SF 소설을 읽었습니다. 많은 관객에게 이야기를 즐겁게 이해하게 할 때 SF는 상당히 어려운 장르입니다. 전문용어 등 기본적인 문해력이 필요합니다. 『삼체』에는 어떤 불가사의한 존재가 자신의 초월직인 힘을 물리학자에게 보여주려고 우주의 3K 방사를 쏘는 묘사가 나옵니다. 이 정도로도 무슨 소린지 모르겠죠(웃음). 우주 공간에는 우주가 탄생할 때의 흔적이기도 한 3K 방사라는 방사선이 가득합니다. 물론 백억 년 이상 전의 파(波)를 새삼 작동시키는 일은 불가능한데 그걸 발사했으니 물리학자는 어쩔 수 없이 초월적인 존재를 받아들인다는 이야기입니다. 하지만 이 이야기는 3K 방사가 뭔지 모르면 이해

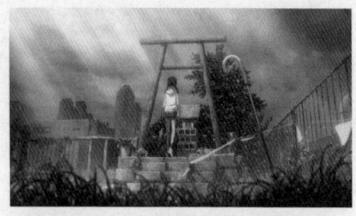
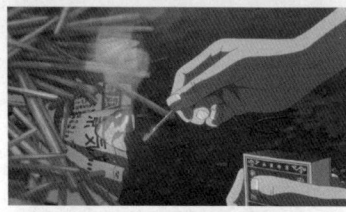
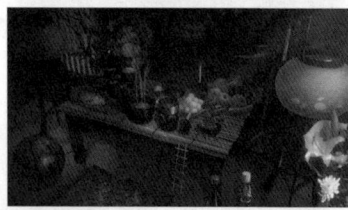
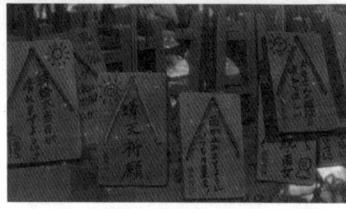

작품에는 도리이, 사당, 오봉 맞이 불, 오봉 장식, 에마 등 일본 전통의 종교적인 건조물과 관습, 행사가 그려 진다. '일본의 일상 어디에나 있는 익숙한 풍경'이 작 품을 지탱하는 큰 힘이 되고 있다.

할 수 없습니다. 어쨌든 하드 SF에는 이런 어려움이 있기 마련입니다.

SF에는 장애물이 많습니다. 하지만 신사나 오봉, 불단 앞에서의 합장은 일본의 일상 어디에나 있는 익숙한 풍경입니다. 우리는 길흉을 점치고 소원을 적어 걸기도 하고 점 보기도 아주 좋아합니다. 토속적인 세계와 민속적인 풍습은 아무리 세계화된 사회라도 일본 풍토에 단단히 뿌리를 내리고 있습니다. 저는 일단 제 영화를 일본 관객에게 보여주고 싶습니다. 그럴 때 이야기 장치로 일본 풍토가 가장 유효합니다. 〈날씨의 아이〉에도 오봉과 도리이, 신사를 등장시켰습니다.

그렇지! 그럴 수도 있지! 관객의 직감적인 이해에 강력한 설득력으로 다가갈 수 있는 게 이런 애니미즘 세계입니다.

• '올바름'을 둘러싸고 •

—애니미즘과 판타지, SF의 상상력이 융합된 비주얼 세계가 히나가 인신 공양으로 가는 구름 위 저세상입니다. 〈별을 쫓는 아이〉는 지하 세계 심층부 명계까지 내려간 주인공이 다시 지상 세계로 돌아옵니다. 〈날씨의 아이〉의 명계는 구름 위입니다. 구름 위 세계는 얼핏 보면 자연이 풍요로운 초원 같은 인상인데 생명이 거의 살지 않는 고요한 장소로, 마치 『고지키』에 그려진 다카마가하라 같습니다.

신카이 지금 이야기를 들어보니 저도 다카마가하라 같다는 생각이 드네요. 오봉에는 맞이 혼불, 보내기 혼불이 있죠. 연기를 보고 죽은 사람의 영혼이 찾아오고 연기로 보냅니다. 사람이 별님이 되기를 비는 듯한, 소박한 분위기가 있습니다. 단순하게 그런 감각에서 왔다고 생각합니다. 본가가 있는 나가노 시골에는 대대로 집안 조상들의 묘가 있습니다. 저는 성묘를 좋아해서 고향에 가면 꼭 성묘하러 갑니다. 우리 동네만의 풍습일지 모르겠습니다만, 무연고 묘지도 많은데 성묘할 때는 자기 조상만이 아니라 이름이 새겨져 있지 않은 묘석에도 향을 올립니다. 할아버지, 지금 영화를 만들고 있는데 무사히 완성하게 해 주세요, 라고 기도 같은 걸 올리죠. 사람은 죽으면 묘 아래 땅에 매장되는데 왠지 하늘 위에서 지켜주는 듯한 느낌이 듭니다. 우리 몸에 각인된 감각이 그렇게 느끼게 하는 건지도 모르겠습니다.

—하늘에 뜬 구름을 보며 죽은 사람을 생각한다. 〈날씨의 아이〉는

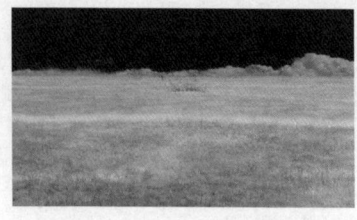
히나가 소환되는 구름 위의 아름다운 초원은 신들이 사는 다카마가하라를 모티프로 한 것이다.

그런 단순한 부분에서 시작되었군요. 다시 생각해 보면 〈너의 이름은.〉은 신사 앞 계단에서 스친 타키와 미츠하가 서로의 이름을 물어본 후, 카메라가 하늘의 구름을 비추는 장면으로 끝납니다. 다음 작품은 '구름을 둘러싼 이야기'라고 예고하는 듯한 마지막이었습니다.

신카이 대단한 논리를 세우지 않고 다카마가하라 같은 하늘 위 세계를 생각했습니다. 다카마가하라의 '하라(들판)'에서 연상할 수 있듯 녹음이 펼쳐져 있는 이미지를 보여주려고 노력했습니다.

—다카마가하라 같은 곳에서 히나를 되찾아 오려고 호다카는 행동합니다. 그의 선택과 행동은 사회 규범을 뛰어넘죠. 그가 의도적으로 일탈하는 게 아니라 돛을 높이 올리고 앞으로 나아가려는 그의 행동 원리가 우연히 사회 규범 밖이었다고 생각해야겠죠. 그런 호다카의 행동에 대한 날선 비판도 있습니다. 최근 현실 세계에서도 인터넷 세계에서도 올바름을 무기로, 올바르지 않은 모든 걸 철저하게 규탄하는 사람이 늘어나는 듯합니다. 그런 분위기가 답답합니다. 그런 시대 분위기에 호다카는 온몸으로 이의를 제기하는 듯 보입니다.

신카이 강연회에서도 트럼프나 박근혜 대통령 같은 정치인 이름이 제작 메모에 있었다고 이야기했습니다. 정치적 올바름이 강요하는 올바름에 대한 답답함이죠. 정치적 올바름은 옳습니다. 하지만

신카이 마코토의 세계

그걸 행사하며 발생하는 상황의 반동으로 트럼프로 상징되는 국수주의로 회귀하는 운동이 생긴다는 분석이 있습니다. 차별이 있더라도 과거의 전통적인 방법이 더 효과적이라며, 가부장적인 강한 리더가 등장하는 데도 이유가 있습니다. 즉 올바름에 대한 반동인데 그 역시 상당히 폭력적이고 난폭한 세계입니다. 최근 몇 년, 사회의 방향타가 상당히 불안정합니다. 오른쪽으로 튼 반동으로 왼쪽으로 가다가 또 오른쪽으로 흔들리죠. 좀처럼 중용을 발

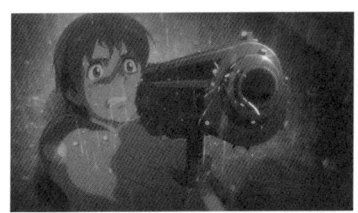
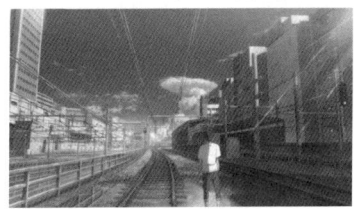
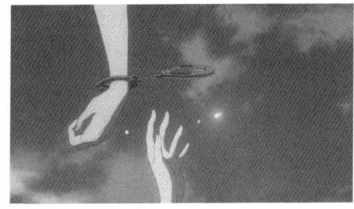

호다카의 선택과 행동은 사회 규범을 크게 벗어나 범죄의 영역에 도달하고 만다. 경관에게 총을 겨누는 호다카는 다카이 형사에게 체포되어 수갑이 채워진다. 호다카의 왼 손목에 채워진 수갑은 현실 세계에서 그가 저지른 '죄'가 얼마나 무거운지를 증명한다.

견하지 못하고 계속 흔들리는 상태 같습니다. 인간은 지성이라는 힘만으로 사회를 제어할 수 없는 '동물'이라는, 체념에 가까운 감성을 전 세계 사람이 공유하기 시작한 것 같습니다.

　사회적으로 부정적인 언동을 하면 그 사람을 언론이나 인터넷이 일제히 비난하는 분위기는 확실히 최근 들어 생긴 경향입니다. 최근의 예를 들면, 영화에서 공연하며 친해진 기혼 배우와 미혼 여배우가 불륜 관계에 빠진 보도가 나오자마자 언론과 인터넷은 일제히 그들을 비난했습니다. 생판 모르는 두 사람의 관계를 우리는 전혀 모

릅니다. 그들에게도 그들만의 사정이 있겠죠. 잘못된 관계처럼 보이는 사이라도 그들만의 올바름이 있을 테고 충실함이나 고결함도 있었을지 모릅니다. 그건 상황을 자세히 풀어봐야 아는 일인데 알지도 못하는 그런 부분을 표면적인 정의만으로 규탄하고, 그 규탄이 SNS로 퍼져나가 결과적으로 그들이 설 자리를 잃고 말았습니다.

동조 압력에 따라 사회의 공기가 희박해지는 상황을 〈날씨의 아이〉를 만들며 강하게 느꼈습니다. 지금 만들어야 하는 영화는 얼핏 보면 올바르지 않은 주인공이어야 한다고요. 호다카는 경범죄만이 아니라 중범죄도 저지르는데 죄를 저지르는 호다카에게 관객이 감정 이입하는, 혹은 그를 응원하는 영화가 된다면 조금이라는 지금 세상의 답답함을 해소할 수 있지 않을까요. 호다카를 응원하며 영화를 보면서, 아니, 저 자식은 내내 규칙을 위반하고 있네, 하지만 규칙을 깨는 그에게 그만의 정의와 이념이 있을지도 모르겠네, 라고 관객이 잠시나마 상상할 수 있다면 관객에게 플러스알파의 선물을 드리는 걸지도 모른다는 마음으로 만들었습니다.

• 노다 요지로에 이끌려 •

─〈날씨의 아이〉 제작 발표 자리에서 신카이 감독은 호불호가 나뉘는 작품이 될 거라고 발언했습니다. 여기서 호불호의 핵심은 사회 규범을 초월한 호다카의 행동을 가리키겠죠. 구름 위 저세상에 유폐된 히나를 구하려고 폭주하는 호다카는 '히나인가 세계인가'라는

궁극의 선택에 몰립니다. 여기서 호다카의 선택은 〈구름의 저편, 약속의 장소〉에서 히로키와 타쿠야가 직면한 '사유리를 구할 것인가, 세계를 구할 것인가' 라는 문제의 반복입니다. "푸른 하늘보다 나는 히나가 좋아!" "날씨 따위 계속 미쳐 있어도 돼!" 라고 외치는 호다카의 모습에 강한 메시지를 느꼈습니다.

신카이 호다카의 선택은 결론을 내리지 않고 만들었습니다. 결론이 있으면 영화를 만들 이유가 없었을 테니까요. 우리 세계는 개인의 능력이나 상상력이 미치지 못할 만큼 넓고 복잡합니다. 개인의 행동과 선택들이 돌고 돌아 환경 파괴로 이어질 때도 있습니다. 인간은 동물로서 치명적인 결함을 지닌 존재임을 인식하고 다시 생각해야 하지 않을까. 인간은 각자 모두 유일한 인간입니다. 그러므로 정답은 찾을 수 없는 존재라는 전제에서 이야기를 만든다. 그런 마음으로 만든 영화 안에 관객에게 전할 메시지가 있을 것 같았습니다.

작품을 만드는 동기는 조금씩 바뀌고 있습니다. 충동적으로 만들기 시작한 〈별의 목소리〉부터 한 작품씩 조금씩 변했고 현재 동기는 방금 말씀드린 대로입니다. 인간은 항상 실수를 저지르는 존재이지만, 그래도 아름다운 순간을 만나고 가슴이 졸이는 경험을 하는 게 인생이죠. 따라서 마땅히 그려야 하는 아름다움을 보여주는 가운데 〈너의 이름은.〉과 〈날씨의 아이〉가 탄생했습니다.

―일련의 사건에서 3년이 흐른 2024년 봄, 대학 진학을 위해 낙도를 떠나 다시 상경한 호다카는 히나를 만나러 갑니다. 호다카는

히나에게 '말'을 전하려 하나 그 말을 찾지 못한 채 히나와 대면합니다. 호다카를 걱정한 히나가 "호다카, 왜 그래? 괜찮아?" 라고 묻습니다. 그 말에 호다카는 "히나 씨, 우리들은 괜찮을 거야!" 라고 대답합니다. 호다카가 찾아 헤맨, 히나에게 전하고 싶었던 말은 '괜찮아' 라는 한마디였습니다. 괜찮다는 말은 작품에서 여러 번 등장합니다. 여러 번 반복한 끝에 마지막 호다카의 대사로 수렴됩니다.

제작 과정에 빗대어 생각하면, 원래는 노다 요지로 씨의 가사 키워드였던 '괜찮아' 라는 말의 의미를 신카이 감독이 의미 부여하면서 이런 형태로 정착되어 극적인 마지막 장면을 만들게 되었겠죠?

신카이 맞습니다. 소설 후기에도 썼는데 '괜찮아' 라는 말은 노다 요지로 씨에게 들었습니다. 요지로 씨와 이야기 후반부에 관해 이야기를 나누며 피차 받아들이지 못하는 게 있었습니다. 호다카와 히나가 재회하며 이야기가 끝을 맺어야 하는데 어떤 감정이 하나 더 필요할 것 같았습니다. 요지로 씨는 호다카가 히나에게 뭔가를 전하고 싶어 할 거라고. 그게 무슨 말일까. 그런 이야기를 나누며 단어를 찾기 시작했는데 각본 초고를 읽은 요지로 씨가 그 대답으로 만들어 준 『괜찮아』 라는 노래가 힌트가 되어 마지막 장면이 결정되었습니다.

소설에서는, 호다카가 히나에게 뭔가 특별한 말을 전하러 오지 않겠냐는 요지로 씨의 발언을 처음부터 다룰 생각으로,

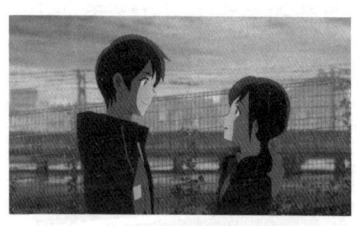

〈날씨의 아이〉는 호다카가 히나에게 "괜찮아" 라는 말을 전하는 이야기이다. '멋진 남자', '대장부'를 의미하는 '괜찮아' 라는 말은 불교 용어에서는 보살을 가리키기도 한다. 마지막 장면에 흐르는 RADWIMPS의 『괜찮아』의 가사를 살펴보면, 인간으로서 히나에게 관여하기로 결심한 호다카의 선언으로 해석할 수 있다.

신카이 마코토의 세계

히나에게 전할 말이 무엇인지 호다카에게 생각하게 했습니다. 다른 사람과 커뮤니케이션하지 않고 저 혼자 각본을 썼다면 결코 나올 수 없는 결말이었죠.

　—〈너의 이름은.〉에서도 느꼈는데 노다 씨의 시적 재능과 신카이 감독의 산문적 자질이 융합되며 보기 드문 작품이 탄생했습니다.

　신카이 이야기를 만드는 방법을 후천적으로 익혔어야 했다고 했는데 초기에는 그야말로 시적인, 그러니까 시를 쓰는 느낌으로 만들었습니다. 〈그녀와 그녀의 고양이〉는 제게 시의 세계입니다. 영화의 길이를 지탱하려면 구조가 필요하고 이야기 구조나 스토리 구성 등 산문적 기술을 익히면서 잃어버린 게 몇 가지 있는데 그게 지금 지적하신 시적 감수성일지 모르겠네요. 〈너의 이름은.〉과 〈날씨의 아이〉가 요지로 씨의 시적 재능에 뒷받침되었다는 점은 움직일 수 없는 사실입니다.

• 세계의 비밀에 관한 이야기 •

　—〈날씨의 아이〉 마지막에서는 반쯤 물에 잠긴 도쿄에서 사는 사람들의 모습이 그려집니다. 호다카는 일련의 사건을 경험한 후 한 개인으로서 기후 변동에 관여하기로 결심하고 농학부 진학을 선택합니다. 한편 히나는 지상으로 돌아옴으로써 날씨의 무녀라는 능력을 잃습니다. 수몰된 저지대를 바라보는 고지대에 서서 예전처럼 기

도하는 히나의 모습이 인상적이었습니다.

　신카이　마지막 히나가 기도하는 장면도, 초기 각본 단계에는 없었습니다. 마지막에 히나가 기도하면 이제까지 쌓아 온 이야기가 다 소용없어지는 게 아닐까 하는 생각도 있었습니다. 그런데 호다카가 말을 전하려는 히나는 재회할 때 뭘 하고 있을지라는 새로운 의문이 생겼습니다. 여러 생각을 했는데 역시 기도 외에는 생각나지 않더군요. 날씨의 무녀라는 능력을 잃더라도 히나는 기도할 수밖에 없지 않을까. 뭘 기도할지, 왜 기도하는지는 모르겠습니다. 그저 제 막연한 생각은 세계 평화 같은 걸 기도할 것 같습니다. 사람들이 다 행복하게 해달라거나 세상이 조금이라도 평안하길 원하겠죠. 그녀는 앞으로도 계속 기도하고 바라며 살 겁니다.

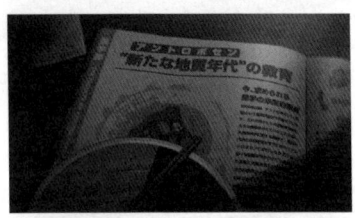

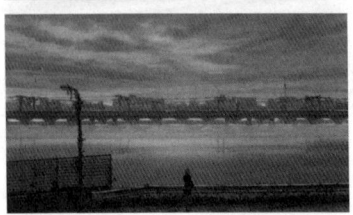

호다카는 일련의 경험을 통해 농학부에 진학한 걸로 보인다. 학부 안내 페이지에 보이는 인류세(Anthropocene)이라는 단어가 보이는데 이를 통해 SDGs(Sustainable Development Goals, 국가 지속가능발전 목표) 시대의 새로운 농학을 목표로 하는 호다카의 결의가 전해진다. 눈앞에 펼쳐진 수몰지를 보며 기도하는 히나의 모습에 날씨의 무녀라는 능력을 잃고도 계속 기도하는 그녀의 의지를 읽을 수 있다. 호다카와 히나 각자의 책임감이 강하게 느껴진다.

　—우리가 신사에 참배할 때 기도하듯 이타적인 바람이네요.

　신카이　세계 평화를 바란다고 하면 어쩐지 너무 빤한 느낌도 드는데(웃음) 그래도 그런 느낌이 듭니다. 수몰된 눈앞의 풍경을 바라보며 기도하는 히나를 형태로 그려냈을 때 그림에 힘이 깃드는 느낌이었습니다. 히나의 모습을 확인한 호

　　　　　　　　　　　　　　신카이 마코토의 세계

다카가 눈을 부릅뜨고, 컷이 바뀐 순간 기도하는 히나의 모습이 나타났을 때 소름 돋는 숭고함을 느꼈습니다. 연기자인 다이고와 나나 씨도 그 장면에서 나란히 웃었다고 합니다. 누가 뭔가를 기도하거나 바라는 모습은 그 비주얼만으로도 힘이 있습니다. 거기까지 갈 수 있어서 정말 다행입니다.

—〈날씨의 아이〉는 "이것은 나와 그녀만이 알고 있는, 세계의 비밀에 대한 이야기다" 라는 호다카의 독백으로 시작됩니다. 나와 그녀밖에 모르는 '세계의 비밀에 관한 이야기' 라는 내용을 관객도 알게 되는 위치에 놓입니다. 알아버린 이상, 관련이 없을 수 없죠. 관객에게는 작품 세계를 자기 문제로 받아들일 책임이 생기죠. 작품 세계와 관객의 커뮤니케이션 방식이 이 작품을 더 친밀하게 느끼게 하는 효과를 가져왔다고 생각합니다.

신카이 관객들이 그렇게 느낀다면 작품으로서는 정말 행복할 겁니다. 날씨 영화이고 맑은 날을 바라는 마음은 자연스러운 태도이므로 모두와 관련이 있다는 분위기를 작품 속에 넣고 싶었습니다. 호다카의 첫 독백에는 분명 그런 효과가 있습니다. 그 비밀을 우리도 알게 되었으므로 이야기와 관계가 생겼다는.

—당신도 관계없지 않다며 관객들을 끌고 들어가는 구조가 작품 자체에 있군요.

신카이 의식하지 않고 쓴 독백이었으나 맞는 말입니다. 영화 중반에 『축제』라는 주제와 함께 맑은 날을 비는 사람들의 바람을 히나가 들어주는 상황이 이어집니다. 그 안에 "당신도 맑길 바라죠?" "당신들도 이 영화의 일부분이에요" 라는 메시지를 담았습니다. 그 마음을 관객이 공유했다면 후반부, 히나가 이 세계에서 사라졌을 때 더 깊이 가슴에 울렸을 겁니다. 실은 초반부는 그런 상황을 위한 선언이었던 겁니다.

인신 공양 이야기임과 동시에 기원(起源) 이야기라는 점도 의식했습니다. 세계가 이런 모습인 이유는 이래서라는 기원을 설명하는 옛날이야기가 있습니다. 호수가 왜 이런 모양으로 이곳에 있는지 같은. 간지에 왜 고양이는 없는지. 기원 이야기는 세계의 비밀을 푸는 이야기이기도 합니다. 옛날 사람들은 비밀을 알려주는 이야기에 매력을 느끼고 구전으로 이어왔죠. 세계의 비밀을 알려주는 이야기는 근원적이고 본질적이죠.

• 애니메이션과 소설의 차이 •

―『소설 날씨의 아이』는 일판(일본 출판 판매 주식회사) 조사에서 2019년 매상 1위에 오른 문고판 도서라고 하더군요. 신카이 감독은 애니메이션 감독이자 소설가인데 문고판 후기에서 소설과 영상 표현의 차이를 언급해 흥미로웠습니다. 시간 제약이 있는 영화와 독자가 자기 호흡에 따라 읽는 소설은 다른 시간 매체로, 그런 의미에서 〈날씨의 아이〉는 영화와 소설 두 장르에서 처음 성립된 작품일 수 있겠네요. 영화와 소설의 표면적 차이는 어떻게 실감할 수 있을

까요?

신카이 영화라면 한 방에 끝낼 수 있는데 소설에서는 그럴 수 없을 때가 있습니다. 둘의 차이를 한마디로 설명하자면, 음악이 만들어 내는 분위기나 목소리 연기 등 '소리의 정보량'입니다. 소설에는 음 자체를 이식할 수 없죠. 영화의 강점은 그 부분에 있습니다.

─버려진 빌딩에서 형사와 경관에 포위된 호다카가 "나는 그저, 한 번만 더 그 사람을 만나고 싶은 거라고요!"라고 절규하는 순간에 스가가 "앗!" 하고 깨닫는 장면이 있습니다. 그 "앗!" 한마디로 스가의 심경 변화가 단박에 관객에게 전해집니다. 방금 말한 음이 지니는 힘의 구체적인 예라고 생각합니다.

신카이 무조건 흐르는 강제적인 시간은 영화의 강점이자 한계이기도 합니다. 소설 속에 날씨 비즈니스 손님으로 온 경마 아저씨가 "인간의 바람이나 기도 같은 것에 실제로 세상을 바꾸는 힘이 있지 않을까"라고 말하는 장면이 있는데 소설에만 나오죠. 영화에서 그런 말을 하게 하면 관객의 마음이 이야기에서 멀어지고 맙니다. 그 장면에서는 인간이 바라는 정신적인 힘이 실은 물리 세계에 영향을 줄 수 있다는 이야기를 경마에 빗대어 얘기하고 싶었습니다. 〈날씨의 아이〉는 기도와 바람의 이야기이므로 기도와 바람이 어떤 것인지를 문장으로 설명해야 한다고 생각했습니다. 소설에서는 히나가 맑은 날을 불러오는 일로 기도하는 동안 그녀의 일인칭 시점으로 바뀌는데 기도하는 그녀의 마음은 영화에서는 그려지지 않는 부분이라 히나의 마음이 어떻게 흐르는지를 쓰는 게 즐거웠습니다.

─이야기를 듣고 생각났는데 영화나 소설에서 한 군데씩 불가사의한 장면이 있었습니다. 히나가 인간 제물이 되어 맑아진 날 아침, 스가는 반지하 사무소 창문을 열어 사무소를 침수시키고 맙니다. 스가의 영문 모를 행동은 호다카와 히나를 버린 자신에 대한 처벌처럼 보였습니다. 이 장면의 의도는 무엇이었나요?

신카이 우선은 죄책감이 어렴풋하게나마 있었을 겁니다. 히나가 사라졌다는 놀라움도 있을 테고 전날 밤, 나츠미와 카운터에서 술을 마시고 그대로 잠든 숙취 상태의 몽롱한 상태였기도 했죠. 스가는 여러 가지 의미에서 충격을 받은 상태였을 겁니다. 멍한 상태로 늘 하던 대로 무의식적으로 창문을 열어버렸다. 의도로서는 그 정도였습니다.

뜬금없는 이야기인데 실은 영화와 소설은 묘사가 다릅니다. 소설에서는 새시 창문에 여러 군데 금이 가 유리가 깨져 물이 흘러 들어옵니다. 그 정도의 수압이면 힘을 살짝 준다고 해서 창문은 열리지 않죠. 그 장면을 담당해 준 애니메이터도 같은 지적을 했는데 그렇다고 해도 금이 간 유리가 깨져 물이 흘러 들어오는 작화를 하기에는 일정상 어려웠습니다. 그래서 그냥 창문을 열게 되었죠(웃음).

─신카이 감독님은 데뷔 이래 물리적, 시간적, 정신적 단절의 정경을 계속 그려왔습니다. 〈날씨의 아이〉는 단절과 어긋남의 주제에서 벗어난 듯한 인상을 받았는데 새로운 방향성을 의식하셨나요?

신카이 그러면 좋겠다고 생각했습니다. 보이 미트 걸, 보이 로스트 걸, 보이 미트 걸 어게인이라는, 만나고 잃고 다시 만나는 이야기 구조와는 다른 타입의 작품이 되었다는 말을 다음 영화에서 들으면 좋겠다고……. 어쨌든 지금은 기획서 집필 이전이라 작품 윤곽은 분명하지 않습니다. 종종 『○○ 3부작』이라고 말하죠. 처음에는 그럴 생각이 아니었는데 계속 만들다 보니 3부작(Trilogy)이 된 작품도 많을 겁니다. 〈너의 이름은.〉과 〈날씨의 아이〉에는 '재해'라는 공통 분모가 있고 다음 작품도 〈날씨의 아이〉와 마찬가지로 만났다가 헤어지는 구조와는 다를지 모릅니다. 막연하게나마 3부작이라고 할 느슨한 연결고리를 설정할 수도 있다고 생각하고는 있습니다.

〈너의 이름은.〉의 마지막 장면에 등장하는 구름 컷이 〈날씨의 아이〉를 예고했다고들 말하는데 제가 분명하게 의식한 점은 〈너의 이름은.〉의 마지막 부분에서 구직 활동 중인 타키가 건설회사 같은 면접장에서 "도쿄도 언젠가 사라질지 모른다고 생각합니다"라고 대답하는 장면과의 연속성입니다. 다음은 도쿄가 사라지는 이야기를 써야 한다는 생각이 아마도 그때부터 무의식적으로 있었던 듯합니다. 〈날씨의 아이〉를 기획할 때 전작은 가공의 마을이 사라지는 이야기이므로 이번에는 도쿄가 사라지는 이야기를 쓰자고 생각했습니다. 〈날씨의 아이〉의 어느 부분이 다음 작품과 이어져 작품끼리 연결되는 일이 다시 일어날지도 모릅니다.

• 관객과의 커뮤니케이션을 격려로 •

―신카이 감독은 계속 오리지널 작품을 만드는 몇 안 되는 감독입

니다. 앞으로 원작이 있는 작품에 도전할 생각이 있나요?

신카이 『소설 언어의 정원』 후기에서 "계속 소설을 짝사랑하고 있다.""만화도 영화도 애니메이션도 현실풍경도 짝사랑 중이다"라고 썼습니다. 지금도 그런 느낌입니다. 재밌는 소설은 제게 '소설로 표현되어야만 하는 작품'입니다. 만화도 음악도 마찬가지입니다. 좋아하는 만화는 아무래도 만화로 읽고 싶습니다. 무라카미 하루키 작가의 『노르웨이의 숲』이 영화화되었습니다. 멋진 장면이나 아름다운 순간이 아주 많았으나 문자로 표현된 『노르웨이의 숲』이 더 좋습니다.

애니메이션 업계에서 인기를 얻은 원작은 라이트노벨이거나 만화인데, 원작은 작가가 그 미디어로 표현하려고 생각하며 쓴 겁니다. 따라서 미디어 표현과 내용은 하나라고 생각합니다. 적어도 작가에게 최고의 해답이 소설이고 만화라면 저는 그 매체로 읽고 싶습니다. 제가 누군가의 원작을 바탕으로 애니메이션을 만들면 놓칠 게 많을 겁니다. 원작보다 더 잘 만들 분도 있겠으나 제가 쓴 원작을 애니메이션으로 만드는 게 제게는 최선이고, 다른 분의 원작을 바탕으로 만드는 일은 제 능력을 넘어서는 일 같습니다.

—현재 신작을 구상 중으로 압니다. 한 인터뷰에서 다음 작품도 〈날씨의 아이〉와 마찬가지로 시대의 분위기를 반영한 오락 작품을 만들고 싶다고 했는데 현재 어떤 일상을 보내고 있나요?

신카이 저는 코믹스·웨이브·필름의 직원이 아니라 영화를 만들지 않을 때는 그야말로 무직, 아무 일도 안 하는 사람입니다. 딸도 늘 매일 집에만 있네, 매일 뭘 해, 라며 의심스러운 눈초리를 던집니다

(웃음). 키보드 앞에 앉아도 이야기가 전혀 나오지 않은 상태라 매일 생각만 하고 있습니다. 지금은 입력이 필요한 때라 하루에 한두 권의 문고판 책을 읽고 만화는 시리즈를 통째로 읽고 있습니다. 새로운 작품을 구상하는 날들은 평소 읽지 못하는 책을 읽는 소중한 시간이기도 합니다. 소설과 만화를 읽으며 조금씩 문장을 가다듬을 수 있는 상태로 만들고 싶습니다. 말은 이렇게 해도 매일 절망적인 상태입니다(웃음). 강연회에서도 말한 적 있는데 저는 어느 날 갑자기 아이디어가 떠올라 단숨에 이야기를 쓴 적이 한 번도 없습니다. 하지만 고민하며 조금씩 나아가면 어쨌든 최종적인 이야기의 형태로 정리된다는 사실은 경험으로 압니다. 일단 한 걸음씩 조금씩 해나가는 수밖에 없습니다.

―2년 뒤에 신작을 볼 수 있기를 기대하겠습니다.

신카이 그 기대에 부응할 수 있었으면 좋겠습니다. 제 가장 큰 즐거움은 관객과의 커뮤니케이션입니다. 영화를 만들지 않으면 관객과 소통할 수 없죠. 여러분의 메일이나 감상이 무엇보다 즐겁습니다. 부모님과 함께 얘기할 주제가 없었는데 영화를 보고 사이가 좋아졌다거나(웃음), 학교에 거의 가지 않았는데 영화를 보고 가끔 밖에 나간다거나. 그런 감상이 오면 관객과 대화를 나눈 기분입니다. 관객과의 커뮤니케이션에 격려를 받으며 다음 기획의 각본을 완성하고 싶습니다.

2020년 1월 27일 코믹스·웨이브·필름에서

제 9 장

〈스즈메의 문단속〉

신카이 마코토 롱 인터뷰 2

• 이동과 만남, 선물을 둘러싼 이야기 •

—2021년 12월에 열린 제작 발표 기자회견에서 〈스즈메의 문단속〉이라는 제목을 처음 접했을 때, 고풍스러운 인상을 받았습니다. 예로부터 서민들에게 친숙했던 새인 참새(스즈메)는, 『혀 잘린 참새』, 『허리 꺾인 참새』, 『참새의 효도』, 『참새의 복수』, 『참새 주점』 등 수많은 민화와 설화에 등장합니다. 주인공 이와토 스즈메의 이름 유래도 감독님께서 직접 언급하신 것처럼, 일본 신화의 아마노이와토 전설(아마테라스오오미카미가 거대한 암벽 아마노이와토에 숨어 세상에 어둠이 드리웠을 때, 우즈메노미코토가 춤을 춰 암벽을 열게 했다는 설화—역자 주)에서 온 것이죠.

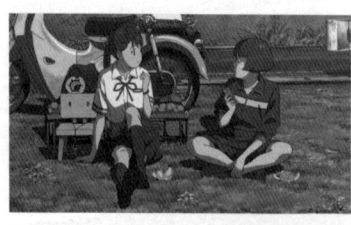
여행길에 만난 같은 나이의 소녀, 아마베 치카(우)

신카이 말씀하신 대로, 설화나 옛날이야기 분위기가 나도록 의도한 제목입니다. 요즘 이야기답지 않게 다소 고풍스러운 제목이 이 영화에 어울린다는 확신이 있었습니다. 〈스즈메의 문단속〉은 현실에서 일어난 거대한 사건을 다루고 있습니다만, 현실적으로 느껴지지만 허구, 그것이 이야기의 본령이자 역할 중 하나라고 생각합니다. 상상을 초월하는 거대한 사건이 일어났을 때, 인간은 신화와 설화, 옛날이야기처럼 손바닥 위에 올릴 수 있을 정도의 크기로 이야기를 정리하여 인식가능한 상태로 만들고, 왜 이런 일이 벌어졌는지 그 연고를 찾습니다. 인간은 그런 행위를 반복해왔다고 생각합니다.

　우리가 이번 영화에서 하고 싶었던 건, 그렇듯 현실에서 일어난 사건을 이야기로 다시 풀어내는 것이었습니다.

　—과거 작품에서는 도쿄와 지방 등 두 장소를 축으로 전개하는 취향이 담겨 있었습니다. 〈스즈메의 문단속〉에서는 주인공이 일본을 종단하며 각지에 들러 행동합니다. 신카이 작품에 있어 새로운 전개라 할 수 있겠습니다만, 이 변화가 의미하는 바는 무엇인가요?

　신카이 주인공 스즈메가 일본을 이동하는 로드무비로 만들고자 했던 가장 큰 이유는, 장소를 애도하는 이야기를 만들고 싶었기 때문입니다. 사람이 세상을 떠나면 장례식을 치르지만, 마을이나 땅에서 사람이 사라져 장소가 없어질 때는 그런 의식이 없죠. 그 점에서 장소를 애도하는 이야기를 영화로 만들 수 있지 않을까 생각하고 보니, 그런 장소들을 돌아보려면 이곳에서 저곳으로 이동이 필요해, 필연적으로 여행을 하는 이야기가 되었고, 결과적으로 일본 전역을 무대로 하는 이야기가 되었습니다. 이동하는 이야기를 만들고 싶다는 동기가 먼저 있었던 것이 아니라, 장소를 애도하는 이야기를 만들고자 하다 보니 흐름에 이끌려 로드무비 형식이 된 겁니다.

—장소에서 장소로의 이동이 활극(活劇)적인 전개를 가져옵니다. 이번 작품에서는 진지한 문제가 다뤄지지만, 한편으로 이동하여 일어나는 특별한 과정이 재미를 연출하지요. 엔터테인먼트로서도 즐길 수 있는 내용입니다.

신카이 엔터테인먼트 작품으로 만들어 내고 싶다는 마음은 처음부터 강하게 갖고 있었고, 말씀처럼 이동 그 자체가 엔터테인먼트이기도 하죠. 롤플레잉 게임은 캐릭터를 필드에서 이동시키는 것만으로 재미가 있잖아요(웃음). 인간은 목적이 아니라 과정 그 자체를 즐길 수 있는 존재라 생각합니다. 이동 그 자체도 즐겁고, 이동에 수반되는 커뮤니케이션도 즐겁죠.

—스즈메는 그 땅에 사는 사람들과 만납니다. 그들과의 관계를 통해 방언과 음식, 풍습 등 넓은 의미에서의 '지방 문화'를 접하죠. 익숙하지 않은 쇼와시대(1926년~1989년—역자 주) 가요를 접하는 걸 포함해, 모든 것이 스즈메에게는 하나의 문화 체험이지요.

신카이 장소를 애도하는 이야기를 만들겠다는 시점부터 시작해, 이야기에 살을 붙여가는 과정에서 스즈메에게 어떤 문화 체험과 커뮤니케이션을 시킬까 고민했습니다. 시작할 즈음 이미지는 막연하게 미야자키 하야오 감독님의 〈마녀 배달부 키키〉였어요. 첫 제작 발표 기자회견의 비하인드 영상에서도 〈마녀 배달부 키키〉의 영향을 받았다는 점을 비밀스럽게 말씀드리기도 했습니다만, 〈마녀 배달부 키키〉는 소녀의 성장 스토리로 지금 봐도 전혀 낡은 작품이 아니지 않습니까. 키키는 마녀 수련을 하는 과정에서 우르슬라나 오소노 씨 등 다양한 사람들과 만나게 됩니다. 이 부분은 많은 분들이 지적하시겠지만, 키키는 그녀가 미래에 이렇게 성장할지 모를 모습의 여성들과 만남을 갖습니다. 〈마녀 배달부 키키〉와는 설정도, 우러나는 맛도, 스토리도 전혀 다른 이야기이지만 〈스즈메의 문단속〉 역시 스즈메가 여성들과 만남을 이어가는 이야기로 만들고 싶다는 마음이었습니다. 각지에서 만나게 될 사람들은, 가능한 일을 하는 여성으로 하자고 생각해서 가업인 민박을 돕는 여자아이, 스낵바의 마담 등, 지금까지 그려본 적 없는 캐릭터가 탄생했습니다. 그녀들은 스즈메가 미지의 문화에 접할 때, 촉매와 같은 역할을 해주지요.

　—스즈메는 그녀들에게서 여러 가지 도움을 받습니다. 스즈메는 그녀들에게서 무언가를 받기도 하고, 반대로 무언가를 주기도 하죠. 스즈메와 여행길에 만나는 여성들은 이러한 '증여'의 관계로 맺어져 있습니다. 치카나 루미는 짧은 기간밖에 교류하지 않았지만, 스즈메에게 특별한 감정을 품습니다. 그녀들은, 자세히는 알 수 없지만, 스즈메가 무언가 중요한 일을 하고 있다는 것을 무의식적으로 받아들이고 있지요.

　신카이 이 부분 역시 옛날이야기처럼 만들고 싶은 마음에, '무언가를 받는 이야기'로 구성했습니다. 루미에게 받는 모자 같은 것은 사실 아무 기능도 하지 않지만(웃음), 그래도 역시 무언가를 주는 모습을 넣고 싶어서, 그냥 스즈메의 머리에 모자를 씌워주는 장면을 그렸습니다. "너 굉장히, 중요한 일을 하는 것 같아"라는 치카의 대사나, "중요한 일은 다른 사람에게 보이지 않는 게 더 좋아"라는 소타의 말은, 각본을 써 내려가는 도중에 캐릭터들로부터 이끌려 나온 대사입니다. 영화의 근본은 플롯 단계에서 생각합니다. 스즈메의 여행이 소타와 어떻게 얽히게 되고, 최후에는 스즈메가 어디에 도달할지. 그곳에서 스즈메가 해야 할 일은 무엇인지. 그런 디테일도 플롯 단계에서 확고히 해둔 다음 각본을 쓰지만, 앞서 말한 치카의 대사도, 스즈메와 치카의 관계를 그려가면서 자연스럽게 나온 말입니다.

• 같은 땅에서 살아가는 관객을 향해 •

—스즈메와 소타가 문을 닫는 행위에는, 단순히 재앙을 진정시키고 그 땅을 본래의 주인인 우부스나(産土) 신에게 돌려준다는 수준이 아니라, 지금의 일본 사회에 중요한 의미가 중첩되어 있다고 생각합니다. 일본의 근대화는 '문을 여는' 일의 연속이었죠. 그 결과가 현재의 번영인 면이 있겠습니다만, 낙관적인 번영의 시대는 끝을 맞이하고 있습니다. 저출산, 과소화, 고령화 등의 문제가 실제 상황으로 벌어져, 앞으로 일본의 국력이 감퇴될 거란 예측이 나오고 있지요. 작품 내용에 맞춰 이야기하자면, 사람들의 기억이 흐려진 장소가 일본 각지에 다수

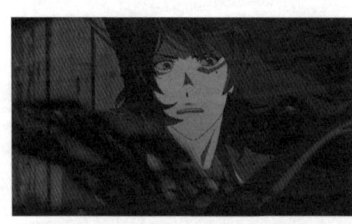

스즈메와 함께 여행하게 되는 토지시 소타

생겨나, '뒷문(後ろ戸)'이 열릴 가능성도 커진 겁니다. 산적한 문제를 다음 세대에 미루지 않고 책임 있게 문을 닫으며, 문제 해결을 도모해야 한다. 이 영화는 사회 문제에 대한 은유로 읽힐 수 있을 듯합니다.

신카이 영화에서 문을 닫는 행위는, 인간이 빌려 쓰던 장소를 그 땅의 신에게 돌려주는 것을 의미합니다. "돌려드립니다" 라는 주문을 외우며 문을 닫는 일련의 행동을, 애니메이션의 액션 장면으로 매력적으로 그리면서, 스즈메 일행이 앞으로 나아가는 로드무비로 만들어야 한다는 점을 염두에 두고 만들어 왔습니다만, 한편으로는, 저 개인의 사회상황에 대한 생각도 은연중에 반영된 게 사실입니다. 이 작품의 각본을 쓸 때는 코로나19의 소용돌이가 시작되는 타이밍이었습니다. 그래서 도쿄올림픽 개최를 둘러싼 소동이 벌어진 시기이기도 했습니다. 최종적으로는 반쯤은 억지로 개최가 되었습니다만, 그때 떠오른 생각은, 새 국립경기장 주변 구역의 개발 등도 포함해서, 문을 닫는 방법도 모르면서 또 문을 열었구나, 하는 것이었어요. 올림픽뿐만이 아니라 여러 사건에서도, 닫는 법은 생각도 안 하고 열어만 가는 것은 무책임하지 않습니까. 그런 상황에 대한 반감, 짜증 같은 것이, 여는 이야기가 아닌 닫는 이야기를 만들게 된 원인 중 하나였다고 생각합니다.

─작품의 중추 부분에 관한 이야기인데요, 미미즈와 요석은 이번 작품의 말 그대로 '핵심'입니다. 〈날씨의 아이〉에서의 기상 신사 장면에는 야마모토 니조 씨가 그린 '대일본국지진지도(大日本国地震

之図)' 컷이 제시됩니다. 그 장면의 시나리오에는 '낡은 그림, 일본 열도를 용사(龍蛇)가 둘러싸고 있다', '조반국(常磐国) 위에 요석이 되는 검'이라 기재된 글도 있습니다. 용의 화신이라 볼 수 있는 미미즈와 요석의 연결 고리는, 〈날씨의 아이〉에서도 찾을 수 있을지 모릅니다.

신카이 듣고 보니 정말 그렇다는 생각이 드는데요, 확실히 기상 신사의 장면에 나오는 그림 중 하나로, 일본 국토를 둘러싼 용사의 행기식 일본도(圖)가 나옵니다. 〈스즈메의 문단속〉에서도 소타의 아파트에서 행기도나 요석이 그려진 문헌을 보는 장면이 나옵니다만, 〈날씨의 아이〉 때부터 복선을 깔아둔 것은 아니고, 결과적으로 연결되어 버렸습니다. 〈날씨의 아이〉에서 다룬 수증기나 상승기류 같은 대기는 인간의 눈에 보이지 않습니다. 대기 중 수증기의 흐름이 보이는 사람이 '날씨의 무녀'이고, 대기 중 수분의 순환 현상이 어떤 사람에게는 하늘의 물고기 같은 생물로 보일 수 있다는 것이, 〈날씨의 아이〉에서 제가 생각했던 세계관입니다.

〈스즈메의 문단속〉도, 판 구조 운동에 의해 지진이 일어나는 원리를, 지하에 축적된 거대한 에너지가 미미즈라는 현상으로 일어나고, 그걸 볼 수 있는 자들이 스즈메와 소타라는 설정으로 만든 작품입니다. 그런 사고 방식에 영향을 받았던 시기에 두 편의 영화를 만들었기 때문에, 결과적으로 〈날씨의 아이〉에서 일본 열도를 둘러싸고 있던 용을, 〈스즈메의 문단속〉에서는 일본 열도 지하에 잠들어 있는 미미즈로 바꾸어 묘사하게 됐습니다.

—거시적인 시점에서 최근의 신카이 작품들을 보면, 이 나라가 어떻게 형성되었고, 이 나라 사람들이 어떻게 살아왔나, 일본의 풍토와 민속, 역사에 대한 시선이 강해진 인상을 받습니다.

신카이 어느 정도는 자각하고 있습니다. 이번 작품에서는 '미미즈'라는 현상을 등장시켰습니다만, 흙을 먹고 흙을 만들어 내는 미미즈는 곧 흙 그 자체입니다. 흙은 유기물, 즉 시체의 퇴적물이기도 하니, 우리는 수없이 많은 생물의 사체 위에 서 있는 셈이에요. 그리고 그걸 '풍토'라 부르는 것 같습니다. 그 땅의 흙, 그 자체가 풍토이며, 우리는 그 흙을 밟고, 그 감촉을 발바닥으로 느끼고, 흙에서 자란 것을 먹으며, 흙 위의 풍경을 보고 있죠.

어쩌면 가장 원시적인 의미에서 민족이라는 것을 구성하는 근본은 흙이 아닐까 생각합니다. 같은 풍토에서 살아가는 우리가 공유하고 있는 마인드셋과 같은 것을, 영화의 실마리로 삼고 싶다는 생각도 하고 있습니다. 〈너의 이름은.〉 이후로, 특히 그런 마음이 강해졌습니다.

저 자신은 신도적인 배경도 없고, 영적인 사람도 아닙니다. 그렇지만 정월에는 왠지 첫 참배를 가고 싶고, 신사가 보이면 손을 모아 기원을 드리곤 해요. 낯선 땅을 밟고 있으면 그 땅의 토지신이 존재한다는 걸 느낍니다. 그런 순박한 감각은 누구나 갖고 있지 않을까요.

• 10대 관객에게 재해를 전하는 의미 •

—자연 재해를 그린 〈너의 이름은.〉부터 〈스즈메의 문단속〉에 이르는 작품군을 3부작으로 볼 수 있을 것 같습니다. 〈너의 이름은.〉과 〈날씨의 아이〉에서는 지진이 아닌 자연재해가 그려졌습니다. 〈스즈메의 문단속〉에서 처음으로 직접적으로 '지진 재해'가 다루어졌습니다만, 동일본 대지진으로부터 11년을 거쳐, 이제야 이 지점에 다다르게 된 것일까요?

신카이 여러 의미에서 그렇다고 생각합니다. 스스로의 자질과 이력을 돌이켜 보면, 저는 본디 〈스즈메의 문단속〉 같은 영화를 만드는 타입의 작가는 아니었던 것 같습니다. 스케일이 큰 이야기는 다른 분께 맡기고, 제겐 따로 해야 할 일이 있다는 생각 속에 애니메이션을 만들며 커리어를 시작했죠. 전차에 탈 때의 기분, 편의점에 들어간 순간 마음의 움직임, 그런 일상적인 감정에 기반한 이야기를 그려 왔습니다. 그저 제가 해온 일상을 베이스로 한 감정 표현과 2011년에 받은 크나큰 충격이 제 안에서 섞여나온 것이 〈너의 이름은.〉입니다. 〈너의 이름은.〉으로 천만 관객과 처음으로 만나, 〈너의 이름은.〉의 반향에 대해 뭔가 답을 해야만 한다는 마음으로 만든 것이 〈날씨의 아이〉이고요. 거기서 다시 저 자신으로 돌아와 응답하고자 만든 작품이 〈스즈메의 문단속〉이죠. 〈너의 이름은.〉과 〈날씨의 아이〉를 봐준

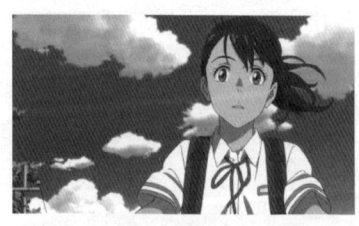
17살 여고생 스즈메는 숙모 타마키와 둘이 산다.

관객의 긍정적인 반응과 부정적인 반응 등 다양한 말, 관객과의 말의 교환작업이 〈스즈메의 문단속〉이라는, 전혀 생각지도 못했던 영화를 만들게 한 것 같습니다.

—완성 보고 기자회견 자리에서 감독님, 동일본대지진을 작품에 담은 이유로 '공통 언어로서의 진재(震災)가 점차 흐려지고 있다는 위기감'을 말씀하셨습니다. 작품에는 시대를 넘어 사람들에게 호소하는 힘이 있다고 생각합니다. 동시대의 관객뿐 아니라, 미래의 관객에게도 그 힘이 발휘될 수 있지 않을까요? 〈너의 이름은.〉에서는 미야미즈 가문이 대대로 참사를 회피하기 위한 기억 장치로 기능했듯이, 기억을 아카이브하여 미래로 계승하는 작품의 가능성에 대한 생각을 들려주십시오.

신카이 5년, 10년, 혹은 그 이상 남는 영화를 만들어야겠다는 생각은 그다지 하지 않습니다. 지금 이 시대에, 동시대 관객이 봐주기만 해도 그걸로 충분히 행복해요. 하지만 분명, 지금 만들지 않으면 늦는다는 마음이 있었던 것은 사실입니다. 실은 어제도 그런 기분을 느꼈어요. 금요 로드쇼에서 〈너의 이름은.〉이 방영됐는데, 저는 일이 있어서 집에서 볼 수는 없었습니다만, 12살 된 딸이 "봤어!" 하고 메시지를 보내 왔습니다. 아내는 딸이 엉엉 우는 사진까지 보내줬어요. 딸은 여섯 살 무렵부터 몇 번이고 〈너의 이름은.〉을 보았는데 이번에 처음으로 의미를 알았다고 하더군요. 꽤 괜찮은 영화라고 칭찬까지 해주던데요(웃음). 인물의 몸이 왜 바뀌는지, 왜 시간이 3년 어긋나는지를 이번에야 처음 이해한 것 같았습니다. 순수하게 기쁘더군요.

하지만 동시에 12살 된 딸은 〈너의 이름은.〉에서 동일본대지진을 거의 연상하지 못했어요. 천년에 한 번 오는 혜성이 재해의 메타포라는 건 상상도 못 했을 테고, 딸 세대에게 지진은 이미 이어지지 않는 과거의 사건인 겁니다. 실제로 제 관객층 중에는 10대가 아주 많은데, 그들도 비슷한 감각일 겁니다. 앞으로 1년이 지나고, 2년이 지나면, 지진재해와의 거리감은 점점 멀어질 겁니다.

반면, 스즈메처럼 아직도 생생한 기억과 체험이 아직 남아 있는 사람도 있습니다. 스즈메와 딸의 나이는 그다지 크게 차이 나지 않아요. 〈스즈메의 문단속〉 같은 이야기를 만들어 10대 관객과 11년 전 세계를 묶어놓을 수 있다면, 그것도 엔터테인먼트 형태로 가능하다면, 그건 저희만이 할 수 있는 일로 의미를 갖는다고 생각합니다.

—3부작의 공통점은, 아이들이 세계의 왜곡을 바로잡거나, 세계를 위기에서 구하는 행위에 관여한다는 점입니다. 신카이 감독님이 3부작을 통해 아이들에게 당부하고 싶은 점을 이야기해 주십시오.

신카이 이 세계를, 보다 생생하고 선명하게 느끼는 건 아이들일 거라 생각합니다. 아픔에 대해서도, 기쁨에 대해서도, 색채도, 냄새도, 어른들보다 훨씬 강하게 느끼고 받아들일 겁니다. 그런 의미에서 늘 세계의 주역은 아이들이라 할 수 있겠죠. 그런 기분이 제게 영화를 만들게 하는 걸지도 모르겠습니다.

신카이 마코토의 세계

• 새로운 타입의 캐릭터가 가져오는 새로운 관계 •

—진지한 사회적 테마를 그리기만 해선 엔터테인먼트 작품이 될 순 없을 겁니다. 테마와 엔터테인먼트 요소를 어떻게 양립시켜, 하나의 작품으로 만들어 낼지가 중요하겠죠. 테마성과 엔터테인먼트의 양립에 대해 어떻게 생각하십니까?

신카이 동일본대지진을 다루겠다고 결심했을 때, 엔터테인먼트 영화가 아니라면 반대로 의미가 없을 것 같았습니다. 씬에 따라서는 웃음도 나는 영화여야 하고, 작품 전체가 엔터테인먼트여야 했죠. 현실의 비극이 배경이라 하더라도, 그것을 엔터테인먼트로 다뤄선 안 된다거나, 부적절하다는 소릴 듣는다면, 그게 가장 큰 비극이었을 겁니다. 픽션이기는 하지만, 표현되고 있는 것이 실제로 있었던 일이니, 진심 어린 감정을 나눌 수 있는 작품을 목표로 삼았습니다.

영화 중반에, 스즈메가 한 캐릭터를 향해 말을 전하는 장면이 있습니다만, 그 말 자체에 거짓은 없다고 생각합니다. 그 말은 비현실적인 현상이나 초능력으로 전해지는 것이 아닙니다. 심플하게 사실을 말했을 뿐이죠.

—그 장면에서 이루어지는 커뮤니케이션은, 우리도 평소에 자연스럽게 하고 있는 일이지요.

신카이 우리도 그 장면처럼

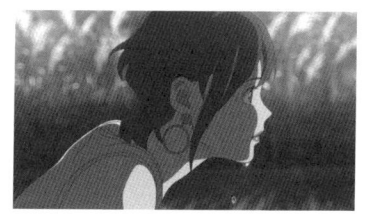

이모 타마키. 스즈메가 어릴 적부터 함께 살며 키워 왔다.

"괜찮아, 잘 자라날 수 있어"라고 말해주고 싶을 때가 있잖습니까. 지금은 힘들어도, 몇 년 후엔 분명 웃고 있을 거야, 라고 말을 건네고 싶은 순간이요. 제 개인적인 경험에 비추어 말하자면, 저는 같은 말을 반복해 왔던 것 같아요. 〈초속 5센티미터〉에서 "타카키 군은 앞으로도 분명 괜찮을 거야"라고 아카리에게 말하게 한 건, 저 자신에게 해준 말이었다고 생각하고, 〈날씨의 아이〉의 "우리는 분명 괜찮을 거야"라는 한마디도 마찬가지로, 스스로에게 들려주고 싶은 부분이 있었습니다. 스즈메의 그 말도, 분명히 관객에게 단순하게 전해지지 않을까요. 그리고 만약 진심 어린 메시지로 이해를 구할 수 있다면, 무척이나 기쁘겠습니다.

—〈날씨의 아이〉도, 이번 작품도, '말을 전하러 가는 이야기'군요. 2022년은 신카이 감독님이 〈별의 목소리〉로 데뷔한 지 20년이 되는 해입니다. 신카이 작품에서는 상대에게 말이 전해지지 않는 '디스커뮤니케이션(소통의 부재)' 상황이 자주 그려졌습니다. 최근 작품에서는 오히려 '말이 전해질 가능성'이라는 점에서 감독님의 변화가 느껴집니다.

신카이 초기에는 디스커뮤니케이션을 많이 그렸습니다. 자신의 주위 상황도 디스커뮤니케이션이었고, 관객과 무언가가 통했다고 느낀 경험도 초기에는 그다지 없었으니, 그래서 잘 모르는 것은 그리지 못했던 것 같습니다. 작품을 계속 만들어 오면서, 관객과의 사이에 점차 감정과 사고를 교환할 수 있게 되었고, 여기까지 다다르는 데 20년이나 걸린 것 같습니다.

—스즈메는 이전 작품들에서는 보기 힘들었던 주변 인물과, 지금까지 없었던 관계를 맺고 있습니다. 특히 스즈메의 이모인 타마키는 매우 중요한 인물이라고 생각합니다. 스즈메의 12년은 동시에 타마키의 12년이기도 하니, 가족이라는 존재가 누구나 그렇듯, 타마키에게도 조카와의 삶에서 희생해 온 것들이 있습니다. 억압되어 있던 타마키의 감정이 뿜어져 나오는 신도 있지요. 조카와의 기묘한 행로는 타마키에게 있어서도 지금까지의 인생을 반추하고 정산하는 경험의 여행이었겠죠. 이렇게 표현할 수 있겠습니까.

신카이 타마키가 등장하는 장면은 많지 않지만, 관객들에게 강한 인상을 남기는 캐릭터라 생각합니다. 초기 단계부터 이야기의 축 중 하나는 타마키라는 것을 의식했죠. 스태프 여러분도 모두 타마키한테 마음이 갔다더군요. 제작 중에 여러 번 실감할 기회가 있었습니다. 노다 요지로 씨가 곡을 만들어 줄 때도 'Tamaki'라는 제목의 곡이 나오기도 했어요. 그 곡은 "당신이 싫다"라고 노래하는, 타마키의 감정을 담은 곡이었고요. 결국 영화에는 쓰지 않았지만, 그런 곡이 나올 정노로 요지로 씨도 타마키라는 인물에게서 무언가를 느낀 게 아닐까 싶습니다. 타마키의 목소리를 연기해 주신 후카츠 에리 씨도, 타마키 역할이었기에 받아들이신 것 아닐까 생각합니다. 그렇기에, 레코딩 중에도 타마키라는 캐릭터를 깊이, 아주 깊이 파고들어 주셨고, 저도 후카츠 씨에게 배운 점이 몇 가지 있습니다. 그만큼 타마키에게 감정을 이입하고 함께 해주신 점, 감사하게 생각하고 있습니다.

—치카와 루미, 루미의 쌍둥이 아이들, 그리고 세리자와 등도, 기존의 신카이 작품에 나오지 않았던 인물이죠. 타인과의 새로운 관계를 모색하는 작품이었다고 생각합니다.

신카이 진지하고 무거운 여행이기에, 그 여정을 즐겁게 만들어 줄 사람들과 만나게 해야 한다는 생각에, 그들 캐릭터를 만들었습니다. 이야기의 플롯이 요구하는 캐릭터와 표현 단계에서 만들고자 한 캐릭터 사이에 어긋남이 있었지만, 결과적으로 그 어긋남 덕에 새로운 만남을 연출할 수 있게 된 것 같다는 생각이 듭니다.

—캐릭터를, 이야기를 움직이는 기능뿐 아니라, 자유롭게 움직이게 하면서 스즈메와의 관계 속에서 드러나는 자연스러움을 중시하셨던 걸까요.

신카이 그렇습니다. 최초의 플롯을 고안하는 것은 복잡한 퍼즐을 조합하는 것과 같은 감각입니다. 모든 대사와 캐릭터가 기능할 수 있도록 복잡하게 배치해 나가지만 그것뿐이라면 기계적이기 쉬워서, 살아 있는 레벨로 이끌어내기 위해서는 고려가 필요합니다. 그제야 처음 떠오르는 대사도 있죠.

그리고 캐릭터의 성격을 체감할 수 있는 수준으로 규정해 나가는 건 콘티 작업에서 이루어집니다. 저는 콘티를 동영상으로 만듭니다만, 스스로 직접 루미의 목소리를 내보기도 하고 스스로 연기하면서 배치하다 보면, 그제서야 처음으로 보이는 것들이 있습니다. 예를 들자면, 세리자와가 스즈메 일행을 차에 태우는 장면에서 음악을 틉니다만, 그건 각본 단계에는 없는 내용입니다. 동영상 콘티 단계에서 처음, 이 씬에서 세리자와는 음악을 틀 수밖에 없겠구나, 하고 체감하며 깨닫습니다. 영화를 보는 관객들의 입장에서도, 팽팽하게 긴장한 스즈메와 함께하며, 클라이맥스까지 긴장을 지속시키는 것은 영화라는 장르에선 어려울 겁니다. 세리자와 캐릭터를 떠올렸을 때, 늘 시끌벅적한 세리자와가 침묵을 지키며 운전하진 않을 테고, 콧노래 정도는 흥얼거리지 않을까, 그렇다면 무슨 노래를 하게 할까… 여기서 올드송을 틀기에 이른 겁니다.

• 잃어버린 "다녀오겠습니다"를 되찾기 위해 •

—스즈메가 찾아가는 무대 가운데, 인상적인 장면이 있습니다. 변해버린 마을이 순간 예전의 마을로 돌아가, 주민들이 "다녀오겠습니다" 라고 인사하는 목소리가 메아리치는 장면에서 감동했습니다. "다녀오겠습니다"는 〈스즈메의 문단속〉에서 커다란 의미를 가지는 말입니다. 누구나 하는 아침 인사이기도 하고, 일상적인 말이지만 그래서 더더욱 소중한 말입니다. "다녀오겠습니다" 라는 인사를 나눌 수 있는 일상이 무너지고, 이를 되찾기 위한 힘으로 가득한 영화이기도 합니다.

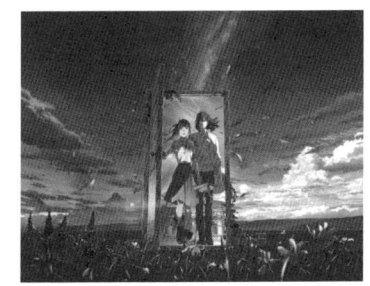

신카이 그 장면에서의 "다녀오겠습니다"는, 다시 돌아오지 못한 "다녀오겠습니다"이기도

해서, 어떻게 받아들이느냐에 따라 잔혹한 장면으로도 볼 수 있습니다.

마을이 순간 예전의 모습으로 되돌아가고 다양한 사람들의 목소리가 들려오는 장면은, 앞서 이야기한 세리자와의 올드송 장면처럼 각본 단계에는 없었습니다.

마을은 가공의 장소이지만, 그곳에서 생긴 일은 현실에서 실제로 벌어진 일이기에, 과연 이것이 윤리적으로 허용될 수 있는 것인가, 무의식적으로 피하고 있었던 것일지도 모르겠습니다. 하지만 그 상태의 비디오 콘티를 본 스태프들의 반응이 그다지 좋지 않았고, 저자신도 꺼림칙함이 남아 있었습니다. 그래서 집으로 가져가 고민한 결과, 스즈메 일행이 각지의 폐허를 돌아다니며 과거 번성했던 순간의 정경을 머릿속으로 그리며 문을 닫는 형태가 되었습니다. 그 의식은 그 무대에서 해야만 하는 것이란 걸 깨달았던 거죠.

최종적으로는 그 신을 추가하여, 이 영화는 동일본대지진을 다룬 영화라는 점을 분명하게, 각오를 다지며 자각할 수 있었습니다.

※ 본 인터뷰는 잡지 pen 2023년 1월호 제2특집 『신카이 마코토의 세계를 헤엄치다』에 게재되었던 것입니다.

　　　　　　　　　　　　　　　　　　신카이 마코토의 세계

맺음말

   한 작가가 만들어 낸 모든 작품을 논하는 책을 쓰는 일은 비평이나 학자를 목표로 한 사람이라면 한 번쯤 꼭 도전하고 싶은 일일 것이다. 이 책은 내게 바로 그런 기념비적인 저서가 되었다.

   머리말에도 썼듯 이 책의 구상은 신카이 마코토라는 존재와 직접 만나면서 시작되었다. 신카이 감독과는 〈너의 이름은.〉이 극장 개봉되기 직전인 2016년 8월 초에 처음 만났다. 여러 언론 매체에 분 단위로 대응해야 하는 극도로 바쁜 일정 속에서 보통보다 더 짧게 인터뷰했는데 내가 준비한 질문 내용을 순식간에 파악하고 작품 세계에 담긴 의도와 방법을 때로는 유머까지 섞어가며 솔직하게 이야기하는 신카이 감독의 모습에 감명받았다.

   전보다 큰 규모로 극장 개봉되는 〈너의 이름은.〉이 많은 관객에게 받아들여질지 걱정하던 모습도 인상에 깊이 남아 있다. 이미 시사회에서 작품을 감상한 뒤라 "감독님, 괜한 걱정이에요. 이 작품은 반드시 성공할 겁니다" 라고 말하고 싶었는데 개봉 직전 상황에서 자신을 다스리는 신카이 감독의 진지한 태도에 기가 눌려 값싼 격려를 내뱉지 못했다. 결과적으로 〈너의 이름은.〉은 애니메이션 역사만이 아니라 일본 영화사에 남을 기록적 성공을 거둔 작품이 되었다.

신카이 감독과의 인터뷰를 계기로 신카이의 작품에 적극적으로 대응해 보자는 마음이 내게 강해졌다. 2017년에는 내가 출강하는 대학에서 '신카이 마코토의 문학 세계'라는 이름의 강의도 했다. 그때의 강의 요강(syllabus)에서 '수업 개요와 목적' 부문을 인용한다.

신카이 마코토 감독의 애니메이션 영화 〈너의 이름은.〉은 애니메이션과 영화 업계를 넘어 2016년 최대 흥행작으로 많은 관객의 공감을 얻었습니다. 신카이 마코토라는 창작자의 이름은 〈너의 이름은.〉에서 처음 안 사람도 있을 텐데 감독의 경력은 2000년대 초로 거슬러 올라가야 합니다. 신카이의 작품 근원에는 '언어'에 중심을 둔 세계 조형, 바꿔 말하면 '문학'에 대한 강렬한 시선이 있습니다. 사람들 사이의 섬세한 커뮤니케이션을 정성껏 그리는 필치는 '애니메이션이라는 표현 수단을 이용한 문학'이라고 표현할 수 있습니다.

신카이 마코토는 '영상 작가'이면서 '소설가'입니다. 신카이는 직접 대표작을 노벨라이즈하고 있는데 그 작품들은 단순히 영상 작품의 줄거리를 언어로 바꾼 게 아니라 소설 작품으로 자립해 있습니다. 같은 작가의 애니메이션과 소설을 비교 검토해 영상과 소설 표현의 차이를 검증할 수 있습니다. 이번 강의에서는 신카이 마코토의 초기 작품부터 최신작까지 구할 수 있는 영상 작품을 참관하며 '신카이 마코토의 문학 세계'를 풀어보고자 합니다. 같은 시대의 선구적 표현자 신카이 마코토의 주요 작품을 '망라'해 감상하고 '분석적'으로 해독하는 경험을 통해 작품 비평 기술을 얻게 합니다.

위의 기록은 그대로 신카이 마코토라는 존재와 작품에 대한 내 태도를 나타낸다. 내 관심은 신카이 마코토의 언어에 대한 집착과 작품에 범람하는 문학성에 있다. '신카이 마코토의 문학 세계' 강의에는 상상을 초월해 엄청난 학생들이 강의실을 채웠다. 젊은 세대에게 신카이의 작품이 얼마나 침투했는지를 새삼 실감했다.

　2017년은『신카이 마코토 전시회 〈별의 목소리〉부터 〈너의 이름은.〉까지』가 오오카 마코토 언어관(시즈오카)를 시작으로 일본 전국을 순회한 첫해이기도 했다. 2017년 2월에는 신카이 감독이 소속된 CWF(코믹스·웨이브·필름)에서 신카이 감독 전시회의 도록에 실릴 평론 원고를 의뢰해 왔다. 초창기 작품인 〈그녀와 그녀의 고양이〉부터 최신작 〈너의 이름은.〉까지를 시간 순서대로 논해 신카이 감독의 현주소를 알려주는 평론『연민=Compassion의 문학─신카이 마코토의 표현 세계』는 이렇게 태어났다. 같은 해 11월 1일부터 12월 18일까지 국립 신미술관에서 개최된 국내 최대 규모의 신카이 마코토 전시회에서는 큐레이팅 팀의 일원으로 전시물의 감수와 신카이 작품의 주제론 논고『5가지 주제로 읽는 신카이 마코토』를 담당했다. 또 국립 신미술관에서 열린 신카이 마코토 전시회 개최에 맞춰 연재 수필『세계를 긍정하는 의지 신카이 마코토를 읽는다』(총 6회, 교도통신 게재, 17·11~12)를, 이 전시회가 미야기 회장(TFU 갤러리 MiniMori)에서 개최하는 동안 전시회 평『관객에게 진지한 태도 결실 신카이 마코토 전시회─〈별의 목소리〉부터 〈너의 이름은.〉까지』(『가호쿠신보』, 18·6·28 조간)를 집필했다. 신카이 마코토 전시회가 개최되는 동안에는 두 개의 강좌『신카이 마코토의 작품을 해석한다~〈별의 목소리〉에서 〈너의 이름은.〉까지』(NHK 문화센터 아오야마 교실, 17·2·8)와 『신카이 마코토의 표현 세계—'반쪽'과 '반쪽'이 만나는 이야기』(오키나와현립 박물관·미술관 강당, 19·1·20)의 강사를 맡았다.

이 밖에도 날씨 사이트인 웨더뉴스의 요청으로 『【특별기고】 신카이 마코토의 작품과 기상의 깊은 관련성은?』(https://weathernews.jp/s/topics/201712/120195/)과 『【특별기고】 〈너의 이름은.〉을 기상적 관점에서 해석한다』(http://weathernews.jp/s/topics/201712/280065/)를 기고했다. 또 신카이 마코토 원작, 가노 신타 저 『소설 구름의 저편, 약속의 장소』(가도카와문고, 18·6)의 '해설' 및 평론 『소설가 신카이 마코토의 변화와 심화』(『다·빈치』 특집 '소설×영화 〈날씨의 아이〉 신카이 마코토의 선택', KADOKAWA, 19·9)를 집필할 기회를 얻었다.

이 책은 새로 쓰는 형식을 갖췄으나 이처럼 신카이 감독의 인터뷰로 시작된 일련의 일들을 되돌아보면 이들 하나하나가 이 책의 구상과 집필의 원동력이 되었음을 깨닫게 된다. 다양한 곳에서 결과물을 낼 기회를 준 관계자들에게 이 자리를 빌려 진심으로 감사드린다.

CWF의 오치아이 지하루 씨는 2016년 만남부터 이 책을 간행할 때까지 다양한 정보를 제공해 주었다. 그리고 CWF의 호리 유타 씨는 장면 그림의 제공과 인터뷰 원고 수집에 힘을 보태주셨다. 깊이 감사드린다. 이 책의 기획을 실현하게 해 준 『다·빈치』 편집장 세키구치 야스히코 씨와는 20년 넘게 함께 일했는데 내가 인터뷰한 많은 작가 인터뷰와 특집 기사 기고문의 편집 담당으로 함께 달려왔다. 세키구치 씨가 소설가 신카이 마코토의 담당 편집자라는 점에서도 불가사의한 인연을 느끼기도 했다. 신카이 감독을 가장 잘 이해하는 세키구치 씨가 이 책을 담당해 준 점은 무엇보다 든든했다. 오랜 협력이 이 책으로 열매를 맺게 되어 다시금 감사드린다.

이 책의 기획을 이해하고 길고 긴 인터뷰에 흔쾌히 응해 준 신카이 마코토 감독에게 가장 큰 감사와 고마움을 표하고 싶다. 8장의 롱 인터뷰 없이 이 책은 성립될 수 없었다. 〈날씨의 아이〉뿐만 아니라 신카이 작품 전체에 걸친 롱 인터뷰를 통해 소중하고 많은 '언어'를 들었다. 2020년은 세계가 크게 바뀌는 불확실한 시대의 시작으로 기억될 것이다. 그토록 중요한 해에 기후 변동이 초래한 '광기'로 '새로운 생활 양식' 아래에서 생활하는 사람들을 그린 예언 같은 작품 〈날씨의 아이〉를 감독한 신카이 감독과 대화할 기회를 얻은 순간은 잊지 못할 것이다.

준비 기간을 포함해 이 책은 약 3년에 걸쳐 쓰였다. 다양한 해석과 분석을 거쳐 신카이 작품에 내재한 강점과 위력을 드러내려 했다. 이 책이 독자들에게 저마다의 시점으로 신카이의 작품을 다시 읽고 해석하고 재발견하는 단서가 된다면 저자로서 이보다 기쁜 일은 없을 것이다. 독자들에게 비평을 넘어선 신카이 마코토와 그 작품을 둘러싼 모험의 책으로 남길 바란다.

2021년 10월 10일 에노모토 마사키

신카이 마코토의 세계

* 자료의 쉬운 일람을 고려해 인용 문헌과 중복되는 것도 포함되어 있습니다.

노벨라이즈
신카이 마코토 『소설 언어의 정원』 (가도카와문고, 16·2/대원씨아이, 17·12)
신카이 마코토 『소설 초속 5센티미터』 (가도카와문고, 16·2/대원씨아이, 17·1)
신카이 마코토 『소설 너의 이름은.』 (가도카와문고, 16·6/대원씨아이, 16·12)
신카이 마코토 『소설 날씨의 아이』 (가도카와문고, 19·7/대원씨아이, 19·10)

그림 콘티
『초속 5센티미터 신카이 마코토 그림 콘티집(集) 1』 (KADOKAWA, 17·8)
『너의 이름은. 신카이 마코토 그림 콘티집 2』 (KADOKAWA, 17·9)
『구름의 저편, 약속의 장소 신카이 마코토 그림 콘티집 3』 (KADOKAWA, 17·12)
『별을 쫓는 아이 신카이 마코토 그림 콘티집 4』 (KADOKAWA, 18·2)
『언어의 정원 신카이 마코토 그림 콘티집 5』 (KADOKAWA, 18·3)
『날씨의 아이 신카이 마코토 그림 콘티집 6』 (KADOKAWA, 20·5)

팸플릿·가이드 북·미술 화집·도록
『구름의 저편, 약속의 장소』 극장 팸플릿 (코믹스·웨이브, 04·11)
『구름의 저편, 약속의 장소 컴플리트 북』 (가도카와쇼텐, 05·3)
『초속 5센티미디』 극장 팸플릿 (코믹스·웨이브, 07·2)
『신카이 마코토 미술작품집 하늘의 기억～The sky of the longing for memories··』 (고단샤, 08·4)
『별을 쫓는 아이』 극장 팸플릿 (무빅, 11·5)
『별을 쫓는 아이 COMPLETE』 (미디어팩토리, 11·5)
『신카이 마코토 아트웍스 별을 쫓는 아이 미술 화집 Art of Children who Chase Lost Voices from Deep Below』 (KADOKAWA, 12·6)
『언어의 정원』 극장 팸플릿 (도호출판·상업사업실, 13·5)
『언어의 정원 Memories of Cinema』 (이치진샤, 13·7)
『신카이 마코토 전시회―너는, 이 세계의 반쪽―』 팸플릿 (조신카이출판사·오오카마코토 언어관, 14·6)
『신카이 마코토 Walker 빛의 궤적』 (KADOKAWA, 16·8)

『신카이 마코토 감독 작품 너의 이름은. 공식 비주얼 가이드』(KADOKAWA, 16·8)

『너의 이름은.』극장 팸플릿 (도호영상사업부, 16·8)

『너의 이름은. Pamphlet vol. 2』극장 팸플릿 (도호영상사업부, 16·12)

『신카이 마코토 전시회 〈별의 목소리〉에서 〈너의 이름은.〉까지』도록 (아사히신문사, 17·6)

『신카이 마코토 감독 작품 너의 이름은. 미술 화집』(이치진샤, 17·8)

『신카이 마코토 감독 작품 날씨의 아이 공식 비주얼 가이드』(KADOKAWA, 19·8)

『날씨의 아이』극장 팸플릿 (도호영상사업부, 19·7)

『날씨의 아이 Pamphlet vol. 2』극장 팸플릿 (도호영상사업부, 19·9)

『신카이 마코토 감독 작품 날씨의 아이 미술 화집』(KADOKAWA, 20·5)

『신카이 마코토 감독 작품 언어의 정원 미술 화집』(이치진샤, 21·6)

잡지특집

『권두 특집 너 벌써 봤어? 〈별의 목소리〉의 모든 것』(『아니메쥬』, 도쿠마쇼텐, 02·6)

『신카이 마코토 〈초속 5센티미터〉 특집』(『다·빈치』, 미디어팩토리, 07·4)

『신카이 마코토 특집』(『SF 매거진』, 하야카와쇼보, 11·6)

『특집 너의 이름은.』(『키네마준보』, 키네마준보사, 16·8 여름 증간호)

『특집*신카이 마코토 〈별의 목소리〉에서 〈너의 이름은.〉으로』(『유리이카』, 세이도샤, 16·9)

『신카이 마코토의 '언어'』(『다·빈치』, KADOKAWA, 16·9)

『아직 보지 못한 당신에게 〈너의 이름은.〉』(『월간 뉴타입』, KADOKAWA, 16·9)

『권두 특집 너의 이름은.』(『Febri』 Vol.37, 이치진샤, 16·10)

『신카이 마코토, 그 작품과 사람』(『EYESCREAM』, 스페이스샤워네트워크, 16·10 증간호)

『제1특집 영화 〈너의 이름은.〉』(『CGWORLD』, 본 디지털, 16·10)

『특집 너의 이름은. 그와 그녀와, 그리고 풍경이 엮어내는 이야기』(『MdN』, MDF 코포레이션,
16·10)

『신카이 마코토의 새로운 세계 〈날씨의 아이〉』(『키네마준보』, 키네마준보사, 19·8 상순호)

『특집 〈날씨의 아이〉 〈너의 이름은.〉을 초월한 절망과 희망』(『CUT』, 록킹 온, 19·8)

『하늘이 맑은 이유 신카이 마코토 감독, 그리고 스태프와 출연진의 증언으로 이 작품에 담은 마음을
듣는다. 날씨의 아이』(『월간 뉴타입』, KADOKAWA, 19·8)

『특집 전체 해부 〈날씨의 아이〉 신카이 마코토의 '다음 도전'』(『니케이 엔터테인먼트!』, 니케이 BP,
19·8)

『특집 소설×영화 〈날씨의 아이〉 신카이 마코토의 선택』(『다·빈치』, KADOKAWA, 19·9)

『제1특집 영화 〈날씨의 아이〉』(『CGWORLD』, 본 디지털, 19·10)

서적

오쓰카 에이지·아즈마 히로키·사이토 다마키·다이치 아키타로·마에다 마히로 외 『〈별의 목소리〉
를 들어』(도쿠마쇼텐, 02·9)

『별에서 별로 별의 목소리 10주년 기념 책』(별의 목소리 10주년 기념 책 출판, 12·8)

와타나베 미즈오 구성 『구름의 저편, 약속의 장소 신카이 마코토 2002·2004』(피아, 05·3)

고마쓰 히로시 『기원의 영화』(세이도샤, 91·7)

조르주 사둘/마루오 사다무·무라야마 교이치로·데구치 다케히토·고마쓰 히로시 번역 『세계영화
전사 2 영화의 발명—초기의 구경거리 1895~1897』(고쿠쇼간코카이, 93·10)

세키 데쓰유키 『스페인 순례사—'땅끝 성지'에 도달하다』(고단샤 현대신서, 06·2)

시라키 마사노리 『백만 인의 날씨 교실』(세이잔도쇼텐, 03·9)

무라이 아키오·우야마 요시아키 『구름의 카탈로그 하늘을 아는 모든 종류 분류 도감』(소시샤,
11·5)

우노키 메구미 『독서하는 여자들—18세기 프랑스 문학에서』(후지와라쇼텐, 17·2)

오다 다케시 『쇼쿠시나이신노의 생애와 와카』(신텐샤, 12·7)

데이비드 콕스헤드·수잔 히라/가와이 하야오·우지하라 번역 『이미지의 박물지 3 꿈—시공을 초월
하는 여로』(헤이본샤, 77·12)

존 래시/사에키 준코 번역 『이미지의 박물지 34 쌍둥이와 분신 〈대칭되는 것〉의 신화』(헤이본샤,
95·6)

르네 마르탱 감수/마쓰무라 가즈오 번역 『도설 그리스·로마 신화 사전』(하라쇼보, 97·8)

말콤 데이/야마자키 마사히로 번역 『도설 그리스·로마 신화 인물기 회화와 가계도로 그린 100인의
이야기』(소겐샤, 11·4)

하야시 간지 『달의 책 perfect guide to the MOON』(가도카와쇼텐, 00·6)

도나 헤네스/마키시 준코 번역/가가미 류지 감수 『달의 책 Moon Watcher's Companion』(가와
데쇼보신샤, 04·9)

안드레 나타프/다카하시 마코토·구와코 도시오·스즈키 게이시·하야시 요시오 번역, 『오컬티즘 사
전』(산고샤, 98·7)

사카구치 긴이치로 『일본의 술』(이와나미문고, 07·8)

오쓰카 에이코 『오노코마치』(가사마문고, 11·2)

『신 일본고전문학체계 26 쓰쓰미추나곤 이야기 뒤바뀐 이야기』(이와나미문고, 92·3)

시바야마 마사요시 『해리성 장애—'뒤에 누가 있다'의 정신 병리』(치쿠마신쇼, 07·9)

오카다 아키코, 고바야시 도시코 『수메르 신화의 세계—점토판에 새겨진 가장 오래된 로망』(주코
신쇼, 08·12)

앨리스 밀스 감수/아라키 마사즈키 감역 『세계신화대도감 신화·전설·판타지』(도요쇼린, 09·6)

헨리에타 맥콜/아오키 가오루 번역 『메소포타미아 신화』(마루젠출판, 94·7)

야지마 후미오 『메소포타미아 신화』(지쿠마학예문고, 20·4)

시노다 지와키·마루야마 아키노리 편 『세계신화전설대사전』(벤세이샤, 16·8)

요시다 아쓰히코 『일본 신화의 심층 심리 아마테라스 스사노오 오호쿠니누시의 역할』(다이와쇼보,
    12·12)

영상 자료

DVD 『별의 목소리』(코믹스·웨이브, 02·4)

DVDBOOK 『별의 목소리』(도쿠마쇼텐, 02·9)

DVD 싱글 『모두의 노래 『미소』』(코믹스·웨이브·필름, 03·7)

MEMORIAL FAN BOOK 『구름의 저편, 약속의 장소』(코믹스·웨이브, 05·11)

DVD-BOX 『초속 5센티미터 특별 한정 생산판』(코믹스·웨이브·필름, 07·7)

Blu-ray 『초속 5센티미터 특별 한정 생산판』(코믹스·웨이브·필름, 08·4)

Blu-ray 『구름의 저편, 약속의 장소』(코믹스·웨이브·필름, 08·4)

Blu-ray BOX 『별을 쫓는 아이』(미디어팩토리, 11·11)

Blu-ray 『언어의 정원』(코믹스·웨이브·필름, 13·5)

Blu-ray 『너의 이름은. 컬렉터즈 에디션 4K Ultra HD Blu-ray 동봉 5장 첫 회 생산 한정』(도호,
    17·7)

Blu-ray 『날씨의 아이 컬렉터즈 에디션 4K Ultra HD Blu-ray 동봉 5장 첫 회 생산 한정』(도호,
    20·5)

신카이 마코토의 세계

* URL은 원고를 편집하며 넣은 겁니다. URL의 변경이나 페이지 자체가 삭제되었을 가능성이 있음을 알립니다.

[1] 고우미마치 공식 홈페이지 '개요'
  (http://www.koumi-town.jp/office2/archives/townprofile/koumi-town-gaiyou.html)
[2] 『구름의 저편, 약속의 장소 신카이 마코토 2002-2004』(피아, 05·3)
[3] 『Z카이의 CM 『크로스로드』 제작에 있어서 각본·그림 콘티·연출·감독 신카이 마코토 인터뷰』(『신카이 마코토 전시회—너는, 이 세계의 반쪽—』 팸플릿, 조신카이출판사·오오카 마코토 언어관, 14·6)
[4] 에모토 마사키 『이야기를 찾아서 신간 소설 Review & Interview Vol. 173 신카이 마코토 『소설 너의 이름은.』』(『소설 현대』, 고단샤, 16·9)
[5] 『〈너의 이름은.〉 아버지가 말하는 신카이 마코토 감독 '가업을 잇게 할 생각이었습니다.'』(『주간 신초』, 신초샤, 16·10·13)
[6] 『플래티넘 연속 특집 애니메이션의 행방 201X 디지털 도구와 애니메이션 표현 신카이 마코토 감독 인터뷰』(http://www.p-tina.net/interview/447)
[7] 『CREATORS INTERVIEW 영상 크리에이터에 대한 최단 거리를 찾아라! 일본을 대표하는 5인, 창작의 원점과 사후와 스타일 영상 작가 신카이 마코토』(월간 데뷰 별책『De-View Creators』Vol 1, 오리콘 엔터테인먼트, 05·8)
[8] 데미 인터뷰 #1 『신카이 마코토와 컴퓨터』(EYESCREAM 증간『신카이 마코토, 그 작품과 사람』, 스페이스 샤워 네트워크, 16·10)
[9] 신카이 마코토 『『먼 세계』에 관해』(http://www2.odn.ne.jp/ccs50140/world/)
[10] 『신카이 마코토 FILMOGRAPHY 1997-2002』(『아니메쥬』부록『신카이 마코토 영상집 시선과 광경』CD-ROM 첨부 책자, 도쿠마쇼텐, 03·3)
[11] 신카이 마코토 『『둘러싸인 세계』에 관해』(http://www2.odn.ne.jp/ccs50140/closed)
[12] 신카이 마코토 『GraphicLaborarory 그녀와 그녀의 고양이를 만드는 방식』(『Oh!X』, 소프트뱅크 퍼블리싱, 01·봄호)
[13] 신카이 마코토 롱 인터뷰 『한 번뿐인, 그러나 지금으로 이어진다』(EYESCREAM 증간『신카이 마코토, 그 작품과 사람』, 스페이스 샤워 네트워크, 16·10)
[14] 『INTRODUCTION』(『Contemporary Remix "만요슈" SONGS OF LIFE』미쓰무라스이코쇼인, 97·10)

[15] 『들어가며』(CD-ROM 『그녀와 그녀의 고양이 Their standing points MOVIES AND SOUNDTRACKS』부록 책자, 망가즈·닷·컴, 01·3)

[16] 『Sec.1【인트로덕션】』해설 (CD-ROM 『그녀와 그녀의 고양이 Their standing points MOVIES AND SOUNDTRACKS』부록 책자, 망가즈·닷·컴, 01·3)

[17] Special Talk 『오기와라 요시히로×오쓰키 다카히로 〈별의 목소리〉 첫 상영의 충격』(『신카이 마코토 전시회』도록, 아사히신문사, 17·11)

[18] 신카이 마코토 인터뷰 『매일 평범하게 보이는 게 사랑스럽다』(『광고비평』특집 『애니메이션 2002』, 마도라출판, 02·05)

[19] 신카이 마코토 인터뷰 『관객과의 대화와 공동 작업으로 걸어왔다』(『신카이 마코토 전시회』도록, 아사히신문사, 17·11)

[20] 도미노 요시유키×신카이 마코토 『디지털과 아날로그의 온도차』(『아니메쥬』, 도쿠마쇼텐, 02·8)

[21] 신카이 마코토×니시지마 다이스케×아즈마 히로키 『세계에서 더 멀리』 (아즈마 히로키 『콘텐츠의 사상』세이도샤, 07·3)

[22] 다네 기요시 『게임 언어의 기초 교양 : 특별회 〈너의 이름은.〉 감독 신카이 마코토가 게임 업계에서 활약했던 날들~ 『이스 II』리메이크 오프닝부터 〈별의 목소리〉의 탄생까지』, (『덴파미니코게이머』, http://news.denfaminicogamer.jp/column03/shinkaimakoto)

[23] 〈구름의 저편, 약속의 장소〉 공식 홈페이지 안 『상영관』(http://www.cwfilms.jp/kumonomukou/theater.html)

[24] 『The Numbers—Where Data and the Movie Business Meet』(http://www.the-numbers.com/box-office-records/worldwide/all-movies/cumulative/all-time-animated)

[25] 아니코레베타 『신카이 마코토가 말하는 애니메이션 작품 비화 구름의 저편, 약속의 장소』 (http://www.anikore.jp/features/shinkai_2_3/)

[26] 신카이 마코토 인터뷰 『신카이 마코토가 바라본 '약속의 장소'』(『구름의 저편, 약속의 장소 컴플리트 북』가도카와쇼텐, 05·3)

[27] 『신카이 마코토 히스토리』(『구름의 저편, 약속의 장소 컴플리트 북』가도카와쇼텐, 05·3)

[28] 사이토 다마키 『해리의 기법과 역사적 외상 『태엽 감는 새 연대기』와 관련해』 (사이토 다마키, 『해리의 팝 스킬』게이소쇼보, 04·1)

[29] 신카이 마코토 『들어가며』 (DVD-BOX 『초속 5센티미터 특별 한정 생산판』부록 책자, 코믹·웨이브·필름, 07·7)

[30] 신카이 마코토 특별 강의 『비디오 콘티라는 방법 '일단 만들기' 위한 첫 단계로』(『TO▶BIO』 vol.2, 오타출판, 09·12)

[31] 신카이 마코토 인터뷰 『영상과 소리를 동시에 설계하는 즐거움』(『〈초속 5센티미터〉 그림 콘

신카이 마코토의 세계

티집』무빅, 12·12)

[32] 가토 미키로『열차 영화사 특별 강의 예술의 조건』(이와나미쇼텐, 12·12)

[33] 조르주 사둘/마루오 사다무 번역『세계 영화사 1 (제2판)』(미스즈쇼보, 80·12)

[34] 위키피디아『일본의 활쏘기』설명 페이지 기술 (http://ja.wikipedia.org/wiki/和弓)

[35] 『신카이 마코토 인터뷰 ■『사람은 아름다운 풍경에 둘러싸여 있고 큰 세계와 연결되어 있다.』
(〈초속 5센티미터〉극장 팸플릿, 07년)

[36] 『연작 단편 애니메이션 〈초속 5센티미터〉신카이 마코토 INTERVIEW』(『오토나아니메』
Vol.4, 요센샤, 07·5)

[37] 『신카이 마코토 인터뷰』(DVD-BOX『초속 5센티미터 특별 한정 생산판』특전 영상, 코믹·웨
이브·필름, 07·7)

[38] 고바야시 히데오『모짜르트·무상이라는 것』(신초문고, 61·5)

[39] 『신카이 마코토를 만든 14권의 책』(『다빈치』특집『신카이 마코토의 '언어'』, KAKOKAWA,
16·9)

[40] 『PRODUCTION NOTE '코스모너트'―우연한 만남에서 비롯된 일~다네가시마』(〈초속 5센
티미터〉극장 팸플릿, 코믹·웨이브·필름, 07년)

[41] 『H-ⅡA 로켓의 개요』(http://www.jaxa.jp/countdown/f21/overview/h2a_j.html)

[42] 『관객의 기억을 끌어내고 싶다 INTERVIEW 신카이 마코토』(『아니메쥬』Vol.345, 도쿠마쇼
텐, 07·3)

[43] 『〈초속 5센티미터〉에 대해』(http://shinkaimakoto.jp/5cm)

[44] 『인터뷰 원작·각본·감독 신카이 마코토』(『신카이 마코토 아트웍스 별을 쫓는 아이 미술 화집
Art of Children who Chase Lost Voices from Deep Below』KADOKAWA, 12·6)

[45] 『minori OP WORKS』(『Other Voices―먼 목소리―』, http://shinkaimakoto.jp/minori)

[46] 『CREATOR INTERVIEW 신카이 마코토 코믹 터치로 그린 디스커뮤니케이션』(『애니·크리 15
DVD×머트리얼』(이치진샤, 09·7)

[47] 『별을 쫓는 아이 메이킹 다큐멘터리』(Blu-ray BOX『별을 쫓는 아이』특전 디스크, 미디어팩
토리, 11·11)

[48] 신카이 마코토『해설』(개장 버전『피라미드 모자여, 안녕』리론샤 17·7)

[49] 『Creator's Interview 작품 전체를 그림 콘티에 담을 생각으로 시작했습니다. 신카이 마코토
인터뷰』(신카이 마코토 〈별을 쫓는 아이〉그림 콘티집』무빅, 12·12)

[50] 『이케자와 나쓰키=개인 편집 일본문학전집 01 고지키』(역자. 이케자와 나쓰키, 가와데쇼보
신샤, 14·11). 이 장의『고지키』에서의 인용·원용은 모두 본서에 의함.

[51] 인터뷰『〈너의 이름은.〉신카이 마코토 감독의 인생은 바꾼 것은, 미야자키 하야오 감독의 〈천
공의 성 라퓨타〉였다.』
(http://www.huffingtonpost.jp/2016/12/20/makoto-shinkai_n_13741822.

html)

[52] 『감독 인터뷰』(〈별을 쫓는 아이〉 극장 팸플릿, 무빅, 11·5)

[53] 『〈별을 쫓는 아이〉 공식 사이트 극장 정보』(http://www.cwfilms.jp/hoshi-o-kodomo/theater.html)

[54] 『〈#너의 이름은.〉 신카이 마코토를 믿지 않는 남자~코믹스·웨이브·필름 대표 가와구치 노리타카 씨 인터뷰』
(http://news.yahoo.co.jp/byline/sakaiosamu/20160926-00062558/)

[55] 『Retina 디스플레이를 사용한다.』(https://support.apple.com/ja-jp/100626)

[56] 인터뷰『'일본의 풍경'으로 세계를 놀라게 하고 싶다』(『Voice』, PHP연구소, 13·8)

[57] 『신카이 인터뷰 interview』(『언어의 정원 신카이 마코토 그림 콘티집 5』 KADOKAWA, 18·3)

[58] 『Making 01 콘티 Storyboard Pro를 활용한 콘티 제작 작품의 설계도를 그린다』
(CGWORLD 특별 편집판 『애니메이션 CG의 현장 2017』 본디지털, 16·12)

[59] 미야오 다카시 『비와 일본인』(마루젠북스, 97·12)

[60] 『Other voices—먼 목소리-〈언어의 정원〉 Q&A』(http://shinkaimakoto.jp/archives/617)

[61] 가제트통신 『〈언어의 정원〉 신카이 마코토 감독 인터뷰 "이제까지의 작품과 다른 것은 주인공이 '다른 사람을 알고자' 하는 것"』(http://getnews.jp/archives/351304/gate)

[62] 『현대단카대사전』(산세이도, 00·6)에서 『문답 시구』 페이지

[63] 구쓰카케 요시히코 『쇼쿠시 나이신노 사초 청례: 아련한 미의 세계』(미네르바쇼보, 11·11)

[64] 인터뷰 『신카이 마코토 감독 한창 사춘기인 모든 사람에게』(『월간 뉴타입』 특집 『신카이 마코토 최신작 〈너의 이름은.〉』, KADOKAWA, 16·9)

[65] 인터뷰 『감독 신카이 마코토&이토 고이치로 프로듀서가 말하는 이렇게 〈너의 이름은.〉은 탄생했다』(『CGWORLD』, 본디지털, 16·10)

[66] 『Storyboard Pro를 활용한 콘티 제작 작품의 설계도를 그린다』(『CGWORLD』, 본디지털, 16·10)

[67] 사이고 노부쓰나 『고대인과 꿈』(헤이본샤 라이브러리 93·6)

[68] 『COLUMN1 '뒤바뀌는 이야기'의 서브 텍스트』(『신카이 마코토 감독 작품 〈너의 이름은.〉 공식 비주얼 가이드』 KADOKAWA, 16·8)

[69] 『STAFF INTERVIEW '감독' 신카이 마코토 인터뷰』(『신카이 마코토 감독 작품 〈너의 이름은.〉 공식 비주얼 가이드』 KADOKAWA, 16·8)

[70] 『애니메이션×신카이 마코토 〈너의 이름은.〉 38개의 질문』(『CREA』 특집 『어른을 위한 애니메이션 가이드 모두 애니메이션에 열중』, 분게이슌쥬, 17·3)

[71] 『신카이 마코토가 풀어주는 영화 〈너의 이름은.〉』(극장 팸플릿 『너의 이름은. Pamphlet Vol.2』, 도호영화사업부, 16·12)

[72] 『2016년 히트작의 비밀 애니메이션 〈너의 이름은.〉 제목에 담긴 비밀 감독 신카이 마코토』
(『엔터믹스』, KADOKAWA, 16·10)

[73] 『3.11 7년째의 진실』 (TBS 계열에서 방송, 17·3·11)

[74] 『COLUMN3 신카이 마코토 미니 인터뷰 시작의 기획서』 (『신카이 마코토 감독 작품 〈너의 이름은.〉 공식 비주얼 가이드』 KADOKAWA, 16·8)

[75] 『여러분의 질문에 대답해드립니다 [완전판]』 (Blu-ray 『〈너의 이름은.〉 컬렉터즈 에디션 4K Ultra HD Blu-ray 동봉 5장 첫 회 생산 한정』 특전 책자, 도호, 17·7)

[76] 『스가 신사에 관해』 (https://sugajinjya.or.jp/about/)

신카이 마코토의

시공을 넘어 공명하는
영혼의 행방

세계

2025년 6월 20일 1판 1쇄 인쇄 | 2025년 6월 30일 1판 1쇄 발행

지은이 에노모토 마사키 | 옮긴이 민경욱

발행인 황민호
전략콘텐츠 사업본부장 박정훈 | 책임편집 김선림 | 편집기획 신주식 최경민 윤혜림
디자인 All design group | 마케팅 이승아
국제판권 이주은 김준혜 | 제작 최택순 성시원
발행처 대원씨아이(주) | 주소 서울특별시 용산구 한강대로 15길 9-12
전화 (02)2071-2018 | 팩스 (02)797-1023 | 등록 제3-563호 | 등록일자 1992년 5월 11일

www.dwci.co.kr

ISBN 979-11-423-1394-3 (03830)